明 湖 文 丛

新时期以来小说暴力叙事研究

赣南师范大学中国语言文学省级重点学科资助项目

周建华 ◎ 著

中国社会科学出版社

图书在版编目(CIP)数据

新时期以来小说暴力叙事研究/周建华著.—北京：中国社会科学
出版社，2018.9
ISBN 978-7-5203-3064-0

Ⅰ.①新… Ⅱ.①周… Ⅲ.①小说研究-中国-当代 Ⅳ.①I207.42

中国版本图书馆 CIP 数据核字(2018)第 200538 号

出 版 人　赵剑英
责任编辑　陈肖静
责任校对　冯英爽
责任印制　李寡寡

出　　版　中国社会科学出版社
社　　址　北京鼓楼西大街甲 158 号
邮　　编　100720
网　　址　http://www.csspw.cn
发 行 部　010-84083685
门 市 部　010-84029450
经　　销　新华书店及其他书店
印刷装订　北京君升印刷有限公司
版　　次　2018 年 9 月第 1 版
印　　次　2018 年 9 月第 1 次印刷
开　　本　710×1000　1/16
印　　张　17.75
插　　页　2
字　　数　290 千字
定　　价　85.00 元

序　言

周建华的《新时期以来小说暴力叙事研究》就要出版了，值得庆贺。这是他学术道路上的一个重要里程碑，同时也是对新时期小说暴力叙事研究的一个新拓展。

暴力，在社会生活中不难见到。但它大规模地出现，成为一个时代的本质，却是一种非正常的历史文化现象。作者把新时期以来反映"文化大革命"等题材的小说，称为"暴力叙事"，强调其中的"暴力"，实际上是表明了对那一段历史的一种基本看法。显然，他是带着反思与批判的眼光来审视那一段历史的，要探究悲剧如何在各种因素的综合作用下产生，人性在沉重的压力下怎样扭曲，人们的心理经历了哪些折磨。作者试图从文学的视野里还原历史的悲剧，思考沉痛的教训。这表现了一个知识分子可贵的责任感，既是对历史、对社会负责，也是对虽未经历那段历史，却时常怀着"国家兴亡、匹夫有责"使命在反思这一段历史的作者自己有一个交代。反思的深度是一回事，有没有这样负责任的态度又是一回事。真诚地承担思考的责任，表明一个人对得起国家和民族，同时也应该对得起自己。

叙事，则是文学创作中通过想象来组织素材以形成精彩的故事的一种技巧。故事并非现成，而是作者讲述的。故事的不同讲法，大有讲究。这涉及讲述者的意图，讲述所能达到的效果，其中当然包括讲述的技巧，但显然又不仅仅是技巧，还有讲述者自身的因素。现代叙事学一般重视文本的分析，但我或许受中国传统学术的影响，总是觉得可以把西方的叙事学与中国学术的知人论世的经验结合起来，对文学作品做更深入的研究。周建华的这部专著，重点研究新时期的暴力"叙事"，显然是因为新时期小说，尤其是先锋小说，其对暴力现象的关注，成了一个时代性的特征。对暴力的兴趣，既是那一个时期集体经验的一个反映，又是新时期以来相当一部分作家心理的普遍呈现。换句话说，抓住"暴力叙事"，也就把握住了这一时期文学的一个重要特点。作为连接过去与当下的一个重要文学环节的暴力，深入下去，既是反思过去，又在探究当下，研究当下的作家如何看待过去了的那个时代，如何经历心灵的挣扎要面向未来世界。

由此观之，作者是在研究叙事，同时也是在研究历史。高尔基说，文学是人学。我想既是人学，文学就不可能是纯文学的，必然地是一种人的现象，也即是一种社会历史的现象。然而，不言而喻，它又是一种文学的现象——确切地说，它是人的生活与人的历史的文学表达。《新时期以来小说暴力叙事研究》这部书，以宏观视野考察暴力叙事的发生、暴力叙事的社会向度和人性向度，这有历史学研究的特点，而它更为精彩的则是对暴力叙事的主题和叙事模式的研究，即联系经典作家的具体文本所做的叙事分析，这明显的是更侧重于文学的审美研究了。在这些更为精细的部分，可以看出作者对作家的理解，对文本中的人性问题的关怀，对人们不幸命运的同情——带着理性的审视和历史的悲悯，写下了自己的心得和见识。

这种历史审视的眼光和对人性同情的理解，我觉得是从事文学研究所应坚持的一种态度。建华以自己的努力交出了一份重要的答卷，我作为他博士阶段的老师、现在的同行，欣喜之余，实感到后生的可畏：年轻人的知识新颖、视野开阔、反应敏捷，在许多方面已经走到前面去了。

书中有许多精彩之处，我想不用一一道来，有兴趣的朋友自可在阅读中有所发现。由于研究的是相当宏大而且比较尖锐的问题，其中难免有不够周全的地方，或会引起不同看法，我想这也正是一部书的特别价值所在：能引起进一步的思考，引起读者对话的欲望，大概是许多研究者的一个期望吧。

陈国恩

2016 年 7 月 26 日于武汉大学寓所

前　言

20 世纪 80 年代以来，批评当代文学的声音一直不断。在一些学者眼里，其整体水平并不太高，且毛病不少，先有公式化、概念化的弊病，后有形式主义的毛病，接着又陷入人文精神的危机之中。在新世纪，文学的弊病似乎更多，病症多达十余条。然而，一个不可否认的事实是，无论作品数量、作家人数，还是文学市场的繁荣状况，无疑都空前地扩大了，依靠文学糊口的从业者似乎也并不少于历史上的任何时期。市场的繁荣尽管并不一定与文学是否精品存在必然关系，但是跳出简单的好坏判断怪圈，以积极的态度看待中国当代文学之发展，其成就仍然值得学者们正视。

在中国当代文学的发展途程中，有意识地将暴力作为有意味的形式展开叙述是 20 世纪 80 年代中期以后的事情。在 1949—1966 年及"文化大革命"时期的小说创作中，不是没有暴力事件，暴力描写并且不少，但它们多作为故事发展过程中的一个插曲或者一个小小的环节，并不具备整体性结构意义。且多数情况下，暴力以负面的角色呈现，为塑造正面英雄形象服务。这种局面，在 20 世纪 80 年代中期终于被打破，它伴随着先锋文学的兴起破茧而出。暴力叙事最初以余华、莫言、格非、苏童等一批先锋作家之横空出世而引起文坛关注，余华那一代人是"文化大革命"的见证人，少年时代的记忆与他们摆脱伤痕、反思小说创作套路的自觉意识形成天然同盟关系，这种关系后来在王小波的演绎下达到一个新的高峰。在写实主义的探索上，同样涌现出一批优秀暴力叙事作品，它们以关注女性中底层生存和 21 世纪初的底层叙事为主体，严歌苓、方方、舟卉、须一瓜、陈应松、孙慧芬等都是其中之较为突出者。有别于 70 年代末期以前小说之暴力事件描写，新时期以来小说暴力叙事明显具有下述几个特征：其一，暴力不是单个事件，而是推动整个故事情节发展的核心元素，是解读小说文本之关键要素；其二，暴力不再是用来塑造人物形象的手段，而是小说文本有意味形式的有机组成部分；其三，暴力不再负载原有的特定政治意义，不具政治符码功能。

本书选取新时期以来小说之暴力叙事作为研究对象，一是它建立在丰厚的文学创作基础上，二是暴力叙事是一种有意味的叙事。从控诉"文化大革命"暴力为核心的伤痕小说谈起，从时间上推算，暴力叙事创作时至今日已三十余年，其时间跨度超过了现代文学三十年之阈限；从创作所涉及的深度与广度上看，举凡社会政治、革命历史、经济文化、生活琐细、生命存在等都在暴力叙事审视的视野之内；从创作人员构成看，归来作家、右派作家及七八十年代出生的作家都可在暴力叙事的艺术长廊中窥见他们的身影，汇聚了不同风格、不同年龄段作家的艺术探索。暴力叙事与暴力描写最大的不同在于，前者是一种艺术创作手法，而后者只是故事建构的一个工具。作为叙事家族之新成员，暴力叙事之暴力的意义在形式的建构中彰显，形式的意味则在暴力之叙述中得以涵蕴形成。无疑，如何解读暴力叙事文本是摆在读者，尤其是文学研究者面前的一个新课题。

本书力求做到对暴力叙事进行比较全面的研究。首先，力图在外部的社会历史语境及"内部"的文学语境两个方向上梳理出新时期以来小说"暴力叙事"发生的主要社会因素、文学体制因素及其相互关系；其次，在社会历史、人性及美学三个方向上分析"暴力叙事"的基本价值取向。暴力叙事主题与典型暴力叙事模式是本书研究的重点。主题分析上，它选取了"文化大革命"创伤叙事、女性"杀夫"叙事、匪性叙事、文化叙事及历史叙事五个方面予以展开。在暴力叙事模式之探究上，则梳理出了余华、王小波、莫言等五位作家的五种典型叙事模式。此外，还对各种叙事主题之后的潜隐社会心理、暴力叙事的基本美学风格及其文学史意义作了积极探索。整体而言，即从发生、环境、意指、表现、技巧、心理与意义等多个方面构成对新时期以来小说暴力叙事的多维透视。

王小波在《我的精神家园》序中说："我对自己的要求很低：我活在世上，无非想要明白些道理，遇见些有趣的事。倘能如我所愿，我的一生就算成功。"王小波幽默风趣，智慧自谦。这里我想说的是，我并没有普度众生之才华，对自己的要求也很低，能够秉持初心，写我所思就心意已足，却是实话。本书的研究没有高深的理论，也没有宏深的思想，有的只是对暴力叙事的一己之见，不深邃，却真诚，不糊涂，也不糊弄，是真真正正的自己的思考。

目　　录

绪　　论

一　叙事：作为方法

　　叙事，在"文化大革命"终结后的中国文坛，无论在文学评论界，还是在创作界都是一个热点。大体而言，它是作为一种方法率先在文学创作中得以运用并形成热潮，然后才在西方新批评方法的涌入中崭露头角，确立自己在中国当代文学批评方法诸元之中的地位。

　　作为创作方法，叙事是在 20 世纪 80 年代中期先锋小说的形式实验中脱颖而出，赢得自己的声誉和在当代文坛之地位的。这并非说此前的小说创作中不存在叙事现象，恰恰相反，叙事不仅大量存在，而且占据着主导性的地位，不过不像它在先锋文学中那样新异、醒目而已。一部中国文学史，从上古神话、宋元话本，到明清小说，再到十七年小说，叙事一直是占据着中心位置的。从通行的文学史叙述来看，"文化大革命"终结之后的新时期初期文学，其最重要的构成部分为伤痕文学与反思文学。所谓伤痕文学、反思文学，即以揭露"文化大革命"和"反右"形成的历史创伤为主要内容，思考造成如此人间悲剧原因的小说创作思潮。伤痕文学、反思文学的题材基本来自"反右"至"文化大革命"终结这段时间的现实生活素材，不少还是作家亲身经历或所见、所闻的事件，经过作家的加工之后，它们成为一个个带有控诉意味，或者反思色彩的"故事"。

　　伤痕文学和反思文学是遭遇历史劫难后中国文学之自觉选择。囿于经验的思维惯性和现实的各种因素，这种自觉选择逐渐逸出原有的轨道，为"叙事"的"兴起"提供了契机。伤痕文学、反思文学创作的主力来自"文化大革命"终结后复出的"归来"作家，"反右"中被打倒后复出的作家及一些知青作家。他们中的多数已经人到中年或老年，他们所受的教育，他们的生活经验和积累为他们成为伤痕文学、反思文学的中坚创造了条件，但同时也是一个难以摆脱的局限。即以引领伤痕文学潮流的刘心武的《班主任》和卢新华的《伤痕》两篇小说来说，前者通过讲述某中学教师张俊石如何尽力挽救一个在"四人帮"毒害下不学无术的中学生的故事，鞭挞了"四人帮"对人性造成的伤害，后者通过女知青王晓华和母亲的悲剧故事，重新唤醒了人们人性的觉醒。两篇小说不同的故事，却有着相似的主题内涵和几乎相同的表现手法：悲剧故事的讲述。劫难之于人的痛苦不言而喻，对其控诉与反思亦合情合理。问题在于，当相似的故事反复讲述，尤其是当它慢慢逸出文学的初衷而成为主流话语的另一种声音之时，对于尚未平复苦难记忆的一部分作家，对于苦难并无切肤之痛又有着朦胧"文化大革命"创伤记忆的更年轻一代作家，寻求文学的新突破就成为他们的自觉选择。马原在一次采访中说：一天到晚说张家遭陷害了，李家出事了，多无聊！马原的话多少道出了一部分作家的心理，即不少作家已经"厌倦"了那种老套的故事及其讲述方法，更不想重走既往文学的老路。而历史又恰恰给了他们这样的机会。随着现代化道路的确立和改革开放政策的制定，西方各种思潮，包括各种文艺思潮大量涌入，为作家提供了丰富的思想和理论资源。一批作家把所关注的焦点从写什么、为什么写一下子转移到怎么写的方法上来。这种转向是作家们对既有创作思想、创作方法、创作道路的自觉疏离。

马原率先竖起了小说文本形式改革的大旗，其后跟进的有余华、格非、苏童、孙甘露、莫言以及叶兆言等一大批"后进"作家，汇成一股强劲的先锋文学潮流。他们不满意文学对现实的臣服，而认为写作本身就具有生命力，写作就是一次叙事游戏，并不必负什么教育之责。为此，他们创造了许多此类极富个性甚至富有几分"游戏性"的叙事作品，比如马原的《冈底斯的诱惑》《虚构》《西海的无帆船》《涂满古怪图案的墙壁》、余华的《现实一种》、洪峰的《极地之侧》、格非的《褐色鸟群》《青黄》、苏童的《我的帝王生涯》《妻妾成群》、孙甘露的《信使之函》、以及莫言的《红高粱》系列等。这批作家的创作，不仅是一场文学技巧的革新，更是一场文学审美观念的深度革命：在文学功用之认识上，反对既往对文学之载道与教化功能的过度强调和单因逻辑思维，将文学从长期被政治支配的"枷锁"中解脱出来；在内容与形式关系之认识上，打破了传统的"内容决定形式"之固有观念，将技巧与形式从内容的固化中剥离出来并上升为独立的审美对象，文本成为"有意味的形式"。

先锋作家的"横空出世"，使得叙事日益成为作家、批评家们关注的焦点。罗伯·格里耶、马尔克斯、博尔赫斯及罗兰·巴特等人的创作和理论一时成为最畅销、最热门小说和理论著作，"零度叙事"、"叙事的圈套"等频频出现于报纸杂志等评论文章中，"叙事"成为文学界热门词语。如果说，是"先锋小说"实现了文学"回归自身"之努力的话，那么，叙事就是先锋小说最为称手、最为合意的"工具"，亦是解读"先锋小说"最为有效的金钥匙。

在西方文学批评史中，叙事学只是众多批评方法之中的一种，并无任何殊异之处。在18世纪末期，随着欧洲小说创作的逐渐成熟，叙事理论也开始起步，到19世纪具备初步的理论雏形。在其最初的理论视野中，人物、情节、场景等是最重要的构成要素，着眼点依然落脚于小说的社会教化功能，与中国"不关风化体，纵好亦枉然"的诗教传统有着相当之一致性。19世纪，随着欧洲小说艺术高峰的形成，小说家们通过各自的艺术实践总结创作实践，提出各种观点，小说理论渐趋成熟，小说作为自足的艺术整体广为作家接受。此一过程中，法国作家福楼拜和美国作家、评论家亨利·詹姆斯关于小说的看法和理论对小说叙事理论产生了深远影响，他们都将注意力转向了小说的形式技巧，前者十分强调文体风格的重要性，后者则特别重视叙事视角的作用，"提倡一种客观的叙述方法，采用故事中人物的感官和意识来限定叙述信息，使小说叙事具有生活真实性和戏剧效果"①。经俄国形式主义及索绪尔语言学的影响，在20世纪60年代的法国，叙事学作为一门学科正式诞生。经典叙事学受结构主义影响，主张将作品视为一个内在的、自足的体系，对其进行静态的、共时性的分析与描述，至于作品之外的社会、历史、文化等方面的因素，则在其考虑之外。90年代以后，叙事学吸收了女性主义、新历史主义、解构主义、精神分析学等众多理论成果，改变了其原有的将作品与外界隔断的偏狭做法，使得叙事学成为一门日趋完善的理论学科。

作为批评方法，从20世纪80年代后期至今，可以说是方兴未艾，其势头不仅未见衰减的迹象，反而愈益强劲。赵宪章以"叙事"作为关键词对2005—2006年CSSCI进行研究，发现"如果将同'叙事'相关的关键词'叙事模式'、'叙事策略'、'叙事结构'、'叙事艺术'等合为一

---

① 申丹、王丽亚：《西方叙事学：经典与后经典》，北京大学出版社2010年版，第4页。

体，则达到了 135 篇次，超过总篇次的 10%，其研究热度相当可观"①。据笔者统计，1979—1989 年这十年，中国数字期刊网共收录标题含"叙事/叙述"的文章共计 800 来篇，1990—1999 年，共收入 2000 余篇，而2000—2012 年的这十二年时间，则猛升为 1.6 万余篇，呈现出爆发式的增长趋势。在译著方面，韦恩·布斯的《小说修辞学》、热拉尔·热奈特的《叙事话语新叙事话语》、兰瑟的《虚构的权威》、詹姆斯·费伦的《作为修辞的叙事》以及赫尔曼的《新叙事学》等经典、后经典叙事学专著大量译介入内。同时，国内外学者借鉴相关理论，也展开了以中国文学为研究对象的叙事学研究，如杨义及浦安迪的同名著作《中国叙事学》等，叙事学成为一个热门或一门显学。

叙事学的盛行，有某种偶然性，更有其内在的必然性。作为经典叙事学，其对小说形式或者小说技巧的分析方法对于中国文学而言有着双重的意义。首先，它是解读先锋小说的金钥匙。先锋小说的形式实验，在某个角度而言，就是一种叙事的实验。它们打破了小说讲故事的传统套路，不少先锋小说没有完整的故事，有的只是一些碎片化的事件，无完整的叙述逻辑，感官与事件的拼接、叙述的缠绕、时间的跳跃、视点的不断变换等在先锋小说中俯拾皆是，运用传统的小说分析方法已经很难对它们做出科学、恰当的解读。经典叙事学将小说视为一个自足的艺术整体，在小说情节结构、叙事人称、叙事视角以及叙事时间等诸多方面都有一套科学的分析方法，对于读者理解作品，提高审美能力和鉴赏能力提供了极大帮助，对于文学批评者来说，则是他们解读先锋小说的一把金钥匙。其次，与新批评等其他批评方法一起，打破了过去社会历史研究方法在文学批评领域一统天下的局面。1985 年，杰姆逊来到北大讲学，他作了有关西方文化理论的系列演讲。演讲中，他运用格雷玛斯的语义方阵理论，对《聊斋志异》中的《鸜鹆》进行了叙事学的示范分析。从此，叙事学在中国成了燎原之势，一发不可收拾。杰姆逊的分析方法是经典叙事学的一套纯技术的分析方法，重在小说的艺术技巧分析，并不关涉作品之外的社会历史语境。我国过去长期的文艺批评实践恰恰与之相反，社会历史分析取代艺术技巧分析是通用的文学批评方法，作品的主题、题材、作用，人物的塑

---

① 赵宪章：《2005—2006 年中国文学研究热点和发展趋势——基于 CSSCI 中国文学研究关键词的分析》，《河北学刊》2008 年第 4 期。

造，作家的立场等是最常见的批评领域，文学批评陷入庸俗的社会决定论泥淖。叙事学与新批评、结构主义、心理分析、接受美学等一起，扭转了这种脱离文学批评常轨的非文学批评局面，实现了文学批评的本位回归。

创作方面，20世纪80年代中期在先锋文学中异军突起之后，叙事在90年代以后进入了平稳发展时期。新写实小说、新历史小说、消费文学等接踵而至、异彩纷呈，文坛出现少有的繁荣景象。此时的中国文坛，与20世纪80年代中期以前最大的不同是：作家文学观念的根本变革。这种变革，从内部而言，其一，是文学自身发展的必然要求，其二，是作家社会经验、创作经验积累的结果；从外部来说，一方面来自当局管理方式的改变，另一方面则来自西方各种文化思潮的涌入。前者从内部刺激了作家变革的欲望，后者为欲望的实现打开了窗口。此时的小说创作已经超越了早期形式实验阶段，在没有新的文学理论刺激的情形下，形式探索势头大为减弱，现实主义文学有复归的趋势，先锋文本在多元的文学创作中不再成为热点。面对异常多元的文学创作景观，传统的社会历史批评方法固然无法解决问题，经典叙事学之纯技术分析方法也已经失去了它的准星，必须寻找新的理论武器。后经典叙事学的引入缓解了这种紧张状况。与经典叙事学不同，后经典叙事学既重视对叙事形式和叙事结构的研究，又重视作品与作者及社会历史环境之间的关系，还注意吸收其他各学科的有关知识和理论来克服自身的局限性，大大拓展了自身的理论视野和研究范畴。后经典叙事学的理论成果如 J. 希利斯·米勒的《解读叙事》、苏珊·S. 兰瑟的《虚构的权威》、詹姆斯·费伦的《作为修辞的叙事》、戴卫·赫尔曼的《新叙事学》（Narratologies）以及马克·柯里的《后现代叙事理论》等陆续被译介进来，他们或从解构主义的立场，或从女性主义的角度，或用修辞学的方法，或用后现代叙事理论来完善经典叙事理论。后经典叙事理论不是灵丹妙药，但其开阔的研究视野与理论建构却与80年代中期以来的中国文学创作相契合，为解读后新时期中国小说提供了理想的解读工具。

二　叙事为何与暴力结缘

叙事为什么与暴力结缘？不是叙事需要暴力，而是暴力需要叙事。前面已经讲过"伤痕"与"反思"小说在其发展中逐渐逸出原有的轨道。这既指超越现实主义创作手法的成分，也有向主流靠拢或反向之思想越界的成分。前者是自觉的向叙事学方向发展，后者则是思想意识的分流。伤痕、反思小说的基本题材就是"文化大革命"造成的政治灾难和"反右"扩大化。因此，它们不是纯粹意义上的文学命题，而是夹杂着政治反思、历史评价等多重的非文学意义的文学创作。问题也正在于此，不少作家在"擦洗"伤痕，反思政治的时候，力道过重了，出现了"越界"现象。在伤痕尚未清除尽净之时，文坛就先后出现了"朦胧诗"论争，对人道主义和异化现象的讨论，《苦恋》批判及清除精神污染等一连串的"清洁"运动。这对创伤尚未平复，心思又比较敏感的知识分子来说，是一个心理重挫，加速了他们创作的转向。

　　但是，约束不等于遗忘。在没有心理距离的情形下，"文化大革命"创伤书写无法逃脱生活记忆及其所累积下来的感性材料。"对他们来说，'文革'永远不会过去，或者对我们这一代人的记忆来说，'文革'也永远不会过去的。"① 余华这里的他们指的是那些在"文化大革命"中受到批斗或者迫害的人。当他们无法再像过去那样表达或者呈现自己的记忆之时，变通就是必须的选择。因此，我们就看到先锋文本中一些没有来由的死亡和暴力。如《极地之侧》里死亡的堆积，《现实一种》中亲情的泯灭、《我的帝王生涯》里宫廷斗争的你死我活、《黄泥街》里的肮脏与压抑。许多文本似乎都在做着与"文化大革命"毫无瓜葛的死亡叙说，或者纯粹是一种死亡的叙事游戏，好像压根就与刚刚过去的外在社会历史无关。这不是真的！正如赵毅衡在评论残雪、马原等人的作品时所说那样，他们那些作品或许没有写"文革"题材，但依然"文革"鬼气森然。② 余华、乔良、张炜、莫言、苏童等人的作品可以用鲜血淋漓来概括，有的甚至还涉及重大的历史题材，其取材的敏感性并不一定亚于"文化大革命"，但它们畅行无阻。关键在哪儿呢？很大一部分的功劳应该归于叙事。洪峰《极地之侧》通过叙述圈套将人生的无聊无趣与不可琢磨逼真地传达了出来，而余华小说的"悲惨世界"里，如果没有荒诞之故事情节的包裹，那些逼真的细节极有可能无处容身。苏童笔下人与人之间的钩心斗角，莫言笔下的杀戮与酷刑，如果没有置于"历史"的时空中，也就很难有生存的土壤。叙事解决的不仅是一种创作技巧问题，也是一种思

---

① 洪治纲编：《余华研究资料》，天津人民出版社 2007 年版，第 18 页。
② 赵毅衡：《礼教下延之后：中国文化批判诸问题》，上海文艺出版社 2001 年版，第209 页。

想的表达问题，因为有了形式的负载，思想的表达才会从容，富有韵味。

另外，老套的故事讲述方法也引起了一些作者的厌倦及读者的审美疲劳，从而在文学内部促成了叙事在新时期的被重新发掘。许子东曾经在论述"'文革'叙述"时说："所谓'文革'，首先是一个'故事'，一个由不同人所讲述的'故事'，一个内容情节大致相同格式细节却千变万化而且可以引出种种不同诠释的'故事'。"① 这是许子东在研究了大量伤痕、反思小说及知青小说关于"文化大革命"之叙事后得出的一个结论，这个结论建立在"'文革'小说"四个基本叙事阶段，五种主要人物角色和二十九个情节功能研究之上。② "文革"叙事的套路化，在既无多少切身"文化大革命"经验，又接受了西方哲学社会思潮及现代派文学影响的"新生代"作家眼里，是一种落伍的标志，已经不适合他们关于生活，关于记忆的表达需要。西方哲学社会思潮，尤其是非理性主义思想中存在的荒诞感，破坏偶像权威、张扬个性、自由选择等为经历或者旁观过"文化大革命"非理性癫狂之后的数百万知识青年所产生的荒诞感、虚无感找到了阐释的哲学依据，西方现代派作品则为作家们摆脱教条化的社会主义现实主义创作方法的束缚提供了有效参照。马原、余华、格非、孙甘露等做出了开创性的中国当代小说的叙事化努力。"对现代派的内容进行扬弃……从内容中'剥离'出形式因素，'成功'地将现代派的创作技巧移植到中国文学中来。"③ 这是文学内部对叙事的自觉选择。

先锋叙事之后，没有了 80 年代中期那种令人目眩的形式实验，叙事进入了持久而平稳的发展时期，新写实小说、新历史小说、女性小说、底层叙事等表现了自己独特的叙事个性，形成了属于自己的叙事风格。小说叙事在新时期以来的引进、实验与发展，真正确立起了自己独立的美学规范。首先，暴力在作品中不再负载沉重的思想教育意义或者精神启迪职能。如果说，控诉和反思"文化大革命"的伤痕、反思小说还多少负有明确的社会指向意义的话，那么先锋文本中的暴力叙事，有意味的形式似乎更是作家们的青睐。其次，暴力事件作为具有独立审美意味的文学本体

---

① 许子东：《叙述文革》，《读书》1999 年第 9 期。

② 许子东：《为了忘却的集体记忆》，生活·读书·新知三联书店 2000 年版，第 5 页。

③ 王德领：《混血的生长：二十世纪八十年代（1976—1985）对西方现代派文学的接受》，中国社会科学出版社 2011 年版，第 163 页。

性存在逐渐得到体现，一些作家的创作不再将暴力事件附着于任何其他事件身上，它本身就是作品的主体，或者暴力事件成为那些作家叙述技巧实验或展示的平台。最后，暴力描写的还原性或者真实性。这里的真实性不是十七年时期现实主义美学原则观照下的所谓本质的真实，而是实实在在的毛茸茸的生活的真实、心理的真实。这些"真实"的暴力事件给读者的阅读印象几乎就像钝刀杀鸡般的观感，血腥，难忘，是叙事学的新发展。

那么，新时期以来小说的暴力叙事究竟是一种什么样的发展情况呢，促使其发展变化的语境是什么，它在内容与形式等方面有着怎样的表现，目前，对它的研究究竟是一种什么样的状况？这些都需要进行进一步的厘清，也是本书立论的出发点。

三　选题研究现状

选择新时期以来小说暴力叙事作为研究对象，主要在于它是一个难以忽视的存在。"文化大革命"结束以后，文学思潮纷涌，吸引了众多研究者的眼球，成果也难以数计。然而，相伴"文化大革命"叙事而生的小说暴力叙事起初并未引起人们的注意，即使注意到也仅附着在伤痕文学和反思文学的框架内阐释，因为意不在此。在 80 年代中期，先锋实验小说兴起后，大量死亡及暴力叙述才引起了学者们足够的重视，可多数学者又将其视为一种技巧的实验，即作为一种叙述策略而忽视了文本潜在的意义。时至今日，尽管新时期以来之小说暴力叙事研究文章数以千计，然而尚未发现一部以之作为研究主体的专著（现代文学时段有暨南大学黎保荣的博士学位论文《暴力与启蒙：晚清至 20 世纪 40 年代文学"暴力叙事"现象研究》2009 年），而是一些散篇，分散又不够深入。局部的研究与"片面"的分析难以全面把握三十余年来小说暴力叙事的整体风貌与审美流变，本书将尽力填补这一空白。这里拟采用分门别类的分析方法，删繁就简，突出重点，对目前国内外就新时期以来小说暴力叙事研究现状与水平作一扫描。

对暴力叙事内涵的解读，这方面的评论文章数量最多。大体来看，它又主要体现在以下两个领域：（1）暴力与社会存在之关系的分析，如，沈红芳的《"杀父"叙事中的罪与罚——论〈杀夫〉等五部小说》、王忠信的《文革记忆与余华先锋小说的暴力倾向》、秦延良的《鬼子身体暴力书写的深度意蕴》、罗维的《论杨争光匪类小说的多重文化意蕴》、张馨月的《青春的暴力与暴力的青春：20世纪90年代文学对"文革"记忆的两种表述——以〈动物凶猛〉、〈血色浪漫〉为中心》等。这些论文主要从人的生存困境、社会生活与人生经历、人生悲剧以及社会运动等诸多方面剖析了新时期以来小说暴力叙事现象。这些研究都为个案分析，生发有限，缺乏整体视野的建构与深层肌理的把握。（2）暴力与人性、心理关系的解剖。如，王文侠的《死亡、暴力、血腥——余华小说世界解读》、许松盛的《论余华小说中的暴力与人性》、刘俐莉的《暴力何以发生——董立勃小说中的施暴叙事》以及王爱松、蒋丽娟的《刑罚的意味——〈檀香刑〉〈红拂夜奔〉〈一九八六年〉及其他》、张懿红的《简评当代小说中的暴力书写》、吴义勤的《罪与罚——长篇小说〈施洗的河〉解读》等。这些评论探讨了作者与人性、暴力与人性、观众与人性等多方面的关系，不过问题的提出与展示居多，深层挖掘的极少。

对小说暴力描写的叙事性分析。这方面的评论文章也不少，从某个侧面反映了当代小说暴力叙事研究的繁荣局面。整体看来，主要可分为两大类，一类为对叙事内容的评析，另一类为对叙事艺术的分析。前者主要有周艳秋的《余华：暴力书写及其回归》、王德威的《暴力叙事与抒情风格——贾平凹的〈古炉〉及其他》、陆克寒《飞扬在文字里的拳脚和刀具——当代中国文学的暴力叙事》以及彭青的《论新世纪底层文学的暴力叙事》等。这类文章重在阐释各个作家作品中暴力叙事的基本内容及其与以前作品相比所产生的一些变化，极少数评论也注意到对具体的暴力施行手段与工具的解读。就单篇文章来看，有些也不乏新意，置于作家整体创作或文学史来看，则未难免单薄之嫌。后一类评析文章主要有余岱宗的《革命的想象：战争与爱情的叙事修辞》、高志、赵静的《莫言〈红高粱家族〉叙事艺术研究》、姜欣的《重复叙事的演绎者——论余华小说中的重复叙事》、刘德岗的《多重建构，创造坚奥——论余华〈死亡叙述〉之叙事张力》以及几篇硕士学位论文，如赵润州的《论苏童小说中的暴力书写》、单涛的《余华小说暴力叙述的嬗变》等。相对而言，这类文章比前者更具文学性意味，也更需要功力些，笔者以为。它们对单个作家作品的论析居多，整体性小说暴力叙事现象把握的较少，偏重于叙事内容评析的居多，侧重于叙事艺术解读的较少。

对小说暴力叙事的美学解读。主要的文章有张瑞英的《论余华小说的暴力审美与死亡叙述》、朱大可的《后寻根：乡村叙事中的暴力美学》、杨寅庆的《莫言小说中声音词语的审美意蕴——以〈红高粱〉〈檀香刑〉为个案》、李晓亮的《莫言〈檀香刑〉的审美形态分析》、章榕榕的《徜徉在历史血脉中的暴力——解读〈白鹿原〉中的暴力美学》以及郝艳利的《论新时期暴力叙事对"十七年"小说的审美颠覆》等。这些文章多侧重于单个作家作品的美学解读,对具体作品的美学风格,美学意蕴与审美形态都有所涉及,极个别还对某一时段整体性的暴力叙事美学特征予以了梳理与分析。客观来说,这部分的文章对文学暴力叙事分析具有重要的补充作用,扩充了其外延。但是,稍显不足的是,它们的美学分析,对叙事范式与技巧这一核心层面的文学叙事并没有做进一步的解剖。

关于小说暴力叙事的语言解读。作为语言的艺术,语言自然成为文学暴力叙事研究的重要一翼。相关的主要作品有余杰的《在语言暴力的乌托邦中迷失——从莫言〈檀香刑〉看中国当代文学的缺失》,王一川的《间离语言与奇幻性真实——中国当代先锋小说的语言形象》与《自为语言与文人自语——当代先锋文学对语言本身的追寻(续)》、汪民安的《话语的冲动抑制与权力之争》、吴义勤的《在沉思中言说并命名——孙甘露〈呼吸〉解读》等。此一方面的研究,语言的文化阐释意味比较浓郁,如余杰就从历史合理性、狂欢化叙述及历史运动的偶然性等角度对新时期以来文学中的语言暴力进行解剖,并认为它们营造出了一个语言的乌托邦。王一川干脆将这种语言现象归纳为几种基本类型。真正从语言的本体意义上对文学暴力叙事进行研究的不多,如汪民安将话语机制与权力结合进行研究,江南的《形式意味的强化——漫议新潮作家对语言形式的探索》等少数论文则是在对先锋文学的语言现象进行研究时有所涉及。暴力叙事是故事的叙述问题,也是语言的运用问题,语言暴力也是文学暴力叙事的重要组成部分,它在新时期以来的小说暴力叙事作品中的表现与对它的研究不太相称。

女性小说中的暴力叙事是一个特殊成员。其特殊:一是因为描写对象的特殊,作为特殊的群体,女性具有某种特殊的规定性;二是因为,就女性小说而言,其身上所附加的社会意义与性别意义。目前,关于女性小说的评论文章数目庞大,但就其暴力叙事进行研究的极少,多为相关方面的研究。女性小说方面如张鹏飞的《中国现当代女性文学"躯体化"文本叙事范式审美流变》、刘艳琳的《女性成长体验与中国当代女性书写》、郑志平的《谈新时期女性作家写作中的创伤记忆》、张艳梅的《新世纪女性文学的多元化立场》以及刘巍的《新世纪女性文学的缺憾与未来趋向》等。仅从所列文章就可窥知一二，众多论者对女性小说中的暴力叙事现象不是置若罔闻，就是"附带出售"，置于女性"躯体"、"成长"、"创伤"等方面的叙事内容中，而对其中大量出现的暴力描写，尤其是其中的"杀夫"现象，给予正面评析与研究者不多，尤其是其中隐含的社会生活内容及采取的叙事手法。

综观新时期以来小说暴力叙事研究状况，我们发现，尽管各位研究者做出了努力，取得了丰硕成果，它依然存在可以深挖的巨大空间。首先，表现在小说暴力叙事的发生上，存在决定意识，文学内外环境的变化及其对暴力叙事产生的影响；其次，是暴力叙事的价值取向与技术性表达，这是新时期以来小说暴力叙事中最为突出的地方；最后，是主题呈现与美学风格的变异问题，这也是迄今为止尚未进行很好分析研究的一个领域。研究空间的存在，为本书的研究提供了存在的依据。

四　研究的基本思路与方法

那么，本书将如何进行研究？这是一个十分重要的问题。鉴于外部社会语境与新时期以来小说暴力叙事之间的密切关系，本书将以后者大量涌现这一醒目文学现象作为论述的逻辑起点，从这一文学现象存在本身来追寻其赖以发生的社会与文学语境，离析暴力叙事小说语境得以形成的具体因素。在此基础上，勾勒出新时期以来小说暴力叙事发展的基本轮廓，叙事的主要向度，归纳整理出暴力叙事主题上的基本体现、再从叙事的技巧上予以典型案例解剖。由此，总结归纳出新时期以来小说暴力叙事的基本美学风格，阐释其文学史意义。这一思路可能没有鲜明的时间顺序感，甚至也不能说已经形成严格的逻辑推理，它主要是以暴力叙事现象为中心，将暴力叙事的形式与内容、显性存在与形成机理有机地整合了起来，使得本书呈现出富有逻辑质感的有机统一。

作为一个相对比较完整的系统，具体来说，本书将由这么几个基本部分组成：绪论部分，也即本部分，主要阐述叙事学在新时期以来之小说创作与批评中的简要发展，着重在其对于新时期小说创作与批评的方法论意义。还有就是作为方法论的叙事与新时期以来小说暴力叙事的内在关联的厘析。第一章，该部分的核心在"暴力叙事"之发生论。在外部的社会历史语境及"内部"的文学语境两个方向上简单梳理出新时期以来小说

"暴力叙事"发生的主要社会因素、文学体制性因素及其相互关系。第二章，在社会历史、人性及美学三个方向上分析新时期以来小说"暴力叙事"的基本价值取向。第三章，主要是暴力叙事的主题分析，侧重于对"暴力叙事"主题的归类与解剖，分别从"文革"创伤叙事、女性"杀夫"叙事、匪性叙事、文化叙事及历史叙事五个方面予以展开。第四、五章，是典型暴力叙事模式及社会心理分析，主要以新时期以来几个作家之典型暴力叙事为个案进行剖析及社会学分析。第六章，阐释新时期以来小说暴力叙事的美学风格及其文学史意义。最后是结语。各个部分从发生、环境、意指、表现、技巧与意义等多个方面构成对新时期以来小说暴力叙事的多维透视。

研究方法上，本书主要受到西方叙事学的启发。西方叙事学大概经历了经典和后经典叙事学这么两个发展阶段。两个阶段各有侧重。经典叙事学又叫结构主义叙事学，它脱胎于社会历史批评，在西方现代主义文学、英美新批评、索绪尔共时语言学、俄国形式主义和法国结构主义等诸多文学思潮和理论的影响下诞生。经典叙事学抛弃了过去注重从外部来分析小说人物、环境描写，强调作品社会道德功能的做法，将作品视作一个独立、自足的艺术整体，着力探讨叙事作品内部结构规律和各要素之间的关联。普洛普的人物功能分析法，格雷马斯的深层结构分析法、罗兰·巴特的句子结构分析法、叙述者、叙述视角以及叙述时空分析等都是经典叙事学中的重要文本分析工具。而后经典叙事学在借鉴经典叙事学经验的基础上，非常注重文本与外部世界的联系，注重文本的"修辞"的艺术性。鉴于新时期以来小说暴力叙事与外部环境之间的密切关系，运用经典叙事学的文本分析方法可能无法准确解读一些小说文本，从而造成这些文本内涵解读的遗漏甚至失误。因此本书这里并不是纯粹采用某一种叙事学的分析方法，而是综合借鉴了经典叙事学及后经典叙事学的文本分析方法，如情节结构、叙述声音、叙述视角及叙述的修辞处理等。这种综合运用的分析方法对于解读文本背后，尤其是一些先锋文本背后的深层次东西，如余华的《现实一种》等，具有很大帮助。

在具体的论述处理上，本书采取宏观把握与微观分析相结合，个案剖析与文本解读相结合的方法，运用社会学、政治学、历史学及叙事学的方法分析新时期以来小说暴力叙事的发生、表现以及特色与意义。本书以小说暴力叙事现象作为论述的切入点，探究形成小说暴力叙事语境的诸多因素、内在联系以及由此形成的叙事意图。首先，厘析出小说暴力叙事语境的主要因素，即社会因素、文学场域、作家因素、文学因素及其细部的诸多单元，如社会政治经济变化与微妙心理、文学规约的变化、外来文化影响、文学自身发展的内在要求、作家的构成、作家队伍的分化、文学角色与话语的变化等；其次，分析这些因素在时代的变迁中而发生的变异，及其这些变异对文学产生的影响。同时，从宏观上简要梳理新时期以来小说暴力叙事发展的基本脉络、概况与叙事的基本指向。概括说来，即考察新时期以来小说暴力叙事语境究竟接受哪些因素影响，他们对新时期以来的小说暴力叙事究竟产生了什么样的影响。

在考察新时期小说暴力叙事语境及其影响的基础上，进而解读由此形成的丰富多样的暴力叙事主题，剖析各具特色的暴力叙事模式、品鉴新奇脱俗的美学风格、探索其所产生的多方面意义。相对而言，这部分的工作是比较细致的活儿，因此，具体研究时更多是通过文本细读来进行个案解剖，从而达到对暴力叙事的细致分析与准确把握。在多样的暴力叙事景观部分，整理归纳出新时期以来五种最具代表性的小说暴力叙事类型，每一类型的暴力叙事剖析则在整体勾勒后通过具体文本细读的方法进行解读，总结其特点，发掘其规律。典型的暴力叙事模式部分，则是个案分析与文本解读相结合最为紧密的部分，四种叙事模式，基本就是通过对四个典型个案的解剖麻雀式的分析来予以揭示的。无论是暴力叙事景观解读，还是典型暴力叙事模式解剖，都是希冀在对个体的分析中得出一般性的结论。在此之后的美学风格与意义部分，则是对暴力叙事美学与文学意义上的归纳与总结。它与前面的叙事语境，暴力叙事景观、叙事模式形成一般到个别，再到一般的完整论文结构模式。

五　基本概念的厘定

本书主要探讨"文化大革命"终结以后三十余年来小说创作中的暴力叙事现象。这一命题有几个基本概念需要界定，如叙事和暴力叙事等。

（一）叙事

叙事，作为最基本的文学创作表现手段，具有悠久的历史，但将其作为一门学科进行研究，时间并不长，也就半个世纪左右，学者们对"叙事"这一概念及其内涵的界定也不尽相同。在此，本书有必要对"叙事"概念及其内涵作一简要梳理。

　　叙事学的研究首先主要在西方展开，相关研究取得的成就也主要在西方。因此，此处叙事概念的梳理也以西方的概念梳理为主。何为叙事？有的叙事学家把"叙事"界定为至少叙述两件真实或虚构的事件，其中一件与另一件并不存在必然联系或曰存在预设关系，如，英国学者罗吉·福勒认为，叙事"指详细叙述一系列事实或事件并确定和安排它们之间的关系"①；另有一些叙事学家则把"叙事"界定为叙述具有因果关系的一系列事件，如，美国叙事学家杰拉德·普兰斯就认为，叙事一般指在一个时间序列中至少有两个真实或虚构的事件或情境的呈现。法国结构主义叙事学家克劳德·布雷蒙从三个方面对叙事做了限定："任何叙事作品相等于一段包含着具有人类趣味又有情节统一性的事件序列的话语。没有序列，就没有叙事；比如只有描写、演绎、抒情等。没有具有整体统一性的情节，也没有叙事，而只有时间顺序，只有毫无条理的事件序列的罗列。最后，没有人类趣味（所叙事件既不由人形施动者所触发，又不由人形受动者所经受），也没有叙事；只有相对人类计划而言，事件才具有意义，才组织成有结构的时间序列。"②杰拉德和克劳德等主要从统一性和序列性等角度框定"叙事"的概念或内涵。另一位美国学者 J. 希利斯·米勒对叙事这一概念的认识稍有不同，他认为，"叙事""这一概念暗含判断、阐释复杂的时间性和重复等因素"。叙事之所以具有这种功能，是因为"叙述也是诊断，即通过对符号的识别性解读来进行鉴别和阐释。叙述者是明白之人，但却往往说出或者写出谜一般的话或者隐喻。尽管从表面上看，这些话十分清晰明白地表达了其所指，但读者却不得不设法解开其中的谜"③。

　　在叙事学界，法国结构主义叙事学家热拉尔·热奈特无法忽视。他认为，所谓叙事，是指"用语言，尤其是书面语言表现一件或一系列真实或虚构的事件"④。在《叙事话语》中，他进一步区分出这一术语的三个不同含义：一、指"承担叙述一个或一系列事件的陈述，口头的或书面

---

① 王先霈、王又平主编：《文学理论批评术语汇释》，高等教育出版社 2006 年版，第720 页。

② 同上书，第 346 页。

③ 同上书，第 347 页。

④ 同上书，第 345 页。

的话语"。二、"指构成这段话语主题的一连串真实的或虚构的事件，以及它们之间的各种关系，如衔接、对比、重复等等"。三、"指的仍是一个事件，但不是被人们讲述的事件，而是指某人讲述某事这个事件，即叙述行为本身"。热奈特分别用 recit（叙事）、histoire（故事）、narration（叙述）这三个词来表示其不同含义。① 热奈特区分出的这三个不同含义有时又被指称为"叙述话语"、"叙述内容"和"叙述行为"三个层面。

中国虽然具有历史悠久的叙事传统，也存在自己的叙事理论，但比较零散。作为一门比较独立的学科，叙事学首先产生于西方。中国当代叙事学主要是在西方叙事学的影响下发展起来的。目前，国内从事纯叙事理论研究的并不多，本土化的叙事研究倒有了些不错的成果，具有代表性的有陈平原的《中国小说叙事模式的转变》、徐岱的《小说叙事学》、罗钢的《叙事学导论》、杨义的《中国叙事学》等。北京大学的申丹等学者对西方叙事学进行了卓有成效的研究，她这么定义叙事，"顾名思义，就是叙述事情（叙+事），即通过语言或其他媒介来再现发生在特定时间和空间里的事件"②。通俗点说，即：故事+叙述。申丹对"叙事"的界定并未强调事件的多寡与事件之间的关系，其重点是事件与对事件的叙述，即作品内容与作品叙述。

通过对上述关于"叙事"概念的梳理，我们可以离析出关于"叙事"的这么几个核心内容：1. 包含至少两个或两个以上真实或者虚构的事件且事件之间存在一定的关联；2. 事件之间具有统一性和序列性；3. 事件或者故事是由叙述者叙述出来的，因此存在剪裁、布局等方法与技巧的运用。

（二）暴力叙事

什么又是暴力叙事呢？对其定义之前，先要简单了解一下什么是暴力。关于暴力的定义，中外种类繁多，有的将其解释为使人肉体或思想上受到限制，马克思将其解释为人与物的关系。暴力的分类也极为多样，可以划分为肉体暴力与精神暴力，也可以划分为语言暴力与行为暴力，还有学者将它划分为直接暴力、文化暴力和结构性暴力。为了便于研究，本书

---

① 王先霈、王又平主编：《文学理论批评术语汇释》，高等教育出版社 2006 年版，第346 页。

② 申丹、王丽亚：《西方叙事学：经典与后经典》，北京大学出版社 2010 年版，第 3 页。

采用世界卫生组织关于暴力的定义，主要指使用武力对他人、自己或团体造成身体或精神伤害的行为。根据关于暴力与叙事的相关定义，笔者认为，它主要指文学创作中推崇使用语言"暴力手段"的文学创作倾向，或者以暴力事件为叙述核心的文学创作现象。鉴于暴力叙事概念的纷杂，内涵的复杂性以及理解的多样性等特征，如阎连科小说《坚硬如水》，里面选用了大量"文化大革命"语汇，这些语汇在公开场合具有强烈的暴力意味，但是当高爱军和夏红梅两人在地道中用来作为做爱的助推剂时，笔者认为就另当别论了，它不仅不是一种暴力语言，而且在高、夏两人的眼里是世界上最富诗意的语言，优美而多情，灼痛又畅快。此处如果硬性运用语言暴力概念来分析解读这一最精彩的段落，难免不妥，而且极有可能偏离了作者的本意。因此，为了便于叙述，本书这里主要采用后者，即以暴力事件为叙述核心的文学创作现象作为本文甄别作品、分析作品的一个基本指针。而对于颇富争议的其他相关概念如战争暴力、语言暴力、精神暴力等采取简略方法，不是本书分析作品的主要依据对象。再则，它们只是暴力这个总体概念下的一个子概念而已，如果笼而统之，兼收并蓄，不仅工程浩大，而且甄别困难，极有可能深陷其中而无法自拔，反而成为本书的掣肘。

据此，本书对中国新时期以来小说暴力叙事研究拟从以下几个方面展开：第一个方面，主要是对小说创作中大量关于"暴力"叙事的文学创作现象进行研究，比如凶杀、自残等以武力或身体伤害为主的暴力书写；第二方面，主要是暴力叙事的意义指向及其主题研究；第三个方面则主要是对暴力叙事的基本模式进行研究，探索它们是如何进行暴力叙事，及其叙述方法与技巧。

第一章　暴力叙事发生论

在引言中，我们简要回顾了叙事作为方法，其在新时期以来文学中发展的大致历程及其与暴力的因缘。对于暴力叙事研究的纵深开掘要求，这显然还不够。暴力与叙事结缘有方法论的需要，更有发生的社会历史基础，因为叙述必须要有可叙述的对象及进行叙述的心理意愿条件，否则，就无以产生。从伤痕、反思小说到先锋小说，再到新写实小说及底层叙事，新时期以来之暴力叙事小说发展表明，尽管文坛在 20 世纪 80 年代经历了多次思想规训，小说明显的"越界"行为好像已经不复存在了。实际上，远超伤痕、反思小说的暴力与死亡叙述不仅没有稍减，反而有了大量的增加，而且这个增加就是从先锋小说开始，这是一个非常令人惊奇的现象。笔者认为，这个现象背后，至少有以下两个因素的支撑：其一，除了以前"反右"及"文化大革命"所造成的心理创伤没有消除之外，社会现实状况又为大众增添了新的心理创伤，是普遍性的社会暴力心理支撑起了小说暴力叙事不竭的创作源泉；其二，在文学场域方面，从文学管理、作家构成到文学角色等多方面因素的变化为作家创作的自主性和差异化提供了比较余裕的空间。

第一节　暴力叙事的"历史"因素

为什么我们的文学中满布着暴力？因为我们生活在一个乱象丛生的世界里。马克思说，对历史的解释只能从历史出发。我们要了解这个时代的文学，就必须进入文学赖以存在的这个时代。关于这个时代，社会普遍以主流所表述的新时期为主要指称。所谓"新"，它与旧相对，有别于之前高度政治一体化之极左时期和"文化大革命"动乱时期，新时期主要指"文化大革命"结束之后的以经济建设为中心的社会主义现代化建设新阶段。现代化想象为人们勾勒了关于国家未来的新图景：文明、民主、富裕。但现实真的如构想的那么美好吗？并非完全如此。那么究竟是一种什么样的现实，这种现实又为文学提供什么样的想象空间，暴力叙事与之有何关联？我们且从这些问题开始思考。

一　"文化大革命"叙述与后现代境遇

"文化大革命"已经远去，但时间的推移并未能抹去它的印记，它依然以各种形式顽强地存在于人们的生活世界里，产生强大而持久的影响力。或成为别人用以逗乐消闲的一个工具，或成为文坛的一些话题和谈资。即以 20 世纪 80、90 年代文坛令人瞩目的王朔而言，他的出现某种意义上说就得益于"文化大革命"经验，诚如王朔自己所言："我的小说不是纯粹的北京口语，'文革'时的东西我要充分利用，有时很出效果。"①而发生于 90 年代末期余杰与余秋雨之间的所谓"忏悔"事件，无疑也是"文化大革命"历史的一个回响，其留于人们思考的东西依然弥足珍贵。不过，"文化大革命"带给社会，带给人民更多的是灾难和痛苦。打开三十余年来的文学史，无论"文化大革命"结束不久的伤痕小说、反思小说，还是后来的先锋小说、寻根小说、新写实小说，抑或新世纪的底层文学和"新生代"写作，"文化大革命"始终是书写的重要对象，显现出隐藏于人们心中隐隐作痛的"文化大革命"情结：

> 小妹偷偷跑来告诉我，母亲一直在打主意要弄断我的胳膊，因为我开关抽屉的声音使她发狂，她一听到那声音就痛苦得将脑袋浸在冷水里，直泡得患上重伤风。
>
> "这样的事，可不是偶然的。"小妹的目光永远是直勾勾的，刺得我脖子上长出红色的小疹子来。"比如说父亲呢，我听他说那把剪刀，怕说了有二十年了？不管什么事，都是由来已久的。"（残雪《山上的小屋》）
>
> 这些红袖章把他押进仓库后，第一天晚上就开始了对他的折磨，这些红袖章把他的双手和双脚绑起来，到外面去捉来了一只野猫，把野猫放进了他的裤子，裤子的上下都扎紧了，野猫在他的裤子里又咬又抓了整整一夜，让他痛不欲生地惨叫了整整一夜，让仓库里其他被

---

① 王朔：《王朔自白——摘自一篇未发表的王朔访谈录》，《文艺争鸣》1993 年第 1 期。

押的人哆嗦了整整一夜，有几个胆小的吓得都尿湿了裤子。（余华《兄弟》上）

这里节选的是残雪《山上的小屋》和余华《兄弟》（上）中的几段文字，前者昭示的是家庭亲情的破坏与荡然无存，后者是红卫兵惨无人道的斑斑劣行，中华文明最为久远最为牢固的家庭伦理基础，令人称道的道德人伦在此烟消云散，了无踪影。

关于"文化大革命"的发动，有人说是毛泽东为了防止资本主义复辟、维护党的纯洁性和寻求中国自己的建设社会主义的道路。事实证明这不是任何意义上的革命，而是"给党、国家和各民族人民带来严重灾难的内乱"①。"文化大革命"究竟对这个社会产生了怎样的影响？从官方到民间，从集体到个人，做了很多研究，总结出了许多具有深刻意义的经验教训。在笔者看来，"文化大革命"最大的破坏在于对社会文化及心理的破坏。"'文化大革命'造成全民族空前的思想混乱，党的建设和社会风气受到严重破坏……致使一些人对马克思主义的信仰和社会主义的信念受到严重削弱。"② 社会风气破坏会使人们产生严重的不信任心理，信仰的幻灭则会形成全社会的精神危机，造成社会普遍产生对生活的幻灭感。不少学者对此给予了格外关注："政治运动导致文明的退化是最惊人的，它的巨大破坏作用，主要不在于破坏政治、经济这些表层的东西，最可怕的是破坏了深层的东西，它扭曲了民族的心灵，改变了民族文化心理结构，在很大程度上摧残了社会的良知系统和道义系统，造成了难以疗治的精神内伤。"③ 刘再复的这个判断是很有见地的，表层的物质层面的损伤修复易，深层的价值层面的破坏要复原就难了，何况是身心的双重摧残。

时间可以淡化某些记忆，但不可能将那些深入骨髓的精神创伤淡化、模糊，它会以某种形式潜隐于心理的某个角落，伺机而动，一有机会就会施展它的影响。而新时期以来的中国大陆，给予它可以展露的机会实在太多了。1978 年 12 月，中国共产党在十一届三中全会上做出了将工作重点

---

① 中央文献研究室：《三中全会以来重要文献选编》（下），人民出版社 1982 年版，第811 页。

② 关海庭主编：《中国近现代政治发展史》，北京大学出版社 2005 年版，第 283 页。

③ 刘再复、李辉：《个人·文学·当代中国的问答》，《当代作家评论》1989 年第 3 期。

转移到社会主义现代化建设上来的战略决策，大陆进入改革开放的新时代。在此大的背景下，西方各种哲学社会思潮纷纷被译介进来，尤其是非理性思潮的译介和研究，空前活跃，存在主义、精神分析学等成为学术界争论和研究的热点。以萨特、加缪等为代表的存在主义更是深刻地影响了经历过"文革"的中国人，青年们对此趋之若鹜，社会上相继出现了"萨特热""弗洛伊德热"和"尼采热"。"非理性主义是'资本主义时代的危机哲学'，'是现在资产阶级社会内部的深刻危机的思想表现'，是资本主义社会的'悲凉挽歌'。"① 西方现代主义文学的各种表现手法，也在作家创作，尤其是先锋作家之小说创作中得到广泛实验，以致有论者做出了这样的评论："先锋作家在短短的几年内重现了西方近100年的现代主义文学历程。"② 为什么西方现代主义在中国大陆能够受到如此的"礼遇"？因为在这片尚未现代化的土地上有着已经现代化了的西方人相似的异化感、荒诞感。

　　如果说西方现代主义对现实的异化感、荒诞感切合了经历过"文化大革命"的大陆人的心理感受，激活了潜伏于他们脑海中的并不久远的惨痛记忆，刺激了他们的表达欲的话。那么，后现代主义的"侵入"，则为他们提供了解构这个让他们曾经或正在感受着荒诞，经历着痛苦的世界之理论武器。1985 年，杰姆逊在北京大学进行了为期半年的讲学，讲稿后被集结为《后现代主义和文化研究》出版，大陆学者得窥后现代主义的堂奥。此后，后现代主义理论陆续被引介。关于后现代主义，至今仍然是一个众说纷纭的话题，多数学者倾向于它产生于两次大战之后。艾伯拉姆斯认为后现代主义是出现于第二次世界大战之后的文学艺术思潮，佛克马认为后现代主义从 20 世纪 50 年代中期一直延伸到 80 年代，利奥塔则认为后现代主义是两次世界大战后战争和技术科学繁荣的结果。杰姆逊也认为后现代主义大约发端于 50 年代末 60 年代初，是晚期资本主义的产物，是一种消费性话语。他用两个特征来概括后现代主义：一是以革命姿态消解现代主义原型政治的使命感，一是所有极端现代主义所推崇的东西都消失殆尽，如深度、焦虑、恐惧、永恒的感情等。为什么学者们喜欢将后现代主义与两次大战相联系？大概与战争的影响有关。两次大战都是资

---

① 王治河：《非理性主义沉思》，《苏州大学学报》（哲社版）1987 年第 1 期。

② 蒋杰：《谈〈受活〉对本土化写作的意义及局限》，《阅读与写作》2007 年第 2 期。

本主义发展到帝国主义阶段的产物，战争的惨痛经历颠覆了社会关于真善美的传统观念，固有的信仰也发生动摇，曾经深信不疑的上帝不再变得可靠，思想家们关于人类和社会的种种美好设想如理性、人本、理想等不再值得信赖或不可企及，人们必须重新探寻人生的意义。作为现代主义的发展或延续，后现代主义的最核心的精神就是反传统，怀疑一切。

中国同样经历了两次世界大战，但因为种种原因，没有像西方那样具有广泛的社会整体性创伤记忆。不过，这并不意味着西方现代主义和后现代主义在中国大陆没有生存的土壤。中国大陆不是没有战争，而是中国历来没有反思战争的意识，十年"文化大革命"，包括从"反右"开始的历次政治运动所造成的社会的撕裂与伤痛。这种撕裂与伤痛，其程度丝毫不亚于两次世界大战所给予西方社会的打击与伤痛，甚至有过之而无不及。这里无意将两者进行比照，这也不是本书的着意点所在。这里所要追问的是现代和后现代主义究竟给予了大陆新时期文学怎样的影响？众所周知，伤痕文学尚未落潮，关于西方现代主义文学的争论就此起彼伏，虽然最后争论不了了之，现代主义却切切实实地在大陆扎下了根，并很快出现了先锋文学思潮。先锋文学给予中国当代文学的影响绝不仅仅是形式主义革命，严格来说更是一场思想的革命。在当时各种批判运动还比较频繁、思想禁锢还相对严密的情况下，只有选择特殊的方式，才有可能突围成功。伤痕文学和反思文学之被抛弃固然与其陈旧的叙事方式有关，但更与其与主流合谋的写作策略有关。当常规方法难以还原现实，表达自己内心的时候，"异端"就是最好的选择。现代主义和后现代主义为大陆当代文学提供了还原、解构那段尚未远去的惨痛历史，表达自己真实的内心体验提供了称手的工具。

二　现代化与当代社会镜像

"文化大革命"之外，有无其他因素支撑着新时期以来的暴力叙事？回答是肯定的，那就是现实生活！文学反映论在当今的文评界已经不是什么热门词语了，但笔者认为，正是正在上演的现实与已经逝去的"文化大革命"以及西方现代、后现代主义一起形构了当今大陆的文学暴力叙事形态。"文化大革命"结束，新的时期开始，尤其是十一届三中全会做出的工作重心转移和实现四个现代化建设目标的确定，为未来社会描画了一个灿烂的图景。稍后推出的经济体制改革和政治体制改革也确乎使得社会形成了一派欣欣向荣的景象，社会结构出现巨大而深刻的变动。问题在于，旧的平衡被打破之后，新的平衡并未如社会所预期的那样得到切实建构，社会出现新的不能承受之轻。

"文化大革命"造成的灾难，表层是暴力和血腥，深层是社会戾气和扭曲的心理。新时期执政当局要做的首要工作就是冤案平反和心理抚慰，不过，从现实的层面看，无论是措施行为还是效果结局都并不尽如人意。这首先表现于受灾最严重的知识分子身上。一部20世纪中国知识分子的历史，几乎就是一部炼狱史。身心遭受严重摧残的知识分子最为关注的不是肉体的伤害，而是灵魂的扭曲和异化、人格尊严和思想自由，而恰恰在他们最为在意的这些方面，不仅没有得到解决，反而形成新的挫折感。

文学中人的主体性的觉醒与现实中人的主体性实现的失落形成强烈反差，带来对现实的失望与冷漠。创作上，刘心武"救救孩子"的呼声拉开了新时期文学新启蒙的大旗，伤痕小说、反思小说形成了对"文化大革命"乃至"反右"时期极"左"思潮的反思和清理，重启文学对人性、人情和人道主义的思考，呼唤人的尊严、人的价值和人的权利。理论上，则相继出现了"三崛起"、"文学的主体性"及"向内转"等新的文学观念，实现了对过去现实主义文学理论凝固化、片面化的反拨。"三崛起"对于朦胧诗表达自我感情，退出时代精神号角角色的美学选择赞誉有加，刘再复的"文学主体性"特别强调作为文学历史实践的人之主体性地位，并特别注意人的精神主体性，注意人的精神世界的能动性、自主性和创造性；而鲁枢元提出的文学"向内转"则是刘再复文学主体性"人的文学"理论的大胆实践，其核心就是要对逝去的"历史"进行全面检讨和"重新阐释"。由此，新时期文学在创作和理论两个方向上都出现了脱"文化大革命"和"十七年"文学而对接"五四"和世界文学的基本态势。有学者进而总结为"80年代文学被理解为是'人的文学'的恢复和高扬以及重新回归到对'世界文学'价值体系和审美规范的认同当中，这不仅成为理解'80年代文学'的独有方式，而且也成为贯穿于当时文学批评和文学史叙述中的一种知识谱系"①。

"人"之意识在文学中的"觉醒"未能在现实中获得应有的支持和发

---

① 白亮：《"向内转"与八十年代文学的知识谱系——对新时期文学向内转的再认识》，《当代文坛》2008年第3期。

展。就在伤痕文学横空出世之时，批评和反对的声浪几乎也同时发生，后来更是陆续出现了"朦胧诗"论争，对白桦《苦恋》的批判，人性、人情、人道主义问题的讨论，清除"精神污染"及反对资产阶级自由化等等发生于文学或与文学相关的种种思想论争乃至批判运动。论争也好、讨论也好、批判也罢，其实都是对文学中的思想"越界"现象进行的有力规范。伤痛尚未清理，对错误的反思尚未深入，"人"的意识尚未完全确立，就已经被做出了终审判决。解放思想是当前的一个重大政治问题，其初衷是纠正由于"文化大革命"和极"左"路线造成的对马克思主义的"偏离"与"歪曲"，改变将马克思主义教条化的倾向，而不是恢复马克思主义关于人的认识，更不是要回到资产阶级的人道主义上来。对此，李陀有比较深刻的认识，他认为"思想解放"和"新启蒙"两个思想运动，后者是想凭借"援西入中"，借用"西学"话语来重新解释人，"开辟一个新的论说人的语言空间，建立一套关于人的新的知识——这不仅要用一种新的语言来排斥、替代'阶级斗争'的论说，更重要的，还要通过建立一套关于人的新的知识来占有对任何社会、历史关系的解释权"①。两个思想运动碰撞的结果，历史已经予以了呈现，1989 年"风波"之后，知识分子基本从思想场域消隐，虽然后来也出现了所谓人文精神危机的讨论，但再也激不起什么大波澜了。在笔者看来，这种"危机"的出现应该是知识分子在精神上做出的一种自觉或不自觉的退却反应。可以肯定的是，思想解放的退却给予他们的重击是不言自明的，其曾经遭受的精神创伤是否有了新的变异，我想九十年代以来的文学，包括暴力叙事小说，应该是比较好的注脚。

知识分子政治地位的虚拟提高与经济地位的实际低下反差所可能产生的影响同样不能忽视。暴力叙事小说中浮躁的社会、冷漠的心理、灵魂的缺失乃至对生命的漠视仅仅与现实生活有关？结论恐怕绝非如此简单。小说叙述者的叙述视角、情感选择并非仅仅是一种叙事的技巧，同时也是作者的美学选择和精神体现。虽然在新启蒙上遇挫，知识分子的政治地位相比以前还是有着巨大提高的，不仅国家领导人先后在不同场合表达过要"尊重知识，尊重人才"，"知识分子是工人阶级的一部分"等讲话，而且做出了不少决议，如 1978 年 11 月发出的《中共中央组织部关于落实党的

---

① 查建英：《八十年代访谈录》，生活·读书·新知三联书店 2006 年版，第 274 页。

知识分子政策的几点意见》；1990 年 8 月中共中央发布《关于进一步加强和改进知识分子工作的通知》及 1995 年 2 月通过的《党政领导干部选拔任用条例》等。提出了对知识分子要"充分信任、放手使用"，"政治上充分信任、工作上放手使用、生活上关心照顾"政策，并规定，今后凡是"提拔担任领导职务的"，"一般应当具有大学专科以上文化程度"。这对改善长期处于社会底层的知识分子的政治地位、生活条件，甚至从政之路提供了依据和保障。不过，实际情况并不乐观。20 世纪 80、90 年代突出的脑体倒挂现象足以说明一些问题。1978 年的数据是体力劳动者比脑力劳动者的收入高出 14%。1985 年国家机关、事业单位提工资后，还高出 10%。北京市通过对 5000 多名职工月收入的调查，发现以 50 岁为界，凡是低于 50 岁的职工，大学文化水平的脑力劳动者的收入均低于同龄中小学文化水平的体力劳动者。90 年代末期有学者对石油战线知识分子的一份调查显示，其心理状态更是十分堪忧："自感压抑和比较压抑的占 31.5%，烦恼和比较烦恼的占 26%，空虚和比较空虚的占 16.6%，烦躁和比较烦躁的占 19.4%，消极和比较消极的占 5.8%，对工作发展和个人前途说不清的占 30.1%，信心不足或毫无信心的占 25%。"① 这份调查所示知识分子心里根本看不到任何积极的一面。即使这份调查存在不够准确的因素，亦足以说明知识分子心态问题的严重性。这种现状在 21 世纪后表现为不同行业不同工作环境中知识分子心态的显著差异，负面心理仍然占有相当比例。作为精神生产的重要群体，知识分子的精神状况与整个社会的文化心理有着紧密而又千丝万缕的关系，它弥漫于社会生活中，也会形诸文学作品里。

与知识分子相比，工人、农民的身份地位和经济处境在新时期以来几乎可以用坐过山车来形容，天与地般的境遇反差，于这两个群体、于社会而言都不只是社会结构变化这几个枯燥文字所表现的那么简单和大而无当，它所引起的整个社会阶级结构变动，文化心理的深层变革，与知识分子相比有过之而无不及。作为统治阶级，工人和农民曾经有过令人骄傲的过去，这一切随着市场经济的深层次发展，转瞬化为乌有。在 20 世纪 90 年代末期，国有企业转型，千万工人加入失业大军，成为弱势群体。人数

---

① 戴金祥、骆家宽：《新时期知识分子问题的调查与思考》，《学习与实践》1998 年第 1 期。

更为庞大的群体——农民也因为"三农问题"进入国人视野,其生存状况我们用一组数据来说明。"2006 年农民纯收入全国平均为 3587 元,西部各省份基本上都低于 3000 元,有数千万农民的纯收入水平不足 1000元。2006 年城市居民收入与农村居民收入之比为 3.28。更重要的是,这种差距呈现出不断扩大的趋势。"[①] "据全国农村固定观察点办公室 2008年 12 月对全国 22000 多个农村固定观察点农户劳动力外出就业情况调查显示,2008 年农民工工资平均每月 1156 元,新生代农民工工资平均每月1016 元,新生代农民工的可支配收入依然较低,除去在城市生活的各种开销后基本所剩无几。"[②] 从农民到农民工,两代农民改变的只是谋生的空间,城市亦非乐土,工人尚且处境艰难,何况农民工。工农主人地位的失落和边沿化、底层化、经济的贫困化究竟会对社会产生怎样的影响?"新生代农民工满怀希望来到城市,结果却受到排斥与歧视……不平等、被侵害、被剥夺感比较强烈,长期下去定会累积很多矛盾,导致农民工对城市社会普遍怀有一种疏离感和责任匮乏心态。这个问题解决不好就会成为社会稳定的重大隐患。据广州大学人权研究中心 2009 年基于广东三大监狱新生代农民工犯罪情况调查显示,在广东,农民工罪犯中九成以上在26 岁以下,新生代农民工犯罪率不断攀升凸显这个问题的严峻性。"[③] 让我们回到作品,再回味九财叔因为二十元而疯狂砍杀勘探队员,荔红因为工作而出卖身体而报复杀人以及《谁能让我害羞》中少年手持水果刀与雇主的紧张对峙等,杀人的、想杀人的、肉体消灭的、精神折磨的一幕幕血腥恐怖场景中,其折射的难道仅仅是作者的想象?须知,这些作品可是具有强烈写实性的底层叙事!

三 喧嚣的与沉默的

现在,让我们从网络这个公共话语空间中的一些热点话语作为切入点来探讨当今文学创作的社会心理语境。

以下是十八届人大和政协召开期间的一些热点话语或者雷人话语:

---

① 柯炳生:《我国的三农问题》,《广西农学报》2008 年第 3 期。

② 杨春华:《关于新生代农民工问题的思考》,《农业经济问题》2010 年第 4 期。

③ 同上。

　　方明（佛山人大代表）："百姓是教好的，不是养好的，就像溺爱的孩子不可能是孝子，溺爱的百姓也可能比较刁民。"①

　　穆麟茹（北京籍政协代表）：无论是经适房、保障房还是公租房等等，住房应该由政府来建，通过合理的租金（政府微利）出租给需求者，这些房子是不能出售的，能出售就会出现腐败和寻租；而房地产则是市场选择，只要双方合意，一平方米卖100万、1000万也是合理的，这个政府就不该干预。②

　　王毅（北京籍人大代表）："其实环境保护是一个个人选择的问题，你也可以选择赚钱但呼吸肮脏的空气。""当然，也要考虑到企业的税负。企业的税负本身已经很重了，那么就要考虑在所得税、人力税等方面为企业减税，达到一种平衡。""而且，企业也可以通过提高价格将一部分税负转移给消费者，在可以接受的范围内。老百姓不能总想着呼吸新鲜空气却不付出代价。"③

　　申纪兰（山西籍人大代表）："这个网，你谁想上就能上？还是要组织批准呢？我有个想法，网也应该有人管，不是谁想弄就能弄，就跟人民日报一样，外国那些人那是瞎弄的，咱不能这样，咱要按照原则去弄，不要好的弄成坏的，想说什么就说什么，咱是共产党领导下的社会主义国家，那能说上网就上网呢！"④

　　万鄂湘（湖北籍政协代表）："我们按照这种政党制度跟执政党经过几十年的合作，已经尝到了目前这种政党制度的甜头。""中国30多年的发展，你看我们城市居民的人均收入，从370多块，到去年的28000多块，翻了70多倍。因此我也反过来，我说你们美国人保持这么长时间的经济增长率，是不是也可以学学中国的政党制度。现在回答您的这个问题，目前的政党制度不是所谓的政治安排，而是

---

① 《百姓是教好的不是养好的》，http：//news.163.com/12/0111/09/7NFQ9E0V00014AED.html。

② 穆麟茹：《住房应由政府来建 房地产应是市场选择》，http：//zzhz.zjol.com.cn/system/2013/03/05/019188728.shtml。

③ 《人类呼吸新鲜空气属于环境权》，http：//www.360doc.com/content/13/0307/22/40130_270060250.shtml。

④ 申纪兰：《网也应该有人管，不是谁想弄就能弄》，http：//news.ifeng.com/mainland/special/2012lianghui/yulu/detail_2012_03/06/12986498_0.shtm。

中国这么多年经过很多失败、很多经验教训最后确定的这种政治制度。"①

事实上，民间也存在着不同的声音：

> 针对方明的"教养"说，民间就存在这样的质疑：一些人大代表才像是被溺爱的"孩子"，无论是选举之时还是当选之后，一些人大代表既没有受到民众的强力监督，也没有受到制度的充分约束，以致有些人大代表缺少责任感、使命感，屁股经常坐错地方，甚至变得无知无畏——缺少对自己身份的正确认知，缺少对百姓权利的起码敬畏。

对万鄂湘的"进步"说，民间同样存在不同的声音：

> 肯定甜头大大的，整天啥都不用想，每年就上几天班，镜头前举举手作作秀，回来大把大把的银子女人全有供给，闲下来还能打着民主党派的旗号去投资捞钱，回头拿着米帝的国籍在国内捞钱，就连米帝的民主共和两党都羡慕嫉妒恨它们啊。

这些声音大体可以划分为两大基本阵营：当局与民间。从发声的渠道来看，那些代表、委员是在公共场合如会场，或者记者采访，通过主流传媒发出，代表的是当局的声音。那些针对代表的批评声音则多是存在于新闻报道后的跟帖里，或者各网站的贴吧里，属于地下的"潜流"，不可能在正规场合发出，更不可能在媒体以醒目位置出现或通过记者采访发出。从发言的具体内容看，可以说是阵营分明，有的甚至针锋相对，既深刻又尖刻，形成对立分明的官方话语和民间话语。另外，从双方发言内容也可以看出舆论空间的"充分自由"，代表委员可以畅所欲言，毫无顾忌，跟帖网民也可以口无遮拦，不分对象。但是，在这个纷乱而又貌视自由的舆论空间里，强势与弱势分明，无知与无畏并存，嘲讽与反叛相伴，奸邪与

---

① 万鄂湘、陈昌智：《多党合作和政治协商制度适合中国国情》，http：//news.xinhuanet.com/2013lh/2013-03/06/c_114914855.htm。

正义交织，它芜秽纷杂又生机勃勃。

　　弗洛伊德的人格理论将人的心理分为超我、自我、本我三部分，超我往往是由道德判断、价值观等组成，本我是人的各种欲望，自我介于超我和本我之间，协调本我和超我，既不能违反社会道德约束又不能太压抑。他认为人的人格就像海面上的冰山一样，露出来的仅仅只是一部分，即有意识的层面，剩下的绝大部分是处于无意识的，而这绝大部分在某种程度上决定着人的发展和行为。那处于海面下的本我何以突破水面的超我？肯定是自我出现了问题，自我恰恰是受社会现实影响最为直接，最为明显的部分，它直接决定了超我与本我的关系及存在方式。网络舆论的公共空间亦如弗洛伊德的人格"冰山理论"，潜伏于各主流言说之下的网民跟帖才是真正反映社会心理走向的主体。非常令人忧虑的是，这个潜伏主体虽然处于沉默的水下，但其心理状态在凸显的"冰山"的崩裂诱发下，逐渐与失调的自我对接融合，促成了一座满布裂隙、危机四伏的"冰山"的形成。

　　拿上台面说，这是一个思想纷乱、矛盾丛生的社会，甚至是一个撕裂的社会。非常怪异和不可思议的是，无论是大众弱势话语的尖刻与毒辣，还是强势主流话语的无知与无畏，都弥漫着火药的硝烟味。这就不只是一个话语的问题，而是整个社会的心态问题，这个社会病了，它充满着戾气。在社会心理学和社会生态学视野中，戾气是一种残忍、邪恶、偏向走极端的行为、心理及风气，这种"遇事即爱使狠斗勇、取径极端的心理或风气，会以多种暴力形式体现出来，如话语暴力、行动暴力以及其他各种隐性的暴力与强迫"①。从另外的角度看，中国传统文化心理中还广泛存在着"暴力崇拜"情结，例如，"有仇不报非君子"、"君子报仇，十年不晚"、"杀父夺妻，不共戴天"等，"复仇文化"已经内化为人们的深层心理而日常生活化了。"复仇文化"日常生活化的一个重要原因就是问题难以通过正常渠道加以解决，以暴制暴成为最简单最有效的问题解决方法，暴力也是统治阶级最有力的统治手段，久而久之社会就形成了"暴力崇拜"心理和"复仇"习惯思维。"这样的心理和思维虽然很难在现实中找到兑现的机会，但并不意味着它就消失了，不存在了。作为人性的暗

---

① 　熊培云：《社会戾气的文化解读》，《中国图书评论》2011 年第 8 期。

流，它仍隐藏在心底深处，并时时会蠢蠢欲动。"① 在笔者看来，问题倒不在于这种暗流的蠢蠢欲动，而在于产生这种蠢蠢欲动暗流的社会土壤的现实存在，而且这种暗流成为显流的趋势已经日益明显了。

无论弗洛伊德艺术是性欲的升华，还是马克思主义文学是人的本质力量对象化的产物，抑或毛泽东文学都是一定的社会生活在人类头脑中反映的产物，文学始终离不开作为创作主体的人，离不开其所生活的环境。环境不仅形塑了作家的性格，同样形塑了作家的心理，形塑了作家的审美习惯和思维方式。我们回过头去，一路数来，暴力叙事的每一个变化都离不开社会演化的身影，泣血的控诉也好，血腥的变形也好，恐怖的直露也罢，哪一幕幕变化的背后没有现实生活的影子呢？暴力叙事小说是作家的审美创造结晶，也是新时期社会历史的产物。

第二节　暴力叙事的"文学"因素

"文化大革命"的结束标志着一个"新"的时代的开始。就文学内部而言，文学体制的调整与重组，新的文学规范的形成，尤其是"解放思想"与西方文化思潮的大规模引进以及后来社会主义市场经济的确立，建构了新时期以来文学生存的基本空间，改变了作家存在方式，也改变了文学的社会角色与功能。这一系列的变化直接影响与规范了日后文学的发展方向、格局与面貌。

一　文学管理体制的变化

新时期文学场域的变化，首先表现在文艺政策的调整上。文艺政策调整的第一个重要举措就是重新确认"为人民服务，为社会主义服务"及"双百"方针。文艺为谁服务的问题作为党的文艺政策的一个核心内容，早在延安文艺座谈会上的毛泽东"讲话"中就已经明确，"十七年"时期进一步得到确认与框定，"双百"方针也在 1956 年作为繁荣社会主义文艺的重要举措被正式提出。但在"文化大革命"时期，两者都遭到破坏。新时期文艺体制的重建无法，也不可能平地而起，还是要从毛泽东那里寻

① 刘再复、李辉：《个人·文学·当代中国的问答》，《当代作家评论》1989 年第 3 期。

求"合法性"资源。1978 年，"双百"方针被写进《宪法》，以宪法的形式确保科学家的学术自由、作家创作的自由。1980 年 7 月 26 日，《人民日报》社论正式提出"文艺为人民服务，为社会主义服务"，"文艺为政治服务"口号画上句号，将文艺与政治直接挂钩的做法成为历史。新时期文艺政策的调整进展顺利。

文艺政策的调整为作家留下了较为弹性的创作空间，但这并不意味着作家们可以随心所欲，文艺政策总体趋向宽松的大背景下，同时也存在一些无法忽视和回避的问题。比如，一些同志的固有观念并未去除，仍保持"文艺为政治服务"态度①，另外就是政策开放空间的有限性，文艺家们最为看重的"双百"方针的实施是经过严格限定和附有条件的。1978 年 2 月，华国锋在五届人大《政府工作报告》中指出："'百花齐放，百家争鸣'，是繁荣我国社会主义科学文化事业的基本方针。它的着重点，是在坚持六项政治标准的前提下，在人民内部采取放的方针，不断扩大马克思主义的思想阵地，促进科学文化事业发展。"② 作为国家领导人，华国锋的报告具有毋庸置疑的权威性，他的"六项政治标准"为"双百"方针的实施划定了前提。稍后，作协领导人茅盾与张光年分别对这一前提做出阐释。茅盾指出："无疑创作方面的问题，应当百家争鸣，不过这也不是乱鸣，而是应该在六条政治标准之下的百家争鸣。"③ 张光年则认为："双百方针，必须在四项基本原则和为人民服务，为社会主义服务的方向下坚决执行。"④ 1981 年 1 月 29 日颁布的《中共中央关于当前报刊新闻广播宣传方针的决定》中更是明确规定："不能把'双百'方针理解为取消四项基本原则，取消党的领导，取消批评和自我批评。否则，就会把无产阶级的'双百'方针，混同于资产阶级的自由化。"⑤ 从"六项政治标准"到"四项基本原则"，再到"党的领导"与"社会主义道路"，"双百"方针的实施始终是在一系列的前提下实施的，对于尚未完全从"文化大革命"劫难中恢复过来的广大作家来说，无疑又会投下新的阴影。

---

① 张光年：《文坛回春纪事》，海天出版社 1998 年版，第 367 页。

② 茅盾：《茅盾文艺评论集》（第 2 卷），文化艺术出版社，1981 年版，第 716 页。

③ 茅盾：《中国作家协会主席茅盾同志的讲话》，《人民文学》1978 年第 1 期。

④ 张光年：《惜春文谈》，上海文艺出版社 1993 年版，第 34 页。

⑤ 中共中央文献研究室编：《三中全会以来重要文献选编》（下），人民出版社 1982 年版，第 683 页。

其次，通过论争而不是大规模批判运动来实现对"越界"文艺作品及文艺现象进行规约是新时期文学管理的一个新现象。文艺政策的调整给予了作家们相对宽松的创作空间，但它是有前提的、有条件的。换而言之，就是将新时期文艺创作纳入党的现代性国家设计的体系中来，在这一点上，它与"十七年"时期和"文化大革命"时期的文艺政策是一致的。因此，新时期文艺政策一方面鼓励和接纳符合执政当局文化想象和文化意志的文艺创作的同时，另一方面又对那些并不怎么合乎其文化意愿与制度设计的文艺作品与文艺创作现象进行批评、规训，甚至清理。不过，总体而言，它是和平的，并未涉及人格尊严及人身上的伤害。新时期初发生的一系列文学论争，如"歌德"与"缺德"的争论、"朦胧诗"论争、"现代派"论争、"《苦恋》风波"及文学界的"清污运动"等。这些论争，或以小型座谈会的形式，或以作家自我检讨的形式，结束争论。通过这种相对温和的方式，既达到了整饬文艺秩序的目的，又不伤及作家的尊严，避免了过去扩大化的过火行为。

再次，文艺管理方式由直接管控为主逐渐转移到鼓励与引导的方式为主。"文化大革命"甫一结束，文艺部门就着手文艺体制的重建，恢复各种文艺组织及文艺期刊，建立健全各级领导，同时，实行了一种新的举措，那就是文学评奖制度的实施。从70年代末截止至1984年12月的新时期最初几年，中国作协先后创设的文学奖项主要有：全国优秀短篇小说奖、全国中篇小说奖、全国优秀报告文学奖、茅盾文学奖、中青年诗人优秀诗歌奖、中国作家协会新诗奖。80年代中期以后又陆续设立了全国优秀儿童文学奖、鲁迅文学奖、老舍文学奖、冯牧文学奖等各种文学奖项，实施了"五个一工程"。这些"评奖"活动的意义，除了扶持文学新人、活跃文学局面、繁荣社会主义文艺外，弘扬主旋律是其核心的要素之一。这其中当然包含了主办机构欢迎、希望乃至期待以及排斥、贬抑等多方面的意图在内。正如有些文艺领导干部所说"评选培训不仅是进行表扬，还要有所倡导，应当全面地体现党的文艺方针政策，体现时代的要求和人民的愿望"①。文学评奖制度的实施，是中国共产党在探索社会主义道路，进行现代社会管理设计上创新的一个重要体现，尽管仍然还有隐隐约约似

---

① 《人民文学》记者：《欣欣向荣又一春：记1979年全国优秀短篇小说评选活动》，载《1979年全国优秀短篇小说评选获奖作品集》，上海文艺出版社1982年版，第562页。

有若无的界限存在，毕竟，作家们腾挪的空间更大了。

最后，改革开放，改变了新时期文学版图。陈晓明论及 20 世纪 80 年代中国文化潮流时，将其归结为两个动力来源：一为思想解放运动，二为对西方现代思潮的追逐。1978 年以后，改革开放的中国被捆绑在现代化这架马车上向西方发达国家奔驰，西方社会文化思潮大量涌入，中国人看到了丰富多彩的世界文化。在文学上，由"朦胧诗"和"意识流"小说引发关于"现代派"的文学论争，大量西方现代派作品和理论批评被译介进来，对中国当代文学造成巨大冲击。据有关学者统计，仅 1983 年、1984 年两年就每年分别发表关于现代派的文章 271 篇、171 篇，总计达442 篇。[1] 袁可嘉等人编选的《外国现代派作品选》，陈焜的《西方现代派文学研究》以及高行健的《现代小说技巧初探》等甚至一度脱销。西方现代社会文化思潮的涌入冲决了中国社会思想封闭的大门，尤其是以萨特和尼采为代表的存在主义哲学、超人哲学及荒诞派戏剧，它们切合了社会摆脱精神枷锁、反思社会政治、追寻个体精神的需要。文学最终超越了其初期配合主流解放思想的意识形态需要，也根本改变了其自身发展的轨迹与面貌。

西方社会文化思潮的引入，首先，改变了 20 世纪 80 年代中国文学话语形态结构，由最初单一的主流意识形态话语衍变为主流意识形态话语、启蒙主义话语以及西方人本主义或非理性主义哲学话语的三足鼎立局面。70 年代末以来由文学引发的思想文化界关于人的异化现象、人道主义、人的主体性以及"清污运动"等讨论与批评中，始终能够发现启蒙主义以及存在主义、超人哲学、精神分析学等非理性哲学思想存在的身影。其次，新时期文学自觉承担了解放思想的历史使命，西方社会文化思潮的涌入加速以致改变了其发展的预定轨道，促成了社会的"卡里斯玛"解体，从此一元论思想再也无法一统天下，为后来文学创作思想、观念及手法的空前解放提供了思想与哲学基础。最后，就是直接促成了新时期中国现代派文学的产生，文学创作由此进入"个人化"写作时期，创作变成写作，写什么为怎么写所替代，文学创作变成了方法论游戏与个人幻想经历的书写。

---

① 王德领：《混血的生长：二十世纪八十年代（1976—1985）对西方现代派文学的接受》，中国社会科学出版社 2011 年版，第 101 页。

二　作家因素的变化

考察新时期以来文学发展的语境，作家因素无法忽视。不少学者在研究新时期初期的文坛时，几乎都发现这么一个突出现象，即作家的代际差异现象，而且他们也乐于这样归纳。何西来在《新时期文学思潮论》中将"伤痕"、"反思"小说兴盛时的文坛作家划分为：①1957 年被错划为"右派"的一大批作家；②上山下乡知识青年中成长起来的一大批作家；③"文化大革命"发动以前即已从事创作的中年作家；④近几年开始从事写作的中年作家；⑤20 刚出头的年轻作者五个基本群体。① 朱寨对第四次全国文代会的描述颇具代表性，他称这次会议是"全国文艺大军的盛大会师"，出席会议的有五四时期的"文坛老将"，有五四以后各个阶段出现的文艺家，有新中国培养起来的风华正茂的文艺家，有锋芒初露的艺坛新秀，有错划为"右派"重返文坛的代表，真是"'四世同堂'，盛况空前"。② 洪子诚对 80 年代文坛的划分没有这么严密，相对宽泛些，他取消了严格的代际差异，而代之以类别化，将此一时期的作家归纳为两个大类，一类是 20 世纪 50 年代因政治原因或艺术原因受挫者，另一类是"知青"的一群。在洪子诚的作家划分中，前一类作家包含的时间跨度较广，涵括了 20 世纪三四十年代以来直至 20 世纪 50 年代成名的几代作家。

代际差异的复杂性带来了不同代际作家审美趣味、创作习惯、社会政治立场以及对新事物的接受等诸多方面的差异。以"右派"作家和"知青"作家为例进行考察就可窥知其中潜伏的巨大间隙及带给文坛的深刻影响。从年龄的角度来看，到新时期时，"右派"作家绝大多数进入了中老年阶段，他们经历过 1949 年新中国成立后至"文化大革命"时期高度一元化文化霸权的强力规约，基本放弃了自己的思想存在以获得国家体制和意识形态不同方式的"承认"，并将国家意识形态化思想内化为自己的思想血脉。当然也有收获，他们不仅获得了体制的承认，而且进入了体制，占据了一席之地。问题恰恰在此，在"反右"和"文化大革命"中，他们中的许多人被指认为"资产阶级右派分子"和"反革命"等，被剥夺了"革命"身份，甚至被踢出了"体制"，但他们不承认这些指认，同

---

①　何西来：《新时期文学思潮论》，江苏文艺出版社 1985 年版，第 42 页。

②　朱寨：《中国当代文学思潮史》，人民文学出版社 1987 年版，第 562 页。

时也很少进行反思，正如洪子诚所说："一个容易产生的错觉是，'文革'中大多数作家都是激进文化路线的受害者。"① "文化大革命"结束后，这些"右派"作家"复出"，理所当然地占据了新时期文学创作的重要舞台。他们50年代提出的艺术观念、实践的艺术方法不仅成为新时期文学复苏重要的艺术资源，而且是当局用以清除过去"错误"文艺路线影响的有力武器。更重要的是"复出"作家们思想的正统性暗合了执政当局的意识形态需要，无形中起着示范与引导的作用。"右派"作家王蒙的话很有典型性："党重新把笔交给了我，我重新被确认为光荣的、却是责任沉重、道路艰难的共产党人。"②

"知青"作家则没有这么幸运。"文化大革命"时期，他们接受了"革命"的洗礼，却也遭受到"革命"的嘲弄。身份上，他们经历了由"革命主力"到"再接受教育者"的巨大转变。生活上，则经历了由城市到乡村，由经济发达到经济落后地区的天壤之别，他们的遭遇与"右派"作家有很大的重叠性。但"文化大革命"终结后的遭遇却迥然有别，"右派"作家是"受害者"，是"复出"、是"返轨"，因"文化英雄"的身份而获得荣耀，他们在体制中的地位不仅获得巩固而且有所提高。反观"知青"作家，宝贵的青春失去了，体制中也没有预留给他们位置，他们返城，却成为城市的边沿人：身份"不明"、位置不确，创作上也没有成熟的艺术观念和艺术手法。他们的创作没有"右派"作家的成熟，完满，却多了一份躁动、不安与焦虑，有的还有一份青春的梦想与激情。不过他们也有一个优势，那就是他们没有"右派"作家的思想与艺术负累，当不少"右派"作家因为思想、艺术等方面的局限而不得不搁笔时，相当多的"知青"作家们却相继走进了他们文学创作的成熟与巅峰时期，成为文坛举足轻重的创作力量。

"右派"作家与"知青"作家之间的不同"遭遇"表明，不同代际的作家之间会因为不同的价值观念或政治地位（或社会角色）存在各不相同的审美差别，甚至存在不同程度的代际冲突，这构成了文坛变革的重要推动力量。新时期之后的中国当代文坛变化日新月异，用"一万年太久，只争朝夕"来形容可能都毫不夸张，老作家笔力尚健，新的、更年

---

① 洪子诚：《中国当代文学史》，北京大学出版社 2007 年版，第 193—194 页。

② 王蒙：《王蒙文集》，华艺出版社 1993 年版，第 16 页。

轻一辈的作家不断涌现，真正呈现出"五代同堂"，满园春色的繁盛局面。20世纪80年代中后期，部分"复出"作家和"知青"作家创作活力衰减，渐渐淡出文坛，与此同时，新的作家不断涌现，如以残雪、王安忆、方方及池莉等为代表的女作家的大量涌现，刘索拉、徐星、余华及格非等所谓60年代作家为主体的新的艺术风貌的脱颖而出，此外，还有"第三代"或所谓"新生代"诗歌的"蛮不讲理"式的崛起等新作家"群体式"崛起，从根本上改变了新时期初期的文坛格局，文坛结构更为复杂与多元。时间进入20世纪90年代，随着社会主义市场经济的确立以及网络传播平台的建立，作家成长的空间扩大，社会为年轻作家的成长提供了更为广阔的平台。七八十年代作家如金仁顺、戴来、魏微、盛可以、朱文颖、卫慧、棉棉、韩寒、郭敬明、张悦然等进入历史舞台，扮演重要角色，甚至出现了吴子尤、张悉妮、青夏等所谓90年代作家。从另外角度亦可看作是主流作家与民间作家，职业作家与非职业作家，传统作家与网络作家等多种类型作家的复杂共存。

作家队伍急剧膨胀，构成日趋复杂化的同时，还存在明显的分化现象。不少学者注意到20世纪90年代初期市场经济确立后对文学产生的巨大冲击，以及由此产生的作家分化现象。有学者在透视90年代作家的"存在方式"时，归结出这么几种现象：自由撰稿人、"下海"经商的作家、经商成功后重返文坛的作家、兼职作家、从事"亚文学"写作的作家、呼应"主旋律"的作家以及进驻高校的教授作家等多种方式。① 另有学者则从体制上进行分析，划分为"体制内"与"体制外"作家，"体制内"作家主要指六七十年代作家，他们是80年代依靠期刊而成名的，与作协有很大关系，"体制外"作家主要指出版集团按市场运作培养出来的所谓"80后"作家，而目前最具商业价值的是那批80年代成长起来的作家。② 这是一个有目共睹的分化时间节点。但笔者要说的是，作家的分化其实早在"文化大革命"终结的新时期之初就已经开始。当时，在作协内部有所谓"惜春派"与"偏'左'派"之分，在作家层面上有"复出"作家与"知青"作家等之间的中心与边沿化对立，也有学者将80年代中期的文坛从"复出"作家，"知青"作家之外"发现"了"晚生代"

---

① 洪子诚：《中国当代文学史》，北京大学出版社2007年版，第194页。

② 李云雷：《作家的分化与"转变"》，《天涯》2012年第2期。

作家群。① 这种对立与分化不是一个简单的差异问题，它本身就表明作家在文坛的身份与地位，在体制中的角色与地位。这种身份、角色或地位直接影响到作家的价值观念、艺术观念、创作手法以及对创作的基本认知等。虽然还极少有体制内外之分（1983 年，王朔辞职成为职业作家），但已经酝酿着巨大的变革。20 世纪 90 年代，国家进行文化体制改革，将文化产业化、大众文化兴起，多数作家要进入市场才能养活自己，文艺主管部门更多地采取经济等软性手段来影响、规范文学的取向，文学、政治权力与市场之间形成一种既相互抵牾又相互依赖的微妙关系。虽然，文学可能面临着更为复杂的关系，但可以肯定的是，作家有着更为灵活的选择空间，也为作家的多种存在提供了可能。

三　文学的角色变化

文学在中国当代社会政治文化中的角色，尤其是"文化大革命"结束后三十余年来的角色变化，深深地影响到文学的价值取向与基本风貌。十七年与"文化大革命"时期，文学的角色相对比较单一，并无多大变化。总体而言，这两个时期的文学基本都可以看作政治的附属品，是无产阶级革命事业或社会主义建设事业的"齿轮和螺丝钉"。文学角色在当代社会政治中比较明晰化的表述最早可以追溯到延安文艺座谈会上毛泽东的《讲话》，毛泽东在《讲话》中提出文艺的两个标准：政治标准第一，艺术标准第二，并明确文艺首先是为工农兵服务的。毛泽东的这个结论与其在《讲话》"引言"中关于文武两个战线的表述是一致的，毛泽东领导的中国共产党是将文艺当作"枪"这一工具来使用的，其主要功能是宣传与教育。1949 年 7 月，第一次文代会逐渐建立起了新中国的文艺规范，它有两个非常重要的决定：其一，确定延安文艺方向为新中国的文艺方向；其二，建立全国统一的文艺组织，将文艺家们统一纳入建设社会主义事业的轨道上来。通过组织教育与各种形式的文艺批判运动，文学家们基本统一了认识，即文学是服务于革命事业的一种独特方式，基本抛弃了文学的自主性、独立性意识或者对此保持高度警觉。从这个方面来说，文学成了纯化思想，规范认识的工具。组织的一体化，也使得"十七年"与

---

① 陈晓明：《无边的挑战：中国先锋文学的后现代性》，广西师范大学出版社 2004 年版，第 35—36 页。

"文化大革命"时期的作家解决了生活上后顾之忧的同时，淡漠了文学的商品化意识，文学普遍被看作"崇高的，与金钱、商业利益无关的'事业'。作家被誉为'人类灵魂的工程师'，作品则是'生活的教科书'"①。

　　文学的这种角色在新时期以来发生了悄然变化。"文化大革命"结束不久，恢复各种报刊及文艺组织的工作被作为一项重要工作。与此同时，也加强了党对文艺工作的领导，各大报刊、文联组织各级协会的重要工作如人事安排、会议举办等都由党组织来决定，而不是由具有民间组织形式的"理事会"来决定、安排。各种权威报刊召开的不同形式的座谈会、讨论会，其核心议题也主要是纠正过去的错误文艺思想，开创新的文艺事业等。文学的"工具"角色依然还比较明显，不过已经有了较大变异：其一，它是用来肃清林彪、"四人帮"文艺思想遗毒的；其二，它不再提为"阶级斗争"服务。为政治服务的提法也逐渐淡化，取而代之的是具有宽泛意义的为人民服务、为四个现代化建设服务、为繁荣社会主义文艺事业服务，服务对象的宽泛性模糊了"工具"的明晰性。20世纪80年代中期，随着西方文化思潮的影响与"纯文学"的提出，早期伤痕文学与反思文学那种为新的政治合法性进行论证的宣传性和社会性"问题文学"遭到抛弃，文学表现形式的创新与各种异质文学话语的出现构成80年代文坛重要文学现象。它意味着与主流政治文化的疏离乃至某种程度的紧张，也意味着文学所扮演的角色在悄然地发生变化，新的文学格局在逐渐形成。

　　20世纪80年代中后期有几种文学现象特别值得关注，一是热门话题频出；二是文学潮流更迭的频密；三是港台流行文化的悄然影响。从热门话题看，"回到文学自身"、"文学自觉"以及"文学的主体性"等几个热门话题的讨论影响深远。就前者而言，回到文学自身或者文学自觉，突出的是"纯文学"的问题，就后者而言，好像是前期"人道主义"、"人性"、"人情"或人的"异化"问题讨论的延续，事实并非如此。乍看三者互不相干，细究之下却发现它们具有内在的一致性，无论作为客体的文学，还是作为主体的作者，都强调排他性，即文学仅作为"文学"而存在，作为创作或接受主体的人，要充分发挥其作为主体的创造性，而不是其他附加的东西。从文学潮流的更迭看，可用"乱哄哄，你未唱罢我登

---

① 洪子诚：《中国当代文学史》，北京大学出版社2007年版，第30页。

场"来形容之。从早期的伤痕文学、反思文学到中后期的寻根文学、先锋文学、新写实文学、新历史小说等一波未平一波又起，尤其是先锋文学的叛逆形象，它的无政府主义式的形式实验彻底打破了传统的艺术规则与语言法则。尽管有人批评它意义缺失、价值紊乱等，但它对既有文化价值规范的突破直接引领了其后文学走向，对文学话语的异质性建构具有开拓之功。港台流行文化登陆带给文学的影响并未为多少批评家所关注。作为通俗文学，琼瑶与金庸等为代表的言情与武侠小说在大陆影响深巨。当时，像《今古传奇》《中华传奇》和《故事会》这样的通俗杂志极为畅销，各类登载言情、武侠或公案故事等没有刊号的油印小报、杂志也大量涌现。王朔这样以市场为导向的职业作家业已出现，通俗文学已经成为一股不可忽视的文学力量，并已经影响到雅文学构成版图的松动。三股力量相互影响，共同促成了80年代中后期文学的变化，使得文学进一步摆脱因袭的羁绊，为90年代以来文学实现角色与功能的真正转换提供了思想与文学准备。90年代，携政策之力，文学向市场化迈进，真正进入"百花"时代，毛泽东延安"讲话"之后所形成的文学传统成为历史。

　　文学角色变化的背后，是其功能与话语的转换。功能方面，文学"回归自身"，市场导向作用明显，除了极小一部分具有比较鲜明的主旋律色彩外，"大众文化"的主流地位确立，娱乐化、个人化写作成为主体，它们被整体性地置换为繁荣社会主义文艺事业服务的力量。话语方面，新时期以来，也出现了极为明显的变化。"文化大革命"结束初期，主流话语占据绝对主导地位，随着政治文化生态的变化，从反思文学开始，已经出现与主流明显异质的文学话语，如以揭批与反思为旨归的人道主义话语，对主流政治、社会问题等进行批判的亚政治话语，解构主流政治与文化的民间话语，调侃与逃离的犬儒式话语等。90年代以来的文学写作更是一个"话语的世界"，话语的操作与表达成为新亮点。德国学者曼弗雷德·弗兰克对话语作过这样的解释：一个话语是一种言说，或具有（不确定）一定长度的一次谈话，其展开或自发的展开并不受到过分严格的阻碍。① 英国学者图伦则将话语定义为"叙事学的'话语'几乎涵盖了

_____

① 王先霈、王又平主编：《文学理论批评术语汇释》，高等教育出版社2006年版，第223页。

作者在表达故事内容时以不同的方式所采用的所有技巧"①。我国学者申丹对西方叙事学家们关于话语的定义作了较为细致的分析，认为叙事学话语既与叙事的技巧有关，也与人物塑造及故事事件的结构安排有关。通过对话语定义的简要勾勒我们可以知晓，话语主要涵括两个方面的内容：一是思想向度上的，二是技巧向度上的。"文化大革命"结束以来我国文学话语变迁显示，这三十余年来我国文学叙事话语经历了由思想向度向技巧向度转化的显著变异，这种变异亦为三十余年来暴力叙事变化的一个重要因素。

任何事物的变化都是综合因素推动的结果，本书所要着重论述的话题亦不例外。但从总体来看，以文学规约变化为主体的文学管理体制、作家及文学本身则是形成近三十余年来文学暴力叙事最为重要、最为基本的文学"内部"因素。它们与外部社会环境和文化心理一道共同形塑了这三十余年来文学暴力叙事的基本格局，走向及风貌特征：第一，决定了文学暴力叙事的基本走向，暴力叙事由政治合法性的叙述，走向颠覆、个人纯经验或想象的叙述，换言之由最初带工具性质的叙述走向文学本体的自觉；第二，形塑了文学暴力叙事的基本格局，由最初的一元化走向多元化，新时期初期的文学暴力叙事是在当局有意识的引导下进行的，带有"清理"的性质，后来出现多元异质话语，思想向度上有人道主义话语、批判性话语、民间话语、女性话语、娱乐性话语等，技巧向度上则有双声部叙事、语言游戏式叙事等众多新奇的叙事手段与技巧；第三，决定了文学暴力叙事话语创新的基本节奏。纵观三十余年来的文学暴力叙事变化线路，大体上可划分出三个基本阶段：一是 1977—1985 年为第一阶段的思想向度变异为主时期；二是 1985—1989 年为第二阶段的思想向度与技巧向度双双发力变异大转折时期；三是 90 年代以来的稳步推进时期；第四，推动了叙事观念与叙事技巧的更新与变化，此一阶段的文学暴力叙事，尤其是 1985 年以后的文学暴力叙事完全颠覆了传统的叙事观念与技巧，形成了新型的暴力美学规范。

---

① 申丹：《叙事、文体与潜文本——重读英美经典短篇小说》，北京大学出版社 2009 年版，第 20 页。

第二章　暴力叙事之价值维度

中国文学向来不缺暴力叙事。儒家经典之一的《书经·汤誓》中记载着汤王讨伐暴君夏桀时对民众的誓词："格尔众庶，悉听朕言，非予小子，敢行称乱，有夏多罪，天命殛之。"它反映的虽是夏商更替的那么一段历史，但表现了以革命暴力手段实现政权合法更替的正统历史观念。司马迁《史记》中，列"刺客"、"酷吏"列传几门专写侠士和酷吏，另外在"世家"和"本纪"等门类中还有大量关于战争的描绘。"暴力"这种方式不再代表"革命"或曰进步，文中既表现对义薄云天的侠士的景慕，也表现了对嗜杀成性的暴君和酷吏的谴责。之后，暴力叙事主要出现在一些反映农民起义、公案及武侠等类型的文学作品中，意义指向复杂。中国出现真正现代意义上的暴力叙事小说是在五四新文学运动之后，由于时代因素，中国现代文学暴力叙事多指向启蒙与救亡两大基本主题，为"文化大革命"摇旗呐喊。只有到了"文化大革命"结束之后的新时期，小说暴力叙事在多个向度上展开，真正进入到"无主题"时期。

第一节　暴力叙事之社会历史向度

20 世纪 70 年代末，中国进入了一个"新"的历史阶段，文学终于可以相对自由地呼吸新鲜的空气，舒展自己的筋骨了，社会给予作家们的丰厚馈赠亦得到可观回报。就新时期以来小说暴力叙事而言，其涉猎的广度、挖掘的深度、批判的力度、技巧的丰富程度等都是此前相关创作无法同日而语的。面对如此丰富的创作，如何进行解读，是一个颇为棘手与挑战性的课题，赵园说，"纯粹的美学兴趣当着遇到了如中国现代文学这样的对象，难免会感到失望。"① 这一论断同样适用于新时期之小说暴力叙

---

① 赵园：《有关〈艰难的选择〉的再思考》，《文学评论》1987 年第 3 期。

事研究，其与具体的社会、历史存在之关系无法逾越。那么，新时期小说暴力叙事究竟在哪些方面对社会做了开掘，做了怎样的开掘？

一　历史之维

新时期以来暴力叙事小说中，相当一部分是取材于历史的。历史题材作品在中国有着悠久传统，从早期的史传文学《史记》、到后来的历史小说《三国演义》《东周列国志》《民国演义》等数量众多。"十七年"和"文化大革命"时期，革命历史题材小说大量涌现，新时期以来历史小说也是蔚为壮观，它们汇成一股浩荡的历史小说之流。历史是人们用来了解过去，也是反观现实的一面镜子。不是中国人对历史情有独钟，而是因为中国历史的悠长、多变、动荡和曲折，资源太过丰富，有太多的历史经验教训需要去总结、去吸取，而有时，中国的现实国情也只允许人们在历史的时空里才享有较为充分的自由。故而，新时期以来，历史小说的喷涌，就有了某种程度的合理性的解释。历史，只有在对个体的凝视中才能显现，而个体，又往往在历史的巨大车轮碾压下，或沉沦，或粉身碎骨，中国的历史进程尤其如此。新时期以来小说不少历史记忆中的暴力叙事为我们提供了有别于传统历史小说的言说与思考。

异质性的言说与思考首先来自主流内部之伤痕小说、反思小说。两者主要是对"十七年"时期"反右"和"文化大革命"的质疑。伤痕小说、反思小说属于"灾难文学"，是对刚刚逝去的政治灾难及其所酿成的天灾人祸的近距离凝视。时间距离的过于接近，历史、政治和文化心理等因素的微妙作用，极有可能给"'文革'小说"创作蒙上阴影。研究"文革"叙事的许子东曾经对"'文革'小说"表示过悲观，认为"'文革'小说"有关"文化大革命"的"集体记忆"，"与其说'记忆'了历史中的文革，不如说更能体现记忆者群体在文革后想以'忘却'来'治疗'文革心创，想以'叙述'来'逃避'文革影响的特殊文化心理状态"[1]。同时，他又认为读者可以在不同的故事中看到不同的"文化大革命"历史。正是这种不同的"文化大革命"历史叙述，打破了既有的一体化、本质化历史建构，读者得以窥知历史隐秘的一角。

暴力控诉与政治审视。20世纪50年代后，中国历史像一只怪兽，逐

---

① 许子东：《为了忘却的集体记忆》，生活·读书·新知三联书店2000年版，第3页。

渐摆脱牢笼，狂奔起来，神州大地发生颤抖，秩序失范。从最初的批判"胡风反革命集团"，到十年"文化大革命"，整个社会逐渐陷于混乱与动荡，"文化大革命"时期发展到顶峰。一大批文化人、知识分子、革命家被清理出"人民"的阵营，被批判、斗争，甚至被迫害致死，人民在恐怖与苦难中生活。那段历史所造成的灾难与恐怖"就屠杀的规模及凶残程度而言，万劫不复的极权主义则是其他暴力制度所望尘莫及的制度"①。新时期开始后，人民首先用血和泪历数极权罪恶，控诉其黑白颠倒。王蒙的《蝴蝶》、方之的《内奸》、莫应丰的《将军吟》、陈世旭的《小镇上的将军》、从维熙的《大墙下的红玉兰》等一大批作品出现。主人公如张思远、田五堂和严赤夫妇、曹约翰夫妇、彭其、将军、葛翎等都是冒着生命危险的革命支持者或者出生入死的革命者。运动中，他们或被打成反革命、或被称为叛徒、或被折磨致死，他们这些"黄金"被当作"垃圾"②处理了。"黄金"与"垃圾"，革命者与"叛徒"、"反革命"身份的置换撕开了披在政治身上虚伪的温情脉脉的面纱。

暴力控诉与人民命运。城门失火，殃及池鱼，历史的巨大灾难同样降临到那些与世无争的小人物身上。宗璞的《三生石》《我是谁》、冯骥才的《铺花的歧路》《啊!》、叶蔚林的《在没有航标的河流上》、古华的《芙蓉镇》、刘克的《飞天》、陈国凯的《我该怎么办》以及周克芹的《许茂和他的女儿们》等众多作品对此有精彩描述。吴仲义、胡玉音、飞天、唐和尚、海离子、刘丽文、许茂及其女儿们等，那些普普通通的人们，想过平静生活而不可得，飞来的政治横祸将他们简单的生活愿望击得粉碎，他们或者精神失常、或者家庭破碎、或者人鬼殊途。他们的悲剧遭遇不幸而验证了鲁迅于"灯下漫笔"中所概括的中国人民的历史境遇。究竟是历史的残忍，还是人们的不幸，小说已经为我们做出了回答。

如果说伤痕小说和反思小说是在不经意间获得了一种意外收获，那么，边缘化的新历史小说叙事则是对主流关于历史、关于本质等诸多观念的有意趋避与解构。新历史小说是一种个人化历史叙述，它书写的是作家心目中的历史而不是主流建构的历史，通过发掘历史的异质性来消解主流

---

①　[英]安东尼·吉登斯：《民族—国家与暴力》，胡宗泽译，三联书店1998年版，第15页。

②　从维熙：《大墙下的红玉兰》，花城出版社2010年版，第79—80页。

的正统历史观念。新历史小说的"叛逆性"在有关暴力的文学叙事中得到淋漓尽致的发挥。20 世纪的中国，作为革命的重要手段，暴力备受推崇，但暴力在很多情况下并非真正革命，革命也不是简单的一个阶级推翻另一个阶级的暴烈的行动，而"是一种开新行为，一种改变历史之性质的行为，而不是单纯的变化"①。新历史小说作家们敏锐地捕捉到这种细微差异，运用历史的偶然性和非逻辑性策略，以历史进程中个体的情欲力量与暴力结合所产生之非理性的破坏力解构传统史观所建构的大写的历史：1）"革命"名义下的内部倾轧与杀戮：陈忠实的《白鹿原》、张炜的《古船》等是其中的佼佼者，前者透露了革命阵营内部 AB 团清洗中以"革命"的名义活埋了真正的革命者白玲的冤案，后者演绎了洼里镇赵四爷和赵多多一伙打着"革命"的旗号对隋家的杀戮与迫害。2）大人物的猥琐、欺骗与残忍：刘震云的"故乡"系列表现最为突出，它们撕破了"历史"蒙在这些大人物面上的画皮，曹操、袁绍、朱元璋、慈禧等著名历史人物都在小说中出现，一代枭雄曹操和袁绍不仅有脚气、流黄水，而且为了争夺一个小寡妇发动官渡之战，置人民于水火。慈禧是个柿饼脸，朱元璋更为龌龊，为了移民延津成功，制造了被敌军攻打的假象，率领几十万"难民"到达目的地后，民已十不剩一二。3）民间的贫穷与罪恶：苏童的"枫杨树"故乡系列富有代表性，《一九三四年的逃亡》《妻妾成群》《米》等演绎出了一幕幕因贫穷而引发的人间惨剧。4）土匪世界之生的艰难与死的挣扎：贾平凹、杨争光、孙见喜等对土匪世界的勾画，土匪们在刀刃上舔血的日子，折射出这片古老土地上人之生存的另一幅真实图景。

　　科林伍德说："一切历史，都是在历史学家自己的心灵中重演过去的思想。"② 也可以这样说，一切作品中的历史，都是文学家在自己的心灵中对过去的重新演绎。历史，可以建构，因为距离，历史的表现也可以更为接近真实。也许达到历史深处最本真的现实只是一个神话，永远无法实现，每个人也有自己心目中真实的历史。毕竟，多样的历史图景总比单向度的历史景观要丰富得多、客观得多。鲁迅说，人类的血战前行的历史，正如煤的构成，当时用大批的木材，成果却只是一小块。"以史为鉴，可

<hr>

① ［美］汉娜·阿伦特：《论革命》，陈周旺译，译林出版社 2011 年版。
② ［英］科林伍德：《历史的观念》，文杰译，中国社会科学出版社 1986 年版，第 4 页。

以知兴替。"新历史小说担当的不是总结历史经验教训这么一个角色，它所要做的，是用形象化符号，将"煤块"形成过程之"血的历史"呈现于读者面前，而不是光鲜的"煤块"本身。

二　现实之维

与新历史小说之暴力叙事从历史的纵深处发现另一种历史真实不同，新写实主义、底层叙事中一批具有现实主义品质的小说从现实着眼，以暴力叙事的方式接续了历史的现在时刻。20 世纪 80 年代初期，曾经发生过一场全国范围内的人生观大讨论，起因是潘晓发表于《中国青年》1980年第 5 期上的《人生的路呵，怎么越走越窄……》。这封信语调沉重，幽怨、郁闷、诚挚又激愤，书写了人生的痛苦和创伤，迷茫与彷徨。从发表到该年年底，《中国青年》杂志社收到六万余封读者来信，社会各界就这一问题举行的专场讨论不可胜数。一个普通青年的来信，竟然引起全国范围的轰动，无疑，它触动了人们埋藏于心底的某根心弦，道出了人们积郁已久的心声。潘晓的心理就是当时亿万中国人的心理，它透视出的是中国人在社会转型期的集体焦虑。这种焦虑在富有现代派色彩的刘索拉、徐星的小说中已经予以形象的描绘。当时，学界不少学者将它们当作现代派的先锋实验而没有意识到那是国人普遍心态的一种折射，不能不说是一种遗憾。先锋小说的横空出世进一步打断了人们对于它的关注。但是，它并没有就此消失，而是默默地以新的面孔出现。"尽管先锋性的小说探索占据重要地位，但许多作家仍在'写实'的轨道上写作，并在文学观念和艺术方法的不断调整中，出现了一批与前此批的'写实'小说（或'现实主义'小说）不同的成果。"① 洪子诚这里指的是新写实主义创作的兴起，《狗日的粮食》《白涡》《新兵连》《风景》《祖父在父亲心中》《烦恼人生》《你是一条河》等众多新写实作品面世。它们近距离地、不加雕饰地书写着普通百姓的喜怒哀乐，祛除了过去现实主义浪漫主义加诸身上的神圣光环。

血淋淋的杀戮与农民生活状况。周作人曾经对中华民族的嗜杀性深表忧惧，"中国民族似有嗜杀性，近三百年张李洪杨以至义和拳诸事即其明证，书册所记录百不及一二，至今读之犹令人悚然"②。周作人的忧惧在

① 洪子诚：《中国当代文学史》，北京大学出版社 1999 年版，第 338 页。
② 周作人：《周作人自编文集》，河北教育出版社 2002 年版，第 157 页。

继续这样上演着：

> 我的大脑无法反应过来，就已经被他拖下水了。事情来得太突然，已经出了人命，一条人命跟十条人命是一回事，必须赶快灭口。这容不得我多想，也容不下九财叔多想。就听见有人喊："小王，小王！"话音未落，斧头就落到了祝队长头上。只见祝队长头上有白花花的东西飞溅出来，眼镜弹到一棵树干上，手晃晃，就倒地上了。不知为什么，九财叔并没有再给他一斧头，而是挥舞起斧子在树丛中左右开弓乱砍一气，见什么砍什么。

这是陈应松《马嘶岭血案》里头九财叔和"我"杀害勘探队队员中的一个小片段。生命在这里命比纸薄，可以随手抹去，杀人者更是毫无人性可言，已与动物无异，甚至动物不如，最近某网站还有过一只狮子杀死母羊之后留下小羊"抚养"的报道。

是什么催生了这么残忍的一幕？九财叔的生活现状或许可以提供一些线索：

> 九财叔说："二十块钱哪，你晓得，二十块钱！"他仰天长叹，我看见他那只不能闭合的眼里流出了浑浊的泪水。我的心里也沉重起来，我知道这二十块钱对他来说是个大数字；我知道他家徒四壁，三个女娃挤一床棉被，那棉被鱼网似的；我知道他常年种洋芋刨洋芋用一张板锄一张挖锄，第三张锄都没有；我知道他家房里作牛栏，牛栏破了没瓦盖，另外也怕人把他家的牛偷走了，这可是他家最值钱的家当；我知道有一年他胸口烂了一个大洞，没钱去镇上买药，就让它这么烂，每天流出一碗脓水；我知道去年村长找他讨要拖欠的两块钱的特产税，他确实没有，村长急了，扇了自己一嘴巴，说："我他妈这么贱让人磨，我给你付了。"

管仲曰："仓廪实而知礼节，衣食足而知荣辱。"贫困却可以使人不顾礼节、偷窃欺诈、出卖灵魂，甚至谋财害命。马嘶岭上发生的那一幕惨剧大概渊源于此。九财叔一类农民在陈应松书写神农架山区的小说里还有不少，如余大滚子、王起山、金贵、小青年和徐福等。从阿Q、闰土到梁生宝、陈奂生，再到如今的九财叔等，当拂去笼罩在他们身上的政治或者文化面影之后，他们在上百年的历史变迁中呈现出来的生活境遇不能不让人深思。

血腥味与边沿化生存。对于多数人来说，生存从来就是一个无法逃避的问题。"九财叔"们贫困、愚昧、狭隘、残忍，但他们中的一部分人也做出过努力，试图走出困境。刘高兴（贾平凹《高兴》）、吉久（孙慧芬《狗皮袖筒》）、牛二军（马步升《被夜打湿的男人》）、陈贵春（罗伟章《故乡在远方》）、蔡毅江（尤凤伟《泥鳅》）等从苦难的乡村来到城市。城市也并非他们的立足之所，他们游走在乡村与城市"交接地带"，与城市下岗工人、无业游民等一起成为城市的边沿人。除了刘高兴苦涩的生活中还泛有一丝亮色，吉久、牛二军、陈贵春最后都走上了不归路，蔡毅江则走上了黑社会。他们并非一开始就是罪犯，他们来到城市，希望靠自己辛勤劳动养活自己，是城市生活那无形的高墙压垮了他们。吉久、牛二军饱受心灵的创伤，不得不手刃"仇敌"；陈贵春和蔡毅江的遭遇更为复杂，前者遭受包工头、人贩子、石场老板、小偷的连环"迫害"，看望被烧死女儿的返乡车票又被盗的情况下走投无路被迫抢劫，失手杀人。后者在工作时睾丸受伤，公司经理不理，官司败诉，救治时因为是农民工而受尽冷眼与怠慢，为了治病，被迫让女友卖淫，最后"不得不"以"黑社会"暴力方式回馈那些曾经如此对待他的人。

曾经有论者批评过这些作品大多只是对底层外部（物质层面）的观照，对内部则透视不够，特别是对他们丰富的精神层面的体察与把捉薄弱。这些批评也许是中肯的，同时也许忽略了一个基本的问题，一个连基本物质保障都维持不了的人，何来丰富的精神世界？一分钱难倒英雄汉，他们不了解贫困带给穷人的痛苦与绝望。即使有，可能也比阿Q强不了多少。要不，就是绝望之反抗，这似乎又回到了历史的原点。果真如此，则是一个历史的大悲剧。笔者认为，这才是这些小说真正的价值所在，这比宣扬一些空洞的精神能指要扎实得多。

"夏娃"的愤怒与女性存在。20世纪90年代以来，女性"杀夫"小说是一个醒目的文学存在。20世纪文坛，女性从来就没有离开过作家们的视野：五四时期有鲁迅笔下子君的告白，丁玲笔下莎菲的焦灼，庐隐笔下丽莎们的哀怨等；80年代有张辛欣、张抗抗、张洁、谌容等作家关于爱情与婚姻问题的思考；90年代女性作家之身体写作、私人化写作风靡一时，大大拓宽了女性写作的表现领域。从社会到爱情婚姻再到女性生命个体，创作的每一个进步都彰显着女性社会地位的巨大进步，尤其是90年代以来以身体写作、私人化写作为标志的女性写作，其性别/政治的双重设置写作策略，更是凸显了女性自我意识的觉醒及其浓郁的文化反抗意味。一些女性作家在进行着颠覆男性话语权威的狂欢，也有一些女作家超越了对自我身心的关注，参与到社会生活的重建当中，将目光投注于社会生活，在爱情、婚姻之两性关系观照中沉潜、深化。这类创作为数不少，如方方的《奔跑的火光》、须一瓜的《第三棵树是和平》、池莉的《云破处》、叶弥的《猛虎》、舟卉的《好好活着》、林白的《致命的飞翔》、杨争光的《鬼地上的月光》以及迟子建的《第三地晚餐》等。这些作品都触及严肃的社会人生问题——女性生存问题，作品中，几乎每一个女性的人生，都是一出悲剧。

每一个女性的悲剧结局都如出一辙——"杀夫"。这些悲剧故事除林白《致命的飞翔》中的北诺、《青苔与火车的叙事》中荔红等少数女性是因工作问题愤而杀"夫"（单位领导）外，绝大多数女性的悲剧都发生于家庭生活。家里家外，这些悲剧故事有着惊人的相似：（1）工作中的杀"夫"叙事情节：①初始情景：处境不好；②意外情景：领导"关心"；③情景急转：愿望落空；④结局：怒而杀"夫"。（2）家庭中的杀夫叙事情节：①初始情景：平静生活；②意外情景：遭遇"变故"；③情景恶化：形同路人；④结局：怒而杀夫。这两种不同的情节中，第二、三、四个情节是一样的，催生情景发生意外的无一例外都是丈夫（领导），促使情景急转或恶化的也是丈夫（领导），恶化的结局都是丈夫（领导）被杀。如舟卉《好好活着》中母亲再嫁蔡大头后，过上了几年平静甚至说得上幸福的日子。变故出现在蔡大头赴上海承包工程，富裕起来的蔡大头慢慢变心，有了情人并提出离婚，情势急转。蔡大头好景不长，破产后纠缠母亲，母女生存受到威胁，形势恶化。无奈之下，母亲怒杀蔡大头，酿成悲剧。其实，母亲嫁与蔡大头前，有过一段并不幸福的婚姻，并在一次意外中遭遇强暴而有了"我"。

悲剧故事表明，无论身在何处，女性仍然是弱者，她们中的多数，生活乃至生存依然缺乏基本的安全保障，"丈夫"很多时候仍然是一个异己的存在。"丈夫"作为一个具象物，具有丰富的现实意义与文化意义，作品选取家庭这个社会结构的基本细胞作为叙事的切入点，因为它"不仅是父权制的男性话语压迫女性的主要场所，而且以爱情和婚姻为支撑的家庭构成了社会权力的中心部分，反映了国家及意识形态的性质"①。质言之，家庭折射着社会的面影，女性的家庭处境，也即其社会处境。女性"杀夫"叙事因而获得双重的意义，其一，继续其对男性话语权威的颠覆；其二，也是非常重要的一点，即对女性现实生存的关注。西方女权主义的进入，没有，也不可能一下子从根本上变革传统文化形成的根深蒂固的女性观念，对于多数女人而言，现实的生存依然是第一要务。

关于农民、农民工及女性等弱势群体生存的底层叙事是粗粝的、本色的、还原式的，没有做过多的提炼与加工，就像一份真实的生活记录。那些在生活中挣扎的主人公们既非五四时期鲁迅等知识分子笔下的农民与女性形象，更非"十七年"与"文化大革命"文学叙述中之"现代"新型农民和女性形象，他们愚昧、自私、狭隘、弱懦又暴力，有别于阿Q、祥林嫂式的愚昧与麻木，也区别于梁生宝、李双双式的主人公骄傲与奋进。这种叙述方式有别于主流观念，也迥异于精英立场，它从传统的宏大叙事中主动退却，选择民间，这不是真正的退却，而是选择新的坚守。在民间，对于绝大多数人来说，生存依然是首要的，面对严酷的生存现实，所有的意识形态都显得虚无缥缈，活着才是真实可触的东西。民间的坚守，才是对生命最为切实的尊重。陈应松在一次创作谈中说："因为'生存'是最大的、最鲜活的，充满了动感、实感，有血、有泪、有感情参与的一个词，'生存'对于许多人特别是底层人来说就是生与死的问题，你这样的现场所获得的一定是十分厚重的、沉重的，充满了分量的东西。"② 这道出了作家们选择"突围"部分实情。

三　心理之维

暴力是一种激烈的动作，显现的却是深层的文化和心理。反过来说，深层的心理与文化，总是通过外在的语言与行为予以表现的，暴力即其方式之一。暴力在新时期以来的文学创作中大量出现，有着现实的社会基础与文化心理积淀。就前者而言，"十七年"及"文化大革命"的梦魇并未远去，它们留给人们的心理阴影依然如影随形，短期内难以消弭，这种心

---

① 林凌：《后期女性主义写作的三次突围》，《文艺评论》2002 年第 5 期。
② 陈应松：《文学的突围》，《上海文学》2008 年第 1 期。

理必然会投射于作家的文学创作之中。文化心理积淀则是一个民族长期的社会历史环境中综合形成的一种深层心理结构，深藏于人的意识、潜意识之中。中华民族有悠久的历史，虽然历来重视文明教化，长期的封建集权与专制、生存资源匮乏与竞争的残酷性等却也提供了暴力意识发育的土壤。暴力行为与暴力意识是合二为一又一分为二的东西，是硬币的一体两面，任何一面都可以从另一面反观自身。新时期小说暴力叙事，从某个角度而言，也是人们的深层心理某种折射。

暴力记忆与恐怖世界。先锋作家中，残雪大概是最为引人注目的作家之一，她先后创作出《污水上的肥皂泡》《山上的小屋》《苍老的浮云》《公牛》《阿梅在一个太阳天里的愁思》《黄泥街》及《突围表演》等众多独具特色的作品。"她的小说将现实与梦幻'混淆'，叙述人以精神变异者的冷峻眼光，和受害者的恐惧感，创造了一个怪异的世界。"[1] 残雪小说展开的是对人之存在的持续关注，它们多为一个封闭式的世界，在这个远离现实的封闭场景中，一切都是荒诞的，环境阴冷、恶劣，人与人之间无法沟通，相互敌视，充满怪诞与压抑。面对陌生的异己世界，"我"经常处于神经质式的玄思和呓语之中。如代表作之一的《山上的小屋》，"我"的处境极为恶劣：小屋之外是风号与狼嗥的交织，许多大老鼠在风中狂奔；小屋之"内"：妈妈虚伪，太阳穴那里爬着一条圆鼓鼓的蚯蚓，且总是盯着我；妹妹目光直勾勾、左眼是绿色的；父亲每天夜里都变为狼群中的一只，发出凄厉的嗥叫。这是一个寓言化的世界，没有刀光剑影，却比刀光剑影更令人恐怖，人与人之间的无法沟通，自身存在的难以把握，催生了幻象的产生，幻象又加剧了对自身存在关注的恐惧。这种对立、冷漠异己的外在世界是长期生存困境所产生的一种心理现实，虽然怪异，难以捉摸，却形象地揭示出特定社会文化环境中人性卑劣、丑陋的一面。

庸常生活与隐秘暴力心理。暴力不只出现于一些重大的历史事件，也存在于草根阶层的庸常生活之中，只要机会合适，它就会以适当的形式表现出来。民间，不仅有温情，也弥漫着冷漠与仇恨。五四时期，鲁迅即在其作品中对"看客"作了冷峻批判，也在《狂人日记》《灯下漫笔》等作品中对"食"过人的"我"和同类做了反省，无论"看"还是"食"

---

① 洪子诚：《中国当代文学史》，北京大学出版社 1999 年版，第 297 页。

皆为暴力之表现形式之一。80 年代中后期开始，来自底层世界中的仇恨和暴力越来越被作家所关注所书写，民族集体的深层心理在个体的经验型书写中有了新的表现。杨争光的《黑风景》《棺材铺》，方方的《谁能让我害羞》、朱文的《把穷人通通打昏》、余华《现实一种》、阎连科的《坚硬如水》、刘醒龙的《弥天》及贾平凹的《古炉》等对此都有比较出色的表现。阎连科、贾平凹、刘醒龙等作家所著长篇小说主要着眼于集体记忆的个人经验书写。《古炉》设置了善人、蚕婆及狗屎苔这么三个旁观者视角来展开对"文化大革命"在社会底层——古炉村的"发展"状况。起初，古炉村人并不懂什么是"文化大革命"，只知道喊口号，分边站，后来懂得了"文化大革命"的意义——对他人的权力。出于各自的利益，古炉村人不断对"文化大革命"这一概念进行诠释与构筑，利用它来攻击对手，获取自己的利益，构建自己的权力，"文化大革命"成为他们实施自己恶行，满足自己欲望最好的通行证。从最初的盲目跟随，到后来的热情拥抱，古炉村人演绎了一场恶行与欲望的狂欢。"文化大革命"能够席卷全国，在古炉村的落脚与"深入人心"，有当局推动的因素，与古炉村本身更不无关系。外在的推动，如果没有内在因素的呼应，运动是很难获得深入的。内因在哪儿呢？榔头队与红大刀队的争夺就是答案，即资源匮乏所产生的人与人之间的争斗，文雅的说法就是"暴力"。作者的初衷虽然是想通过"文化大革命"中古炉村人集体性的暴力表演来审视"文化大革命"，反思"文化大革命"发生的个体责任，却无意中揭示出暴力背后之心理根源。

　　相比于那些长篇，《谁能让我害羞》与《把穷人通通打昏》这些日常叙事小短篇不太为人瞩目，却非常有意思。后者写一位名叫小丁的青年被无奈纠缠勒索，一再退让，最后忍无可忍，抢起铁棒以命相搏。小说还原了无数小人物最为日常最为恐怖的生活暴力经验。前者则通过一个送水少年因送水过程中朦胧的性意识的萌生而每次借口想多待一会儿，仅此而已。又一次送水，这个简单的愿望无法实现之后，他无意识地拔出了小刀。警察盘问少年，少年答曰他没想到要抢劫，也讲不清还有什么其他企图。故事的结局有点出人意料，甚至有点滑稽，令人啼笑皆非。少年之无意识举动却颇为值得人们深思，小刀的携带，没有明确目的的无意识地拔刀，在一个少年身上表现得如此自然，不然不让人惊讶。联想到余华《现实一种》中发生在山岗、山峰兄弟身上的惨剧，杨争光《黑风景》中全体村民合谋杀死勇敢的鳖娃和做出巨大牺牲之来米爹的残忍、陈应松"马嘶岭"系列小说中农民们近乎嗜血的杀戮，不难发现，中国的乡间，不仅是一个苦难之所，同时也是一个暴力的滋生之所、繁荣之所。余华血管里所流的"冰渣子"，就是民间的血液，暴力是民间最为原始、最为顽固的心性之一。

2006 年 9 月 2 日的中国网刊登了一篇名为《是谁诱发了中国人的暴力倾向》的文章，作者对当前社会频频出现的暴力事件深感震惊，为一些仅仅是细小琐事就大动杀机的暴力行为深感痛惜，也对这种现象的出现做了细致分析。面对小说虚构世界与现实真实世界的惊人相似，我们无法回避这样一个事实，即民众暴力心理的普遍存在，这种心理不仅是现实的，也是历史的。"根植于中国乡村的仇恨意识形态，散布在每一个细微的生活细节里，它并没有受到政治制度的直接推动，却为历史上悠久的流氓暴力传统提供了深厚而广阔的基础。"① 新时期以来小说暴力叙事多侧面地展示了民众暴力心理的深层构成，揭示了民族暴力心理之深层次根源。

第二节 暴力叙事之人性向度

新时期文学肇始，"人"重新成为书写的重点。这一说法看起来有点令人费解，有文学以来，人何时不是文学书写的重点？需要说明一下，在过去相当长一段时期内，文学从来没有像新时期以来那样将"人"表现得那么丰富，那么复杂、那么充满张力。就文学创作本身而言，人性主题并没有什么特别的优越性，但将其与特定的社会历史环境相结合，人性就展现了其光怪陆离的存在，值得我们去仔细分辨、体味。沉寂多年后，在书写"人"的春风的吹拂下，人性书写也获得了空前的繁荣。作家们何以仍然对人性抱有如此浓厚的兴趣，他们是怎么展开或表现人性的？

一 人性主题及其在文本叙事中的展开方式

新时期文学的真正开场，肇始于刘心武"救救被四人帮坑害了的孩子!"的呼声所开启的伤痕文学。刘心武小说《班主任》通过叙写班主任

---

① 朱大可：《后寻根：乡村叙事中的暴力美学》，《南方文坛》2002 年第 6 期。

张俊石拯救被"文化大革命"戕害的小流氓宋宝琦的故事，发现比宋宝琦心灵扭曲更为严重的是思想受到深深毒害的谢慧敏，呼吁"救救孩子"，还孩子一个健康的心身，"人"作为一个重要的文学书写对象被突出出来。之后，方之的《内奸》、靳凡的《公开的情书》、礼平的《晚霞消失的时候》、话剧《救救她》、剧本《苦恋》《在社会的档案里》、社会特写《人妖之间》等都曾经轰动一时，引起过旷日持久的反响。这些作品几乎一无例外地将主题定格在"反右"或"文化大革命"期间受到伤害的"人"及"人"的感情。《内奸》讲述一位名叫田五堂的商人抗日期间冒着生命危险帮助共产党，中华人民共和国成立后却被当作内奸，受尽折磨，人的善良美好的感情被践踏的悲剧故事。《公开的情书》和《晚霞消失的时候》则通过一代人饱受压制的爱情主题与悲剧命运，呼唤健康、美好的人性。戴厚英的《人啊，人》在后记中认为，遭受过历史劫难的"人"理所当然应该认识到"人"的现实意义，明确表达了对"文化大革命"惨无人性的文化专制的批判。

这类小说的主题大同小异，都写到被戕害了的人性，那么这是一种什么样的人性呢，这些被戕害的人性又是怎样在小说中展开的呢？

我们来看看标志伤痕文学开端的刘心武之《班主任》。班主任张俊石最初是冒着很大风险接受小流氓宋宝琦来班上就读的，从另一个角度讲，即学校将改造宋宝琦的艰巨任务交给了张俊石。可是，张俊石在深入班级具体工作，准备对宋宝琦进行改造的时候，发现了"好"学生团支书谢慧敏的情况比起宋宝琦来甚至更为严重，充分显示了刘心武对问题把握的深刻与透彻。

小说是这样开头的：

　　　　你愿意结识一个小流氓，并且每天同他相处吗？我想，你肯定不愿意，甚至会嗔怪我何以提出这么一个荒唐的问题。

　　　　但是，在光明中学党支部办公室里，当黑瘦而结实的支部书记老曹，用信任的眼光望着初三（3）班班主任张俊石老师，换一种方式向他提出这个问题时，张老师并不以为古怪荒唐。他只是极其严肃地考虑了一分钟左右，便断然回答说："好吧！我愿意认识认识他……"

小说就此展开了拯救一个人性被戕害的小流氓宋宝琦的故事。宋宝琦何许人也？他只不过是一个被"四人帮"荒废了学业的小混混！因为长期在街头厮混，不学无术，显得无知、蛮横：

> 他上身只穿着尼龙弹力背心，一疙瘩一疙瘩的横肉，和那白里透红的肤色，充分说明他有幸生活在我们这个不愁吃不愁穿的社会里，营养是多么充分，躯体里蕴藏着多么充沛的精力。唉，他那张脸啊，即便是以经常直视受教育者为习惯的张老师，乍一看也不免浑身起栗。并非五官不端正，令人寒心的是从面部肌肉里，从殴斗中打裂过又缝上的上唇中，从鼻翅的神经质扇动中，特别是从那双一目了然地充斥着空虚与愚蠢的眼神中，你立即会感觉到，仿佛一个被污水泼得变了形的灵魂，赤裸裸地立在了聚光灯下。

文本对宋宝琦的肖像描写是细致的，也是令人触目惊心的。但是，在拯救这么一个无知、愚昧的小流氓过程中，张俊石意外发现了一个令他吃惊，也更为棘手的问题，即"好"学生团支书谢慧敏的思想"僵化"问题。谢慧敏组织过团组织生活，除了念报没有其他形式，大热天热得透不过气来还穿长袖衬衫、将对宋宝琦的教育叫作"阶级斗争"。更令张俊石不能接受的是，她把《牛虻》视为"黄书"，理由是里头有外国男女谈恋爱的插图。张俊石本来要拯救一个心灵荒芜、愚昧无知的小流氓，却意外地增加了一个思想"僵化"、"中毒"更深的谢慧敏。

无知、僵化的史前史就是一部荒谬的愚民史，这部历史的主角不幸成了悲剧的牺牲品。像所有的其他伤痕小说一样，作者将宋宝琦、谢慧敏的悲剧一无例外地归之于"四人帮"的毒害。见到宋宝琦后，张俊石老师心里喷发出一股对"四人帮"仇恨的怒火："一种前所未有的，对'四人帮'铭心刻骨的仇恨，象火山般喷烧在张老师的心中，截至目前为止，在人类文明史上，能找出几个象'四人帮'这样用最革命的'逻辑'与口号，掩盖最反动的愚民政策的例子呢？"至于谢慧敏，张老师则将她的"可怜"归结为"四人帮""帮文"毒汁浸染的又一个畸形产物。这样，造成两个孩子从身体到心灵、到思想的整个悲剧的罪魁祸首"四人帮"由幕后推向了前台，人性的悲剧实现了向政治悲剧的过渡。

确切地说，刘心武《班主任》之真正目的可能并不在于人性，像其之后的《醒来吧，弟弟》《如意》等作品一样，刘心武习惯于将无辜、良善之人的身心创伤与极左错误路线相联系，人性只不过是其政治批判的一件重要利器，也就是新时期初期广泛存在于伤痕、反思小说之"人性——政治"叙述范式。那么，之后的小说又是如何展开人性叙述的呢？再来看看余华的《一九八六年》。

余华的《一九八六年》讲述的是一位中学历史教师在"文化大革命"时期遭受揪斗，一个月黑之夜侥幸逃脱，后来疯癫并以史书所载酷刑自戕致死的故事。照不少评论者的分析来说，这又是一个典型的"文化大革命"悲剧故事。故事在倒叙中开始：

> 多年前，一个循规蹈矩的中学历史教师突然失踪。扔下了年轻的妻子和三岁的女儿。从此他销声匿迹了。经过了动荡不安的几年，他的妻子内心也就风平浪静。于是在一个枯燥的星期天里她改嫁他人。女儿也换了姓名。那是因为女儿原先的姓名与过去紧密相连。然后又过了十多年，如今她们离那段苦难越来越远了，她们平静地生活。那往事已经烟消云散无法唤回。
> ……

母女俩平静的生活很快在一次废品买卖中打破。母女俩卖出的废纸中不经意掉落的一张已经发黄、满布斑斑霉点的纸片上历史老师的字迹清晰可见，它像一个梦魇惊醒了"沉睡"中的母亲，而历史老师也真的神奇地"复活"了。他像影子一样在街上晃荡，头发蓬乱，肢体残损，不成人形。他不断地用那张发黄的废纸上记载的历朝历代的酷刑来摧残自己，最后在自我摧残中死去。文本中，余华一次又一次详细地记录了疯子的自戕行为与血淋淋的场景。详细的复述固然有利于加深对那场梦魇的憎恶，但不是此处所要阐述的意指所在。笔者也发现文本叙述中一些经常出现的场景，起初是母女平静的生活，继之则是街市热闹场景的反复出现，以及人们兴高采烈逛市场的充满生机的描写。疯子自残所可能带来的残酷心理阴影在勃勃生机的街市贸易与兴高采烈的购物者和围观看客中无形地被冲淡了。人们并没有将疯子的自残当作一件什么了不起的大事，更没有去探究疯子的悲剧渊源，而是视为一件影响市容、影响人们心情的不祥之物。人们将疯子捆起来，扔在板车上，丢到垃圾箱里，疯子留在地上的血迹在清水的冲刷下变淡。

文本在疯子死后的描写是意味深长的：

> 围着的人群也散了开去。于是她们继续走路。她在看到疯子被扔进板车时，蓦然在心里感到一阵轻松。走着的时候，她告诉母亲说这个疯子曾两次看到她如何如何，母亲听着听着不由笑了起来。此刻阳光正洒在街上，她们在街上走着，也在阳光里走着。

如刘心武通过人性批判"文化大革命"一样，余华在批判"文化大革命"的时候，同时将矛头指向了周围的看客，包括历史老师的妻子与女儿。尽管柔弱的妻子在巨大的政治灾难面前无能为力，但其"健忘"的心理与对重新出现的疯子丈夫的漠视不能不令人感到一丝丝寒意，其食不甘味，夜不能寐，其中有多少是对疯子丈夫悲剧的伤痛是令人怀疑的。显然，在余华的叙事中，"人性"这一主题不是以主线的方式推进的，相反，它是在批判"文化大革命"的整体进程中产生了合乎逻辑的歧义，滑出了原有轨道产生的一个"意外"收获。

陈应松是消费文学时代不多的持续关注底层农民生存状态的作家之一，他将笔触伸向了神农架地区农民生存的艰困与忍耐、愚昧与残忍。《马嘶岭血案》是陈应松代表作，也是奠定他文学地位的代表性作品之一。这部作品主题既明晰又含混，所谓明晰，是指文本整体叙事主题是清晰的、明确的，含混则是指其明晰的主题中为读者提供了多向度解读的可能。文本叙述的是"我"和九财叔为了抢夺财物击杀勘探队队员的故事。文本在"我"并无多少悔意的倒叙中展开。为了尚未出世的孩子和每月三百元的收入，"我"答应与九财叔一起为金矿勘探队当挑夫。从一开始，气氛就略显紧张，仅剩右眼且没有眼皮的"独眼龙"九财叔一出现就给人一种不祥的预感，来到马嘶岭后的区别待遇加剧了这种不好感觉的向前发展，矛盾也就此拉开、加深。九财叔不仅外表丑陋，内心也贪婪、自私、狠毒。起初，他在一束怪异强光出现的当晚讲述马嘶岭的怪象引起祝队长不满，后因丢掉两块矿石被祝队长扣除20元工钱以示惩戒，而与队长结下怨恨。一直到后面怨恨越积越深，直到最后被"仇恨"蒙蔽了眼睛横下心来杀死七名勘探队员，又企图杀死同谋的"我"，可以说血债累累，已不是失去理智一言所能概括。悲剧产生的直接原因是那被扣除的

20 元工钱，它像一根红线贯穿故事始终，深层次的原因则是贫困及因贫困而形成的狭隘、自私、愚昧又冷酷的心理。这是一个恶性循环，层层累积，最后酿成了无法挽回的悲剧。文本对这个悲剧的累积作了充分的铺垫，最后在血痕中收束。文本是对贫困这一魔咒的诅咒，还是对嗜血人性的暴露，作者没有给出清晰的回答，只是真实地将这一幕展现在读者面前，让读者自己去体味、咂摸：

> 高墙外的那轮太阳照着铁窗，我无意间从兜里掏出了那张糖纸——这是惟一没被警察搜走的东西。我把糖纸放在眼前，对着那轮可爱的温暖的太阳，天空全变成了红色。我又想起那个让我惊讶的傍晚，我们离开马嘶岭的那个傍晚，那些红水晶一样的透明无声的死者。我的意识突然觉得，结局只能是这样的，他们最后只能在那儿——在那个时刻，安安稳稳地躺在那里，永远地躺在那里。
>
> 这是为什么呢？这种想法让我至死也弄不明白。
>
> "我"的回忆和想法意味深长。

还有像叶弥《猛虎》、铁凝《谁能让我害羞》、刘醒龙《弥天》等在日常生活事件的叙述中揭示的潜隐在人的内心深处的人性众生相。在一些女性小说、"文化大革命"创伤叙事、底层叙事作品中随处可见对人性刻画的文本，人性成为新时期以来小说极为重要的表现领域。扭曲的人性、冷漠的人性、嗜血的人性……种种人性在残酷的暴力叙事中展开，似乎有点残酷和沉重，这恰恰是暴力叙事的价值所在。人性从来就不是一个纯抽象的东西，它的美与丑、善与恶，总是与具体事件或行为相连而存在的。

二　人性的历史本质：建构与迷失

人性一直是文学艺术表现的主要对象之一。正是在这一意义上，文学艺术以对人性的把握获得超越时空的永恒意义。人性是人之所以为人的本质属性，后者是前者赖以存在的基础和前提，对人的叙事是人性的现代性叙事的最基本形式之一。20 世纪中国文学就是一部大写的"人"的文学，关于"人"的思考充斥于各个时段的文艺思潮和文艺运动之中、文艺作品之中，它经历了一个漫长而又复杂的过程，时至今日，它依然是个尚未完结的旅程。

　　五四新文学运动是中国现代第一次真正意义上对"人"进行严肃思考的文学运动，它关于"人"的许多观念和思想对于文学的影响，乃至整个社会的进程都产生了十分重要的影响。五四新文学关于"人"的思考是与其文学启蒙思想相辅相成的，从一开始就有着强烈的社会功利目的。胡适在总结"五四"文学的理论建设时曾经指出："简单来说，我们的中心理论只有两个：一个是我们要建立一种'活的文学'，一个是我们要建立一种'人的文学'。"① 何谓"人"的文学，它们又是怎样来认识"人"的？1918 年 12 月的《新青年》上刊发了周作人《人的文学》一文，周在文中提出以"人道主义为本，对于人生诸问题，加以记录研究的文字，便谓之人的文学"②。周作人还进一步阐述了其关于"人"的认识，他认为，"人"是从动物进化而来的，具有与动物相似的本能，即动物性，这是与生俱来的、自然的人性，因而也是善的和美的，凡是违反自然人性的东西都要加以排斥、改正。周作人试图通过灵肉二元统一的自然人性来反对传统礼教对人性的禁锢，第一次明确地把人、人的尊严和价值确立为文学的主题。在稍后的《平民文学》中，周作人还提出了"平民文学"的概念，将"普遍"与"真挚"作为文学书写的两个基本原则，要求文学反映普通的人性、人的生活，也即世间最为平常的一些东西，不必叙写什么才子佳人英雄豪杰。周作人的"人的文学"和"平民文学"从人之个体的角度阐述了个性解放的意义，对于将"人"从封建伦理的桎梏下解救出来富有积极意义，是五四个性张扬之时代精神的重要组成部分。

　　相比于周作人，陈独秀、鲁迅等关于"人"之思考富有更为积极的社会意义。陈独秀是著名的革命者，他习惯于将个体与国家联系起来进行思考，在人格特质、理性精神以及情感特征等诸多方面都有精辟见解。在"人"之作为个体的认识上，陈独秀强调独立、自主的个体人格，即所谓"自谋温饱，自陈好恶，自崇所信，自定权利"，既不盲从他人，也不奴役他人，唯有如此，才能"脱离夫奴隶之羁绊，以完其自主自由之人格"③；在理性精神的张扬上，他主张学习西方"争吁智灵，以人胜天，

---

① 胡适：《中国新文学大系·导言》（建设理论集），良友图书公司 1935 年版，第 18 页。
② 周作人：《人的文学》，《新青年》1918 年第 12 期。
③ 陈独秀：《敬告青年》，《青年杂志》1915 年 9 月创刊号。

以学理构成原则，自造其祸福，自导其知行"①。摆脱奴隶心态，推动民主进步，建设民主政治；在情感上，既注重知识理性，也重视个人情感，认为离开情感的伦理道义，是形式的不是里面的，离开情感的知识是片断的、不贯串的，是过客不是主人。只有以"崇高的、伟大的人格和热烈的、深厚的情感"来改造国民素质，使之具有"崇高的牺牲精神，伟大的宽恕精神和平等的博爱精神"，中国人才可能从麻木不仁中惊醒，才有可能接受民主和科学的思想。鲁迅也非常推崇个体人格的独立，认为现代国家的建立"首在立人，人立而凡事举"，"必尊精神而张精神"，"使国人之自觉至，个性张，沙聚之邦，由是转为人国"②。在鲁迅看来，"人的个体精神自由"才是现代文明之根，这与陈独秀之"集人成国，个人之人格高，斯国家之人格亦高；个人之权巩固，斯国家之权亦巩固"③。的观点有着惊人的一致性。陈、鲁二人都高度关注国民之个体素质与国家整体文明程度的内在关系，相对于周作人而言，他们关于"人"的观念已经从自然之"人"进化到社会之"人"，这与他们文学启蒙的基本目标是相吻合的。

五四新文学运动催生了一批个性张扬的文本，如郭沫若的《天狗》《匪徒颂》《立在地球边上放号》等洋溢着炽烈感情的诗、剧，郁达夫等创造社成员的自我小说，还有丁玲的《莎菲女士的日记》等。同时，大批问题小说、乡土小说对被侮辱者、被损害者的关注，又意味着封建礼教、封建制度的血腥与顽固。这也正是五四关于"人"之思考现状的真实写照。一方面，封建势力的强大使得"人"的解放步履沉重；另一方面，五四关于"人"的许多观念尚未充分展开，启蒙任务尚未完成，社会就在形势的急速变换下进入到"革命"时代，对"人"的内涵又有了新的时代要求。

20年代，启蒙运动衰微，中国社会形势整体上趋于革命。其间，有两个方面的变化值得注意：一是社会运动的频繁发生；二是马克思主义学说的引入与兴起。两个方面既分属于不同领域，又存在非常密切的联系。

---

① 陈独秀：《法兰西人与近世文明》，陈崧编：《五四前后东西文化问题论战文选》，中国社会科学出版社 1985 年版，第 3 页。

② 鲁迅：《鲁迅全集》，人民文学出版社 1981 年版，第 1 卷，第 57 页。

③ 陈独秀：《一九一六年》，《新青年》第 1 卷 5 号，1916 年 1 月 15 日。

社会运动方面，五四运动之后，由青年学生为主体发展为青年学生、工人和农民为主体的基础广泛的社会革命运动，尤其是工人和农民，日益显现出其强大的革命性力量，成为运动的主力军。原有的启蒙方法已经跟不上迅速发展的革命形势，如何调动这支力量的革命积极性成为一个迫切的时代课题。这一时代课题的解决重任落在了马克思主义学说身上。马克思主义学说进入中国后，成为年轻的中国共产党的指导理论，运用于中国革命实践。明确了自己的历史使命之后，如何调动广大无产阶级的革命意识，实现工农联盟，达到推翻资产阶级政权，建立无产阶级专政之目的，是中国共产党必须破解的一道难题。

难题破解的密码在于共产党人新型人文观的建立。不同于五四新文学运动"为人生"的文学，无产阶级革命文学将服务对象锁定于工农大众。它不是简单的对象变化问题，而是目标定位、基本指导思想差异等本质性问题。文学担负起无产阶级革命意识宣传任务及阵营基本明晰之后，原有的启蒙思想不再适用，那种对象模糊的做法也无法满足需要，文学服务对象的明确化成为必然的选择。左联成立之后，立即着手展开了文艺大众化运动，在内容、方法、形式、语言和体裁等诸多方面提出了细致要求，目的就是易于为工农大众所接受。这种变化表明，工农大众革命的主体地位已然突出，五四时期知识分子以自身的人生体验去诠释或代表民族整体人生感受，富有鲜明个体情感特征的文学成为"历史"。个人与群体之关系方面，革命阵营始终强调个体对群体的隶属关系，不存在脱离或超越群体之个人主导型价值观念，"批判一切个人主义，人道主义和自由主义等类的腐化的意识"①。要求广大进步作家，放弃个性解放思想，无条件地加入到救亡图存的时代洪流中去，通过武装斗争，建立现代民主国家，实现个体的最终解放。个体融入阶级的代价，是阶级性取代人性成为普遍的价值原则。

民族解放战争及国内革命战争进一步"压缩"了个体存在空间。在民族危难、阶级整体解放使命面前，绝大多数人无暇亦无心去关注个体的生存欲求，更不会去进行关于人的本质、人性诸如此类的哲学玄思，现实的"生存"才是当务之急。这种"当务之急"变革了中国农民在封建社会几千年来的底层地位，也超越了第一次国内革命战争时期的主体角色而

---

① 瞿秋白：《瞿秋白文集》（第3卷），人民文学出版社1998年版，第23页。

跃升为"主人"——人民。在共产党一方，除了武装斗争之外，"为人民服务"几乎成为一切工作的中心，"人民"也日渐变得高贵。"最干净的还是工人农民，尽管他们手是黑的，脚上有牛屎，还是比资产阶级和小资产阶级知识分子都干净。"① 第一次文代会上，延安文艺方向被确立为新中国文艺方向，为人民服务，首先为工农兵服务的创作原则得到进一步确认，用周扬之话说，"文艺工作已成为一个对人民十分负责的工作"②。文艺创作中，工农兵们上演了一幕幕新的"传奇"。

　　事实上，在整个 20 世纪的中国，"人"的衍化始终充满着传奇性色彩。时事的急速变幻，使得中国"人"像坐过山车一样，在每一个时间节点都驻足未稳就向另一个节点滑去，从而形塑出中国"人"之普遍巨人状的侏儒形象畸胎。陈国恩指出："国民性的改造是项长期的任务，一些根深蒂固的国民劣根性要随着社会经济发展、政治民主化和社会教学文化水平的普遍提高，经过长期的努力才有可能改变。"③ 也就是说，它是一项综合的、长期的、系统的工程，不能短视，也不能偏废。中国现代关于"人"的思考从一开始就背负着过于沉重的历史使命，面对民族存亡的重大时代课题，思想家们无法将个体之"人"完全从社会之"人"中抽取出来进行纯粹人类学意义上的思考。尤其是革命对充分发挥"人"之力量潜能的要求，极容易形成挖掘与遮蔽的双面行为，影响到"人"的真正全面发展。整体来看，20 世纪中国关于"人"的本质的认识与建构，可以归结为如下几点：1）将"人"从封建礼教的桎梏下解脱出来，发现了个体之"人"，独立与自由之"人"的同时，却又忽略了"人"之作为社会人的重要性——人是为别人而生存的；2）在要求"人"向"善"的同时，却忽略了"人"的美和真，"人"沦为工具；3）在追求阶级解放、民主政治的同时，又形成了对别的阶级的专政，推出了自己的新偶像，"人"再次沦落为丧失自我思考能力的附属品；4）政治的狂热取代信仰的神圣情感，孕育出偏执与脆弱的灵魂。

　　与国民性改造终结相伴而生的是文学的政治化。文学与政治本属于不

---

① 中共中央文献研究室编：《毛泽东文艺论集》，中央文献出版社 2002 年版，第 53 页。

② 周扬：《新的人民的文艺——在中华全国文学艺术工作者代表大会上关于解放区文艺运动报告》，《人民文学》1949 年第 1 期。

③ 陈国恩：《中国现代文学的观念与方法》，秀威出版社 2012 年 6 月版，第 169 页。

同的意识形态，但在毛泽东"齿轮"和"螺丝钉"的政治定位下，文学从属于政治意识形态的历史宿命就像孙悟空头上的紧箍咒挣脱不开，充当起政治的吹鼓手，在政治斗争及阶级斗争的跑道上越走越远，日益陷入暴力的边沿。在20世纪五六十年代各种重要场合及重要会议上，文学都被表述为重要的斗争工具，或作为"和一切消极事物作斗争的武器"，或"作为一种积极的精神教育的武器"，① 或要发挥其"团结人民、教育人民、打击敌人、消灭敌人"② 的战斗作用。文学功用的武器化、斗争化，催生了文学作品的战争化、斗争化。据周扬就《中国人民文艺丛书》所选入的177篇作品主题所作的统计：写抗日战争、人民解放战争与人民军队的，计101篇；写农村土地斗争及其他各种反封建斗争的计41篇；写历史题材（主要是陕北土地革命时期故事）的计7篇，三类共计149篇，约占总数的84.2％。文学创作中的战争/斗争泛化，不仅简化了人之思维，而且模糊了人格与人性的重大差异。当英雄被以一种强力的人格进行灌注时，其人性的复杂的一面也往往就不被关注和重视了。长期经受战争文学洗礼的民众的思维及心理又岂能摆脱战争文学及其所塑造之英雄的影响？

第三节　暴力叙事之美学向度

　　诺贝尔文学奖的获得，再次引发了文坛对莫言文学创作的关注。瑞典皇家科学院诺贝尔奖评审委员会授予莫言的颁奖词是"将魔幻现实主义与民间故事、历史与当代社会融合在一起"。颁奖词比较准确地概括了莫言小说创作的特点，由此我们也想起了莫言"故乡"高密县血色的红色记忆。莫言是由《红高粱》一举成名的，充满血色的原始生命力的张扬即其典型艺术特色之一。之后，莫言沿着这条路一路走来，创作了《红高粱家族》《酒国》《食草动物》《丰乳肥臀》《红蝗》《檀香刑》及《生死疲劳》等众多作品。暴力充斥着莫言几乎所有的创作，从《红高粱》到《檀香刑》，莫言小说暴力叙事的审美取向经历了重大变化，是新时期

---

① 周扬：《文艺战线上的一场大辩论》，《人民日报》1958年2月28日。

② 中共中央批转文化部党组和全国文联党组：《关于当前文学艺术工作若干问题的意见（草案）》，1962年4月30日。

以来小说暴力叙事审美走向的一个缩影。新时期以来小说暴力叙事从伤痕
文学始，中经先锋文学、新历史小说、新写实小说的发展壮大，到新世纪
形成蔚为壮观的小说暴力叙事之流。时代语境的显著变化深刻地影响到小
说创作的变化，反映到暴力叙事之美学观念的变化上，表现为传统的美学
观念受到非理性美学观念等的严峻挑战，暴力作为丑的事物从传统之
"美"的陪衬角色中逐渐脱离出来，成为具有独立美学意义的审美对象，
其所附着的美学价值也产生重要变异。具体而微，其变化主要体现于以下
主要几个方面：从展览式的刻画到表演式的精雕细琢转变；从血泪控诉到
狂欢化的叙述转变；从写实到唯"美"的变异。

一　暴力叙事之美学变异

暴力书写的传统美学规范在新时期以来小说暴力叙事中出现新变。它
首先表现在从展览式的刻画到表演式的精雕细琢的转变。这一转变彰显了
新时期以来暴力叙事美学意涵的变化与暧昧。新时期初期，暴力叙事成为
伤痕小说、反思小说的内在要求。清理"错误"政治的需要以及对刚刚
逝去历史的清晰记忆，使得大量血腥的记忆得以某种程度的还原。这种还
原不是渊源于对英雄的刻画需要，而是来自自身沉痛的精神与肉身创痛宣
泄与控诉需要。作家们来不及甚至也不愿意对这些血腥记忆做出提纯，他
们更愿意将这些非常暴力的场景或者画面展示给世人，从而达到控诉与批
判之目的。因而，我们看到宋宝琦的满身横肉、卢丹枫从高楼坠落的身
影、叶辉在楼道里作为"战斗者"的忙碌与镇定、李铁在武斗中的勇敢
与无畏。更让人感到触目惊心的是余华在《一九八六年》中对疯子自残
的各种刑罚的展览，不忍卒读：

> 他将两段钢锯比较来比较去，最后同时扔掉。接着打量起两个膝
> 盖来了，伸直的腿重又盘起。看了一会膝盖，他仰头眯着眼睛看起了
> 太阳。于是那血红的嘴唇又抖动了起来。随即他将两腿伸直，两手在
> 腰间摸索了一阵，然后慢吞吞地脱下裤子。裤子脱下后他看到了自己
> 那根长在前面的尾巴，脸上露出了滞呆的笑。他像是看刚才那截钢锯
> 似的看了很久，随后用手去拨弄，随着这根尾巴的晃动，他的脑袋也
> 晃动起来。最后他才从屁股后面摸出一块大石头。他把双腿叉开，将
> 石头高高举起。他在阳光里认真看了看石头，随后仿佛是很满意似地

点了点头。接着他鼓足劲大喊一声："官！"就猛烈地将石头向自己砸去，随即他疯狂地咆哮了一声。

这是余华《一九八六年》中疯子自残的一个场景，除此之外，小说还细致地描写了疯子其他几种酷刑的自残，疯子最后被自己折磨而死。余华不动声色地将各种酷刑呈现于读者眼前，直逼人的心理承受底线，用冷酷来形容也毫不为过。不过，我们还是能隐约在那冷酷的疯子自残行为展览中，感觉到鲜明的批判倾向。余华笔下的暴力书写，接续了此前伤痕、反思小说对暴力的批判倾向，并将其发挥到极致，暴力作为极其丑恶的一种行为，引起读者的厌恶、唾弃。但是，暴力的这种审美价值或曰审美取向后来慢慢变得模糊、暧昧，不少作家将暴力叙事零度情感化，从作品中完全退隐，暴力成为一种"历史的"、纯客观的行为，这在苏童、北村、格非、莫言等的小说中即有突出表现。如苏童的"枫杨树故乡"历史小说系列，北村的《施洗的河》、格非的《大年》等，最为突出的要数莫言。早在80年代中期的"红高粱家族"系列小说中，莫言就以其特出的原始暴力的书写获得极大成功，到新世纪初期的《檀香刑》，暴力书写发展到极致，精雕细琢，刽子手的暴力行为已经成为表演、一种仪式，体现的是刽子手的职业精神。且看刽子手赵甲对孙丙实施檀香刑的物质要求：

畜生道："还需要牛皮绳子十根，木榔头一把，白毛公鸡一只，红毡帽子两顶，高腰皮靴两双，皂衣两套，红绸腰带两条，牛耳尖刀两把，还要白米一百斤，白面一百斤，鸡蛋一百个，猪肉二十斤，牛肉二十斤，上等人参半斤，药罐子一个，劈柴三百斤，水桶两个，水缸一口，大锅一口，小锅一口。"

仅这一部分物质清单就足够让人瞠目结舌，清单之详细、物质之繁复、物品之"奇异"，简直就像一个商品集贸市场。这是什么大刑，行刑竟然需要这么多的日常生活用品？答案就在下面刽子手赵甲的"绝活"上：

随着檀木橛子逐渐深入，岳父的身体大抖起来。尽管他的身体已经让牛皮绳子紧紧地捆住，但是他身上的所有的皮肉都在哆嗦，带动得那块沉重的松木板子都动了起来。俺不紧不慢地敲着——梆——梆——梆——俺牢记着爹的教导：手上如果有十分劲头，儿子，你只能使出五分。

　　俺看到岳父的脑袋在床子上剧烈地晃动着。他的脖子似乎被他自己拉长了许多。如果不是亲眼所见，实在想不出一个人的脖子还能这样子运动：猛地一下子抻出，往外抻——抻——抻——到了极点，像一根拉长了的皮绳儿，仿佛脑袋要脱离身体自己跑出去。然后，猛地一下子缩了回去，缩得看不到一点脖子，似乎俺岳父的头直接地生长在肩膀上。

　　……

　　岳父的身体上热气腾腾，汗水把他的衣服湿透了。在他把脑袋仰起来的时候，俺看到，他头发上的汗水动了流，汗水的颜色竟然是又黄又稠的，好似刚从锅里舀出来的米汤。在他把脑袋歪过来的时候，俺看到他的脸胀大了，胀成一个金黄的脸盆。他的眼睛深深地凹了进去，就像剥猪皮前被俺吹起来的猪，咪呜咪呜，像被俺吹胀起来的猪的眼睛一样。

这是笔者迄今为止在接触到的所有文学作品中见到的最为残忍的刑罚，也是对刑罚描写最为精细的作品。赵甲的施刑已经不是简单的犯人处决，而是一种表演、一种仪式。莫言在一次关于《檀香刑》的创作访谈中谈到，刽子手在施以酷刑的时候，本身就认为是一次表演，执行完一次大刑就像完成了一次艺术上的创作，因此，"我感觉我是在写戏，而不是面对一个非常真实的酷刑。所以我可以写得很华丽、流畅"①。此言也可以用来对莫言小说创作进行一个小概括。从早期《红高粱》剥皮描写的强烈视觉冲击，到如今对《檀香刑》仪式性表演的精细描绘，暴力又一次逸出了其作为"恶"这一角色的既有轨道，既排除了长期以来作为"美"的陪衬性角色的积极意义，又迥异于伤痕、反思等一些小说中作为"恶"的否定性批判，成为一种中性存在，模糊、暧昧。

　　从血泪控诉到狂欢化的叙述转变是新时期以来暴力叙事美学变异的另一重要体现。伤痕小说、反思小说浓厚主流意识形态化的血泪控诉未能持

---

① 李潘：《真不容易》，西苑出版社 2002 年版，第 278 页。

续多长时间即为狂欢化的暴力叙述所取代。所谓狂欢，就文艺理论层面而言，它主要渊源于巴赫金的狂欢化诗学理论，针对的是群体的精神状态，有颠覆、融合之意。此处的狂欢，既指个人化、多样化的暴力叙述，也包含对既有暴力叙述的精神反叛意义，及叙述者的微妙叙述心理。伤痕、反思小说之暴力叙述包含着淋漓的血和泪，有着鲜明的主流价值取向与情感指向性，即使一些曾经广受争议的作品也是如此：

> 用杠压、用链条抽、用冰水灌、用电烙铁把我的脸上身上烫成这个样子，我一天一夜不省人事，这群狗东西以为我已经死了，就把我拖到工厂附近的火车轨上，制造自杀的假象。有一个好心的工人救了我，偷偷地把我送进医院，后来，他们知道后，又把我从医院送进监狱。在监狱里整整关了八个年头。直到最近我才从监狱里出来。

这是《我该怎么办?》中受害主人公李丽文有关自身遭遇的一段自述，痛苦、愤怒、谴责诸种情感溢于言表。这种创作很快为一些作家所厌恶、拒绝，集体记忆在个体生活经验的观照下出现了多样化的个人表述，其所具有的某种程度的"历史记载、政治研究、法律审判及新闻报道功能"[①] 成为历史的陈迹。新历史小说中血腥暴力的游戏化、反讽式叙事；"文化大革命"中暴力的底层化、个人记忆化叙事；新写实小说零度情感中鲜明社会指向性的暴力叙事将暴力叙事推向极致，形成多声部合奏。刘震云"故乡"系列小说《故乡天下黄花》《故乡相处流传》等对大人物的调侃，政权争夺的暴力化鄙俗化还原，撕开了掩盖在合法名义下之所谓神圣的面纱。苏童的《我的帝王生涯》中宫廷斗争的刀光剑影、血雨腥风，如钉死活人、剜人舌头，《米》中五龙的邪恶癖好，读来有如世纪末日的来临，一切都在癫狂中走向没落。莫言又是其中的佼佼者，他的《檀香刑》多处详细地描绘了行刑的过程，几乎每一次行刑都像一次演戏，给刽子手、给观众带来无比的愉悦：

> 可惜了一对俊眼啊，那两只会说话的、能把大闺女小媳妇的魂儿勾走的眼睛，从"阎王闩"的洞眼里缓缓地鼓凸出来。黑的，白的，

---

① 许子东：《为了忘却的集体记忆》，生活·读书·新知三联书店 2000 年版，第 3 页。

还渗出一丝丝红的。越鼓越大，如鸡蛋慢慢地从母鸡腔里往外钻，钻，钻……噗嗤一声，紧接着又是噗嗤一声，小虫子的两个眼珠子，就悬挂在"阎王闩"上了。

"小虫子怪叫声，又尖又利，胜过了万牲园里的狼嚎。我们知道皇上和娘娘们就喜欢听这声，就暗暗地一紧一松——不是杀人，是高手的乐师，在制造动听的音响。"

行刑过程，兢兢业业的刽子手像钟表一样精密地执行着死亡程序，控制着每一环节的进程，屠杀变成了一种非凡的技艺，带给刽子手难以替代的生理、心理快感，也是赐予观众的生理、心理盛宴。这不是卡夫卡式的阴郁的刑罚，而是一种混合着极度的虐待与受虐的肉体狂欢。莫言说："所有在生活中没有得到满足的，都可以在诉说中得到满足。这也是写作者的自我救赎之道"[1]。这可能也是许多其他作家的自我救赎之道，尽管方式不一，表现不一。

从写实到唯"美"的变异是新时期以来暴力叙事的又一重要变化。20世纪80年代初期，在思想解放潮流及西方哲学社会科学诸因素影响下，文学创作观念及创作手法发生巨大变化。一方面，现实主义创作方法依然具有举足轻重的地位；另一方面，创作观念与创作手法的变异也日新月异。先锋文学等的横空出世对文坛形成巨大冲击，同时，也给予暴力叙事多方面影响。如上所述，最初那种展览式的刻画即属典型的写实风格，现场感、真实感是其最为重要的特征，往往能够对读者形成一定的情感冲击与价值判断指向。这种写实性的暴力叙事广泛存在于伤痕、反思小说，底层文学以及一些女性"杀夫"叙事小说之中。痛定思痛的伤痕、反思小说自不待言，底层文学与女性"杀夫"叙事小说基本取材于现实生活，生活本身的真实在作家们零度情感的叙述中，纤毫毕现，毛茸茸甚至阴森森，砭人肌骨："尸体是三段五部分：头部、肚脐以上的躯干、以下部分，手臂和两只小腿也都取下了。每一个切口接面，都非常整齐。"（须一瓜《第三棵树是和平》）平静的叙述文字中，浸透着一股透骨的冰凉。

---

[1]　莫言：《诉说就是一切》，载《四十一炮·后记》，春风文艺出版社2003年版，第444页。

这种真实也为一些作家所怀疑，或者说，他们并不认为这很真实，因为"当我们就事论事地描述某一事件时，我们往往只能获得事件的外貌，而其内在的广阔含义则昏睡不醒"①。对真实的不同理解，彰显着作家不同的小说观念与审美选择。残雪在持续经营着其封闭的、寓言化的压抑世界，《山上的小屋》《苍老的浮云》《黄泥街》等众多作品鬼气森森；陈忠实《白鹿原》、刘震云《故乡相处流传》等在私密性家族叙事中不经意地掀开了历史血腥的面容；莫言与苏童则在自己的世界里书写着想象的传奇，他们是新时期以来作家中最富于想象，暴力书写最富有"美感"的作家。因为写的既不是现实，也不是历史，而是一己的感觉，因而他们用自己汪洋恣肆的笔墨制造了一个个或艳丽、狂放的世界，或凄美、感伤的人生。莫言的作品多数是血淋淋的，《红高粱》里有剥人皮，《筑路》和《复仇记》里剥狗皮、猫皮的全过程；《灵药》写有对死人开膛取胆的故事，《二姑随后就到》中有挖眼球和凌迟的故事；《檀香刑》中的酷刑更是多达六种。每一种酷刑的描写，莫言都能充分调动其想象，于精细的描绘中形成强烈的视听觉冲击，如《红高粱》里血珠的鲜红与酱色头皮的相互映衬，被剥皮后罗汉大爷蠢蠢欲动的肠子与漫天飞舞的绿头苍蝇、割去双耳后线条简洁的脑袋等，像在展览一场视听盛宴。

莫言笔下的酷刑是丑的，也是"美"的，在唯美的画面里彰显着人性的丑恶，又纠缠着几分隐秘的快感。如果说莫言小说的"美"汪洋恣肆，那么苏童小说的"美"既有如梅雨季节里之江南小镇，细腻、绵密、婉约、柔美，又有如莫言笔下红高粱之恣肆的张扬。苏童小说虽有杀戮，更以经营意象见长，他总是能在一个个意象的背后弥散开血腥的气味。如《妻妾成群》中通过古井、湿气、摇晃的紫藤架来描绘四姨太颂莲对陈家神秘、阴森与恐怖之感受。《罂粟之家》中，在血色的猩红中张扬的罂粟花异化为人的欲望的载体，颓废、冷酷又野蛮。欲望与疯狂，血色与杀戮，在苏童那里只是一种意识或感觉，而不是别的，苏童所做的只是用恰当的语言方式酣畅淋漓地将这种意识或感觉表现出来。

二　美学变化之因由

康德说，人之自由的历史由恶开始。黑格尔持有类似的看法："人们

---

① 余华：《虚伪的作品》，《上海文论》1989 年第 5 期。

以为，当他们说人本性是善这句话时，是说出了一种很伟大的思想；但是他们忘了，当人们说人本性是恶的这句话时，是说出了一种更伟大得多的思想。"①康德将暴力的"恶"视为推动人类前行的积极力量，视为"自由"的前提，是人的"创举"，在黑格尔眼里，"恶"则是历史发展动力的表现形式之一，两位哲学伟人都从正面高度肯定了暴力这一"恶行"之非凡价值。我国传统文学作品如《水浒传》等，革命历史题材小说如《林海雪原》等，暴力也以革命的名义获得话语权，成为智慧、勇气、毅力与力量的表现形式，即使反面角色所施与正面角色的酷刑，也成为凸显正面角色英雄气概的绝好体现。这一传统在新时期以来小说暴力叙事中失去了回响，既不见英雄之踪影，也感受不到壮美之情怀，暴力多数仅仅只是作为暴力而存在，暴力的丑恶并未能从积极的方面予以转化，反而是审丑的意味远远浓于审美。究竟是什么因素造成了新时期小说暴力叙事从审美到审丑的巨大转化？

有学者说，20世纪文化是反传统文化，表现在中国的历史，这种反叛就更为清晰，世纪初的新文化运动是反传统，80年代则是对政治文化的断然拒斥。与西方遭受两次世界大战带来的精神上、心理上的剧痛不同，中国在20世纪中叶遭受的是政治与社会动乱所形成的肉体与心灵创伤。但是，两者所产生的结果却惊人地相似，都促使人们的人生观、价值观发生显著变化，非理性思潮抬头，反理想、反传统、反审美、虚无主义普遍存在于社会各个角落。与西方不同的是，中国在经历政治与社会动乱之后，当局自身进行了一定程度的调整、修复，尤其是改革开放政策的实施，使得相对固化的社会环境有了某种程度的松动，作家获得相当程度的自由，西方哲学社会思潮的大量涌入加剧了传统一元化思想体系的崩塌，多元化社会思潮逐渐形成。在这种环境之下，知识分子和艺术家们纷纷对过往错误的方针政策、僵死教条进行反思，表现于文学领域，则是对既往的审美观念、审美情趣、审美选择与表现手段进行自觉疏离，尽管有过短暂的过渡期，自先锋文学/艺术横空出世之后，艺术的美丑之间的关系就为之一变，此时的艺术不再以美为主，甚至是以丑为主了，文学艺术家们也不再追求化丑为美，而是让丑恶自己去开垦。

在这个大环境下，有几个具体因素相当重要，一是历史与关于历史的

---

① 《马克思恩格斯选集》（第4卷），人民出版社1995年版，第233页。

记忆，二是西方哲学社会思潮的涌入，三是人的主体意识的觉醒，几个因素又存在相当密切的关系。1979 年 10 月，第四次文代会召开时，几代作家集聚一堂，共话文学的"春天"，标志着"新时期文学"的开始，也被认为是 20 世纪中国文学的又一次重大转折。① 这一"转折"对于文学的意义不言而喻，论述也相当丰富。笔者认为，这次转折有两个重要看点，第一个是文学转折的前提问题，即"在重建的政治、文学体制的主导下，展开一系列否定'文革'，也暧昧不明地处理'十七年'的'历史改写'活动；这些活动当时被称为'拨乱反正'和'正本清源'"。② 这段表述很有意思，但又非常准确地概括出了当局既想做出纠正错误的高姿态，又将纠正限定在一定的范围内的矛盾心态与做法。这一做法能一定程度地疏放作家们长期积郁于心的不满与愤懑，但对于亲历或目睹了那段历史的几代作家来说是远远不够的，我们从老作家们的众多回忆录即可窥知端倪。"这真是空前的一场浩劫，多少百万人颠连困顿，多少百万人含恨以终，多少家庭分崩离析，多少少年儿童变成了流氓恶棍，多少书籍被付之一炬，多少名胜古迹横遭破坏，多少先贤坟墓被挖掉，多少罪恶假革命之名以进行！"③ 历史的书写可控，历史的记忆却是无法控制的，一旦存在可以突破那暧昧的缝隙，记忆就会以各种形式"还原"历史。老作家秦牧、陈白尘、韦君宜们是如此，中年作家刘心武、王蒙等如此，青年作家们同样如此，马原、苏童、余华、莫言、贾平凹等多次在创作谈中谈及"文化大革命"记忆。"我的童年时代算不上一个文学时代，而是一个动乱年代，很多年后我还经常会被问起一个问题，就是为什么在我的作品里经常会发现暴力的痕迹。我现在的很多著作都涉及暴力，其实我也经常会问自己，我写的东西是暴力吗？或者说暴力在我的作品中是有意识的渲染还是无意识的流露？它到底在说明我的创作中的哪一种倾向？我自己反复分析，依然认为自己非常问心无愧。"④ 一种现象一旦在日常生活中看惯了，就会被认为是平凡的、不言自明的事情。这正是"新时期文学"转折的第二个看点，历史上还很少有如此规模、如此代差的人群拥有同一个记

①　《新时期文学十年学术讨论会·开幕词》，《文学评论》1986 年第 6 期。

②　洪子诚：《中国当代文学史》，北京大学出版社 2007 年版，第 186 页。

③　秦牧：《寻梦者的足印》，人民文学出版社 1991 年版，第 197 页。

④　苏童：《重返先锋：文学与记忆》，《名作欣赏》2011 年第 3 期。

忆。已经内化为集体无意识的共同记忆，在不同年龄层次的作家笔下，以不同形式、不同美学指向表达出来，就成为一道必然的文学景观。

一种思想禁锢得过久、过于严密，必然会遭遇反弹，反弹或来自内部，或来自外部。"文化大革命"的发生与结束，标志着一个旧时代的结束，新时代的开始，促使其转换的正是长期紧绷的意识形态禁锢的崩溃。当局对意识形态做出了重要调整，将政府工作重心转移到经济建设上来，并做出了改革开放的战略决策，西方哲学社会思潮涌入中国。历史也给了中国这样一个契机。1980 年 4 月 15 日，萨特去世，给国内学术界提供了一个大力介绍萨特的最佳时机。柳鸣九打响第一炮，在《读书》杂志1980 年第 7 期上发表《给萨特以历史地位》一文，重新评价萨特，从而引发了 1981 年左右的萨特热。据一份调查显示，当时，"在校大学生中，80% 的学生知道萨特，20% 的'读过这些文学作品，又接触过理论'，8%的'有比较系统的探索研究'"[①]。1985 年、1987 年还先后形成过弗洛伊德热和尼采热。萨特的存在主义特别切合经历过"文化大革命"，产生了生存的荒谬感、价值的虚无感的青年人的心里，弗洛伊德的精神分析学、尼采的权力意志论则对于个体意识的觉醒与张扬提供了思想资源。以萨特、弗洛伊德、柏格森、尼采等为代表的西方非理性主义思潮对当代中国文学产生了极为显著的影响：思想上，对于个人意识的觉醒与解放，集体的人如何转变成个体的人，阶级的人如何转变为正常的人，以及对人的个体感觉世界丰富性的认识，提供了理论基础；文学上，存在主义与荒诞派戏剧、弗洛伊德的精神分析理论等对丰富新时期文学思想内涵与表现手法居功至伟。新时期以来，各代作家基本上都吸吮过西方非理性主义思想的乳汁，1999 年新世纪出版社推出了一套丛书《影响我的 10 部短篇小说》，西方作品占据大半壁江山，其中又以卡夫卡、博尔赫斯的作品为最。余华谈到读到卡夫卡《乡村医生》这篇小说时说："让我大吃一惊"，"让我感到作家在面对形式时可以是自由自在的，形式似乎是'无政府主义'的，作家没有必要依赖一种直接的、既定的观念去理解形式。……卡夫卡解放了我。使我三年多时间建立起来的一套写作法则在一夜之间成了一堆破烂"[②]。

1985 年第 6 期、1986 年第 2 期《文学评论》上连载刘再复《论文学

---

① 《文艺情况》，1982 年 10 月。

② 余华：《川端康成和卡夫卡的遗产》，《外国文学评论》1990 年第 7 期。

的主体性》长文，在文学界引起巨大反响，拉开了在文论界影响深远的文学主体性争论。该文主要有两个中心内容，其一，强调文艺创作的主体性；其二，反对将文学反映论凝固化。前者将实践的人看作历史运动的轴心，特别注意人之精神的主体性、能动性，后者则以发展的观点来看待文学。刘再复提出的文学主体性并不是什么新鲜事物，却击中了1949年以来我国文艺界流行的机械反映论之要害，是对长期以来文学图解方针政策，人物内在精神枯萎之文学创作现状的反动。它在文学的本质论上，以"审美论"代替机械的、消极的反映论；在创作论上，肯定"灵感""直觉"的心理作用，具有积极的理论意义与实践指导意义。说句并非玩笑的玩笑话，如果没有人的个体意识的解放，没有文学主体性的张扬，可能就没有通过运用看杀猪、杀鸡的经验来描写杀人的莫言《红高粱》之成功了。①

当人，不再是一个固化、刻板的机械物的时候，一切皆有可能。

三　美学变化之审视

新时期小说暴力叙事带给读者全新的审美接受，给读者以审美震惊。从题材到形式、从对象到手段、从情感到取向、从视觉到心理等对传统暴力叙事形成全方位的冲击，是对长期以来固有审美观念的一次颠覆与重造，具有非凡的意义。首先，它打破了过去暴力叙事的传统边界，将暴力题材与表现手法作了大规模扩充与更新，使得暴力叙事呈现从未有过的多样化景观。在既往若干年来之暴力叙事中，以农民起义或农民革命战争、民族战争、公案故事、侠盗故事等为基本取材来源，现实主义的创作与白描手法是其主要的方法和手段，其目的并不在于暴力描写，而在于暴力发生所体现的历史进步性或者正义性质。新时期以来的暴力叙事除了过去战争性质的革命叙事等一些重大题材外，日常暴力、语言暴力、"历史"暴力叙事广为存在。表现手法上，现实主义方法与白描手法作为重要方法依然得到广泛运用，不过，给予读者更深印象的还是那些深入人之深层心理的现代派手法与工笔细描般的刻写，暴力事件作为独立的审美对象被纳于文本叙事之中，也具有独立的审美意义。

其次，新时期以来暴力叙事给予读者的审美感受更为丰富，更为强

---

① 莫言、王尧：《莫言、王尧对话录》，苏州大学出版社2003年版，第119页。

烈。传统暴力叙事，由于价值取向的相对单一，如除暴安良、替天行道、抗敌御侮、除奸去恶等都为具有普遍社会正面价值的"宏大"叙事，能够产生心灵的震撼与净化作用，但是美感相对要单一得多。新时期暴力叙事，由于题材、表现手法的多样化以及价值取向的多元化等，其审美向度也呈现多样化的态势，如伤痕小说、反思小说的审美是比较强烈的批判与控诉，是痛感；底层暴力叙事是冷酷中有温情，残酷中有批判；新历史小说则是颠覆、反讽、狂放等之复杂统一体。而余华、王小波、苏童、莫言等暴力叙事特为突出的作家更是有着自己鲜明的审美特色，余华的冷酷与恐怖，王小波的游戏与反讽；苏童的细腻、精致与暧昧；莫言的狂放、精雕细琢与色彩斑斓莫不使人印象深刻。

　　最后，就是打破了传统暴力叙事的惯性思维，或者说审美惯性，这也是新时期以来小说暴力叙事最为突出的一个成就。传统暴力叙事中，暴力是作为丑来看待的，是美的陪衬物，丑最终要转化为美。如《水浒传》中"李逵江州劫法场"一回，李逵杀人如麻，见人便杀，逢人便砍，一派鲜血淋漓场景。但李逵等梁山好汉是"替天行道、除暴安良"，况且救的还是及时雨宋公明。"艺术所注重的不是现实的事实，而是现实的真实，也就是真理和真相。于是，艺术在根本上超出了历史的写实和照相的复制。"① 艺术在描写丑的时候，已经对它完成了一个根本性的改造，即将丑转化为美。故而，读者也就不觉得李逵残忍了。这种审美表现在新时期以来一些小说之暴力叙事中出现异动，不少作品并未将丑恶的暴力进行审美转化，或者说转化有限，暴力就是暴力，就是一种丑恶或者邪恶的行为，不具有正面价值。当然，这并不意味着就没有审美意义，而是认为，暴力本身作为丑就具有美学意义，不过其意义是负面价值引起的而已。如"'文革'小说"中的暴力描写，就是作为典型的批判对象来进行的，通过对暴力的鞭挞来呼唤健康的人性与人情。"异动"的另外一个美学表现是暴力的"美化"，这在以前也是几乎无法想象的，当然也不存在，正是在这一点上，它对读者的审美冲击最大。苏童、莫言小说中罪恶的恣肆与狂放，细腻与艳丽，无不给人深刻印象。尤其是莫言，其小说之暴力描写大大冲击了人们的心理承受底线，《红高粱》里的剥人皮，《檀香刑》里的凌迟美女、施檀香刑于孙

---

① 彭富春：《美学原理》，人民出版社 2011 年版，第 202 页。

丙等诸多行刑场景残忍又精致，既是技艺的展示又是心理的狂欢。但是，这些酷刑的确真实、深刻地揭示出人性的残暴与阴暗。莫言认为："人要是真的坏起来就会超过所有的动物，动物都是用本能在做事情，而人除了本能以外，还会想出许多办法来摧残自己的同类。"[①] 莫言之言真是振聋发聩，人类几千年来一直在做却又不敢正视的现实让其一语道破，用小说来表现，其丑也至，其美也至。

带来新的美学冲击的同时，新时期以来小说暴力叙事同样存在一些美学误区，如暴力叙事的粗俗化与主体精神的退隐，否定的审美与正面价值的缺失等，也受到一些读者的批评、诟病。从普遍情况来看，除了那些弘扬主旋律的作品，新时期小说多数拒绝崇高，更不刻意去美化、粉饰现实。而是相反，他们要真实地展现现实、还原现实。没有经过审美理想观照，提纯的暴力在不少作家笔下铺陈开来，鲜血淋漓的场面，丑陋恶心的场景充斥于各类作品而很少加以克制。在这些场面的背后，我们却很少能够感受到创作主体的精神力量，感受到的只是一个近乎冷漠的叙述者的娓娓道来。创作主体精神的消隐意味着那些鲜血的廉价，沾满鲜血的李逵的板斧彰显的是正义的力量与强悍的人格，同样沾满鲜血的九财叔的板斧又意味着什么呢？是贫困、愚昧、自私所产生的极端的残忍！九财叔猥琐丑陋的形象枉死了金矿勘探队的几条人命，没有任何的正面价值与意义。

铁凝说："文学可能并不承担审判人类的义务，也不具备指点江山的威力，它却始终承载着理解世界和人类的责任，对人类精神的深层关怀。"[②] 也许，过往的文学，负担过于沉重，新时期作家们只不过是将过去不太正常的做法纠正到比较正常的轨道上来，仅此而已。小说没有必要承担那么多的思想，也不能有这样的义务，小说就是一个好的故事，允许作家充分发挥自己想象的才能。当然，小说也不是一种空洞的文本编撰游戏，其背后总是表达着一种关乎世界的理解。新时期小说暴力叙事转向，是对过去"错误"做法的某种纠正，也是大胆创新，尽管会出现一些这样那样的问题，有问题总比没问题好，多样性一定比单一性好。其多样性的审美选择的存在，正是新时期以来文学发展走向健康的一个标志。

---

① 莫言、王尧：《莫言、王尧对话录》，苏州大学出版社 2003 年版，第 127 页。

② 吴义勤、房伟、胡健玲编选：《铁凝研究资料》，山东文艺出版社 2009 年版，第 68 页。

第三章　暴力叙事基本主题

　　多元的价值取向表明，新时期以来小说暴力叙事的纷繁与复杂。陈思和曾经以"共名"与"无名"来概括 20 世纪中国文学的发展状况，在相当长的一段时间里，它处于"共名"状态。但是，他认为，1989 年后的中国文学是一种无名的发展状态。所谓共名，就是指有比较一致的价值取向和重大时代主题，反之，即无名。就文学实际发展看，70 年代末至 80 年代，清理"文化大革命"和现代化是当时比较一致的时代主题。进入 90 年代之后，随着思想文化与政治经济的发展变化，社会不再存在一致的声音，主流话语、精英话语及大众话语等的多元共存，表达了不同的利益诉求。表现于文学，"文化大革命"书写继续呈现强劲势头的同时，新写实小说、新历史小说、女性文学、现实主义冲击波、底层文学等泉涌而出，形成真正的"无主题"状态。在这多元的文学之流中，有几个方面表现相对比较突出，令人印象深刻，它们形成了新时期以来小说暴力叙事比较明晰的主题叙事。

第一节　"文化大革命"创伤叙事

　　德国批评家阿尔多诺说："在奥斯维辛之后，写诗已变成不可能。"鉴于奥斯维辛大屠杀所造成的巨大创伤与中国"文化大革命"动乱的相似性，我们也可以这样说，"文化大革命"之后，文学创作已变成不可能。"文化大革命"对中国社会造成的伤害究竟有多大？"从 1966 年开始的那大动乱、大疯狂的十年，那黄钟毁弃、瓦釜雷鸣、忠良遭害、奸佞横行的十年，是一场充满血泪和血腥的梦魇。"①时任中共中央副主席的叶剑英在

---

① 　石翔、张玉财：《中国现代名人蒙冤录：文化的沼泽》，吉林人民出版社 1994 年版，第 147 页。

1978 年 12 月 13 日中央工作会议闭幕式上的讲话指出："文化大革命死了 2000 万人，受政治迫害人数超过 1 亿人，占全国人口的九分之一，浪费了 8000 亿人民币。"① 各种关于"文化大革命"的统计数字为数众多，五花八门，但仅此一例，就足以让人瞠目结舌。"文化大革命"成为中国当代社会一个绕不开的存在，以致"假如不先讲述'文革'的故事，倘若不先给'文革'一个说法，很多中国作家（及读者）似乎还不能从文化、道德及价值观的断裂中真正'生还'，它们与传统文化及五四的种种精神联系都很难延续"②。许子东的此番言语一点儿不假，尽管存在国家主流话语的规训与引导，新时期初期的文学还是以反思和批判"文化大革命"起步，据沈杏培在其学位论文《小说中的"文革"》所录，1977—2009 年之"'文革'小说"篇目，达一百六十二部之多③，实际数字远不止此，此外还有大量的见证文学、思痛文学等出现，用汗牛充栋形容之也不为过。"文化大革命"是三十余年来文学创作，尤其是小说创作最为重要的题材来源，其所涉及的广度与深度，任何其他题材都无法与其比肩。

一　暴力与创伤

"文化大革命"叙事对历史的记忆首先是历史之恶和历史之伤的记忆。"文化大革命"涉及的范围之广，带给民族、人民的创伤之巨，不是简短的暴力二字所能涵括的，它是一场严重的社会内乱，更是一场民族浩劫，给民族造成了深重的文化创伤。关于文化创伤的成因，杰弗里·亚历山大将其归结为个体和群体都经历了可怕的事件，并且留下了难以磨灭的印记。他说："当个人和群体觉得他们经历了可怕的事件，在群体意识上留下难以磨灭的痕迹，成为永久的记忆，根本且无可逆转地改变了他们的未来，文化创伤（cultural trauma）就发生了。"④ 创伤渊源于可怕的事件，

---

① 董宝训、丁龙嘉：《沉冤昭雪——平反冤假错案》，安徽人民出版社 2003 年版，第 1 页。

② 许子东：《为了忘却的集体记忆：解读 50 篇文革小说》，生活·读书·新知三联书店 2000 年版，第 2 页。

③ 沈杏培、朱晓进：《小说中的"文革"——当代小说对"文革"的叙事流变史（1977—2009）》，博士学位论文，南京师范大学 2011 年 5 月。

④ Jeffrey C. Alexander, "Towards a Theory of Cultural Trauma", 转引自陶东风《"文艺与记忆"研究范式及其批评实践——以三个关键词为核心的考察》，《文艺研究》2011 年第 6 期。

之于"文化大革命"来说，就是发生于期间之大量的精神与肉体的暴力事件。故而，要清理"文化大革命"所造成的文化创伤，就必须全面清算造成创伤的暴力行为。如何书写暴力，又如何将创伤真实、完整地呈现出来，是摆在众作家面前的一个颇为棘手的任务。"文化大革命"暴力不仅是一种个体性的记忆，也是一种全民族性的集体记忆，如何还记忆与真实，无论是对亲历者、旁观者，还是通过阅读等间接经验获得关于"文化大革命"真相之作者而言，都是一个巨大的挑战。更重要的是，他们的创作面对的并非自己，而是要得到广大读者受众的认可与接受，使读者能够化文本所建构的暴力创伤为自己的创伤心理，从而产生与直接受害者群体的认同，这样他们的创作才有意义。因此，叙事策略、叙述视角的选择、艺术手法的运用等诸多叙事因素对叙事效果的产生就显得格外重要。

作家叙事策略与叙事手法的选用与自身的生命历程、艺术积累有关，也与创作所要达到之目的及社会大环境的制约有关。对于"文化大革命"这样的重大题材而言尤其如此。纵观三十余年来之"'文革'小说"叙事，大致经历了亲历者叙述——先锋叙述——日常生活性叙述这么一个历程，每一种叙述都以其特有的形式撕开历史的豁口，露出"文化大革命"冰山的一角。亲历者叙述主要产生于"文化大革命"结束之后的最初几年，"历史"形成的巨大伤痛急需找到一个借以倾泻的出口，当局也需要以适当的形式来转移创伤所积聚起来的巨大危险性能量，从而为自身的合法性存在提供一个合理基础，"文化大革命"恰恰以其突出的特性成为双方共同的审视对象。亲历者叙述以其亲历性质及时间的接近，多以现实主义手法来揭露"文化大革命"动乱的暴力罪行，真实性、情感性及倾向性是其最为主要的特征：

> "小寿星马玉麟不愿叫葛翎痛快死去，先扒去葛翎的棉袄棉裤，浑身上下扒得只剩下薄衫短裤衩，然后把葛翎悬在祠堂梁柱上，用皮鞭沾着凉水进行拷打。马玉麟心黑手狠，先用鞭子抽打葛翎的头部，鞭子落处，血顺着嘴角、鼻孔、脸颊流下来……马玉麟手中的皮鞭上下飞舞，不到一袋烟的光景，葛翎的脸上、背上血迹模糊，他晕了过去……"（《大墙下的红玉兰》）
>
> 姑爸的不说话自然要激起来人些愤怒，于是皮带和棍棒雨点般地落在姑爸身上，姑爸那光着的脊背立刻五颜六色了。之后他们对她便

是信马由缰的抽打：有人抬起一只脚踩上她的背，那棍棒皮带落得慢悠悠。这是一种带着消遣的抽打，每抽打一下，姑爸那从未苏醒过的干瘪乳房和乳房前的青砖便有节奏的摇摆一下。

……

他们把"人"搬上床，把人那条早不遮体的裤子扒下，让人仰面朝天，有人再将这仰面朝天的人骑住，人又挥起了一根早已在手的铁通条。他们先是冲她的下身乱击了一阵，然后就将那通条尖朝下地高高扬起，那通条的指向便是姑爸的两腿之间……

姑爸发出了一声凄厉的惨叫，那叫声和昨天相比，只多了绝望。

（铁凝《玫瑰门》）

《玫瑰门》中"文化大革命"暴力的原生态描述让人触目惊心，所谓革命青年的暴行令人发指，已非正常人之所能为的事情。《大墙下的红玉兰》中马玉麟、《古船》中赵多多等失却人性的泄恨报复，也是劣迹斑斑、血债累累。写实性的暴力景观广泛存在于新时期初期的小说创作之中，如郑义的《枫》、莫应丰的《将军吟》、韦君宜的《洗礼》、金河的《重逢》以及胡月伟的"疯狂"系列等。在"文化大革命"刚刚结束的新时期初期，将一个个曾经发生的悲剧故事，一桩桩曾经上演的血腥事件，植入读者脑海，有利于唤起读者的共鸣，也是整个社会反省"文化大革命"强烈诉求的一个呼应。暴力血腥的还原大大刺激了人们的痛苦记忆，这是一种残酷的以血止血的方法，在当时之社会氛围中，却是促使人们进行彻底反思的最佳选择，只有经过浴火才能重生。

亲历者写实性叙事亦存在一些缺陷，即其写实的"限度性"。或不愿再提起那不堪回首的往事，或以某种方式撇开那不愉快的往事，如知青作家"无悔的青春"书写。再则是，作为一种历史的"大叙述"，"文革"叙事还面临着国家和主流话语由于政治需要和社会现实发展需要而进行的规训与引导。随着文学体制的重建与对作家的重新收编，新时期初期，作家们基本上都表现出对官方要求和主流话语的顺从。不过，这种"顺从"很快就被一些更年轻的作家所抛弃，他们既厌倦那种泣血的哭诉，更不愿与主流"合谋"。西方哲学社会思潮的涌入为他们认识社会提供了思考的切入点，同时也提供了更为称手的艺术表现手法，"文化大革命"的先锋性叙述由此拉开序幕。"文化大革命"时期，先锋作家们大多处于成长阶段，他们经受了"文化大革命"话语的洗礼，也目睹了"文化大革命"期间发生的一幕幕人间惨剧，但他们更多的时候是作为一个游荡在远离社会意识中心的某种边缘地带的旁观者。"这一代人精神上开始睁眼看世界时，全社会正忙于其乐无穷的各种'斗争'，没有人真正关心他们的存在。大人的世界于他们是那么遥远，他们从来不肯认真地参与父兄的生活，而总是习惯于站在某个角落。"①

对先锋作家来说，来自"文化大革命"话语暴力产生的心灵震撼可能更甚于来自血腥暴力事件的记忆。余华在多次访谈中谈及童年的暴力记忆对其创作的影响，他说："在我的精神里面，我甚至感到有很多东西都太真实了，比如一种愿望，一种欲望，那些很抽象的东西，都像茶几一样真实得可以去抚摸它。"② 但是，在论及什么是真实的时候，他又反复申明解释，他宁愿更相信自己，而不愿相信生活提供的那些东西，认为他的创作是更接近个人精神上的一种真实。精神的真实而不是现实的真实，给予先锋作家表现的广阔空间，时代也给予了他们这样的机会。一些批评者指出，先锋作家习惯于采用拼贴、戏拟、寓言化、碎片化、荒诞性的方式来重构关于"文化大革命"的叙事，形式的意义远远大于文本故事的意义。"打破、挑战和解构已有的'文革'故事的叙事模式，这便是先锋派'文革'叙述的写作前提。为了提供'新的更多的故事'，'荒诞叙述'必须以种种反常规的叙述，建构不同的'没有意义'或'不可解释'的意义结构。"③ 事实并非如此，一代人的记忆不可能就此快速消失或者不留痕迹，"文化大革命"大历史在先锋文学中的退隐并非意味着它的消失，而是以新的形式宣示它的存在，个体成长的经验、情绪性记忆、各式个体心理症候乃至人格变异的刻画无不在彰显着"文化大革命"的成果：

　　　　黄泥街上脏兮兮的，因为天上老是落下墨黑的灰屑来。也不知是从哪里来的灰，一年四季，好像时时刻刻总在落，连雨落下来都是黑

---

① 郜元宝：《匮乏时代的精神的凭吊者——六十年代出生作家群印象》，《文学评论》1995年第3期。

② 余华：《我的真实》，《人民文学》1989年第3期。

③ 许子东：《先锋派小说中有关"文化大革命"的"荒诞叙述"——"文革小说"叙事研究》，《当代作家评论》1999年第6期。

的。那些矮屋就像从土里长出来的一样，从上到下蒙着泥灰，窗子也看不大分明。因为落灰，路人经过都要找东西遮挡着。因为落灰，黄泥街人大半是烂红眼，大半一年四季总咳嗽。

……

黄泥街人都爱安"机关"，说是防贼。每每地，那"机关"总伤着了自己。……（残雪《黄泥街》）

这是残雪《黄泥街》中的两个小片段，黄泥街肮脏、灰暗的环境令人窒息，人与人之间关系紧张。这种情形在《山上的小屋》《苍老的浮云》等小说中一再出现，苍蝇、臭水沟、蝙蝠、死烂动物的尸体等充斥于残雪的小说世界，人则喜欢使坏、疯狂、老做噩梦、精神恍惚，人与人之间的沟通永远是词不达意的梦呓。马原的《上下都很平坦》、余华的《一九八六年》、莫言的《五梦集》等也是鬼气森然，使人梦魇。先锋性"文化大革命"叙事中那一个个令人窒息的世界，与其说是现实的世界，不如说是心理的世界更为真切些，它们追求的不是形似，而是神似，或者说心理的真实。残雪说，她所有的工作都是为了将人心里或者灵魂世界那密不透风、令人窒息的黑暗王国的风景描绘给人看。如果说，写实性叙述是对"文化大革命"整体性、大历史再现的话，那么先锋小说那些碎片化、个人性记忆的叙述则是"文化大革命"历史的另一种折光，不仅隐约透露出时代的端倪，更展现出人类的心灵。

"文化大革命"是一段并未远去的历史，其血腥场景及带给人们的深创巨痛，亲历者们至今犹历历在目，积郁于心，并未随着岁月的流逝而未有丝毫减损。阎连科在其 2001 年长江文艺出版社出版的《坚硬如水》扉页中说："本书并不纯粹是一对青年男女的情史，关于原欲、疯狂和变态，而是一个小山村，乃至全民族曾经有过的一场梦魇。"[1] 时隔二十余年，"文化大革命"的阴影并未在人们的记忆中消逝，但是面对那段渐渐远去的历史和已有的丰富多彩的叙述，如何叙述，怎样切入，却是一件颇费心思的事情。伤痕、反思小说那种将"文化大革命"归于"异质"历史的书写方法显然早已走到尽头，对"文化大革命"的先锋性的理解与叙事也已成为明日黄花，难出新意。时间的沉淀帮助了作家，距离的拉开

---

[1]　阎连科：《坚硬如水》，长江文艺出版社 2001 年版。

反而有利于作家们对历史的沉思，一批颇具深度的作品陆续出现，除了上述阎连科《坚硬如水》外，还有毕飞宇的《平原》、"玉米"系列，苏童的《河岸》《舒家兄弟》《刺青时代》，贾平凹的《古炉》，余华的《兄弟》（上），常芳的《桃花流水》，王彪的《身体里的声音》，王松的《红汞》，艾伟的《乡村电影》及刘醒龙的《弥天》等大量作品。

这些作品的"文化大革命"暴力叙事或以童年视角切入，或从日常生活叙述出发，来反思"文化大革命"的历史起源、人性本质乃至历史责任的追究。这批作品的出现，意味着对"文化大革命"反思的深化。苏童《刺青时代》通过少年"我"的视角叙述了"文化大革命"时期发生于香椿树街的少年流氓团伙斗殴凶杀的故事。弥漫于香椿树街的暴力氛围刺激了白狼帮与野猪帮两大少年流氓团伙的形成，上演了一场场血腥的斗殴与杀戮。贾平凹《古炉》则在对古炉村日常生活的描绘中，演绎着"文化大革命"发生与演变的轨迹，深刻地揭示了暴力隐藏于民间这一"重大秘密"。榔头队和红大刀队两大造反组织的命名既浅显又含义深刻，后者成员为生计集资烧瓷窑，成为引发其与前者武斗的导火索，暴力的生活化，无形中暗示着潜隐于民间的普泛化暴力心理倾向。民间日常生活的暴力倾向成为作家们审视"文化大革命"暴力的新视域，"那一场我们身在其中的'文化大革命'，不管它的起因是千种万种，责任应该是大家的，我们每个人都是有罪的"①。童年的纯真、日常的原生态叙事，是"文化大革命"叙事失却轰动效应之后的一种深化、探索。

泛滥的暴力带给社会广泛而又深度的创伤。首先，也是最为直接的创伤，就是身体的伤害，包括生命的剥夺。这在各种类型的"文化大革命"叙事小说中都相当醒目，李丽文、葛翎、"将军"、疯子、唐和尚、孬种小拐等一长串难以胜数的名字，他们因暴力致残或致死，将"文化大革命"罪恶的一面以血的形式给读者、给后人以警醒。其次则是最为广泛，也最为持久的精神创伤。它又主要以三种形式存在，一是难以愈合的心灵的伤痕，它的受伤主体范围最为广泛，几乎每一部"文化大革命"叙事小说都存在那种受伤的人物，从宋宝琦、谢慧敏、叶辉到张思远、钟亦成等各阶层都不同程度存在。另外两类情形则要严重得多，他们属于深度的精神创伤者，严重的精神内伤使得他们产生精神分裂或者人格分裂症状，

---

① 贾平凹：《我是农民》，陕西旅游出版社 2000 年版，第 66 页。

是名副其实的"精神病者"。所谓精神分裂，是一种持续、通常慢性的重大精神疾病，是精神病里最为严重的一种，是基本个性、思维、情感、行为的分裂，其主要征兆是基本的思考结构及认知发生碎裂。冯骥才《啊!》中的吴仲义、刘克《飞天》中的飞天等属于此类受伤者。林斤澜《五分》中，不管碰着撞着什么，"只要是五，我就血管紧张，胃痉挛，心慌，头晕，眼花……"吴仲义成天的精神恍惚，紧张兮兮，见到信就发出神经质的反应——啊，飞天在遭受连串打击之后的迷狂行为无不让人动容、心惊。

人格分裂是另一类型的精神创伤，其主要特征是患者将引起他内在心里痛苦的意识活动或记忆，从整个精神层面解离开来以保护自己，但也因此丧失其自我的整体性。这类患者也非常之多，如，《铺花的歧路》中的白慧，为了获得红卫兵的接纳而严刑拷打自己的母亲；《1966年狗在咬谁》中的凌泉申将学校里受到的委屈发泄到无辜的母亲身上；《英格力士》中，刘爱因为调皮在墙上乱涂乱画，被认为是写了反标而受到父亲的仇恨；《玫瑰门》中的竹西由于海外关系吃尽了苦头，为了得到左派的红袖章而像年轻人那样打她科主任的耳光，并由此产生了模糊的快感。最为典型的要属余华《一九八六年》中的她，前夫嚓嚓的脚步声成为她终生的梦魇，只要听到嚓嚓的脚步声她就心惊肉跳，甚至撕心裂肺地叫喊起来。为了躲避疯子（前夫），她足不出户，关上门窗，拉上窗帘。最终，疯子的自戕而死解除了她的一个心病，她又重新"在阳光里走着"，走得"很优雅"。余华的笔是冷酷的，冷得使人发抖。像"她"这样的人哪里又没有呢？白慧、凌泉申、刘爱的父亲、竹西们就比她好吗？

这不是一个个案，而是一种普遍的精神现象，是"文化大革命"动乱历史的集体精神影像。当作家们用形象、用语言来唤醒民族文化创伤记忆的时候，他们又是怎样对记忆进行文学转换的呢？

二　创伤记忆与文学叙述

"文化大革命"创伤书写不是一种简单的暴力之恶的书写，而是一种文化创伤的建构。当小说家们以文学形式将他们私人的"文化大革命"动乱经验变成大众论述时，他们就有意无意地参与了有关"文化大革命""集体记忆"的创造过程，进行着"文化大革命"文化创伤的建构。问题是，谁的记忆最真实，或者说谁最有资格进行"文化大革命"叙事，怎样的"文化大革命"叙事才能转化成创伤性"文化大革命"文学叙事？

　　"文化大革命"所造成的精神创伤首先是一种个体的精神创伤。新时期初期涌现的伤痕、反思小说，无疑就是一个个遭受迫害的灵魂的呐喊与泣血控诉。与此同时，还出现了大量的回忆录文字，如巴金的《随想录》、韦君宜的《思痛录》、杨绛的《干校六记》、于光远的《"文革"中的我》、陈白尘的《云梦断忆》、流沙河的《锯齿啮痕录》、马识途的《沧桑十年》等。作者们以自己的亲身经历为基础叙述着自己的"文化大革命"记忆，见证着这段灾难的历史。这批回忆性质的作品被一些论者称为见证文学，认为亲历性和真实性是它们的基本特征，并予以高度评价。[①] 但是，也有人对此提出质疑，如惠雁冰对巴金《随想录》的批评，认为《随想录》"是一部名不副实的散文集。拖沓冗赘的文风，粗放浅近的感悟，笨拙不堪的语言，声嘶力竭的口号充斥文本，加之对个人命运的耿耿于怀与近乎执着的'揪斗'叙写，使《随想录》成为一部梦魇与自话、宣泄与回忆、访问与待友的老人感伤录、'右派生活'控诉录，以及'世纪大家'不无自得的游历录"[②]。我们且不去理会其文辞的尖刻与批评是否合理，单就批评本身来看，它就意味着这种回忆录并不一定会普遍为人所信服，更不用说接受。那么，谁的"文化大革命"记忆最真实呢？其实，无论是"文化大革命"的亲历者、见证人，还是旁观者，抑或"文化大革命"历史的了解者，他们关于"文化大革命"动乱的经验或记忆都是零散的、复杂的甚至模糊不清的，必须借助于叙述这一中介才能将经验或者记忆清晰地表达出来，"外力"也就有了介入的机会。

　　真正意义上来说，"文化大革命"小说暴力叙事既是个人叙事，又是集体叙事。所谓个人叙事是指，作为一种极具个人化的创造性活动，"文化大革命"小说创作不可避免地带有个人的"文化大革命"记忆，但同时又是关于"文化大革命"的集体无意识的显现，是一种"集体性"叙事。因为"记忆不仅贮存了个人亲身经历过的事件，而且还贮存了与他来往的年长者的记忆。年长者关于他们经历的描述（这种经历通常先于

---

　　① 何言宏、陶东风分别著有《当代中国的见证文学》（《当代作家评论》2010 年第 6 期）和《文化创伤与见证文学》（《当代文坛》2011 年第 5 期）。

　　② 惠雁冰：《意识形态粉饰下的平庸：巴金的〈随想录〉》，《二十一世纪》（香港）2007年 12 月号。

他本人的经历）和不同时期留下的文字著作，使他对'大我'的认识不但包含近期发生的事情，而且包容他未曾经历过的历史事件"①。此外，它还不可避免地受到政党意志、国家利益、民众情感与认识等多方面的影响，因此，关于"文化大革命"历史的叙事并不可能是无拘无束、随心所欲的。某种程度而言，个人记忆的表达不在于个体有没有将某个记忆置放于某个角落，而在于他生活其中的群体、社会以及时代文化环境，能否鼓励他进行某种形式的回忆，特定的个体记忆能否被唤起、以什么方式被唤起和讲述出来，都取决于这个环境，或者社会框架。这个框架决定了哪些记忆是能够进行回忆的记忆，哪些是不能进行回忆的记忆或"不正确的记忆"而被打入冷宫。

　　"文化大革命"是一场社会浩劫、民族灾难，它所造成的精神创伤也是全民性的、民族性的，是典型的文化创伤。"十年内对人性的摧残、对人的尊严的践踏、对人个性的禁锢……对于关系到我们民族、国家兴亡的种种焦虑，几乎吸引了我的全部注意力。"② 建构主义文化创伤理论认为，创伤是社会建构出来的，而非自然而然的存在。事件是一回事，对事件的再现又是另一回事，创伤并非群体经验痛苦的结果，创伤是这种尖锐的不幸感进入了集体自身的认同感核心的结果。在事件与事件的再现之间，存在一个创伤建构过程，或称创伤过程。在这个过程里，创伤承载主体或者具有反思能力的能动者起着至关重要的作用。他们能够将造成文化创伤的社会事件予以再现并传播这些再现，事件的再现与传播的开始也就是文化创伤建构的开始。事件的再现与传播是论及某种根本损伤性的宣称，是令人恐惧的破坏性社会过程的叙事，在情感、制度以及象征上加以补偿和重建的吁求。新时期初期很多伤痕、反思小说即典型地属于这个意义上的宣称与吁求行为。

　　创伤建构过程，就是言说过程，或者说叙述过程。它包括几个基本的元素：1）言说者，即创伤的承载主体；2）言说的公众对象；3）言说情景，即言说的历史、文化和制度环境。言说的目标是以有说服力的方式将创伤宣称投射到受众——公众。这么做的时候，承载群体利用了历史情境

----

① 陶东风：《"文艺与记忆"研究范式及其批评实践——以三个关键词为核心的考察》，《文艺研究》2011 年第 6 期。

② 张抗抗：《我们需要两个世界》，《文艺评论》1986 年第 4 期。

的特殊性、手边能用的象征资源，以及制度性结构提供的限制和机会。如果言说成功，那么，受众就会相信他们与创伤承载主体一样，蒙受了某个事件的创伤，并将其扩大至其他受众群体。但是，任何创伤的建构都离不开具体的创伤故事，是创伤故事将创伤主体那些令人震惊、恐惧的灾难性事件的零散记忆明晰化、条理化，从而获得言说效果的。要达到最佳创伤效果言说，创伤故事的叙述必须具备这么几个核心要素：1）痛苦的性质，它属于事实层面的澄清，主要说明对于特殊群体，以及这个群体所属广大集体来说，到底发生了什么？2）受害者的属性：遭受创伤痛苦影响的人群是谁，他们是特殊的个人或群体，还是包容更广泛的一般"人民"？3）创伤受害者与广大受众的关系：创伤受害者与创伤故事叙述受众之间究竟存在何种关系，又在何种程度上，创伤再现的受众能够感受到与直接受害群体的认同？4）责任归属：在创造令人信服的创伤叙事时，界定迫害者的身份和责任非常重要，即是谁实际上伤害了受害者，谁导致创伤？那么，"文化大革命"小说暴力叙事是这样建构的吗？

我们以伤痕小说中争议较多的《飞天》为例试做一简单分析。《飞天》的故事梗概是这样的：1960 年，农村姑娘飞天在母亲在大饥荒中饿死后，逃荒到黄来寺，被文物管理处的海离子和唐和尚收留。在苦难岁月里，她与海离子逐渐萌生了爱情。有一天，某军区谢政委在参观黄来寺时偶尔结识了年轻貌美的飞天，他希望她到部队当兵。飞天也想借此改变自己的"身份"，以便复员后与海离子结成百年之好。就在一个大雨滂沱的晚上，飞天被谢政委奸污，而且怀上身孕。飞天想立刻复员，以此摆脱谢政委，却无脸再见海离子。于是，软弱而走投无路的她最终被谢政委安排在一个疗养院做了人工流产，日子一长，两人之间的关系竟发生了莫名其妙的"变化"，时间拉近了亲密距离。后来，飞天终于醒悟，但当她重返黄来寺时，对人生早已心灰意冷。1966 年夏，"文化大革命"在全国大兴，海离子被抓，生死不明，唐和尚被红卫兵打死，飞天则在迫害中精神失常。在小说结尾，受到江青提拔的谢政委驱车从已经疯了的飞天身边驰过，在他车上，坐的是另一个娇艳的姑娘。……

从创伤故事必须具备的四个核心要素来看，这个创伤故事：1）痛苦性质：善良的人遭遇到人为的厄运。海离子被抓走，生死不明；唐和尚被打死；美丽的飞天被权势者谢政委奸污、抛弃，并导致疯癫，境遇悲惨；另外海离子与飞天的美好恋情被生生拆毁，与天下有情人终成眷属的文化理念背道而驰，飞天他们的遭遇是"文化大革命"期间普通人命运的一个缩影。2）受苦者的属性：飞天、海离子与唐和尚都属于底层民众，是千千万万普通群众的一员，属于弱势者群体。3）创伤受害者与广大受众的关系：飞天、海离子与唐和尚与广大受众都属于"阶级兄弟"，同呼吸共命运，是现实中的命运共同体，受众能够感同身受。4）责任归属：飞天等的悲剧原因主要有二：其一是"文化大革命"，其二是谢政委这个权势者，责任指向明晰。《飞天》以其创伤故事的完整性及批判的尖锐性，在发表的当时就引起了巨大反响，成为伤痕小说中的一篇名文，时至今日，依然不减其锐利的锋芒。

从伤痕小说一路走来，"文化大革命"小说暴力叙事经历了复杂的变化，但千变万变不离其宗，始终以伤痕的清理、创伤的建构为己任。尽管存在不够完美的地方，尚有许多工作要做，但正如李锐所言："'文革'是一场现代中国人的出发点。这是一个任何'爱国'的或'向前看'的理由，都抹杀不了的处境。这也是一个任何'后现代''后殖民'的解说，都逃避不了的处境。有了这个无处可逃的处境，我们也因此才有了深刻追问自己的可能。或许，这将是我们最后一次可能。所有怯懦的逃避，所有卑劣的蒙骗，都是对于人的逃避和蒙骗。我深知这追问的艰难。可这是无法回避的艰难。"① 明知它的艰难，仍然有许多人一直像李锐一样在努力。

三　反思

有人对诺贝尔文学奖获得者赫塔·米勒的作品这样评论道："文学的一个功能是承载文化记忆，她书写了他们那一代人的文化记忆。如果不被写进小说，可能就会被修正过的历史书写忘记了。"我们的"文化大革命"叙事或者"文化大革命"小说暴力叙事承担起了这么一个功能吗？这是一个值得追问和思考的问题。总体来看，它取得了较大成绩，也存在不少问题。

创伤记忆的有限选择。首先，不是所有的人都有资格进行"文化大革命"叙述。那么，什么人有资格呢？"当然是知识分子，包括代表不同利益集团的知识分子，他们能写文章，能写书，能在电视上发表讲话，能

---

① 李锐：《重新叙述的故事》，《文学评论》1995 年第 5 期。

写回忆录。而'大多数'则因各种各样的原因'沉默'。可以说，他们对'文革'的记忆或看法，不比已经讲出来的'少数人'的意见缺乏价值。"① 当然，社会需要什么样的"文化大革命"记忆不是由知识分子而定，而是由执政当局而定，知识分子只是在当局允许的框架内进行回忆而已，或者他们的回忆不能逾矩，否则就会被规训与整饬。除了知识分子外，另一部分具有回忆资格的是老干部，他们是"文化大革命"的亲历者、见证人，是反抗"文化大革命"的英雄，理所当然具有回忆的资格，而且甚少有人怀疑他们回忆的真实性。其次，叙述选择的有限性。亲历者的"文化大革命"记忆就是真实的？这恐怕要打问号。"现在来写些追忆'文化大革命'和'五七'干校的文字的，据我所知，也只有杨绛、陈白尘、季羡林等穿越炼狱之后的'反动权威''牛鬼蛇神'们。至于天生的马列主义者和'左派'们，不知是惜墨如金，还是真的把昔日亏心和丢脸的事忘却了，竟不见有他们的著述问世。我想，假如他们有勇气学学奥古斯丁，学一学卢梭，也来写一本《忏悔录》，那将是功德无量的。"② 于光远则选择了这样的叙述方式："写这些东西，我把握这样一个精神：不讲大背景，不对中国这段历史讲自己的看法，而只写那些年中自己亲身经历的琐事，而且在写这些琐事时，也不考察逻辑关系，不求连贯，而是对一件一件的事实经过逐个叙述，也讲一点当时自己的情感，而不去发表多少议论。"③ 这种叙事方式与心态，其回忆中有多少真实性，恐怕是应该存疑的。

　　这种选择下的"文化大革命"小说暴力不可避免地受到影响。我们回顾一下"文化大革命"小说暴力叙事的几个典型文本，从最初的刘心武《班主任》到中间余华的《一九八六年》，再到新世纪受到好评的贾平凹的《古炉》。《班主任》不用多说，其批判的矛头所向就是"四人帮"，"四人帮"形成、弄权背后的深层机理呢？小说并未有任何表现，哪怕是暗示都没有。《一九八六年》在跳跃的时空交错中也隐约可见"文化大革命"的时代背景，其展示的残酷场景堪称冷酷无匹，但是余华对冷酷背

---

① 洪子诚：《问题与方法：中国当代文学史研究讲稿》，生活·读书·新知三联书店2002年版，第27页。

② 火星；《残破的世界》，河南人民出版社2000年版，第29页。

③ 于光远：《文革中的我》，上海远东出版社1995年版，第2页。

后的东西同样采取了悬置的办法。贾平凹《古炉》通过"文化大革命"时期日常生活中的暴力书写作出自我解剖，每一个人都是历史的罪人，体现了探索的力度。但是是什么形成那些小百姓们的暴力心理与暴力倾向的，恐怕不是一个简单的日常生活事件所能承受，或者解说清楚。况且，如果造成"文化大革命"创伤的历史责任应该由小百姓来承担的话，本人认为这是滑天下之大稽，颠倒了本末与轻重。横跨三十余年，几代人的"文化大革命"叙事，始终没有跳出既定的叙事框框，不能不说是一件令人遗憾的事情。

责任主体的模糊，依然是"文化大革命"小说暴力叙事至今尚未很好解决的另一个重要问题。所谓模糊并非一点责任归属没有，而是缺乏真正的责任追究意识，责任主体不明，创伤的根治就很难实现。笼而统之地将责任归咎于"四人帮"是没有办法真正实现"文化大革命"创伤的根治的，反而会造成一种乐观的假象，从而为假象所蒙蔽。以因小说题名而命名为文学潮头的卢新华《伤痕》为例，女知青王晓华付出了惨痛的伦理亲情代价，母亲最终也未能见其一面。小说结尾是这样的：她"猛地一把拉了小苏的胳膊，下了台阶，朝着灯火通明的南京路大步走去……"王晓华"母亲"的遗容是"安然地半睁着"，仅仅在"额上深深的皱纹中隐映着一条条伤疤，"看起来内心平静，并未有什么精神上的异常。而这一切都是因为母亲"叛徒"罪名的解除，罗织罪名的张春桥也已经为人民所唾弃。扪心而问，造成母亲痛苦的仅仅是"四人帮"吗，作为女儿的王晓华就没有一丝的责任吗？须知，直接摧毁母女伦理亲情的恰恰是作为女儿的她！这一情况后来有所改观，贾平凹就反省说"那一场我们身在其中的'文化大革命'，不管它的起因是千种万种，责任应该是大家的，我们每个人都是有罪的"[①]。贾平凹反省的勇气可嘉，其反省不是一个孤立的个案，其实其他一些作家如巴金、李锐等早就在进行自我反省。问题在于，当我们大家都是历史罪人，分担历史责任的时候，法不责众的文化怪圈无疑又消解了这种认真的自我反省，化反省于虚无，也为真正的创伤责任者实现了开脱。

故事大于意义，是"文化大革命"小说暴力叙事的另一个缺陷。有论者批评"文化大革命"叙事在书写暴力时，渲染的是暴力美学，而在

---

① 贾平凹：《我是农民》，陕西旅游出版社2000年版，第66页。

意义诉求、价值关怀、主体信仰和个体救赎上则付诸阙如，显得苍白。笔者认为，造成这种情况的出现，主要原因有两个，其一是创作主体的退隐；其二是暴力反思的贫弱，意义为暴力所淹没。关于创作主体的退隐，在早期的伤痕、反思小说之后，浸透强烈主体精神、以第一人称叙述的"文化大革命"控诉小说已经鲜见，即使有，也大多采取懵懂未知的小孩或旁观者的视角，进行客观化叙述。客观化叙述拉开了叙述者与故事的距离，便于全方位对故事的省察，同时也增强了故事的真实性。它产生的效果是故事更逼真了，技巧更圆熟了。同时，其负面影响也不容忽视，写实性的暴力事件缺乏主体精神观照之后，内涵贫弱，意指模糊，尤其是对那些受伤害者，缺乏引领其走向坚强、健康之路的人性力量。比如苏童的那些以少年视角书写的"文化大革命"故事，少年孬种小拐短暂"风光"之后的落寞、幽闭心理是触目惊心的。主体意识退却所带来的思考的空缺无法使人释怀，即便张炜《古船》、铁凝《玫瑰门》、阎连科《坚硬如水》等佳作也是批判有余，创建不足，这些作品对人性中的恶毒、原欲、疯狂、政治恶魔的批判等都相当的尖锐、深刻。但是，批判无法取代社会救赎这么一个重大命题。

　　暴力反思方面，其力度还有待掘进，尽管一些怀有良知的知识分子、作家屡屡倡导要深挖"文化大革命"，总结其经验教训，并身体力行地付诸实施，但与"文化大革命"所产生的创伤相比，依然是一个不成比例的关系。早期，是用对问题解决采取廉价方法取代反思，给主人公一个美好的结局，如遭受伤害的主人公总是有一个比较圆满的结局，或受到女子的钟爱，因祸得福，收获爱情；或恢复原职乃至升迁，收获官位；或者主人公的自我解嘲与修行，如钟亦成"娘打孩子"的谬论，章永璘在困境中通过阅读马列主义著作作为救赎的荒谬，也显示出一个知识分子缺乏应有反思能力的思想的荒芜。后期，主要在人性的源头上做文章，揭示出人性的"原罪"之恶与"文化大革命"的密切关系，从而倡导人们要挖掉自己身上的"垃圾"。① 人性的善与恶不在于人性本身，而在于社会提供了怎样的人性发展空间与可能，唐小兵说，暴力最让人苦涩之处在于："以肯定人的价值为出发点的暴力，其实正是否定了作为主体的人，而最终却

---

① 巴金：《随想录》，作家出版社 2009 年版，第 4 页。

仍将唤起新的、更强烈的主体意识。"① 这实际上牵涉到中国近代以来革命与暴力，道路选择与方式手段选用的重大时代课题，只有将人性与这一时代课题联系起来进行考察与研究，才有可能取得对"文化大革命"的科学认识。

列宁说，忘记过去，就意味着背叛。对许多作家来说，"文化大革命"并没有被他们所遗忘，不停地书写就是他们对"文化大革命"最好的记忆。尽管存在种种不如意，缺乏西方对奥斯维辛大屠杀那种创伤性书写，缺乏西方受难者那种信仰的光辉与终极价值关怀和救赎，如果以这个标准要求他们，目前还是一种苛求。因为在我们的文化构成中，宗教文化、信仰与终极关怀本来就是一种稀缺资源，现实的种种甚至也不允许他们有过深的涉入，在自身无勇气又不愿涉水的情形下，创作中缺乏一些"元素"是势所必然的。正如采矿一样，每掘进一公尺，就与矿藏缩短一公尺，矿藏终会现身的。

第二节　女性"杀夫"叙事

20 世纪 80 年代以来，汤汤的女性文学之流中，有一脉不太为人重视又一直坚韧地存在的女性小说写作，它就是 80 年代初期台湾作家李昂开创的女性"杀夫"叙事。它们是蒋韵的《冥灯》，林白的《青苔与火车的叙事》《致命的飞翔》，杨争光的《鬼地上的月光》，池莉的《云破处》，严歌苓的《谁家有女初长成》，方方的《奔跑的火光》《有爱无爱都刻骨铭心》、迟子建的《第三地晚餐》，舟卉的《好好活着》，叶弥的《猛虎》以及须一瓜的《第三棵树是和平》等。这批小说不同于拥有鲜明女性意识，追求女性独立价值的张洁、张辛欣、张抗抗等女性作家的创作，也不同于具有强烈颠覆意味，解构男性权威话语的林白、陈然、卫慧、海男等之女性写作。里面的女主人公没有李秀芝、陆文婷之类女性的温婉敦厚，也没有荆华、梁倩、岑岑她们的自主意识，更没有多米、黛二、COCO 她们那么自觉的女性自我意识。她们是新时期的受侮辱者、受损害者，在各自的人生道路上上演了一出出人生悲剧，以各种方式杀死了迫害自己的丈

---

① 唐小兵：《英雄与凡人的时代：解读 20 世纪》，上海文艺出版社 2001 年版，第 115 页。

夫或者男人，最终（《云破处》中的曾善美是个例外）也成为这一事件的
受害者。

一 "杀夫"的逻辑

杀人是一件残忍的行为，是要受到道德的、法律的制裁的。通常的杀
人者都是属于负面的人物，如土匪、江洋大盗、流氓阿飞等具有强力体质
的男性人物，如果是女性的话，一般就是奸情败露，从而谋杀亲夫，即所
谓"无奸不成杀"。这些"杀夫"小说的杀人者恰恰是处于弱势地位的女
性，被杀者不仅体格魁梧、强壮，一般还有着不错的社会地位或者人缘，
如金祥、秃头男人、莽莽等。女性多属漂亮型，能干、持家，多数有着自
己独特的魅力，如《好好活著》《猛虎》中妈妈、崔家媚的漂亮、能干，
但并未有什么主动的红杏出墙或者当今社会流行的婚外情。面对强大的男
性及男性社会，她们是弱者、受害者，无法掌握自己的命运。她们中的多
数很少有鲜明的女性主体意识，更遑论蓄意杀人，她们的受难和最终走上
"杀夫"之途是一种缺乏自主性的被动行为，对"丈夫"的致命一击，既
毁灭了对方，也毁灭了自己。因此，这些女性的"杀夫"就成为一种善
良的弱者之无辜行为，是一出出不断上演的人生悲剧。

悲剧的发生总是令人同情，但其发生又总是不以人的意志为转移，而
且多发生于给予许多女性以温馨记忆和憧憬的婚姻、家庭之中，这真是一
个非常残酷的现实。选取爱情或者婚姻家庭作为刻写女性性格命运的主要
场所，"因为它不仅是父权制的男性话语压迫女性的主要场所，而且以爱
情和婚姻为支撑的家庭构成了社会权力的中心部分，反映了国家及意识形
态的性质"①。这些"杀夫"的女性们一开始并没有明确的"杀夫"意识
的，甚至连反抗的意愿都没有，只是在反复地遭受到残酷迫害，走投无路
后才起而反抗或失手杀人，酿成悲剧，是"夫逼妻反"。"'丈夫'施
暴——'妻子'受虐——起而杀'夫'——接受惩处"几乎成为这些
"杀夫"小说共同的叙述模式。在这共同的叙事模式中，又可分为三种重
要"杀夫"类型。

怒而杀。这是"杀夫"叙事小说中最为常见的一种类型。林白的
《青苔与火车的叙事》《致命的飞翔》、严歌苓的《谁家有女初长成》、方

---

① 林凌：《后期女性主义写作的三次突围》，《文艺评论》2002 年第 5 期。

方的《奔跑的火光》《有爱无爱都刻骨铭心》、迟子建的《第三地晚餐》、舟卉的《好好活着》以及须一瓜的《第三棵树是和平》等都属于这一类。每一个女性的生活都是一个被损害的故事，每一个故事中都站着一个愤怒的女性：《青苔与火车的叙事》《致命的飞翔》中，荔红和北诺是因为男子工作或房子许诺的落空被逼上绝路怒而杀；《谁家有女初长成》中，巧巧被拐卖后，想做一个人的妻子的最低愿望都做不成，因被两兄弟"共享"怒而杀；《奔跑的火光》中，英芝是想过独立家庭生活不成怒而杀；《有爱无爱都刻骨铭心》中，瑶琴是虚幻爱情的被戳破怒而杀；《第三地晚餐》中，"母亲"是付出与尊严的双重伤害之后的愤而杀；《好好活着》中，"妈妈"则是被逼得走投无路后的起而杀；《第三棵树是和平》中，孙素宝是被虐待得无法忍受之后的恨而杀。

除了荔红和北诺外，所有女性与被杀者之间都是夫妻关系，北诺与被杀的秃头男子是上下级关系，也属于关系密切之列。这就使人产生疑问，是什么原因使得夫妻反目、上下级成仇呢？须知，五百年的修行，才有可能换来今生刹那间的一次回眸，结成夫妇，更属不易。要知晓秘密，还得从具体故事入手。以严歌苓《谁家有女初长成》中的巧巧为例。巧巧家在川北偏远的黄桷坪，她精明能干却辍学在家，厌恶毫无生气的乡村生活，向往可以坐在流水线前上班的深圳生活。在人贩子的引诱下，她带着自己美好的赚钱梦想离开了乡村。然而，却被人贩子诱奸，她认了。然后，被转卖到甘肃的一个荒蛮之地，成为大她十七岁，形似大猩猩的养路工人大宏的老婆，巧巧还是认了。在大宏外出的时间里，白痴二宏爬上了已经熟睡的她的床，她向大宏哭诉，大宏不当一回事，还经常念叨买巧巧和买彩电的钱都是和二宏一起出的，有二宏的一半。通过回顾被拐的细节及在大宏家的种种经过，她认定从一开始就被他们两兄弟当作合买的商品而共享了。于是，她举起了这个家里那把"大得有点蠢气"的菜刀。苏珊说："相互亲昵的人之间发生的暴力往往比生人之间的暴力更加残忍，更具有不可预测性。"[1] 顺着这句话，促使这种更加残忍的暴力行为发生的也一定是比生人之间的暴力行为加倍残忍的行为，而且是发生于亲人身上！是施加于那些女性身上的难以承受之痛触发了她们的杀机。

---

[1]　[美] 苏珊·福沃德、约翰·托瑞斯：《恨女人的男人们和爱他们的女人们》，朱维举译，北方文艺出版社 1999 年版，第 45 页。

　　谋而杀。此谋而杀不同于古典小说，或者戏曲话本里头的因奸成杀的谋杀，而是在遭受摧残后的蓄意报复，并非红杏出墙或者婚外情使然。此种"杀夫"叙事有两个主要版本，一是因恨而谋，二是因"爱"而杀，前者发生于池莉的《云破处》中，后者发生于叶弥的《猛虎》中。《云破处》讲的是一对外表平和，而深处相互仇恨的夫妻，女主人公曾善美将男主人公金祥杀死报仇雪恨的故事。金祥与曾善美曾是设计院一对令人羡慕的小夫妻，两人从未吵过架，红过脸。全院谁都不会怀疑他们夫妻之间会有嫌隙，更不必说杀人。但在金祥的一次同学聚会回来后一切都变了。原来，曾善美是那么的肮脏，与姨夫和表弟父子俩都维持有长达数年的奸情，结婚那晚的处女血原来是鸡血。金祥也好不到哪儿去，九岁时就因为嫉妒愤怒投毒毒死了一所钢铁设计院的几十人，使得曾善美七岁就成了孤儿，知道真相后的金祥对曾善美进行了凌辱。曾善美则"理所当然"地自觉"承担消灭金祥的义务"，成为"真正勇敢的人来为人类服务，来主持公道"。在一个风雨交加的夜晚假借两人最后的晚餐装醉后用利刃捅死了金祥，由于没有罪证和人证，曾善美依然保持其固有的形象。《猛虎》女主人公崔家媚与男主人公老刘是一对自由恋爱的夫妻，崔家媚爱江南才子老刘的才华，老刘则爱上了崔家媚的"水性而略略扬花"。但是丰润生动的崔家媚使得老刘感到有压力、害怕，起初是力不从心，继而阳痿。老刘提醒崔家媚到外面找一个合适的男人，但崔家媚是良家妇女。老刘对妻子崔家媚"力不从心"，对女儿海香却是百般爱抚，经常摸摸女儿的小腰，亲亲女儿的额，要女儿坐在腿上，亲亲女儿的头发，而海香已经二十八岁了。崔家媚不去外面找男人，她就守着老刘，并买来药物让老刘服用，老刘在一次中风急需服药时呼唤海香（此时已出嫁），崔家媚"缓"了一下，老刘一口气没有喘过来。

　　相对怒而杀，谋而杀的叙事要复杂一点。两篇小说都采用第三人称叙事方式，但《云破处》是全知型的，《猛虎》则是限知型的，后者所知晓的仅仅关于刘家的故事，并不旁涉其他。《云破处》有着非常清晰的时间发展线索，故事发生的空间也非常具体，曾善美杀夫既是一个偶然的个案，又存在逻辑的必然性。其冷艳外表包裹着的是一颗拒人于千里之外的冷酷的心，一有机会，就有可能引发难以捉摸的结果。事实也是如此。叙述者特意安排了她参加丈夫金祥同学聚会的一个晚宴，成为悲剧的导火索。曾善美回家后一系列不动声色的表现与其冷艳的外表是十分吻合的，其内心潜隐的创伤浮出水面，形成其杀夫的最原始动机，金祥的折磨则是形成其具体行动的催化剂。《猛虎》将视角主要投注于老刘与崔家媚的家庭生活。与曾善美和金祥夫妇一样，老刘和崔家媚夫妇也是一对和睦的夫妇，但是在和睦的表象下，暗潮汹涌。老刘一方面"力不从心"，另一方面又与女儿有许多出格的亲昵举动。更令崔家媚不可接受的是，他借机要妻子到外面找男人，将妻子推向道德缺损的一方，从而取得对妻子的心理优势，老刘的这一企图为崔家媚所猜透。在原欲的较量中，掺杂着夫妇的斗智，成为一个别开生面的新版"杀夫"故事。

第三种"杀夫"类型是"失手"而杀。蒋韵的《冥灯》和杨争光的《鬼地上的月光》即属此类。这两部作品的叙事设计有着惊人的一致性。它们都将女主人公置于十分低贱的地位，或被买卖，或被父亲低价"出售"，即成为"商品"，被买主蹂躏。她们还有另外一个共性：两人都漂亮、善良，甚至认命，有破罐子破摔的味道，并没有杀夫的强烈意愿。杏花（《冥灯》）"杀夫"后一夜不停地哭，不停地说，孩子似的絮絮叨叨，说她本来不想杀人，只想自杀，投河上吊吞洋钉，却总是死不成。窦瓜（《鬼地上的月光》）是"他跟我到鬼地，我用石头敲了他一下，敲到脑门上了，他就倒了，可能是死了。""我走的时候，他还没起来，是我把他敲死的。"窦瓜来到鬼地，是因为实在受不了丈夫莽莽的摧残，以及父亲窦宝的皮鞭，无路可走了，只好来到鬼地，无望地凝望着远方，换取瞬间的遗忘。杏花和窦瓜，两个人文化程度都不高，家乡闭塞落后，她们的遭遇并没有博得乡亲们的同情，包括自己的父亲在内。她们的善良、单纯与孤弱，为小说增添了浓郁的悲剧意味，同时也提供了解读的广阔空间。

二　"杀夫"的陷阱

鲁迅曾经在《祝福》《伤逝》等小说中描绘了一张张无形的网对妇女构成强大的敌对性力量，将妇女置于死地。萧红、张爱玲等女性作家更是以女性独特的体验与视角做了痛切的描绘。张爱玲在《茉莉香片》中对聂传庆母亲碧落的描绘堪称经典："她不是笼中的鸟。笼中的鸟，开了笼子，还会飞出来。她是绣在屏风上的鸟——悒郁的紫色缎子屏风上，织金云朵里的一只白鸟。年深月久了，羽毛暗了，霉了，给虫蛀了，死也还死在屏风上。"这里描绘的是中国旧式女子，千百年来的压抑使她们丧失了反抗的意志。这种旧式女子好像离我们很远了，可是，她们身上所经受的压抑并未能随着时间的流逝而成为历史，附加于女性身上的种种枷锁并未能彻底解除，生存困境依然成为她们难以摆脱的宿命。这批"杀夫"叙事小说就为我们展示了至今仍未很好地解决的女性生存的严峻问题。波伏娃说，女人不是天生的，而是社会造就出来的。它用于那些"杀夫"的小说女主人公上也是贴切的。她们并不是天生的暴徒，而是善良的女子，甚至有着自己美好的追求，她们遭到了来自家庭和社会的多重压力，走投无路，是社会将她们抛入了万丈深渊。

何处能够安身？这是那些"杀夫"的女人们难以摆脱的生存之痛。鲁迅曾经提出过"娜拉走后怎样？"这么一个重大的社会问题，揭示出娜拉的严峻命运：不是堕落，就是回来。时过境迁，历史发展到新的世纪，逝去的似乎只是时间，不变的依然是娜拉的命运！这些"杀夫"小说中，无论待在家中，还是走出家庭，无论是人见人羡的都市知识性女人，还是识字不多的农村妇女，都难以摆脱她们生存的宿命，这一宿命就是——"性"带给她们的强大的宰制性力量。我不是女权主义者，更不愿随意用某个理论去硬套某部作品，通过阅读这些作品，却惊奇地发现，"性"是它们绕不开的一个存在，要写女人，就一定会有"性"，要解剖那些女人的悲剧命运，也就必须从"性"入手。

性与女性的商品性存在。这些女人的悲剧都渊源于一个因素：她们是女性。张洁在其《方舟》的题记中说："你将格外不幸，因为你是女人。"确切点说，应该将"女人"改为"女性"，女人因为其性别而决定了其此生的命运。遍览这些作品，女人们"杀夫"多数因"丈夫"的性压迫而起。"丈夫"们对女人"性"的予取予求和恣意妄为，则根源于他们在女人身上倾注了心血，即金钱或者等值物，他们有权支配自己的"商品"。北诺杀死秃头男子，是因为后者不仅给她换一间较好的房子许诺落空，而且加倍地在"性"上对北诺予以索取；荔红杀死那位男子是因为"他把荔红睡够了就不再见她"。"性"分明在这两桩案件中扮演着商品角色，是女方用以交易的筹码。其他作品中，"性"的商品属性相对朦胧，因为它们披着一件合法的外衣——婚姻，其婚姻表象下的商品属性却不难辨别。《冥灯》中杏花所杀的男人就是用钱买她的那个男人，窦瓜更为悲催，仅仅因为莽莽看了一眼她的下身，就被父亲窦宝贱卖给了莽莽而遭致后者的性摧残；英芝、曾善美又岂能摆脱这一宿命？英芝仅仅一次青春的蠢动而被迫下嫁给游手好闲的贵清，曾善美更是以"性"为代价换取在姨妈家的生存，她的婚姻，也是以完整的"处女"之身才够得上金祥家之前提条件的。

无论在家庭中，还是在社会上，女性从来就处于一个弱者的从属地位。旷新年曾经一针见血地指出："无论人们多么不愿意正视；然而，实际上买卖婚姻是人类婚姻的常态。在市场社会，婚姻无可避免地具有这个社会最本质的特点，即婚姻无可避免地成为买卖的婚姻。只要有市场的地方，就无可避免地存在着买卖关系，而妇女自古以来就是一种特殊的商品。"① 女性的天然商品属性决定了其与买主之间特殊的被支配与支配关系，这种被支配与支配关系不仅存在于婚姻家庭结构中，亦存在于工作关系结构中。恩格斯曾经预言，当妇女在大量地、社会规模地参加生产，家务劳动只占她们极少的工夫的时候，就有可能获得解放。他只看到了社会性的一面，而忽略了女性的自然属性。千百年来，社会所建构的那种牢不可破的压迫性性别结构，使得男性可以随心所欲地决定女性的"性别"归属。

性与女性的生物性存在。一些激进的女性主义者曾经半开玩笑半正经地说，"就是生孩子，我们女人只要有自己的卵巢就行了，科学发展到今天，已足以让每一个有卵巢的女人生育自己的孩子"② 其实也恰恰显示了长期以来女性生存的一个困境，很多时候，她们就是被作为生育的机器来看待的。金祥与曾善美结婚十五年，两人举案齐眉，相敬如宾，但在许多人看来美中不足，因为没有孩子！都市知识分子家庭尚且如此，乡村家庭就更不用说。舟卉《好好活着》中的"妈妈"因为结婚几年没有生育，备受夫家冷落，怀孕后，则成为宝贝，"张三婶婆不骂人了，每天赶在媳妇起床前烧早饭"，且每天享受着一碗豆腐脑的待遇。"妈妈"后来与蔡大头的离婚也主要是因为儿子龙儿的意外丧生，丧失了维系与蔡大头的婚姻基础。女性生存的这种尴尬处境还体现于她们"性"的存在这一点上。男人们离不开女人，却又编造出"万恶淫为首"的谬论，视性欲和女人为不洁、不祥之物。"在中国传统的英雄豪杰之中，禁止强奸妇女更多的是因为他们惧怕女人的'阴气'会带来厄运，而不是真正出于尊重妇女

---

① 旷新年：《妇女解放的历史条件》，《天涯》2007年第1期。

② 陈染：《破开》《凡墙都是门》，华艺出版社1996年版，第267页。

的考虑。"① 英雄豪杰尚且如此，何况常人乎。因此，男人对于女人，只有欲望，没有情爱，女人只是他们泄欲的对象，并不是与之对等的人。《冥灯》中杏花的被男人作践，《鬼地上的月光》中莽莽对窦瓜的性摧残，《致命的飞翔》和《青苔与火车的叙事》中女主人公被男子的玩弄，标示着女性生存的被动与艰难。正如一部电影"战争让女人走开"所标示的一样，在男性的视野里，社会是男性的天下，女人是缺席的，多数时候，她们只是存在于"自然"——性存在之中，有意或者无意地忽视了她们的社会存在和精神存在，忽视了她们的创造力和作为人的终极价值。

为什么受伤的总是女人——男权文化的不能承受之轻。如果说"性"决定了那些"杀夫"女性的宿命，那么，男权文化则是罩在她们头上的一张天网，她们无所逃遁。所有"杀夫"女性中，窦瓜最富悲剧意味。命运偃蹇的窦瓜学习优秀却成了摊煎饼的姑娘，一不小心就成了莽莽的婆姨：

> 茅草房在垴畔的西边，玉米秆堵着。她刚蹲下去，听见有人站在上边笑。
>
> 是莽莽，笑着笑着，又笑了，歪着脸看她的大腿。
>
> 世上有这么不要脸的男人。她哭了，关在窑里直哭到窦宝拦羊回来。
>
> 窦宝已经知道了。他黑着脸，叫她出来。她听见"嗖"的一声，鞭子从耳边掠过，脊背上像被刀子割了一道口子。
>
> 晚上，窦宝走进了乔家沟，找莽莽他大：
>
> "我家女儿的身上让你莽莽看见。掏几个钱接过去，算你们娘的便宜了。"

仅仅被一看，窦瓜就被贱卖给了莽莽。窦瓜实在受不了莽莽的摧残，找窦宝哭诉，窦宝"嗖"的又是一鞭子。"听说炕头还放着书呢！""莽莽有什么不好？""想野汉子……"邻居们七嘴八舌。这让人想起了鲁迅作品中的祥林嫂与看客们，窦瓜的命运没有得到任何人的同情，包括自己的父亲。

---

① ［美］菲尔·比林斯利：《民国时期的土匪》，王贤知译，中国青年出版社1991年版，第204页。

崔家媚悲剧的深刻之处在于，它揭示出了女性在貌似主动情形下的无奈与弱势。美貌的崔家媚与才子老刘自由恋爱结为伉俪。但是，老刘后来对崔家媚"既害怕，又总觉得要提防她什么。他对她已经没有爱了，因为她一直给予他压力，而他一点压力也给不了她。他们是不平等的"。老刘"像一张干枯的树叶"，而崔家媚"丰润生动"，"像一条丰沛的暗中涌动的河流"，老刘对崔家媚早已力不从心，于是逃避、抵抗直至真的阳痿。表面看来，崔家媚占据优势。实则，老刘当年看中崔家媚的正是其迷人的走姿，像水波一样扭动的臀部。潜意识里也"不相信她是一个老实安稳的女人"，但他还是选中了她。说白了，崔家媚不过是老刘欲望的对象而已，潜意识里，他希望找一个"不安分的女人"；另外，他又怀疑"从来没有犯过错就是老实安稳的女人吗?"内心的纠结，欲望与心理的错位反致老刘于被动。他希望崔家媚出去"找一个合适的男人"的"愿望"落空后，心理已经彻底被崔家媚击垮。实质上，老刘的阳痿是男性在充满生机的女性躯体前的不自信所致，崔家媚则无奈地在男权阴影下强压着自己勃勃的生命力，且落得一个"杀夫"的恶名。

女人，美丽又可爱，却被称为"老虎"，这真是一个绝妙的反讽，折射出男性心理之欲望、阴暗与恐惧的复杂、纠结。用《红楼梦》里香菱的判词"根并荷花一茎香，平生遭际实堪伤"来概括这些"杀夫"女性的命运，最为恰切不过。在强大的男权势力、社会文化的裹挟之下，她们没有反抗的余地，或者反抗就是等于自我毁灭，不亦悲乎!

三　何处是归途

女性作家们对自身存在充满焦虑，也进行过探索，总体而看，似乎收效甚微。20世纪80年代，借助于启蒙主义话语，女作家们在关于女性的情感、女性的自我价值以及女性在现实生活中面临的困境等多个领域发出了自己的声音，涌现了一批值得珍视的作品，如张洁《爱是不能忘记的》《祖母绿》《方舟》、张辛欣的《在同一地平线上》《我在哪儿错过了你》《最后的停泊地》，以及张抗抗的《北极光》《淡淡的晨雾》等。这批作品写出了女性生命的躁动、内心的不宁和她们自我意识的觉醒，她们背负着旧有观念的沉重，也在新的现实中试图寻求自我的超越，从而寻求自由自在的生存之路。有论者指出，这批创作是从社会政治层面上对女性问题的关注，对问题的认识不仅受创作者自身的思想理论水平，也受到社会整体的思想理论水平的制约。一旦作者无法提出解决问题的方案，或者作者的认识没有随着社会的发展而变化，"问题小说"的创作就会进入疲惫状态。对女性问题的探索也就必须要有新的突破。

这一突破借助西方女权主义理论的引进及 1995 年第四次北京世界妇女大会的召开，找到了突破口，即对女性话语和女性身体的开发。"女性要逃脱男权价值体系的规范，确立自身存在的根据，就需要建立一套女性自己的语言价值体系和意识形态符号。"① 这套语言符号体系不同于以前的教条式语言，它是开放的、多义的，具有无结局、零碎、讲述身体、无意识内容等特征。在这套女性话语理论指导下，"女性文学"获得了蓬勃的发展，徐坤、徐小斌、林白、陈染、卫慧、海男、棉棉等创作了大量极富个性化的女性小说，身体及欲望的展览，解构父权制社会文化的狂欢，几乎成为它们共同的创作标签。她们以颠覆和逃离的方式来寻求自己的心灵庇护，完成自己作为女性的精神守望。问题在于，女性根本就无法完全脱离男性而成为独立的王国，所谓的女儿国不过是一种文学性想象与虚构而已。再者，刻意地强调与男权社会的差异与疏离，极容易使女性陷入另外一个泥淖——孤独的他者与女巫性存在。因此，"出于女性主义反叛立场而建构的表意文本，最终要么成为父权制的一部分，要么成为女性主义中无现实意义的'乌托邦'"②。

逃离不是解决问题的办法，沉迷于自身的世界也无法使自己获得更好的生存环境。真正的女性文学是产生于对社会现实的批判和反抗基础之上的。要想解决女性问题，必须要面对女性严峻的生存问题，这是基础、前提，是解决女性问题的原点。这似乎又回到五四和新时期对女性现实生存关注的基础上，这才是问题的关键和严峻之处，当然它也不是一种简单重复。女权主义有助于唤醒女性自我意识的觉醒，但这种觉醒意义的发挥还有赖于全体社会文明程度的提高，有赖于政治经济秩序建构中女性平等地位的获取。这些"杀夫"小说的真正意义在于，在今天女性意识暴涨的社会思潮中清醒地看到，即使是现在，女性也尚未取得真正意义上的完全

---

① 马春花：《被缚与反抗——中国当代女性文学思潮论》，齐鲁书社 2008 年版，第 115 页。

② 贺桂梅：《有性别的文学——90 年代的女性话语的诗学实践》，《北京文学》1996 年第 11 期。

解放，她们中的许多人不仅面临着现实的生存威胁，同时还承受着男权文化无处不在的无形压力，她们的身体不过是从"物品"转变为"商品"而已，有时甚至连自己身体的支配权都没有。

何处是归途？这是一个无法做出确切回答的问题。有学者指出："妇女真正获得解放，必须待到妇女的身体不再是买卖的对象，正如工人的解放必须等到工人不再被迫从事奴役性的劳动一样。"① 这一天何时来临，抑或它只是一个乌托邦想象？都未可知，现实不那么乐观，也不十分令人绝望，妇女解放任重而道远。

第三节　匪性暴力叙事

20 世纪 80 年代中期，莫言《红高粱》火爆亮相之后，土匪题材在文坛迅速"飘红"，成为众多作家竞相角逐的舞台，以写土匪为主人公或者涉及土匪生活的小说成批涌现，成绩卓著。除莫言的"红高粱"家族外，还有贾平凹的《烟》《美穴地》《白朗》《五魁》《晚雨》；杨争光的《黑风景》《赌徒》《棺材铺》《老旦是一棵树》；高建群的《最后一个匈奴》《大顺店》；尤凤伟《泱泱水》《金龟》《石门夜话》《石门呓语》《五月乡战》；叶兆言的《枣树的故事》；苏童的《十九间房》；李晓的《民谣》；田中和的《匪首》；孙见喜的《山匪》；贺绪林的《卧牛岗》；熊正良的《匪风》；张炜的《家族》；赵熙的《狼狈》；刘恒的《冬之门》，季宇的《当铺》，叶广芩的《青木川》，陈启文的《流逝人生》，孙方友的《绑票》，蔡测海的《留贼》，廉声的《月色狰狞》等。新世纪以来，则有谈歌的《家园笔记》，石钟山的《快枪手》《关东镖局》《横赌》《老夫少妻》《关东女人》等山东土匪系列小说也相继问世，就连以写日常生活著称的池莉也写有《预谋杀人》。这些小说进行了多向度的艺术探索，其中最为明显的变化就是对传统的土匪形象的改写。新时期以来的涉匪小说由传统的侧重于武之暴力的外在形象的刻画转向文之匪性的文化因素的多方面展示，大大改观了"十七年"和"文化大革命"时期小说中的土匪印象。

① 旷新年：《妇女解放的历史条件》，《天涯》2007 年第 1 期。

一 对传统涉匪小说叙事的改写

土匪题材小说创作打开了长久以来所关闭的土匪世界大门，为人们窥探另一世界提供了一扇可资凭借的窗口。现实的土匪世界已经远离我们的时代，文学中的土匪形象离我们也颇有些年头了，既往的阅读记忆中，给读者印象最深的恐怕还是要数曲波《林海雪原》中的土匪形象系列了，如许大马棒、郑三炮、蝴蝶迷、座山雕等。这是一组形象丑陋的土匪形象，出身上，他们身世肮脏，身份丑恶，如许大马棒，他家几辈以前就是杉岚站上的恶霸，他本人则是国民党反共救国军的旅长；蝴蝶迷是大地主姜三膘子的女儿；座山雕不仅独霸一方，还同日伪有过勾结，国民党时期又成了"崔旅长"。容貌上，也是丑陋不堪，蝴蝶迷是"脸像一穗带毛的干包米，又长又瘦又黄，张着满口的大金牙"。座山雕则是"光秃秃的大脑袋像个大球胆一样"，"一个尖尖的鹰嘴鼻子，鼻尖快要触到上嘴唇。下嘴巴蓄着一撮四寸多长的山羊胡子……"这是一组近乎脸谱化的反面人物形象，它们已经长时间定格于读者的记忆之中，成为1949年以后人们对土匪形象原初的也是最为经典的记忆。

但是，这种土匪形象在新时期以来的土匪题材小说创作中遭到改写，乃至颠覆。首先，表现在对土匪赖以为恶的基础即"强力"或者生命力的还原，不再从政治的角度，而是从生命本体的角度来写土匪的恶。"十七年"时期和"文化大革命"时期小说，如《林海雪原》中土匪许大马棒、郑三炮、蝴蝶迷等为恶几乎都是家族性"恶"的延续，天生就具有"恶"的质素，但这种遗传性的质素不是生命本体的遗传，而是政治基因的遗传，他们的恶打上了时代烙印，是阶级斗争的缩影。新时期以来的土匪题材小说基本摒弃了以阶级斗争的架构来建构土匪题材小说，土匪的为恶不再是父辈之"恶"的基因使然，而是其自身性恶的结果。如苏童《十九间房》中的土匪金豹，孙见喜《山匪》中的固士珍和海鱼儿，贾平凹《白朗》和《美穴地》中的黑老七和苟百都等都是典型的恶匪。他们奸人妻女、杀人越货、强抢强卖都没有任何的政治目的，就是源自于自身的原欲与破坏力，当然社会也为他们提供了破坏力施展的舞台和各种机缘。这些土匪们有一个共同的特征：强悍，正应了乱世"弱者为丐，强者为匪"的古训。《山匪》里的固士珍杀人不眨眼，他十多岁还在上学时就不服管教，孙校长教育他，他就怀恨在心，立志报复，最后将孙杀害。

"红高粱"家族中的土匪"我爷爷"余占鳌粗犷、豪爽、勇猛、英雄，他一口气杀了单挺秀父子，孤军击退日寇，以其勃勃生机和伟业映照着当今民族"种的退化"的危机。土匪们的恶与善全在自身的一念之间，其为善为恶凭借的是自身强悍的体魄与胆量，而不是什么政治意识的激发。

　　一般的定义中，土匪主要是指那些打家劫舍、做坏事的人。《辞海》将土匪定义为"以聚众抢劫为生，残害人民，或者窝藏盗匪，坐地分赃的分子"①。当代有学者将土匪定义为"超越法律范围进行活动，而又无明确政治目的，并以抢劫、勒赎为生的人"②。也即，通常意义上，危害性、违法性和非政治性是土匪的基本特征。新时期以来的土匪题材小说正是秉承着这么一个基本概念对土匪进行书写，不再给土匪贴上政治身份的标签，而是依照土匪本身的行为和性格发展逻辑进行塑造，这是新时期土匪形象改写的第二个重要表现。这一理念在莫言《红高粱》中用一个很有意思的场景形象化地予以了表现。土匪余占鳌是一个有着强烈个体意志的土匪，他桀骜不驯、自由不羁又身怀绝技，是国共双方都想争取的对象。国民党想改编他，被他拒绝："他想改编我，我还想改编他呢。"共产党的冷支队长也想拉拢他，对他说："只要你把杆子拉过来，给你个营长干。枪响由五旅长发给，强似你当土匪。""我爷爷"却勃然大怒："谁是土匪？谁不是土匪？能打日本鬼就是中国的大英雄。"个人的私利和政治的角逐在这里被更高的民族利益所取代，土匪不再是一个寓含贬义的语汇，"我爷爷"余占鳌并没有因为对共产党的拒绝而减损其形象的光辉。相反，因为超越了党派政治，反而成为这场浴血战争中的大英雄。

　　在其他小说中，如贾平凹的《白朗》《五魁》《美穴地》，尤凤伟的《石门夜话》，杨争光的《黑风景》，高建群的《最后一个匈奴》等，基本都将政治意识形态摒弃于外，不再在政治价值的取向上做文章，而是侧重于从道德与伦理的角度对土匪形象进行刻画，在土匪们自身的行动中进行是非曲直的判断。比如，贾平凹笔下，苟百都与五魁都是恶匪，但两人给读者的印象完全不一。五魁这伙恶匪匪性暴戾，经常下山抢劫四方，给百姓生活带来极大危害。当细究五魁为匪作恶的因由时，不禁又会滋生许多感慨。苟百都则无法给予读者这种观感。五魁本性醇厚，两次冒死营救

---

① 《辞海》，上海辞书出版社1983年版，第1353页。

② 蔡少卿主编：《民国时期的土匪》，中国人民大学出版社1993年版，第3页。

柳少奶奶，对柳少奶奶抱有纯真的感情等这些特质苟百都都不具备。相反，苟百都是一个逆种，他先反东家姚掌柜，其次是为了占得美穴地，将亲娘掀进沟里跌死，最后落得被雷电烧死的下场。《白朗》中杀死白朗手下报信的小兄弟，挖出小兄弟的人心，将其血滴入酒中，喝血酒的黑老七则活脱脱就是一个人间阎王。这些土匪题材小说拆除了先念的政治意识形态藩篱，将土匪置于特定的历史和社会情境中，进行客观性的描述，辩证地看待他们，成为新时期以来不少作家土匪叙事的基本艺术及价值取向。

将土匪形象从"恶丑"中解脱出来，向俊美、仁义方向转化是新时期以来土匪叙事的第三个改写。随着土匪叙事艺术价值取向的转化，土匪形象亦发生了重大变化，传统的既"恶"且"丑"的土匪形象为一批相貌俊美，本性并不算坏的新型土匪所取代。这批土匪有的外貌俊美，如白朗、唐景、二爷等；有的良善、人性、重情重义，如黑大头、大拇指、黑娃、天鉴、姬有申等；有的则既外貌俊美又侠骨仁心、英雄盖世，如白朗等。此外像五魁、春麦、老眼、冲天炮等也都还是并不算坏的土匪。众多土匪形象中，贾平凹笔下的白朗最为人瞩目。白朗是一代巨匪、枭雄。他是赛虎岭十二个山大王中最厉害的一个，他第一个在赛虎岭竖起义旗，独家攻克官军把守的盐池，使官府闻之丧胆，赛虎岭众山大王为之震慑，颇有当年楚霸王威震诸侯之风范。他还眉目俊秀、笑声清朗、面孔白皙，"美若妇人"，是一个人见人爱，有着"如菩萨一样的花容月貌"的俊美男子。同时，他又是一个义匪。多年来，他在自己所辖方圆百里的地面上杀豪强，战官军，将抢劫的财物分与穷人，严禁属下侮辱和奸淫妇女。攻下盐池后，救出众盐工，使得老百姓家家有盐吃，这些都不是一般土匪所能为，即使所谓官府，与之相比，也相形见绌。

二　暴力叙事的"积极"化

土匪作为一群特定的处于社会边沿的人群，他们有着自己的生存方式，打家劫舍、烧杀抢掠这种颇具社会危害性的破坏行为，这是他们的共性。正如塑造英雄人物一样，如果一位英雄人物永远伟大，行为永远正确，则近乎神，那他身上就没有人味，故事再精彩，这样的英雄也不够可爱。土匪塑造亦如此。如果一位土匪一味为恶，一恶到底，这样的土匪也有，但这样的土匪形象一点也不美，其为数也属少数。翻开史书，或者各种地方志，我们会豁然发现，许多土匪并非天生就是土匪，或者生来就阴险毒辣，罪恶累累。他们为匪有着各种各样的原因，有如水浒一百零八位英雄各有各的梁山之路，其为匪的因由五花八门，如为报仇雪恨的、受官府或地方恶霸豪绅欺压凌辱走投无路的、游手好闲的、为匪胁迫的、作孽犯罪的、散兵游勇摇身而变的等不一而足。鹤年在其《旧中国土匪揭秘》一书中将土匪形成的心理与社会根源归结为七类：1) 失去正业，只得去走歪道；2) 脱下军衣，换上匪装，有枪就是草头王；3) 替天行道，杀富济贫，侠盗式土匪的幻想；4) 有仇不报非君子，当土匪也要报仇；5) 若要官，杀人放火受招安；6) 子继父业，世代为匪；7) 横行乡里，由流氓而土匪。① 尽管来源复杂，但构成土匪群体主体的、最根本的还是广大贫苦的失地农民。来源的多样性为塑造丰富的土匪形象提供了现实生活基础。问题是，不管来源如何，其行为本身的负面印象却难以掩盖，作家们如何将那些负面的印象弱化甚至将它们转化为塑造土匪形象的正面积极因素呢？大致而言，主要有这么几种处理方式。

　　为匪有因，多数为逼上梁山之故，悲剧性的人生之路为主人公为匪提供了"合法化"的存在依据。在林林总总的各色土匪形象中，绝大部分属于无奈或者是被逼走上为匪之路的。陈忠实《白鹿原》中的土匪大拇指和黑娃，原本都是清白人家的孩儿，前者为师兄陷害，为报仇，一气之下，上山为匪。后者因国民革命军战败，落入匪窝，顺理成章地成了土匪。高建群《最后一个匈奴》中的黑大头为匪最富戏剧性，他被土匪绑架回家取财物时，趁机打死了强盗头子，结果，群龙无首的土匪反而拥戴他做自己的首领。《白朗》中狼牙山寨的二大王、三大王陆星火和刘松林，前者为生活所逼，后者因盐监官强奸了他的妻子，为复仇而上山为匪。几乎每一个上山为匪的土匪背后都有辛酸的故事，这些故事一定程度上弱化了他们身上的恶的基因和观感，但无法根本扭转他们在人们心目中的形象。

　　怎么办呢？那就将他们打出生活的常规！这是一切小说构成情节的最基本的办法，并且有过许多经典性的运用。古典小说中，《水浒传》对武松形象的塑造就是如此。孙绍振在指出武松形象的成功塑造时说，不能让一个英雄永远伟大，怎么办呢？"那就把人打出生活的常规，折磨他，反反复复，逼得他的心理也越出常规，检验一下，他那个老样子有没有改

---

① 鹤年：《旧中国土匪揭秘》，中国戏剧出版社 1981 年版，第 1—55 页。

变，看看他内心深处有什么奥秘。"① 将英雄置于非常态的情况下来检验他
作为人所具有的普通人的心理，反而能增添英雄的光辉。土匪塑造何尝不
是如此！贾平凹对赛虎岭狼牙山大王白朗的塑造就深谙此理。白朗走上匪
途与其他土匪有共性，也有其个性，共性是逼上梁山，个性是不是活不下
去，而是为善不成，为恶反而获得一世英名，这是一个生活的悖谬！作者
至少用了四个意外来形塑白朗这一代枭雄。第一个意外，是为善不成，突
破了人们好人有好报的惯性思维，正应了《窦娥冤》中"为善的受贫穷更
命短，造恶的享富贵又寿延"的非正常逻辑。孤儿白朗七岁起就在安福寺
当和尚，一心想修成佛门正果，经历了十个青灯黄卷的寂静。一个偶然的
机会，他发现了住持的罪恶并在一次主持想鸡奸他时，告发了住持并引导
村民捣毁了寺院，自己则用铁耙耙碎了淫贼住持的头颅。因县令是住持的
私交，白朗遭到官府通缉，被迫上山落草为寇。第二及第三个意外也可以
说是白朗所犯的错误。白朗凭狼牙山寨一家之力攻克盐池后，威震赛虎岭
十二座山头，官府闻之丧胆，"连孩子们啼哭不止唬一声'白狼来了'，啼
哭也顿时噤声"。但是他得意忘形，忘却了算命老妪"占狼牙山则吉，离狼
牙山则凶"的忠告，离开狼牙山搬到盐池的三神殿，陶醉于百姓为自己塑
造神像的光环之中。结果遭到自己最看不起的黑老七的偷袭，寨毁人虏，
落得个虎落平阳被犬欺。真是智者千虑，必有一失，英雄也有马失前蹄的
时候。错误二是，白朗向来不近女色，也不允许部下亲近女色，陆、刘二
位当家就是为此而离开白朗的，这也是白朗被黑老七所擒的重要原因之一。
但是，白朗在地坑堡的囚室里差点为寨主夫人所"色诱"失身，要不是寨
主夫人念他的救命之恩和英雄一位，他恐怕就传染麻风而死了。白朗的差
点破戒，是因为自己曾经救过的女子，也是黑老七的夫人，寨主夫人的真
情对于一个从来对情感冷血的白朗来说，无异于一剂融化剂，囚室的生活
多少也磨损了他的意志。归根结底，白朗也是人，也有普通人的七情六欲，
犯错也就并不奇怪了。第四个意外是在攻克地坑堡，消灭黑老七之后的庆
功大会上，倾听着一个个为他牺牲的兄弟姐妹的故事，面对着一个个肢体
残缺的狼牙山旧部，白朗不是意气风发，仰天长啸，而是"一下子衰老了，
头皮松弛，脸色丑陋，骤然间一动不动，……最后倒在了地上"②。白朗这

---

① 孙绍振：《武松的痞性、匪性和人性》，《名作欣赏》2009 年第 10 期。
② 贾平凹：《匪事》，深圳报业集团出版社 2005 年版，第 95 页。

一代枭雄塑造的成功，就在于通过"意外"之故事情节建构，既写出了他近乎英雄的非凡"业绩"与民间的威望，又写出了他匪徒生涯的血腥、普通人的情感与性格缺陷。

杀人有道，这是新时期以来涉匪匪性叙事的第二个重要叙事策略。杀人是血腥的，会给读者带来恶感，尤其是土匪杀人。但在不少小说中，却出现了对土匪杀人的理解、同情。我们阅之读之也不觉其凶其恶，甚至还有一种快感。此何之故呢？根源在于对故事的处理。主要方法有二：其一是对土匪角色的处理；其二是对叙述视角的处理。土匪角色处理方面，如前所述，绝大多数土匪是被逼上梁山的，为匪之路的身不由己本身就减弱了其罪恶的观感。他们为匪之后，本人或者属下也并未见做出了多少坏事，相反，而是为民除"害"。因而，我们就经常在那些小说中看到这么一种景象：土匪们打劫豪强、财主大户，甚至与官府对抗。而对于一般百姓，不是秋毫无犯，就是将抢掠的财物散发给他们，反而是一番救世济民的做派。而且，匪与官对民的不同态度，隐含着官不如匪的潜在价值判断。所以，那些土匪并非恶人，而是义匪、好人。如《晚雨》中的天鉴，《五魁》中的五魁，《白鹿原》中的大拇指、黑娃，《白朗》中的白朗，《最后一个匈奴》中的黑大头，《匪首》中的姬有申，《民谣》中的冲天炮等等，甚至《十九间房》中的春麦，《石门夜话》中的二爷、匪老头，《黑风景》中的老眼，《五魁》中的唐景以及《白朗》中陆星火、刘松林等也比一般的官府或百姓强。黑大头在无奈为匪时对众土匪约法三章，第一章就是："人生一世，草木一秋，好赖都是个活人哩，只是，不能干那些偷鸡摸狗、伤天害理的勾当，想咱们的乡党，安塞的高迎祥……咱们要做个强人，就要做这号强人"[①]。黑大头的话铁骨铮铮，掷地有声，非一般人物有此胸襟与品格。

叙述视角的处理也有助于增强对故事主人公感情的控制。美国学者W. C. 布斯在其《小说修辞学》中论及叙述效果问题，认为叙述效果取决于叙述者的信仰和特征是否与作者共有，其中人称的采用又是关键，第一人称与第三人称的叙述效果并不一致。他说："许多东西都是经由某一人物的叙说我们才得知的，因而，我们很感兴趣的常常是对叙述者内心和感情的影响，就像对得知作者必然要讲的其他事一样感兴趣。……我们一旦

---

① 高建群：《最后一个匈奴》，长江文艺出版社 2012 年版，第 48 页。

碰到一个'我'便会意识到一个体验着的内心，其体验的观察点将处于我们和事件之间。"而"第三人称反映者只不过是许多叙述方式中的一种，它只适合于某些效果，要达到另一些效果，它就是累赘的，甚至是有害的"①。绝大多数涉匪题材小说采用的是第三人称全知叙事视角，间杂以第一人称内视角或者"我"的回忆性叙事。如此，既有利于呈现故事的全貌，又有利于切近故事，拉近读者与故事的距离，"使得读者不仅能够同情，而且与某种主体立场完全一致并因此而具有主体立场和社会角色"②。如"红高粱家族"整体性的第三人称隐形叙事视角下的人物内视角叙事；《白朗》《石门夜话》第三人称全知叙事视角下的人物回忆性叙事，都起到了非常好的效果。《红高粱》通过"我"的视角，写出了"我爷爷"余占鳌最王八蛋又最英雄好汉的一生；《白朗》则通过白朗自己的回忆展现了其作为一代枭雄的伟业与仁义；《石门夜话》中的二爷更绝，凭着自己三寸不烂之舌，不仅将自己的罪孽洗脱尽净，而且打动了被掳女人的心扉，读者也在不经意之间坠入其设置的话语陷阱而"缴械"。产生这些效果的一个关键就是人物内视角或者第一人称叙述极大地拉近了读者与叙述者的距离。当那些故事主人公的各类信息源源不断地通过叙述进入读者的视域，或者读者通过主人公的回忆进入他们内心世界的时候，读者就与他们实现了零距离的接触，对主人公的内心生活、动机、情感等就有更多的了解，对他们的同情也就产生。

　　"奸"女有情，是涉匪小说匪性叙事的第三个重要策略。一般而言，土匪的恶行主要是烧杀抢掠，再次就是奸淫妇女，两项恶行对普通百姓日常生活危害最大，也最为让人切齿痛恨。翻开所有小说，几乎都离不开男人与女人的故事。那些涉匪小说中，所谓"仁义"的土匪是怎么对待自己所喜欢的女人的呢，或者说，作家们是怎样既不伤害土匪主人公形象，又让其得到自己心仪的女人的呢？答案在一"情"字。"情"是男女结合的一个常量，但将其置于土匪身上就是一个变量了，是对生活常规的僭越。"红高粱家族"中"我爷爷"和"我奶奶"，《石门夜话》中的二爷

---

① ［美］W. C. 布斯：《小说修辞学》，华明、胡苏晓、周宪译，北京大学出版社 1987 年版，第 170—172 页。

② ［英］马克·柯里：《后现代叙事理论》，宁一中译，北京大学出版社 2003 年版，第33 页。

与芦大财主的儿媳玉珠，《五魁》中的五魁与柳少奶奶，《晚雨》中的天鉴与王娘等，除了五魁在柳少奶奶跳涧自杀后抢掠良家女子做压寨夫人外（五魁对柳少奶奶的情感却是纯洁真挚的），没有一个对妇女用强。恰恰相反，是两相情愿，甚至两情相悦。"红高粱家族"中"我爷爷"和"我奶奶"的故事是最为经典的涉匪"爱情"叙事之一。为了使"我爷爷"和"我奶奶"相亲相爱的两个人在高粱地里的野合突破传统道德的桎梏，获得合法性，作者设计了"我奶奶"婚姻的不幸（丈夫是麻风病人）这么一个前奏。如此，"我爷爷"杀死单挺秀父子就不仅不用担心受到社会道德的谴责，反而富有几分"救危扶困"的侠士色彩。另外，通过"我爷爷""我奶奶"的叙述角度，"野合"拥有了婚姻的合法形式和结果。《石门夜话》中二爷与玉珠的"爱情"则是采取另外一种形式，即由仇敌到伴侣的戏剧性发展过程。两人本是仇家，虽不是二爷亲手杀死了玉珠的公公和丈夫，但是其手下七爷，杀夫之仇，二爷是脱不了干系的。二爷好色无度，对女人趋之若鹜，但他与一般山大王不同，虽然喜爱女色，却从不胁迫成奸。他笃信女人心软，迟早会被感化，最奏效的手段就是与女人推心置腹地交谈，晓之以理，动之以情。这是他早年从老匪头手下死里逃生得出的经验总结：武力达不到的目的可以用话语来解决。经过三个夜晚的努力，终于说动了玉珠，成其秦晋之好。一个完全可以用强来达到目的的土匪头子，却在一个被俘虏的弱女子面前彬彬有礼，以情感之、以理服之，不啻是一个异类，却给读者带来新奇的审美感受。

三 意义与因由

现今，涉匪小说已经走过了其灿烂的喷发期而进入稳步发展时期，成为文学大家庭中一支重要的力量。我们该如何看待它在新时期以来的发展？这不是一件容易的事情，很难对其做出恰切的概括。从莫言发表《红高粱》的时间来看，其兴起当在 20 世纪 80 年代中期，正是先锋小说脱颖而出之时，应该是新时期文学大潮的产物。新时期文学发展到 80 年代中期，正是寻根文学与先锋文学的交叠时期，在此消彼长中实现融合，催生出了莫言的《红高粱》，从而引发涉匪小说的爆发式出现。到 80 年代中期，向西方学习已经有好几个年头，经过这段时间的恶补，西方文学已经深深地影响到中国作家的小说观念与创作手法。莫言曾经坦言，如果没有这个近乎痴迷的向西方学习阶段，中国作家就没有后来的冷静与成熟。与此同时，寻根作家们也在翻来覆去的寻觅中，找到了自我，逐渐形成了自己的写作面孔。因而，不少学者将涉匪小说归诸新历史小说的门下，有一定道理，但也有不失偏颇之处。整体而言，涉匪小说是一种民间化、个人化的历史叙事，走的是一条与主流话语有别的创作路线。这与先锋小说，及后来的新写实小说、新历史小说等所取路径是一致的，是一种名副其实的"叛逆"文学。另外，涉匪小说多取材于碎片化的历史，甚至虚构历史，历史不过其点染、铺陈的一个因由而已，它富有更为宽广的腾挪空间，意蕴更为丰富、含蓄。

新时期以来涉匪小说给予90年代以来小说创作较大影响。随着《红高粱》的触电和获奖，以及其他此类小说的频频获奖，匪性叙事不仅吸引了不少作家向此类题材靠拢，更成为一种极为时髦的叙事策略，并且渗透到一些重大的历史题材或者正面题材的小说创作之中，成为塑造英雄人物的重要手段之一。新红色经典对匪性叙事的借鉴最为成功。诸多新红色经典小说评论文章中，论者多注意到其与传统历史小说的区别，主人公形象的特异性，但往往将其归入于新历史小说理论的框架下予以阐发。这种阐发并不准确，因为新红色经典中的主人公英雄形象的深层，几乎都存在一个匪性的主体存在，某种程度而言，正是这种匪性本色成就了其英雄的业绩。石钟山《激情燃烧的岁月》中的石光荣，都梁《亮剑》中的李云龙，邓一光《我是太阳》中的父亲，权延赤《狼毒花》中的常发，郭亚平、范伟《滇西：1944》中的马成龙以及徐贵祥《历史的天空》中的梁大牙等，都是些桀骜不驯、匪性十足的人物，无匪不足以成其为英雄。稍早的石光荣、李云龙等不说了，读者或者观众都耳熟能详。相对晚一些播出的《狼毒花》改编于权延赤的同名小说，虽然《激情燃烧的岁月》《亮剑》等成功在前，但《狼毒花》还是获得了较高的收视率，很大原因在于有一个英雄的常发。常发的塑造是《狼毒花》最富魅力的原因之一。与石光荣、梁大牙、李云龙等不同，常发就是土匪进军营，"骑马挎枪走天下，马背上有酒有女人"是其挂在嘴边的一句话，也曾经是其生活最真实的写照。只有他这样匪性不改的人，才有胆量绑架地委书记，作为军人却敢于不拘小节，敲土财主的竹杠来筹集粮资；为了替女人和兄弟报仇，无视组织纪律欲杀俘虏。当然，也只有常发这样练就了一身硬功的土匪军人才能在危难之中力挽狂澜，帮助军队度过危机。常发是集石光荣的个性、李云龙的草莽、梁大牙的霸道于一身的"问题"英雄，是独特的

"这一个"。

通过匪性叙事切入文化的思考，是新时期以来涉匪小说的又一重要影响。《红高粱》之成功具有多面的意义，它不仅使得匪性叙事渗透到正面英雄塑造之中，也切入到对地域文化的审视之中，再次引起文坛对作家与地域文化关系的关注。"我爷爷"与高密东北乡那遍地火红的高粱已经成为经典的画面留驻在人们的记忆中。作家创作的地域色彩并非什么新鲜事，萧军、萧红等东北作家群与东北黑土地，沈从文与湘西等都在现代文学史上素享盛名，不过像八九十年代那样大面积涉匪的毕竟还是不多。目前，出现了山东、河南、西南、西北等富有典型地域色彩的匪性文学作品，其中尤以陕军为著。杨争光小说中的农民狭隘、自私、阴险、狠毒，他们身上所迸发出来的匪性连作为土匪头子的老眼都远远不如，这不禁使人深思产生如此人民的土地。很多人因此将杨争光的小说归结为地域文化小说，说明他的小说与地域文化关系密切。他自己也谈及那些小说中的人和事都和他生存过的那一方水土有关，"不管写它们的本意在不在水土，但人事中总带有那一方水土的气味"①。孙见喜《山匪》用城头变幻大王旗式的土匪势力及其相互之间的血腥仇杀，验证着豫、楚、秦三大政经板块交界处五色杂陈的浑浊文化景观。《最后一个匈奴》则通过革命在陕北扎根、壮大、成功的神奇表现审视着那块"圣人布道此处偏遗漏"的奇异土地。土匪与土地、匪性与文化铸就了匪性小说生活的厚度、思想的分量。

土匪世界得以在新时期以来重见天日，得益于一个时代的结束，却也要归功于另一个时代作家们的勇气与开创精神。没有一颗坚强的心灵，没有无畏的叛逆勇气，没有对自由的执着追求，很难想象涉匪小说会有如此斑斓的景观，如此的厚重与深广。

第四节　文化暴力叙事

众多暴力叙事类型中，关于文化的审视不容忽视。20 世纪 80 年代中期，在对现代派文学的反拨中，寻根文学将视线转移到中国传统文化，冀

---

①　杨争光：《狗嘴与象牙及地域文化小说》，载《中国当代作家选集丛书》，人民文学出版社 2002 年版，第 513 页。

图通过发掘民族文化传统中的优秀一面来重振已经千疮百孔的民族文化。遗憾的是，找来的未见多少精粹，病根反倒不少：丙崽的弱智、鸡头寨的愚昧与嗜杀、王一生超脱表象背后的苟安与麻木、捞渣仁义背后的笨拙与村民的冷漠等。寻根文学未达预期目的，但有意外收获。在文学创作整体上的向内转、纯文学成为普遍趋势的形势之下，对文化的探索不仅并未终止，反而取得了突出的成绩。莫言、苏童、北村等借"历史"对文化的演绎有目共睹，高密东北乡、枫杨树故乡等为不少读者所熟知。但正如莫言和苏童所言，他们写的并非历史，历史只是一个符号而已，是他们寄托感情的地方，是想象的结晶。真正接续寻根文学衣钵的是以西部作家为主体的这样一些作家，他们以持续的对生身土地的关注，对民族文化的审视而使得作品有了沉重的分量，尽管有所偏颇。其中，三部作品最富有典型性，也是 20 世纪 80 年代以来文学界对文化审视的一个缩影。它们分别是张承志的《心灵史》、高建群的《最后一个匈奴》和姜戎的《狼图腾》。这几部作品与贾平凹、孙见喜、杨争光等作家的匪性叙事不同之处在于，它们虽也有很强的地域性特质，但某种程度上又跳出了地域文化的局限而上升到民族文化的高度。这就使得它们具有了全局性的视野，它们在 20 世纪 80 年代以来小说的文化探寻中构成一个近乎完整的链条。

一　硬性与血性：哲合忍耶精神解码

《心灵史》是一部描写回族哲合忍耶教派历史，具有浓郁宗教意味的小说。哲合忍耶原为"高声赞颂"之意，作为中国回民中的一个教派，诞生于乾隆十年左右，它奉行苏菲主义，信仰真主，追求来世，信徒通过殉教可以直接进入天堂，为教舍命的血衣就是教徒进入天堂的证明，因此又被称为"血脖子教"。张承志历时六年，八次踏进大西北，十次走进西海固，踏遍中国境内哲合忍耶圣徒生活过的每一寸土地，在积聚了大量原始材料之后，以一个哲合忍耶圣徒的名义与身份写就。他说："我是决心以教徒的方式描写宗教的作家，我的愿望是让我的书成为哲合忍耶神圣信仰的吼声。我要以我体内日夜耗尽的心血追随我崇拜的舍西德们。我不能让陈旧的治史方法毁灭了我的举念。"[1]《心灵史》广泛地涉猎历史学、宗教学、民族学及文献学等多个领域，是一部具有较高审美意义的文学作

---

① 张承志：《张承志文学作品选集·中短篇小说卷》，海南出版社 1995 年版，第 171 页。

品。在有些学者眼里，它同时也是一部讨论宗教文化的历史学著作。在笔者看来，它是以文学形式探寻哲合忍耶教派存续的文化小说。

在七代导师的故事中探寻哲合忍耶的真谛。《心灵史》全书充溢着血腥与杀戮，那是哲合忍耶在发展过程中所付出的沉重代价，一代代导师的前仆后继，一批批教徒义无反顾的追随与殉教，铸就了哲合忍耶的精魂。作者所要探寻、所要索解的正是哲合忍耶这绵延不绝、前仆后继、慷慨赴死背后所隐藏的秘密，解密这长期不为人所知，具有强大精神力量和强悍民性的教派所由生。为此，他选择了最能体现教派精神真谛的哲合忍耶七代导师的故事作为主线，教派与政府的冲突作为副线建构整部小说的整体架构，形成宗教社会与国家意识形态，教派纷争与时代风云相激荡的壮阔风云画卷。

七代导师的事迹，就是哲合忍耶历史的轨迹，也是其教派精魂的铸就过程。所有导师当中，道祖马明心和第五代导师十三太爷马化龙是最为重要、对哲合忍耶精神形塑最具关键作用的两代导师。作为创教祖师，马明心奠定了哲合忍耶教魂基础：穷人宗教、苏菲主义、殉教意识。哲合忍耶能够在大西北荒蛮、贫瘠的土地迅速发展壮大，首先在于它是一个面向穷人的宗教，它将圣徒和苦难的底层民众彻底结合，让每一个衣衫褴褛的穷人都认识圣徒——导师本人，直接跟着导师本人坚持人的心灵世界。麻脸满拉、果碟和半串麻钱的故事在教民中流传深广。麻脸满拉的施散走坊遭到道祖的严厉批评与教育；果碟做圣餐的故事则彻底打消了穷人入教的顾念，真诚的意念超越经济的力量在教众中播撒下精神的种子；半串麻钱的来历更是哲合忍耶精神的象征，道祖本身的追求带动了哲合忍耶精神的提升，催生了一批批追随圣徒的勇士。其次，苏菲主义的显圣彻底征服了徒众。正如作者所说，仅凭对农民的感情和关注，是不可能掌握农民集团的，它要竖起大旗，就要有支撑它的能力。道祖马明心不仅用灵异征服了他的信徒，也使他们看到了希望。他在官府判决打他板子时，依靠真主的力量，轻轻念了一句"赞主清净"，板子就裂成两半，将法官震慑住。如果教义不能为教徒指点一条明路，它也很难获得信众，马明心做到了。是他，使信徒们有了活下去的勇气。他倡导礼拜，认为每个人都有天命，而天命的拜数就在这每日的礼拜之中，每个人都可以通过礼拜来证明自己的灵魂和接近真主，进入天堂。哲合忍耶为生活绝望的农民打开了一扇希望的窗口。最后，道祖马明心以身殉教铸就了哲合忍耶的教魂。"手提血衣撒手进天堂"是哲合忍耶的最高境界。而这一境界的初创者就是道祖本人。马明心被官府押解在兰州城，众信徒誓死营救，终为官府杀害。经过华林山血战和清政府几个月的血洗，二十余县的哲合忍耶被洗灭了十之八九，哲合忍耶被迫潜入地下。从此，以身殉教就是哲合忍耶徒众不变的追求，哲合忍耶也成为一种以死证明的信仰。

十三太爷马化龙将哲合忍耶的殉教意识发挥到极致。为了使哲合忍耶免受灭顶之灾，他以一家八门三百余口性命来赎取金积堡一带回民的死罪（其实并没有换回对回民的解救）。在被折磨五十六天后凌迟而死，其首级被游行示众全国各地达十年之久，成为哲合忍耶历史上最为惨烈的一次殉教行为。其影响也至为深远："悲怆而沉重的感情从此永远地变成了哲合忍耶的性格；使哲合忍耶孤单，使哲合忍耶高傲，使哲合忍耶追求灾难、逆境、厄运和牺牲。哲合忍耶全教由这种感情串连在一起，彼此沉默，并不交流，但是团结一致，诚信不疑。哲合忍耶距离原教旨主义更远了；它愈来愈象征着一种崭新的东西——中国的信仰及其形式。"① 同时，关于他的传说如雨后春笋，在信徒中四处传扬，他的英雄气久久不散，向临近的人们施展着难以言说的魅力，使人发痴，使人切肤地感到觉得自己站在宗教的边沿，站在神秘主义宗教的深渊边沿，以致完全忘记了英雄死去的形式。

在哲合忍耶教徒的虔诚中探寻它诞生与延续的基础。在七代导师故事那长长的经线上，串连起的是一页页哲合忍耶在各地的历史。张承志在小说中谈到了他作为一个教徒对哲合忍耶的体味，认为宗教是一种高贵、神秘、复杂而又沉重的黑色，信教不是卸下重负，而是向受难的追求，它既使人感到恐惧，又让人感到止不住的诱惑。正是这种复杂的统一使得追随与殉教成为哲合忍耶信徒最为典型的两种特征。

马克思说："宗教里的苦难既是现实苦难的表现，又是对这种现实苦难的抗议。宗教是被压迫生灵的叹息，是无情世界的感情。正像它是没有精神的制度的精神一样。宗教是人民的鸦片。"② 不管它是否真如马克思所说，宗教是"鸦片"，但宗教最初几乎都诞生于底层民众却是客观事实。是什么催生了底层民众的宗教需要？是生存环境！

---

① 张承志：《心灵史》，花城出版社 1991 年版，第 188 页。
② 吴立民、宗伟：《中国宗教六讲》，中国友谊出版公司 1993 年版，第 348 页。

当一个人在现实的苦难生活中无法找到皈依、安稳他的肉身与灵魂之时，他必然向别一世界寻求寄托与安慰。以陇山为中心的广袤地区正是这样一块区域，哲合忍耶就诞生于此处。那它究竟是怎样一个地方？这里滚滚几千里毫无一星绿意，只是一片焦黄，不变的是苦旱灾变，活不下去又走不出去，丧失了世俗经济文化的起码生机。从根本上说，这个地方不适合生存。这样一个绝境造就了其独有的文化：这里没有孔孟之道，没有理性思维，只能依靠另一种逻辑，只相信克拉麦提奇迹，即苏菲主义。因此，道祖马明心一出现，毫无指望地打发日月的西北回民，就像干柴遇上了烈火，迅即掀起了一场求道热。"苏菲主义（即伊斯兰神秘主义）的浓烈、出世、真挚、简捷，不可思议地与大西北的风土人情丝丝入扣，几乎在第一个瞬间就被大西北改造成了一面底层民众的护心盾。"[1] 道祖为信徒们指明了花园般的来世，架起了通往接近真主的桥梁，跟着导师修行，成为信徒们的一种生活方式。

如果说追随导师修行是接近真主、通往天堂的必修功课，那么，殉教则是直达彼岸天堂的捷径。与其他教派不同，基督教讲究博爱，佛教普度众生，哲合忍耶则以舍身殉教的方式进入天堂：舍命不舍教/砍头风吹帽/前辈都是血脖子/我也染个红胡子。像前辈一样走简捷而光荣的殉教之路，几乎是每一个哲合忍耶信徒心中的念想。正是这种以身殉教的思想使得哲合忍耶的存废斗争衍变为一场与清政府的文化抗争，以弱抗强的斗争充满了悲情，却也使得哲合忍耶的精神更为精粹，更为硬悍。死固然可怖，但堕入灵魂的火狱才是真正的恐怖，当舍命还原成本质的信仰——精神时，它是坚强的、不可战胜的，也是最幸福的，信徒们通过制造一瞬间的神国，享受那瞬间的信仰的自由。

《心灵史》无疑是一个熔历史、宗教、文学于一炉的奇特文本。在大西北哲合忍耶世界中经过六年的历练与淘洗，历史中异端之美的诱惑与召唤，现实的逼视和拷问，张承志皈依了哲合忍耶。正如作者在文本"代前言"所说的那样，他将自己的文章纳入深沉的禁忌之中，让自己的真诚情感升华成信仰，而行为则是多斯达尼（信徒）的形式。因此，真正意义上说，这是一部书写哲合忍耶教派文化，不与众俗合流的大书。当它

---

① 张承志：《心灵史》，花城出版社1991年版，第17页。

以文学的形式表现出来时，也就表现了其更为原始，更为私人的道路选择："在文学的极限处是宗教，在作家的升华处很可能是知识分子。"① 就文学的角度而言，《心灵史》书写的是哲合忍耶的历史与宗教文化，面对的读者是几十万哲合忍耶信徒。就作家的角度而言，张承志还原了哲合忍耶历史的真相，清晰地表达自己作为一个知识分子对事实的判断与价值立场。哲合忍耶信徒前赴后继的殉教精神与硬悍作风，无疑是对当代中国人文精神萎缩的观照与嘲讽："当代中国知识人的萎缩、无义、趋势和媚俗，都已堪称世界之最。"② 以教徒的身份追寻逝去的文化精魂当是张承志创作《心灵史》的一个重要意念，无疑也是 80 年代（《心灵史》的创作缘起最早可以追溯到 1984 年张承志进入西海固进行考察始）文化书写的重要成果。

二　王化的"遗漏"：硬性与革命的温床

当代文学中，西部作家是一个创作成绩十分突出的群体，20 世纪 90 年代初期有所谓"陕军东征"之说，在全国文坛产生巨大影响。这批"东征者"中，就有高建群及他的《最后一个匈奴》，长江文艺出版社 2012 年版的《最后一个匈奴》封页将其与《平凡的世界》《白鹿原》和《废都》并列为当代陕军四大经典小说。高洪波称赞高建群"是一位从陕北高原向我们走来的略带忧郁色彩的行吟诗人，一位周旋于历史与现实两大空间且长袖善舞的舞者，一位善于讲'庄严的谎话'的人"③。高洪波的评价是准确的，《最后一个匈奴》以其历史的厚重与浓郁地域文化特色卓然独立于陕西作家群之诸多作品中，成为一个至为鲜明的存在。《最后一个匈奴》书写的是陕北一带地方的历史，却又镶嵌在中国历史的浩浩长河中，在地域文化与民族历史的相互激荡中描绘出一幅既波澜壮阔又绚丽多彩的画卷。

贯穿"圣人布道此处偏遗漏"是《最后一个匈奴》对陕北文化的概括，也是结构全书的一根主线，故事就是在这样一个文化环境中展开。蛮荒之地、化外之民历来不为统治阶级所待见，蛮夷、胡虏、鞑靼等已经是

---

① 赵勇：《〈心灵史〉与知识分子形象的重塑》，《南方文坛》2007 年第 4 期。

② 张承志：《荒芜英雄路——张承志随笔》，知识出版社 1994 年版，第 217 页。

③ 高建群：《最后一个匈奴》，长江文艺出版社 2012 年版，封底。

对他们的褒奖。光绪年间，朝廷曾派遣翰林院大学士王培棻赴陕北考察，王提供给朝廷的是具有采风性质的《七笔勾》："万里遨游，百日山河无尽头，山颓穷而陡，水恶虎狼吼，四月柳絮稠，山花无锦绣，狂风阵起哪辨昏与昼，因此上把万紫千红一笔勾。……塞外荒丘，土魃回番族类稠，形容如猪狗，性心似马牛，嘻嘻推个球，哈哈拍会手，圣人传道此处偏遗漏，因此上把礼义廉耻一笔勾"①。这是其中的第一和第七勾，它们一语道破了陕北的自然与人文景观特征，一方面自然环境恶劣，沟壑纵横，干旱少雨，荒凉、贫瘠而闭塞。人文环境方面，陕北虽然是轩辕氏最早实行王化的地方，却又在几千年的民族拉锯战中，使得儒家学说无力渗透或者较少渗透这片土地，未经礼教教化的人们，民性强悍，桀骜不驯。20世纪30年代中叶，历史将华夏民族再造的历史重任重新放在这块轩辕本土上，这块民族发祥之地上。它究竟如斯诺所说是一种巧合，还是历史的必然？答案就在地域——民习——革命三者的内在联系上。

在地域与民习的内在联系中发现文化传承的密码。一方水土养一方人，有斯土就有斯民。陕北地处中国东部与西部的结合带，是黄土高原的中心区域，干旱少雨，塬、沙漠、沟壑遍布，交通闭塞，大自然像一只无形的巨手主宰了这里的一切："凝固的高原以永恒的耐心缄默不语，似乎在昏睡，而委实是在侵吞，侵吞着任何一种禽或者兽的感情，侵吞着芸芸众生的情感。似乎它在完成一件神圣的工作，要让不幸落入它口中的一切生物都在此麻木，在此失却生命的活跃，从而成为无生物或类无生物"②。贫困而闭塞的生活制约了这块土地之民的生机，却也为他们插上了梦想的翅膀。更重要的是，这里是中原农耕文化与草原游牧文化的交汇之地，历史上汉族和少数民族长期混战于此，民族融合造就了此地种族的复杂与文化的多元特征，农耕文明的知足和守成与游牧文明的自由不羁奇妙地统一于他们身上。

较多地承袭了农耕文明血脉的那一部分人民，对土地表现出更多的眷恋，他们恋家、生性温顺、知足常乐、随遇而安。更多地承袭了游牧文明血脉的那一支人民则桀骜不驯，天性中有一种渴望游离、渴望走动的愿望，他们淡漠土地，渴望不平凡的机遇与人生，他们永不安生：

---

① 高建群：《最后一个匈奴》，长江文艺出版社 2012 年版，第 199 页。

② 同上书，第 12 页。

一年农耕下来，最后一次在农耕的这块土地上，伸一伸腰，吐一口唾沫，诅咒一句这离不得见不得恨不能爱不能的黄土地，然后仰天望着高原辽远的天空，流浪的白云，于是眼眶里突然涌出两行热泪。他们胸中于是荡起那古老的激情，那"天苍苍，野茫茫，风吹草低见牛羊"的异样的歌声，那金戈铁马的岁月，于是他要出去走一走了，"下一趟南路"或"上一趟西口"。他的脖子上挂一杆唢呐，一路吹打，经过一个又一个村庄，经过一户又一户人家，虽然没有嗒嗒的马蹄为伴，没有啸啸的杀声为伴，但是一年一度的游历仍然给他那不羁的灵魂以满足。

他们心比天高，却往往命比纸薄，他们中的不少人不是沦落为乞丐，就是沦落为"黑皮"，又称"刁民"，构成陕北民习中强悍的一面。何谓"黑皮"？

黑皮是一句陕北方言。它的意思，大致与"泼皮"相近，也就是说，是无赖；但是在无赖的特征中，又增加了一点悍勇。他们不纯粹是那种永远涎着面皮、没头没脸无名无姓的宵小之辈，他们通常也讲道理，他们在人前仍然露出某种强悍，但是这种强悍，却明显地带有霸道的成分，从这一点来说，他们的某些方面又像恶棍。但是公允地讲来，他们不是恶棍，他们天性中还残留着某种为善的成分。总之，他们叫什么，也许准确一点说，是无赖与恶棍的混合物，是这块贫瘠之地生出的带有几分奇异色彩的恶之花。

史载，陕北这地方，两年一小旱，五年一中旱，十年一大旱，干旱与战争是其历史进程中不变的两个主题。每逢大旱之年，也即天下大乱之时，盗贼蜂起的同时，黑皮们也往往啸聚山林，或成为威震一方的刁顽盗寇，或成为大智大勇的领军之将。安塞的高迎祥，米脂的李自成，肤施的张献忠，丹州的罗汝才……是他们追逐的榜样，陕北有它历史的荣光，有其追逐的梦想，也有其向前迈进的原始动力。

在革命力量的壮大中解读地域文化密码。作者在小说文本中曾经对陕北对于中国革命的意义做出了这样的评价："在国民党政府'先安内后攘外'的政策下，中国地面各个红色根据地都先后失陷之际，独有在这块偏远的陕北高原上，在这块中国的西北角，保留下了这唯一的一块，从而给历经两万五千里风尘之苦的中央红军，提供了一块落脚地，提供了一次恢复元气和东山再起的机会。"① 中国革命能够葆有陕北这块最后的根据地正是得益于地缘与人缘两个得天独厚的因素。就地缘而言，在中央红军来到陕北以前，陕北高原已经有两支较大的武装力量，一支是刘志丹的，另一支是谢子长的，前者以陕北与甘肃接壤子午岭山系为依托，后者以陕北高原腹心地带、山大沟深的安定横山地区为依托。两块地盘地处偏远，深山密林、沟壑纵横、交通闭塞，是统治当局势力单薄的边界之地，为革命提供了理想的发展与藏身空间。

就人缘而言，陕北大地历来就不乏揭竿而起者，这不单因为此地强悍的民性，也因为恶劣的自然环境，这是两个相辅相成的因素。强悍的民性只是为革命提供了火种，它还需要一颗火苗，哪怕一星，这贫穷过火、压抑过重的生命本能就会立刻爆发。陕北从来不缺这颗火苗，恶劣的自然条件为其燃起提供了方便之门。民国十八年的大饥馑为革命在陕北的风行提供了这样的契机。斯诺在《西行漫记》中这样描写熊熊燃起的革命火焰："我们为什么不造反？""为什么我们不联合成一支大军，攻打那些向我们征收苛捐杂税却不能让我们吃饱、强占我们土地却不能修复灌渠的恶棍坏蛋？为什么我们不打进大城市去，去抢那些把我们的妻女买去，那些继续摆三十六道菜的筵席而让诚实的人挨饿的流氓无赖？为什么？"祖先的荣光激励着这些李自成、高迎祥的后裔们，他们百川归海，终于形成了在陕北的大气候，汇入革命的历史洪流中。

在作者眼里，陕北是一块特殊的地域，也是一块神奇的土地，是盛产英雄和史诗的地方。它的特殊、它的神奇就在于它的文化，在于其文化熏陶之下的人民。他曾经满怀深情地说，历史真好，儒家学说在一统中国时，网开了一面，遗漏了陕北，留下了这块生机勃勃的土地，留下了这些自命不凡、目空天下，做着英雄梦想的陕北汉子。这恰恰与两千余年来儒家学说对中华民族精神的束缚，形成民族百年积弱积贫负面作用的一种强烈对照。在这个意义上，在作者看来，"圣人布道此处偏遗漏"未尝不是一件好事，不是一件值得庆幸的大事。

---

① 高建群：《最后一个匈奴》，长江文艺出版社 2012 年版，第 96 页。

三　狼性：强力精神的隐喻

如果说张承志《心灵史》还有着典型的回民族哲合忍耶宗教精神追寻与颂扬意味的话，那么《最后一个匈奴》和《狼图腾》更多的是从华夏民族整体的高度来思考民族文化，且《狼图腾》走得更远、更激进。不少论者将《狼图腾》视为生态文化小说，也有不少学者批评《狼图腾》颂扬狼性，认为"狼为图腾，人何以堪"①。关于写作《狼图腾》的旨意，姜戎说得十分明白，就是弘扬自由独立、不屈不挠的游牧精神和狼精神，是为了冲击积弱已久的国人羊性格，以提升汉民族的国民性格。认为一个民族如果没有一种强悍进取的精神，自由民主、和平富强就是一句空话。民主政体不可能建立在软弱的国民性格之上。也即是说，姜戎写作《狼图腾》之目的在于通过倡导引进狼性来改造国民性格，培育健康、进取的国民精神。这是一个早已为启蒙先驱们所提出的重大文化课题，姜戎再次提出，无疑发现了国民性格改造事业的未竟现状。这不是他一个人的观点，高建群就在《最后一个匈奴》之"代后记"中批评儒家学说束缚了中华民族生机勃勃的创造精神，使人们实际上成为精神上的侏儒，使我们面对今天的世界茫然无措，两人观点颇为接近。陈国恩认为，《狼图腾》这部小说"主要是它提出了今天我们应该如何看待中国历史和文化的问题，在一个关键时刻提出了中国人应该如何规划未来的问题"②。笔者认为，与《最后一个匈奴》不是一部革命历史小说一样，《狼图腾》不是一部生态小说，而是一部文化小说，狼只是它的媒介。那么，作者又是怎么将狼这个长期以来在人们心中印象不佳的形象进行正面阐发，从而进行合理吸收其正面精神的呢？

将狼引入正史，在正统的历史时空中构建其正面形象。细心的读者可能会发现，在整部小说正文的共三十五个章节中，每一章起始前都有一、二段摘引自史书或者各种著述中的引文，这绝非赘言，而是小说主旨的一个体现。首先，它以史料的形式将人与狼的密切关系勾连起来，在一些少

---

① 丁帆：《狼为图腾，人何以堪——〈狼图腾〉的价值观退化》，《东吴学术》2011 年第 2 期。

② 陈国恩：《中国现代文学的观念与方法》，秀威资讯科技股份有限公司 2012 年版，第 160 页。

数民族种族来源于狼的种种史料记载中祛除关于狼的误读与隔阂。那些引言中，就有关于犬戎、匈奴、乌孙、突厥、蒙古等民族来源于狼的史料记载。如引言九是这样记载蒙古族的始祖的："当初元朝人的祖，是天生一个苍色的狼，与一个惨白色的鹿相配了，同渡过腾吉斯名字的水来，到于斡难河名字的河源头，不儿罕名字的山前住着，产了一个人，名字唤作巴塔赤罕。"那些言之凿凿的史料，尽管不乏传奇与神话性质，当它们以史书的形式呈现于读者眼前之时，其可信度就很少会引起读者质疑。其次，通过丰富的史料引述，将狼与各民族历史和文化相勾连，通过对"狼性文化"的展示，暗示狼对于民族精神建构的至尊地位。总共三十五章引言中，一半以上是讲述少数民族功业或者强悍性格的史料，比如一直让不少人怀念的汉唐盛世中的李唐王朝就有少数民族血统，文武兼备的大诗人李白身上也流淌着突厥人的血液。蒙古族更是重中之重，不仅有关于其种族来历、日常生活及军事训练等许多内容，作者更引述了英国学者赫·乔·韦尔斯《世界史纲》中的一段话："对基督教世界来说，从 13 世纪初到 15 世纪末的三个世纪是一个衰退时期。这几个世纪是蒙古诸族的时代。从中亚来的游牧生活支配着当时已知的世界。在这时期的顶峰，统治着中国、印度、波斯、埃及、北非、巴尔干半岛、匈牙利和俄罗斯的是蒙古人或同种的突厥族源的土耳其人和他们的传统。"这些中外史料足以证明蒙古民族曾经的统治力有多强盛，而它又是一个狼性十足的民族！它为中华民族的历史抹上浓墨重彩的一笔，至今它仍是最让中华民族颇感骄傲的一段历史之一。

在内蒙古草原的日常生活中重塑狼的正面形象。狼在汉民族的日常印象中多为负面，如狼来了的故事、狼子野心、狼心狗肺、鬼哭狼嚎等，都在贬义之列。不过，作者避开了这些惯常思维，也使它远离汉民族文化，将狼置于它的后代生存繁衍的内蒙古大草原这个辽阔的空间，在人与狼、狼与自然的多重关系中重塑狼的正面形象。人与狼相比，人是万物的灵长，是具有高度智慧的生物。狼虽然不如人，但是在许多方面却也表现出高超的智慧，卓越的技巧，甚至人所不备的顽强精神。文本中有许多直接赞美狼的语句，如"杨克惊叹道：狼死，可狼形和狼魂不死。它俩还在发狠地冲锋陷阵，锐气正盛，让我心惊肉跳。""陈阵逐渐发现，蒙古草原狼有许多神圣的生存信条，而以命拼食、自尊独立就是其中的根本一条。""狼的智慧真是深不可测，狼简直太神了。"诸如此类的赞语俯拾皆是，不胜枚举。那些赞美语句与人格化修辞本身就是对狼之态度的一种明确标示。在狼自身的行为中展示其形象更是文本的重头戏，也是最具争议的地方。文本第五章写了狼群对 80 匹军马的围歼战，惊心动魄，触目惊心。这里撷取其中的一个镜头：

> 狼群发出怪风刮电线一样的呜呜呜震颤噪叫，充满了亡命的恐惧和冲动。在狼王的指挥下，狼群发狠了，发疯了，整个狼群孤注一掷，用蒙古草原狼的最残忍、最血腥、最不可思议的自杀性攻击手段，向马群发起最后的集团总攻。一头一头大狼，特别是那些丧子的母狼，疯狂地纵身跃起，一口咬透马身侧肋后面最薄的肚皮，然后以全身的重量作拽力、以不惜牺牲自己下半个身体作代价，重重地悬挂在马的侧腹上。这是一个对狼对马都极其凶险的姿势。

这是狼群对马群进行报复的一个血腥场景，完全是一副亡命之徒的残忍表现。它本应该给读者丑恶的观感，但是我们读之却不觉其可恶。秘密在于，首先，叙述者站在狼的立场上进行描绘的；其次，采用了人格化修辞，通过狼的表演张扬了人的血性，释放了人们被长久压抑潜隐于心的豪情；最后是那些极富感情倾向性的评论，如"母狼们真是豁出命了，个个复仇心切、视死如归、肝胆相照、血乳交融"。"狼群的这次追击围杀战，全歼马群，无一漏网，报了仇，解了恨，可谓大获全胜，大出了一口气。"智慧、团结、勇猛的表现，加之胜利的喜悦冲淡了场面所弥漫的血腥，读者看到的是以胜利者的姿态出现于眼前的狼群。

狼是草原的战神、智者，也是草原生态的维护者，草原文化的缔造者。整个草原生态系统中，狼扮演着关键先生角色。作者的高明之处在于，他并不是将狼置于纯生态的线性链条中来突出狼的地位，而是在草原——狼——生灵（包括人类）和狼——毕力格——陈阵两个相互交叠的三角关系中完成狼在草原生态的最终定位及文化阐释的。在草原，狼是牧民的仇敌，又是草原大生命的维护者，草原环境的清洁工，是人之外草原最富统治力量，最富智慧的生灵。因此，狼又是草原牧民，尤其是老人心目中敬畏的神灵和图腾，是他们灵魂升天的载体。草原牧民的天葬习俗，狼是最后的执行者，通过狼，死者的灵魂就可以升上腾格里。毕力格老人是草原的"最后一个牧者"，也是草原生态的坚定维护者，草原文化的传播者。

　　陈阵关于草原生态及狼的知识就是从他那儿接受最初的启蒙的。一次陈阵跟毕力格老人一起去套黄羊，见到一头深陷于雪泊中的母黄羊恐惧、无助、绝望又期盼的眼神，心生悲悯，大骂狼的可恶，滥杀无辜，该千刀万剐。引起毕力格老人一番关于草原大命与小命关系的宏论，平衡这对关系的关键先生就是狼。在毕力格老人的言传身教下，陈阵逐渐扭转了书本里"大灰狼"给自己的负面印象，认为大自然中再也没有比"大灰狼"进化得更高级更完美的野生动物了。陈阵是毕力格老人草原生态观念的坚定拥趸，作为一个知识人，他又有着比毕力格老人更为深广的思考。他并不仅仅局限于草原生存这么一个较低层次的生态考察的满足，而是在草原激烈的生存斗争中体悟到草原生存的文化真谛：

　　　　以前的教科书认为，游牧民族卓越的军事技能来源于打猎——陈阵已在心里否定了这种说法。更准确的结论应该是：游牧民族的卓越军事才能，来源于草原民族与草原狼群长期、残酷和从不间断的生存战争。游牧民族与狼群的战争，是势均力敌的持久战，持续了几万年。在这持久战争中，人与狼几乎实践了后来军事学里面的所有基本原则和信条。

　　　　……

　　　　陈阵好像找到了几千年来，华夏民族死于北方外患千万冤魂的渊源，也好像找到了几千年修筑长城、耗空了中国历朝历代国库银两的债主。他觉得思绪豁然开朗，同时却深深地感到沉重与颓丧。世界万物因果关系主宰着人的历史和命运。一个民族的保家卫国的军事才能是一个民族的立身之本，生存之本。如果蒙古草原没有狼，世界和中国是否会是另一个样子？

　　在陈阵看来，蒙古民族因为有了狼而成为一个骁勇善战，具有卓越军事才能的民族，一个雄霸世界的民族。从这个意义上来说，狼才是蒙古民族的真正缔造者！

　　文本并没有回避狼的血腥与残忍，在激烈的草原生存竞争态势中，只有强者才能生存，这个强者当然是狼，这是《狼图腾》文本的一个重要主旨。作为有所寓指的文化小说，《狼图腾》当然不会仅仅作纯生态的关系描画，而是有所选择，有所偏重，因为作者总是会从自己的立场出发来选择自己愿意看到、易于阐发的那些方面。因而，我们屡屡看到，几乎在每一次狼的征战之后，陈阵都会情不自禁地发出对狼的由衷赞叹与感慨，或赞叹狼的复仇意志、智慧团结，或赞叹狼的牺牲精神和卓越军事才能，或感慨狼复仇后的快乐、对生命和自由的追求。我们同时也会发现作者已经完全是将狼作为人来描绘了，是狼性对人性的挪用，"狗通人性，人通狼性，或狼也通人性。天地人合一，人狗狼也无法断然分开。要不怎能在这片可怕的屠场，发现了那么多的人的潜影和叠影，包括日本人、中国人、蒙古人，还有发现了'人对人是狼'这一信条的西方人"①。借陈阵的眼睛和思索，作者完成了由生态切入文化思考的关键一步。

以狼性喻人性，不仅容易使人产生歧见，更让许多批评者不能接受。笔者认为，问题不在于别人是否会产生歧见和不能接受，在于作者如此书写意欲何为！从作者借陈阵之口对狼所作的赞叹和感慨来看，其重点并不在于狼的血腥、残忍，而在于突出它的智慧团结、勇于牺牲、自尊独立等卓越品质。借用陈国恩的话说，"他其实只是在表达其特定立场下的一种观念，更确切地说，他可能仅仅是为了基于某种社会使命而来评判人性中的这些不好的方面，他并不是在对狼性和人性做全面的分析"②。这段分析是中肯的，作者担心的正是当下竞争激烈的世界格局中中国人的懦弱、驯顺、平庸的国民性格，这种性格导致了中国近代近百年的屈辱历史，而这种性格至今并未得到根本改造。姜戎说："中国改革面临着民族性格动力不足的内在阻障，如果国民性格继续疲软，中国的改革就有半途夭折的可能。"③ 这并非危言耸听，当今社会，道德滑坡，人文知识分子精神萎缩已经引起人们的广泛关注。"当下社会的现实是，学者们表现出极度的精神萎靡，轻者是对体制不当乃至罪恶行为的冷漠或容忍，重者是对权贵投怀入抱，乐于充当吹鼓手或歌德派。秉笔直书或者畅意直言者，被视为异类或是很傻很天真的二货。"④ 姜戎的洞见在今天得到知识分子的另一

① 姜戎：《狼图腾》，长江文艺出版社 2004 年版，第 59 页。

② 陈国恩：《中国现代文学的观念与方法》，秀威资讯科技股份有限公司 2012 年版，第 167 页。

③ 白烨：《中国文坛纪事》（2004 年选系列），长江文艺出版社 2005 年版，第 228 页。

④ 秦前红：《学者如何不直言》，《搜狐博客》2012 年 11 月 16 日。

种回应，无法否认他对社会及国民性格病根把握的准确性与忧患意识。

姜戎说："在今天这个时代，我们首先得重新定义'狼性'究竟是什么？汉民族总是把'狼性'同凶残、贪婪联系在一起，《狼图腾》就是要'颠覆'这种极其肤浅的认识误区，让大家看到'狼'的自由独立、勇猛进取、智慧顽强、团队合作的精神。"拒绝犬儒，就是《狼图腾》的精髓所在！

第五节　"历史"暴力叙事

本节我们将要讨论数量庞大的历史小说中的暴力叙事问题。由于数量的过于庞大和讨论之需要，这里主要选取那些与传统或经典历史小说在美学观念上构成显著差异的所谓"新"历史小说为主体。传统或经典历史小说由于其题材的历史性、主题的本质化等因素之故，其中的一些历史场景很难以暴力来加以指称，有可能造成分析的困难。如姚雪垠、刘斯奋、凌力、黎汝清、唐浩明及二月河等作家之历史小说，也包括那些所谓新红色经典小说，它们基本不在本节的视野之内。本节关注的主要是 20 世纪 80 年代中期以来以"新"的历史观念和美学观念过滤下的"历史"小说，或者说那些具有"先锋"性质的历史小说。它们包括乔良、莫言、张炜、苏童、格非、刘震云、陈忠实、叶兆言、北村、刘恒、李锐、王小波、方方、余华等为主体的"历史"小说创作。

关于这批作家的"历史"小说，关键在于一"新"字。不是题材的新，而是题材处理的新。"这些小说与传统的历史小说不同，它往往不以还原历史的本来面目为目的，历史背景与事件完全虚化了，也很难找出某位历史人物的真实踪迹。事实上，它以叙说历史的方面分割着与历史本相的真切联系，历史纯粹成了一道布景。"① 对于这种"历史"处理方法背后所体现出来的新意和动向，有许多学者予以了研究和阐释。本书这里将要重点阐释的是这些小说中普遍出现的暴力叙事现象。不管是那些言之凿凿，有着厚重历史感的所谓家族叙事如莫言的《红高粱》、陈忠实的《白鹿原》、张炜的《古船》等，还是那些子虚乌

---

① 王彪：《与历史对话——新历史小说论》，《文艺评论》1992 年第 4 期。

有、纯属虚构的诸如苏童之《我的帝王生涯》及枫杨树故乡系列小说、余华的《古典爱情》、刘震云《故乡相处流传》等之"故乡"系列小说、王小波《红拂夜奔》等之"青铜时代"小说等，都弥漫着不可遏制的暴力。在这些"历史"小说中，暴力不是一种点缀，或者刻画人物的需要，而是历史本身就是暴力，是一种生活存在。

一　历史暴力叙事的特点

"新"历史小说中的暴力叙事为什么那样醒目？我们通过两段短文的比较切入本节的论述：

1. 一个妇女手一扬，躺在血水中。她怀中正在吃奶的孩子被远远地摔在路边。周大勇不顾飞机扫射，从路上扑过去把那孩子紧紧地抱在怀里，用胸脯护着孩子。他像是觉得自己宽大的脊背，可以挡住敌人的子弹。其实，那孩子早就咽了气！

　　……

飞机扫射罢，路边村子里的老乡们，带着门板，跑到大路上救护伤的，抬埋死的。他们，不悲叹也不流泪，不呐喊也不说话。山沟里充满着沉默和严肃。空气中飘飞着尘埃、烟雾和硝烟味。——《保卫延安》第一章 延安

2. 当夜，赵多多（笔者：民兵团长）和几个民兵把平时最不顺眼的几个家伙脱光了衣服，放到一个土堆上冻了半夜。几个人瑟瑟抖着，赵多多说："想烤火了？"几个人跪着哀求："赵团长，开恩点火吧……"赵多多嘻嘻笑着，用香烟头儿触一下他们的下部，高声喊一句："火来了！"几个人两手护着身子，尖叫着……赵多多忍住了疼，极其麻利地抽了砍刀在脸前横着一挥。麻脸的手腕砍折了，倒在地上抖着。

栾大胡子大骂不止。有人喊着号子，另外五人各自鞭打黑牛。黑牛仰脖长啸，止步不前。又是鞭打，又是长啸。这样折腾了半天，五头牛才低下头去，缓缓地往前拉。栾大胡子骂着，最后一声猛地收住。接上是噼噼啪啪的碎裂声。血水溅得很远；五条牛身上同时沾了血，于是同时止步。当夜，还乡团又从碎肉中分离出肝来，炒菜喝酒。——张炜《古船》

前者写的是解放战争初期保卫延安的那段历史，后者写的是从中华人民共和国成立前的土改到"文化大革命"结束后的改革开放，两者写的都是实实在在的历史。但是，我们看到，《保卫延安》的选文中，引起延安军民愤怒的敌人之"暴行"，也仅仅是敌机的几梭子弹，一个妇女及其孩子的死亡。后者则完全是赤裸裸的暴行，不管是民兵还是还乡团。前者敌人暴行所激起的同仇敌忾与后者所激起的恶心与残忍观感是两种完全不同性质的阅读感受。这就回到本节问题的原点，即是什么因素形成了"新"历史小说的暴力性特征。这几段选文也给我们提供了比较丰富的信息。大体说来，有以下这么几个方面的因素。

首先，描写的尺度方面，"新"历史小说所采取的尺度要远远大于或宽于传统/经典历史小说，为暴力浮出历史的地表打开了方便之门。暴力行为被描写得越细致，行为者的动物性就鲜明，给人之负面印象也就越强烈。与传统或经典历史题材小说相比，"新"历史题材小说中，各种场景下的暴行不仅极多，而且细致入微、方法繁多，许多是没有来由、没有任何收敛的暴力放纵，杀人等暴行成为一种常态甚至乐趣。上引《古船》选文中的赵多多就是如此行事的一位恶魔。赵多多之流的行为与李逵的杀人和《红岩》中国民党特务对许云峰等人的迫害是有天壤之别的，它极容易形成一种非常暴力性的历史印象。这种情况不独在张炜的《古船》中发生，而是广泛存在于其他作家的历史小说里，如铁凝笔下的红卫兵、余华笔下的广佛、刘震云笔下的朱元璋、王小波笔下的太宗皇帝、苏童笔下的五龙、莫言笔下的天和地兄弟等。"新"历史小说中暴力描写没有遮掩，也不同于夸张，它并没有什么修饰，没有经过作家的"过滤"，而是以近乎写实的方法予以"原貌"呈现，是一种还原式的刻写。此其一。

另外，传统经典小说中的暴力描写往往伴有很强的情感倾向性。比如上面选文，很大部分的篇幅是用来营造氛围，突出军民的愤慨情绪，敌人的"暴行"是用来激发军民的愤与恨的。在《古船》中，民兵与还乡团是一个德性。这就引出了描写尺度因素的第二个方面，即所谓历史的真实性问题，或者说对传统历史观的背离问题。在张炜、余华、苏童、王小波等那一代作家笔下，历史就是暴力。这种历史观策略性地隐伏于"历史"的暴力事件之中。在历史的进程中，没有哪一方是干净的，双手都沾满了鲜血。因而，我们看到《灵旗》中红军士兵被各方敌对势力疯狂砍杀的惨烈场景，也看到《白鹿原》里红军战士白玲被自己队伍活埋的你死我活，还看到《我的帝王生涯》里虚拟的燮国自始至终弥漫的阴郁和暴力。从文学的观念上说，这是一种新的文学观的形成。从具体创作来说，它解放了长期遭受禁锢的思想和笔触，为挑战传统的历史叙事打开了缺口。

其次，是暴力表现的方法问题。文学作品中，暴力行为的观感很大程度上取决于描写方法的取舍。新历史小说与过去很大的一个不同，就是暴力的过程化呈现。在上面《保卫延安》选文中，最令延安军民愤怒的敌人的暴行，在作者笔下可以两个镜头来概括，一是倒在血泊中的妇女，另一就是被远远摔死在路边的孩子，其他就是周大勇等延安军民的情绪心理反应。而在《古船》选文里头，民兵和还乡团的暴行可以被切分为若干个镜头，整个过程全貌呈现，而且没有叙述者的议论，让暴力者用自己的行为来告诉读者。另一个不同是暴力的动作化或者物化。暴力的动作化或者物化，就是侧重于对暴力行为实施的描写。因为很少有内在心理和情感的衬托，暴力之人文性特征就大打折扣，而动物性特征凸显，加之血腥场景的视觉冲击，暴力给予读者的阅读印象，情感冲击力可想而知。

最后，在暴力故事之叙述方面，"新"历史小说在故事选择与叙述上的一些变化加深了其暴力印象。从20世纪80年代中期开始，一批"新"历史小说改变了"十七年"和"文化大革命"时期革命历史题材小说的创作惯性，以家族叙事形式登上文坛，如莫言的"红高粱家族"、张炜的《古船》，陈忠实的《白鹿原》，北村的《施洗的河》及苏童的"枫杨树故乡"等。家族叙事在现代文学中并不少见，如巴金的《家》、路翎的《财主底儿女们》，老舍的《四世同堂》等，它们侧重于历史的本质建构，属于旧历史主义文学范畴。"在旧历史主义的观念中，历史无疑是大于文学的，也就是说，历史事实的真实性大于文学的想像和虚构性。然而新历史主义却将这一矛盾关系颠倒过来，强调文学大于历史，文学注入历史的生命之中。"① 前者与后者的不同在于，它们虽则也选择了家族叙事，但它们摒弃了所谓历史本质，并不预示着什么历史发展的方向性，而是恰恰相反，家族的历史在生活的虚耗中变得丑陋不堪。家族生活与时代政治的有意"剥离"，或者家族生活的文学性虚构，抽空了历史赋予暴力的合法性，而暴力没有了合法性的支撑，就成为草菅人命的罪恶游戏。

罪恶游戏在零度情感介入的叙述语境中变得格外残忍、冷酷。前面的

---

① 王岳川主编：《后殖民主义与新历史主义文论》，山东教育出版社1999年版，第183页。

分析有所暗示，传统历史小说中的一些暴力行为也非常残忍，但还不至于令人感觉十分的寒意和绝望。如李逵的杀人彰显了草莽英雄的正义，《红岩》里特务们对成岗、江姐等施以的酷刑反衬了后者英雄精神及意志品质的强大。而这些在"新"历史小说里面都因为零度情感的介入而不复存在。暴力行为的动物性与暴力施行之人的能动性构成极大反差，当这种反差在无动于衷的叙述中纤毫毕现地呈现出来时，暴力所形成的冲击力就成为不能承受之轻。

二　叙述效果

通过细致而形象的描写，充分调动读者的各种感觉，是"新"历史小说暴力叙事最为突出的表现。历史暴力叙事的独特性，则使得"新"历史小说产生了极具冲击力的阅读效果，在视觉、心理、伦理道德底线等多方面形成强有力冲击。

视觉方面，直观的、细致的、完整的暴力行为描写取消了读者对暴力的想象空间，刺激了读者的视觉神经。一般而言，构成视觉冲击最为直接的要素除了色彩，就是动作，而这正是"新"历史小说的特长。莫言笔下的暴力是五彩斑斓，形形色色。在罗汉大爷惨遭剥皮的酷刑中，我们看到他青紫的眼珠、鲜红的小血珠、酱色的头皮、葱绿的苍蝇、焦黄的尿水及盛托其被割下来之器官的雪白的瓷盘等，俨然就是一个"缤纷"世界。余华、苏童、王小波、刘震云等作家笔下的暴力也是千奇百怪，花样迭出。

> 他们事先令铁工专门打了一把小刺刀，刀上有四五个倒生的小钩子，刺进去是顺的，等到抽出来时，李义芝的皮肉把那些小钩子挡住了，刑卒使劲一拉，筋肉都飞溅出来，活活地做了一些鲜红的肉圆子。(苏童《我的帝王生涯》)

这是苏童《我的帝王生涯》中祭天会领袖李义芝遭受的十一种酷刑中的第五种，倒生的小钩子与鲜红的肉圆子，使劲一拉与筋肉飞溅奇异地将形象与颜色、力量与动感结合在了一起，暴力成为一种感觉的"盛宴"。

心理方面，暴力行为与方式的残忍对读者的心理承受底线形成巨大冲击。"新"历史小说与传统历史小说对暴力处理的又一不同之处是，前者采用实写，后者采用虚写，前者重在呈现，后者重在表现。因为排除了情感等其他心理的渗透，实写的呈现性就使得暴力行为超越了其罪恶的行为本身而直指人之灵魂的深处，不是拷问，而是冰凌的穿刺。

> 幼女被拖入棚内后，伙计捉住她的身子，将其手臂放在树桩上。幼女两眼瞟出棚外，看那妇人，所以没见店主已举起利斧。妇人并不看幼女。
> 柳生看着店主的利斧猛劈下去，听得"咔嚓"一声，骨头被砍断了，一股血四溅开来，溅得店主一脸都是。
> 幼女在"咔嚓"声里身子晃动了一下。然后她才扭回头来看个究竟，看到自己的手臂躺在树桩上，一时间目瞪口呆。半晌，才长嚎几声，身子便倒在了地上。倒在地上后哭喊不止，声音十分刺耳。店主此刻拿住一块破布擦脸，伙计将手臂递与棚外一提篮的人。那人将手臂放入篮内，给了钱就离去。(余华《古典爱情》)

这是余华《古典爱情》中柳生在菜人市场所见的一幕。在这里我们看不到妇女的内心世界，更看不到店主、伙计、买肉者对菜人的丝毫心理异动，就像菜市场杀猪卖肉一样平静。这是让人无法接受而又不得不接受的残酷"事实"。另外，在一些暴力的行为方式上，"新"历史小说也屡屡突破人的想象阈限，除了常见的如油炸、剥皮、凌迟、阎王闩等之外，还有诸如檀香刑、仙人驾雾、刽茄子、披裹衣、挂绣球等闻所未闻之刑名，人之聪明才智在刑罚的设置上发挥得淋漓尽致。莫言曾经说人比动物残忍，因为动物捕食只是把自己的捕食对象杀死吃掉，人却会以种种方式折磨人。就像在《古典爱情》的菜人市场那里，人不仅折磨人，更是毫不心动地吃掉自己的同类一样，各式各样暴力方式使得人之为人的一切文明特征消失净尽。

伦理道德方面，暴力行为的非正当性构成对传统伦理道德底线的巨大冲击。这里所谓的非正当性是针对这些暴力行为超越了社会日常生活价值准则或伦理规范而言，例如组织内部，家庭成员之间的暴力行为及方式等，这恰恰是"新"历史小说暴力叙事非常重要的组成部分。人类文明区别于动物世界的重要标志之一是其建立的一整套制度与伦理规范，公平、正义、亲情、友情等则是这些制度与规范的具体体现。"新"历史小说中，因为种种原因，这一切变得支离破碎，变得陌生乖张。我们可以看到《十八岁出门远行》中受到"我"帮助反而打劫"我"的汽车司机的无耻；也可以看到《山上的小屋》里母亲直勾勾看"我"的狼一样的眼睛；也可以看到《古典爱情》里母亲"刺向"女儿，柳生"刺向"女友小惠的刀刃；还可以看到《白鹿原》里朱先生死后被毁棺弃尸的惨不忍睹；《现实一种》中兄弟之间的算计与迫害以及《一九三四年的逃亡》里陈玉金为了逃离家乡挥舞篾刀砍向妻子时火焰般窜起来的猩红血汁等众多"匪夷所思"的暴力行为。如果说暴力的残忍已经极大地冲击了人们的心理承受底线的话，那么种种暴力的"非正当性"则摧毁了社会长期以来所建构的人性与伦理神话。

三 源自何出？

中国向来推崇历史，各种史书对历史的记载也非常完整。早在上古时代，就有仓颉著史，后世史书更是不绝如缕。史书的很大一个功能是为后世之统治者提供镜鉴之用，司马光坦言其修撰《资治通鉴》，止"欲叙国家之兴衰，著生民之休戚，使观者自择其善恶得失以为劝诫"①。李世民更是提出了"以史为鉴，可以知兴替"的历史箴言。文学不同于历史，但以文学演绎历史的传统也是源远流长，司马迁《史记》是"究天人之际，通古今之变"。明清两代的各种戏曲是"借悲欢之离合，演古今之兴衰"。革命历史题材小说的功能性自不必待言。但是，"新"历史小说的"镜鉴"作用似乎并不平衡，其借鉴功能在"镜"照功能的光芒下变得晦暗。"镜"何以能够超越"鉴"呢？我们从其产生的一些细节，可以略知端倪。

从"新"历史小说发生的时间节点看，20世纪80年代中期是一个思想上大踏步前进和大踏步后退的转折点，也是各种新式文学表现手法异军突起和旧有表现手法走向回归的混血生长阶段。就前者而言，尽管当局针对创作中出现的各种思想问题在文学界进行了种种规范，但西方哲学社会思潮的影响已经不可逆转。西方现代派思潮之精神内核不仅契合了一些敏感的中国当代知识分子之历史记忆和现实观感，也为他们别样地切入历史

---

① 李炳泉、邸富生主编：《中国史学史纲》，辽宁师范大学出版社1997年版，第173页。

记忆，打开现实闸门提供了理想的方便之门。就后者而言，大量涌入的西方现代派文学技法此时成为文坛最为耀眼的明星，但与此同时也引来一些匡正的呼声，将技法与历史和现实进行结合的创作在潜滋暗长。质言之，思想上，80年代中期是一个思想芜杂活跃又不断伴随着各种规约的纷杂时期。但是"历史"的间隙相比过去三十年要大得多，它为可能逸出轨道的作品提供了滋生的土壤；文学上，它是一个"百花齐放"的时代，文学与政治某种程度"脱钩"的做法为不少作家所遵循，在文学界逐渐成为不成文的共识。

从"新"历史小说选择的突破口看，这是一个非常有意思又令人深思的话题。它不是选择那种凭借子虚乌有的"史实"纯属虚构的历史小说作为突破口，恰恰选择过去三十余年来控制严格，规约频繁的革命历史题材小说这一强势环节作为突破口，这既让人震惊，又让人折服。革命历史题材小说经过三十余年的发展，出现了一批优秀作品，涌现了不少英雄人物形象，可以说已经发展得相当成熟，加之当时思想规约活动还比较频繁，要进行突破并非易事。但是，当我们将焦点聚集于当时的几部标志性作品时，依然可以发现"最强大的，也是最虚弱的"这一哲理的普遍适用性。"新"历史小说是以莫言《红高粱》、乔良《灵旗》的出现为标志的，张炜的《古船》也是1986年出现的一部相当重要的作品。1987、1988年才出现叶兆言的"夜泊秦淮"，苏童的《罂粟之家》、余华的《古典爱情》等"纯属虚构"的历史小说。

我们回到这几部小说本身也许更能说明一些问题，因为大而化之的历史现场，毕竟只是背景层面上的东西，具体的战术策略才是最为实用、最为有效的。首先，《红高粱》《灵旗》及《古船》选择的都是并非时间逝去久远的历史故事，而是革命历史题材小说的取材范围，这就在题材上取得了合法性的资格。其次，几部作品又各有自己的策略运用，《红高粱》突出的是抗战主题下的民间英雄，这并不违背当局及主流的价值观念。《灵旗》反映的是湘江之战中红军遭受各方敌对势力疯狂截杀的惨痛历史，虽然充满悲怆，但并不减损红军的英雄气概。而《古船》将暴力重点置于土改及"文化大革命"历史背景中，一则拉开了时间距离，再则两者或多或少出现的错误也为当局所承认甚至否定。最后，三部作品的主人公也各具特色，余占鳌的土匪加英雄形象不仅有着渊源深厚的草莽英雄文化积淀，也呼应了枷锁乍然解开之后的80年代中期时代精神要求。青果老爹的逃兵形象、忏悔意识不仅新颖，而且对于过去缺乏反思意识的革命历史题材小说是一个重要补充。而隋抱朴和赵多多，简直就是圣徒与恶魔，他们的历史活脱脱就是刚刚过去的历史，历史的重现有几分残忍，却又在刺痛中感觉舒畅。相比后来的"虚构"历史小说，这几部作品的过渡性质还是相当明显的，因为，题材、主题或者人物等的革新还是它们的重点，即使《红高粱》，还是要借壳才能还魂的。但是，是它们点燃了"新"历史小说的这把星星之火。

从"新"历史小说的创作主体看，它基本上是 20 世纪 50 年代中期及以后出生的作家，他们的经历及所受教育决定了他们与"新"历史小说的结缘。从这些作者的经历来看，他们没能赶上做党的好儿子的阶段，绝大多数也无法奉献自己"无悔的青春"，他们只是这个社会，如"文化大革命"的旁观者。但是他们的意识深处又无法摆脱过去朦胧的记忆。"我现在的很多著作都涉及暴力，其实我也经常会问自己，我写的东西是暴力吗？或者说暴力在我的作品中是有意识的渲染还是无意识的流露？"①"社会的反复无常的运动，家庭的反应连锁的遭遇，构成了我是是非非、灾灾难难的童年、少年生活，培养了一颗羞涩的，委屈的甚至孤独的灵魂。"②与"右派"作家和"知青"作家等相比，他们身上还是少了许多负累。当西风再次东渐，他们成为接受最快，也最为成功的一群。马尔克斯《百年孤独》"多年以后"这句经典的开场白，不知迷倒了多少作家，也成就了不知多少作家。"对于我来说，我的兴趣并不在于历史本身。在我的所有的小说中，具体的历史事件在小说中是看不见的，是零碎，只是布景。"③"到了 80 年代中期，我自己觉得我已经开始从另一个视角去看生活……这主要是因为我这时接受了一种文化心理结构学说，并开始用这种视角来解析人物。"④ 某种意义上说，正是主要在 50 年代中期以后出生的这批作家身上，"新"历史小说实现了历史暴力与表现技巧的高度融合。

---

① 苏童：《重返先锋：文学与记忆》，《名作欣赏》2011 年第 3 期。
② 梁颖编选：《贾平凹研究资料》，山东文艺出版社 2006 年版，第 4 页。
③ 陈晨编选：《苏童研究资料》，山东文艺出版社 2006 年版，第 92 页。
④ 李清霞编选：《陈忠实研究资料》，山东文艺出版社 2006 年版，第 55 页。

第四章 典型暴力叙事模式

第一节 叙事学基本理论模式

所谓叙事模式，存在多种理解。捷克学者 M. D. 维林吉诺娃给它下的定义是"叙事模式指在叙事作品中用于创造出一个故事传达者（即叙述者）形象的一套技巧和文字手段"①。关于叙述者的专门研究起步虽晚，但一经提出，研究者蜂起，纷纷探究叙述者与他所表现的虚构世界之间的关系，提出了诸如"观察点""叙述模式""叙述情境"等叙述模式的各种分类法。L. 多莱泽尔根据叙述人称、叙述者的角色及主观态度等因素，将叙事模式划分为第三人称客观叙事模式、第三人称评述叙事模式等六种类型。我国学者程金生则从哲学的高度和结构学的角度将叙事模式定义为"对代表真理的东西的揭示方式"②，他认为任何一个叙事模式都包含着叙述者、指涉物及聆听者这三个结构要素。笔者认为，就具体作家而言，叙事模式反映的是一个作家成熟的创作范式，其叙述的风格、技巧的运用、情节的安排等诸多方面体现出某种规律，或者说成为一种范型。

叙事学作为一门学科，它首先诞生于西方，从 19 世纪至今有一百余年的历史。在这个过程中，大概经历了两个发展阶段，第一阶段是从 19 世纪末到 20 世纪 80 年代，即经典叙事学的萌发、确立和发展阶段；第二阶段是从 20 世纪 90 年代至今，即后经典叙事学产生与发展。这样划分主要便于叙述，并不意味着经典叙事学等其他文学理论批评方法的退场，而

---

① 王先霈、王又平主编：《文学批评术语词典》，上海文艺出版社 1999 年版，第 298 页。

② 程金生：《空间与永恒：实践哲学视域中的价值问题》，江西人民出版社 2004 年版，第 238 页。

是一种多元共生的状况。经典叙事学又叫结构主义叙事学，它脱胎于社会历史批评，在西方现代主义文学、英美新批评、索绪尔共时语言学、俄国形式主义和法国结构主义等诸多文学思潮和理论的影响下诞生。经典叙事学抛弃了过去注重从外部来分析小说人物、环境描写，强调作品社会道德功能的做法，将作品视作一个独立、自足的艺术整体，着力探讨叙事作品内部结构规律和各要素之间的关联。经典叙事理论家们习惯于从形式和内容两个层面对小说结构进行区分，法国学者托多罗夫分别用话语和故事来指称小说形式和内容的做法得到普遍接受。在托多罗夫那里，故事就是表达的对象，话语即表达的形式。"在故事层面，理论家们聚焦于事件和人物的结构；在话语层面，叙述者与故事的关系、时间安排、观察故事的角度等成为主要关注对象。"[1] 后经典叙事学对经典叙事学进行了修正，不再将叙事作品视为独立、自足的体系，而是视为一定文化语境的产物，关注作品与创作语境和接受语境的关联。后经典叙事学注重跨学科研究，"借鉴了女性主义、巴赫金对话理论、解构主义、读者—反映批评、精神分析学、历史主义、修辞学、电影理论、计算机科学、语篇分析以及（心理）语言学等众多方法论和视角"[2]。等学科知识，大大拓展了叙事学的研究范畴，丰富了叙事学的研究方法。简而言之，经典叙事学侧重的是文本内部诸要素之间的关系研究，后经典叙事学注重的是文本与外部因素之间的互动关系及影响研究。

一　经典叙事学主要理论模式

经典叙事学研究对象为独立、自足的文本，具体而微，即故事和话语的研究。具体的研究对象又因人而异。有的关注被叙述的故事，着力探讨故事人物和事件的功能，事件的结构规律及发展逻辑等。有的侧重于话语研究，对叙述者、叙述视角、叙述顺序及人物话语等特别予以关注，也有对故事及话语都比较重视的。不管研究者侧重的是什么，人物、情节、叙述者、叙述视角及叙事时间与空间等都是经典叙事学理论最为基本的构成要素，理论着力点。

---

① 申丹、王丽亚：《西方叙事学：经典与后经典》，北京大学出版社 2010 年版，第 5 页。

② ［美］戴卫·赫尔曼主编：《新叙事学》，马海良译，北京大学出版社 2002 年版，第 1 页。

（一）人物

人物与事件和背景同属于故事范畴。结构主义叙事学与传统小说理论不同，它习惯于对人物进行抽象化处理，把它当作一个叙事功能，而不考虑人物的性格和思想。其代表性的理论家和观点有：

1. 普洛普：俄国形式主义重要代表，理论代表作为《民间故事形态学》。普洛普通过对一百个俄罗斯民间故事之深层结构的考察，抽象出 31 项功能，指出承担这些功能的人物实际上只有七种角色，即：主人公、假主人公、对头、赠予者、帮助者、公主或被追求者、派遣者。这些角色都承担着相对稳定的角色功能，变化的是登场的人物的名字，其行动和功能都没有变化。因此，人物在普洛普的叙事理论中，是"角色"，承担着角色功能，是人物行动（功能）推动着故事的发展。人物本身不是普洛普的关注对象。

2. 格雷马斯：法国结构主义语言学家，代表著作有《语义结构》《符号学与社会科学》等。格雷马斯注意从故事深层结构分析情节要素之间的逻辑关系。他将一部叙事作品比作一个句子，尽管表面形式结构千差万别，但深层的叙事语法却始终不变，构成作品的本质结构。格雷马斯进一步将行动在情节结构中的抽象意义归结为六个/三对对立的行动素，即主体/客体、发送者/接受者、帮助者/反对者，前者又分别处于后两者所形成的交流关系和对立关系中。而它们实际上都源于某个核心的二元对立项（如 A/B 或者 X/反 X），这个二元对立项又必然引出另一组与之相关的二元对立项（非 A/非 B 或非 X/非反 X），这两个对立项可排列成下述矩形结构：

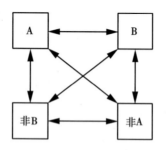

A 与 B，非 B 与非 A 之间是对抗关系，A 与非 B，B 与非 A 之间是互补关系，A 与非 A，B 与非 B 之间是矛盾交叉关系。这个矩阵的精髓在于，两两之间相互构成二元对立的核心结构，突出了行动素之间的相互对

立或相互对应关系，从而揭示了故事的深层结构关系。另外，在事件中，一个行动素可通过几个不同的人物来体现，换而言之，几个行动素也可以通过一个人物来体现。

3. 罗兰·巴尔特：法国结构主义学者，代表作有《叙事作品的结构分析导论》《符号学原理：结构主义文学理论文选》等。他主张将一部叙事作品视为一个大句子，理解它的关键就是把握它的意义层，而它的意义层的把握又主要体现在各种横的纵的组合和聚合关系的把握上。简而言之，就是把握叙事文本的三个层级：功能级、行动级、叙述级。功能级研究基本的叙述单位及其相互关系，行动级研究人物的分类问题，叙述级研究叙述人、作者和读者的关系。

（二）情节

经典叙事学将情节看作对故事的结构与安排。俄国形式主义者什克洛夫斯基等将叙事作品二分为故事和情节。故事指的是按实际时间、因果关系排列的事件，情节则是指对这些素材/事件的艺术处理或形式加工，体现了情节结构的文学性。托马舍夫斯基和查特曼也都同时强调了情节的结构功能，认为情节是对事件的重新安排与组合。普洛普通过对 100 个俄罗斯民间故事的研究将俄罗斯民间故事的深层结构功能归纳为 6 个单元 31 项功能，虽然故事在内容层面可以各不相同，但它们却由一系列同样的叙事功能构成，这些相对稳定的角色功能构成了情节的基本架构，而且比较注意事件的实际自然时序。此外，布雷蒙、格雷马斯也都强调故事的逻辑发展，不过一个侧重表层，一个侧重深层。总之，经典叙事学不是注重故事细节和具体人物，而是深入到故事的结构层面，探讨其或表层或深层之结构。

（三）叙述者

叙事就是一种交流。言语交际过程有三个核心要素：说话者、信息、受话者。作为文本交流的最简单流程可以概括为作者——文本——读者。后来美国叙事学家查特曼将它进一步细化为：

叙事文本

真实作者…→ 隐含作者→（叙述者）→（受述者）→隐含读者 …→真实读者

（注：真实作者和真实读者不属于文本内部结构成分，也与文本

不存在直接关系）

这个图示包含着几个非常重要的概念，如隐含作者、叙述者等，这对于了解结构主义叙事学非常关键。所谓隐含作者可从两方面理解：从编码方面看，它是指处于某种创作状态、以某种立场写作的作者；从解码方面看，它是文本隐含的供读者推导的写作者的形象。隐含作者与真实作者的区分，一是处于创作过程中的人，二是处于日常生活中的这个人，前者可以采取特定立场来写作，而后者则可能涉及此人的整个生平。真实作者虽然处于创作过程之外，但其生活的背景、所受教育、经历等往往会影响到他的创作。叙述者不同于隐含作者，叙述者是讲述故事的人，他可以是故事中的人物，也可以处于故事之外。

关于叙述者还有两个问题，一是叙述者的人格化问题，二是叙述者与故事的关系问题。如果叙述者不站出来发表评论，他就是非人格化的，如果以第三人称叙述者"我"自称，站出来发表评论，他就是人格化的。还有采用第一人称叙述的，也不一定讲述的就是自己的故事，有的是讲述别人的故事，他基本上是旁观者。在与故事的关系方面，又可分为故事内叙述者和故事外叙述者。故事内的同故事叙述者作为人物，经常或者在故事事实，或者在价值判断上，与隐含作者创造的作品规范有不同程度的距离，读者这时就会读到"变形了的信息"，叙事也就形成某种张力。

简而言之，叙述者不是真实作者，也不是隐含作者。它与故事的关系、他叙述时所采用的人称直接影响到他的叙述效果。第一人称与第三人称，故事内叙述者与故事外叙述者与故事之间距离并不一致，距离的远近会直接影响到读者的接受心理。另外，故事内同故事叙述者由于在讲述的事实或者价值判断上有可能与隐含作者的不一致，形成不可靠叙述，从而引发故事的叙述张力，这也是经典叙事学的非常重要的一个发现。

（四）叙述视角

简言之，叙述视角就是叙述时观察故事的角度。叙述视角有各种不同的表述，有的称视角角度，有的称透视，有的称叙述焦点。热奈特在《叙述话语》中又称之为聚焦，并区分了三大聚焦模式：1）零聚焦或无聚焦，即无固定观察角度的全知叙述，特点是叙述者所说的比任何人物知道的都多，其表述公式为：叙述者＞人物；2）内聚焦，特点为叙述者仅说出某个人物知道的情况，起表述公式为：叙述者＝人物；3）外聚焦，即仅从外部客观观察人物的言行，不透视人物的内心，其表述公式为：叙述者<人物。我国学者申丹等综合西方经典叙事学学者的研究成果，将叙述视角分为内视角和外视角两大类，全知视角、选择性全知视角、摄像式视角、第一人称主人公叙述中的回顾性视角、第一人称叙述中见证人的旁观视角、固定式人物有限视角、变换式人物有限视角、多重式人物有限视角及第一人称叙述中的体验视角九种视角模式，可谓种类繁多而纷杂。

叙述视角对叙述效果产生重大影响。叙述视角可以调节观察者与观察对象之间的距离、角度等，而距离和角度往往与观察者特定的情感、立场及认知等存在密切关系。同一个故事，叙述视角不同，叙述效果也大相径庭。因此，叙述视角并非单纯的感知问题。

（五）叙事的时间与空间。

1. 叙事时间。一部叙事作品中存在两种时间：一是故事发生的自然时序，二是文本对故事重新安排后的时序。两者的时间安排并非必然一致，有时还会出现很大差异。热奈特在其《叙述话语》中对话语时间提出了时序、时距和频率三个概念，这三个概念成为结构主义叙事学对时间的经典性阐述。

（1）时序：克里斯蒂安·麦茨认为叙事是一个两重时间序列，叙事的功能之一就是根据一种时间组合而发明另一种时间组合。热奈特认为，"要研究叙事的时间顺序，就要比较安排在叙事话语中的事件或时间片段的顺序，与相同事件或时间片段在故事中具有的连续性的顺序"[1]。他还认为，在经典叙事中，故事的重构不仅是可能的，因为在那些文本中叙事话语从来都不在不明确指出的情况下颠倒事件的顺序，而且是必需的，因为相同的原因。根据这种故事中事件或时间片段与叙事话语中故事或时间片段的差异，热奈特又区分为三种类型：时间倒错、倒叙、预叙。

①时间倒错：即故事与叙事的两种顺序之间的不协调。它是文学叙事的传统资源之一；

②倒叙：事件时间早于叙述时间，叙述从现在开始回忆过去，倒叙的长度根据故事情节的需要而定；

③预叙：叙述者预先叙述尚未发生的事件及其过程，或者说提前叙述

---

① ［法］热拉尔·热奈特等著，阎嘉主编：《文学理论精粹读本》，中国人民大学出版社2006年版，第20页。

尚未发生的事情。预叙主要出现于一些实验性较强的小说中，并不多见。

（2）时距：叙事文本中经常出现用较长的篇幅叙述较短时间里的事情，而有时则用较短的篇幅叙述很长一段时间里的事情，这种故事时间与所应占据相应文本长度的不成比例，一般称为时距，具体表达为：故事时长与文本长度之间的比例关系。故事时长一般用秒、分、小时、日、月和年等来确定，而文本长度则用行、页等来测量。概述、场景、省略和停顿是涉及不同时距的四种叙述手法。

时距不同，节奏就不同，叙述效果也就不一样。

（3）频率：指一个事件出现在故事中的次数与该事件出现在文本中叙述次数之间的关系。热奈特又进一步将其区分为：单一叙述，即讲述一次发生了一次的事情；重复叙述，讲述数次只发生了一次的事情。

叙述的频率对叙述效果也有重要影响，如《祥林嫂》关于儿子阿毛的反复叙述。

2. 叙事空间：经典叙事学对故事和话语两个层面的区分，相应形成了故事空间和话语空间两个空间存在。所谓故事空间就是事件发生的场所或地点，话语空间就是叙述行为发生的场所或环境。故事空间的叙述主要是为故事事件营造一个真实的环境，从而引导读者进入虚构的世界。

故事空间具有结构意义。除了为人物提供必要的活动场所，也展示人物的心理活动、塑造人物形象、揭示作品题旨等。[①] 故事空间还是推动情节发展的重要环节，因为情节的发展总是以一个个空间或场景的变换为依托的。

二　后经典叙事学主要理论模式

大体说来，后经典叙事学产生于 20 世纪 80 年代，是女性主义叙事学、修辞性叙事学、认知叙事学等跨学科流派的总称。它与经典叙事学一个最为鲜明的区分标志就是，后者侧重于文本的自足性分析，前者则将文本与创作语境和接受语境相联系，将文本视为一个动态的系统。"后结构主义不再将叙事作品（以及总的语言系统）当作建筑物，当作世界上的固体来对待，而转向了这样一种观点：即叙事作品是叙事上的发明，这种发明所能构建的形式几乎是无法穷尽的。"[②] 代表理论家及著作有：苏

---

① 申丹、王丽亚：《西方叙事学：经典与后经典》，北京大学出版社 2010 年版，第 132 页。
② ［英］马克·柯里：《后现代叙事理论》，宁一中译，北京大学出版社 2003 年版，第 5 页。

珊·S. 兰瑟及其《虚构的权威——女性作家与叙述声音》、J. 希利斯·米勒及其《解读叙事》、马克·柯里及其《后现代叙事理论》、戴卫·赫尔曼及其主编的《新叙事学》、W. C. 布斯及其《小说修辞学》、詹姆斯·费伦及其《作为修辞的叙事：技巧、读者、伦理、意识形态》、里蒙·凯南及其《叙事虚构作品》等。

（一）修辞性叙事学

叙事学不同于文体学，前者属于结构层面，后者属于遣词造句的具体运作。简单点说，修辞性叙事学就是将叙事理解为作者、叙述者及读者/各种受众之间的修辞处理关系，是将叙事学的研究成果应用于修辞性地探讨叙事如何运作的学科。

1. 布斯的小说修辞学：代表著作《小说修辞学》

布斯将叙事视为与读者交流的艺术，而非说教小说的技巧。认为当作家有意无意地试图把它的虚构世界灌输给读者时，他可以使用史诗、长篇小说或短篇小说的修辞手法。也即采用"艺术"——叙述技巧来提高阅读效果。

布斯的名言是"作家创造他的读者!"

（1）布斯提出"隐含作者"重要概念，认为小说阅读"有一种基本要求，读者需要知道，在价值领域中，他应站在哪里——即需要知道作者要他站在哪里"。而这一控制和诱导读者的功能就是由"隐含作者"来承担的。"隐含的作者的传感和判断是伟大作品的构成材料。"

（2）布斯将布洛的审美距离说引进距离控制概念。认为作者、叙述者、人物及读者之间的距离是由作家选择特定的修辞技巧控制的，距离不同，文学效果迥异。

（3）布斯的小说修辞学严格地将读者的要求、心理、作者心理及其他与创作过程如何相联系的问题拒之于门外，而仅仅讨论修辞是否与艺术协调"这一狭窄的问题"。

2. 费伦的修辞性叙事理论：费伦，后经典修辞性叙事理论家，代表作《作为修辞的叙事》

费伦认为作为修辞的叙事这个说法不仅仅意味着叙事使用修辞，或具有一个修辞维度，而且意味着叙事不仅仅是故事，同时也是行动，某人在某个场合出于某种目的对某人讲一个故事。费伦的修辞性叙事理论与布斯的小说修辞理论不一样，布斯侧重于作者控制读者的各种技巧，而费伦看重的是作者代理、文本现象和读者反映之间循环往复的关系，转向了对其中每一个因素的注意怎样影响了另外两种因素，同时又受这两种因素的影响。进而，费伦提出了三种修辞概念：

（1）解构主义：语言本来就是不稳定的，不存在固定文本意义的超验锚地，文本意义完全可能是相互矛盾的；

（2）实用主义：把叙事看作修辞就等于认为叙事不可避免地与阐释紧密联系在一起，而阐释又具有无限的可塑性——据阐释者在特定场合的需要、兴趣和价值而定；

（3）交流：指的是写作和阅读这一复杂和多层面的过程，要求我们的认知、情感、欲望、希望、价值和信仰全部参与的过程。在更大的范围内，是叙事的各种因素（即人物、事件、背景、叙事话语）、技巧、形式、结构文类和叙事成规等，也即这些因素导致、丰富、干扰或其他使作为修辞的叙事复杂化的各种方式。

（二）女性主义叙事学

女性主义叙事学就是女性主义文评与经典结构主义结合的产物。女性主义叙事学聚焦于叙事结构和叙事技巧的性别政治。

代表理论家：苏珊·S. 兰瑟，代表作品为《虚构的权威》。

兰瑟非常重视叙述声音这个概念。认为叙事载负着社会关系，它的含义远不止那些讲故事应遵守的条条框框，叙述声音与被叙述的外部世界是互构关系。

在兰瑟眼里，女性主义者所谓的"声音"通常指那些现实或虚拟的个人或群体的行为，这些人表达了以女性为中心的观点和见解。而叙事理论家所谓的声音则通常是指形式结构，与具体叙述行为的原因、意识形态或社会寓意无关。兰瑟的高明之处在于将两者的结合。认为这两种不同的"声音"观念一旦融会于巴赫金所谓的"社会学诗学"，我们就可以把叙事技巧不仅看成是意识形态的产物，而且还是意识形态本身。无论是叙事结构还是女性写作，其决定因素都不是某种本质属性或孤立的美学原则，而是一些复杂的、不断变化的社会常规。这些社会常规本身也处于社会权力关系之中，由这种权力关系生产出来，作者和读者的意识、文本的意义无不受这种权力关系的影响。

兰瑟通过将社会身份和叙述形式相联，进而假定，社会行为特征和文学修辞特点的结合是产生某一声音或文本作者权威的源泉，叙述者的地位在何种程度上贴近这一主导社会权力成了构成话语作者权威的主要因素，同时，话语权威的构成因素也包括随历史进程而变化的文本写作策略。

因此，兰瑟的问题是：在特定时期，女性能够采用什么形式的声音向什么样的女性叙述心声？她通过三种模式进行阐述：

作者型叙述声音：该术语表述一种"异故事的"、集体的并具有潜在自我指称意义的叙事状态。在这个模式中，叙述者不是虚构世界的参与者，它与虚构人物分属两个不同的本体存在层面。这样的叙述声音产生或再生了作者权威的结构或功能性场景。

个人型叙述声音：该术语表示那些有意讲述自己的故事的叙述者。故事的"我"也是故事的主角，是该主角以往的自我。自身故事的叙述的"我"也是结构上"优越的"声音，它统筹着其他人物的声音。它的地位取决于读者对叙述者行为的反应，也取决于读者对小说人物动作的反应。

集体型叙述声音：它指的是这样一系列的行为，它们或者表达了一种群体的共同声音，或者表达了各种声音的集合。兰瑟的集体叙述声音是这样一种叙述行为，在其叙述过程中某个具有一定规模的群体被赋予叙事权威，这种叙事权威通过多方位、交互赋权的叙述声音，也通过某个获得群体明显授权的个人的声音在文本中以文字的形式固定下来。集体型叙述声音把文本从具体个别的主人公和个人情节移开，对西方小说中规定女性地位的那种混杂的社会约定提出质疑。

经典和后经典叙事学是西方文学的产物，其中许多关于故事分析，尤其是话语分析之模式是解读作品的有效工具。它们与西方文学作品一道，也确实给予了中国文学以莫大的影响，成为作家和理论家们争相学习和模仿的对象，大大提升了我国文学创作与批评的理论水平。不过，它们毕竟是西方文化语境的产物，许多在西方十分有效的作品解读模式也并不一定就完全适合中国的作品，特别是故事层面的那些纯技巧分析模式与我国文学特殊性之间的距离还有相当长的一段，运用时需要具体问题具体分析。另外，理论模式的有限性和文学作品数量的海量性之间的不平衡，也决定了模式作为工具的相对不足。因此，对经典、后经典叙事理论的借鉴与吸收也注定是一个长期而艰巨的过程，需要付出创造性的劳动，才有可能真正将它们转化为自己的东西，并运用于实践。

第二节　余华早期小说之情节与细节互渗模式

20世纪80年代的中国文坛，余华是一个不可忽视的存在，是"给中国当代文学带来了真正变化的少数几个作家之一"①。从1987年创作《十八岁出门远行》开始，余华的文学思维出现重大变化，他不再尊崇过去的思维方式在常识之间游荡，也不再相信事件表面的真实，而是用"虚伪"的形式来表达自己所感知的真实。在此思维的支配下，他又陆续创作了《一九八六年》《现实一种》《河边的错误》《世事如烟》《难逃劫数》《古典爱情》《往事与刑罚》《鲜血梅花》等充满暴力与血腥的作品，从而奠定了他在80年代小说暴力叙事中的中坚地位。这批小说与余华之前创作的《星星》《竹女》《月亮照着你，月亮照着我》《老师》及后来的《在细雨中呼喊》《活着》和《许三观卖血记》等构成鲜明对比。前者的温馨、精致、优雅，后者对苦难的凝视与温馨都是此期那些小说所不具备的，尽管后来的小说中也不乏暴力书写，但已经是两种不同的路径与叙述方式了。这批小说深受川端康成和卡夫卡的影响，川端康成作品中细致入微的描述，卡夫卡思想的跳跃深深地影响了余华关于小说的认识，尤其是卡夫卡。"卡夫卡教会我的不是描述的方式，而是写作的方式。""自由的叙述可以使思想和情感表达得更加充分"②。阅读《一九八六年》《现实一种》等此期作品，读者普遍都会得出这样的印象：冷酷、血腥。这与余华的创作理念，对生活的认识有重大关联，也与其表达此种理念和认识的方法和手段密切相关。这就是作品通过大量的细节描写所构建起来的故事的"真实"，这些看似毫不起眼的细节，同时成为故事情节发展的推动力量，这便形成了余华此期生活细节的真实与故事情节的荒诞对立之叙事模式。

一　细节的真实与情节的荒诞

余华早期暴力叙事小说形式的"虚伪"建立在细节的真实与情节的荒诞这对对立的矛盾之上。换一种说法，这是余华为了达到更为接近真实，寻求对既有经验进行突破的一种尝试。它通过背离现状世界提供给我

---

① 谢有顺：《余华的生存哲学及其待解的问题》，《钟山》2002年第1期。
② 余华：《没有一条道路是重复的》，作家出版社2008年版，第106页。

们的秩序与逻辑，在真实与荒诞的两相交织中洞察语言表象下的深层世界。一系列真实的生活细节，推导而出的却是一个荒诞不经的故事，这在传统的现实主义小说创作中是不可思议的，在余华笔下却是如此的普遍，如此的千真万确。

《十八岁出门远行》是余华发表的第一篇具有实验性质的作品，它讲述的故事是"我"十八岁的成人"仪式"。"我"十八岁了，父亲给"我"一个背包，叫"我"去认识一下外面的世界，故事由此展开。故事主要情节如下：1）"我"出门远行；2）"我"搭便车；3）汽车抛锚；4）农民抢苹果，"我"干预，司机熟视无睹；5）司机抢走"我"的背包走了，"我"留在车上，回忆出发时刻。我们再来看看其中的一些主要细节：1）"我"走在柏油马路上，整整一天，看到了很多的山和云，却只遇到了一次汽车；2）黄昏就要来了，"我"需要旅店；3）"我"给司机一支香烟；4）汽车再度抛锚，未能修好；5）司机漫不经心。

拆分开来似乎并不能很好地见出细节真实与情节荒诞的乖谬之处。这可能也是其不为一些读者所注意的原因之一，将它们串联成一个完整故事，情节的荒诞性就"风吹草低"了。"我"在路上一整天只见到一次汽车，且黄昏就要来了，又不见旅店，这为"我"的旅程埋下了变数，这是关节一；"我"见到"旅店"，其实是汽车（在维修），为了搭车，"我"给了司机一支香烟，车修好后提出搭车要求，却遭到拒绝，"我"强行搭车成功，再次为故事情节的发展留下了变数，这是关节二；汽车再度抛锚，未能修好，"我"问司机怎么办，司机漫不经心地"等着瞧"，这是关节三。情节发展至此，一切都还清晰，似乎又很朦胧，其走向呈现出多样的可能。结果却是人们最没有料到的一幕发生了，农民挑着箩筐抢苹果，作为局外人的"我"奋力反抗，作为事主的司机却无动于衷，"我"挨了一顿狠揍：

> 我是在这个时候奋不顾身扑上去的，我大声骂着："强盗！"扑了上去。于是有无数拳脚前来迎接，我全身每个地方几乎同时挨了揍。我支撑着从地上爬起来时，几个孩子朝我击来苹果，苹果撞在脑袋上碎了，但脑袋没碎。我正要扑过去揍那些孩子，有一只脚狠狠地踢在我腰部。我想叫唤一声，可嘴巴一张，却没有声音。

　　更为悲剧的是，司机正站在远处朝"我"哈哈大笑，并趁"我"没注意的时候抢走了"我"的背包，还是坐着抢其苹果的村民的拖拉机走的！"我"爬进那遍体鳞伤的"旅馆"里，父亲认识一下外面的世界的声音还在耳边回响。情节的每一次推进都走向了细节本身所预示的反面，"我"递香烟，本应该有一个好的回应，却招致拒绝，强行登车，却赢得安身之所和司机的主动搭话。"我"维护司机的利益，反抗村民的抢夺行为，本应该获得司机的帮助，至少是同情，结果却是司机的隔岸观火，并且趁火打劫，抢走了"我"的背包，与村民沆瀣一气。《古典爱情》《鲜血梅花》和《河边的错误》等作品亦属此类情形。柳生一次漫无目的的行走，成就了一段旷古绝今又匪夷所思的爱情悲剧；阮海阔身体柔弱，身无丝毫武功却身负杀父之仇的重任，一连串毫不经意、似不相关的琐事反而成就了其报仇使命；疯子杀人却又会"设计"，警官马哲陷入重重迷雾之中，案情明朗后，他又无法摆脱另一重困境。正如《十八岁出门远行》开篇所描绘的："柏油马路起伏不止，马路像是贴在海浪上。"一个个故事都是起伏的马路，鼓荡的海浪，已经发生的一切，正在回忆的一切，或者行将发生的一切，都已经没有实质性的差异，一切都是那么真实，又是那么的荒诞不禁。

　　《现实一种》《一九八六年》《劫数难逃》和《往事与刑罚》等作品走的则是另外一种套路，荒诞的故事情节结构中，连缀着大量的现实生活事象描写，形成整体性的荒诞与局部性的真实之间的对立形态。这些从一开篇就呈现出种种异兆，如：母亲的反复抱怨、卖废旧书报时一张写有熟悉字迹废纸的意外跌落所引起的母亲的惊悚反应、东山的烦躁及小巷里飘扬的超大号红色短裤所引起的心理异动、陌生人收到的一份来历不明的电报等，都为作品笼罩上了一层怪异，甚至不详的氛围。但它们又不像西方荒诞派戏剧，后者没有剧情，着眼点在于环境的不可理喻，人与人之间的不可沟通，折射的是人的存在的荒诞感、无意义感。它们中的多数则有明显的情节发展线索，有细节刻画，主旨也不在于存在的荒诞，而是事物发展的悖逆或者不合常理。

　　《现实一种》是最能体现余华小说暴力叙事特征的作品之一，论者称其血管里流的是冰渣子很大程度上也与这篇作品不无关系。《现实一种》最震撼人心的不仅仅是因为它的暴力与血腥，更是因为暴力产生于家庭之中、产生于亲情之中、产生于从老到少整个家庭成员的冷酷无情之中。这大大颠覆了人们对家庭的传统印象，也颠覆了人们对亲情的理解。作品的主要情节是这样的：山岗四岁的儿子皮皮抱着堂弟去阳台上看太阳，感觉到手有点累，就松开了手；山峰的妻子感觉有点不对劲，提早下班，发现儿子摔死在地上，去找丈夫山峰，山峰发现儿子死后，狠狠地揍了妻子一顿；哥哥山岗夫妻俩对侄子之死无动于衷；山峰盘问母亲儿子是如何死的，皮皮回答说是他摔死的；山峰要皮皮舔干净地上的血迹，皮皮母亲代舔，山峰趁皮皮舔舐血迹的当儿一脚将其踢死；山岗买来肉骨头和一只小狗，将山峰捆于树上，小狗舔舐山峰身上的肉骨汤，山峰爆笑而死；山岗被枪毙，山峰的妻子设法将山岗的尸体用作医学解剖；山岗的睾丸移植到一个遭遇车祸的年轻人身上，后来年轻人结婚并生下一个儿子。从小说情节发展的整个过程来看，它存在三个悖逆，一个意外：第一个悖逆是母亲对儿孙的冷漠，她只顾自己，全然不闻不问儿孙的任何情况，甚至在小孙儿被摔死之后。这颠覆了母爱的神话，打破了文化传统中母亲的光辉形象。悖逆二，兄弟、妯娌关系冷漠，同桌吃饭却又形同路人，全没有兄弟如手足的文化遗风。悖逆三，小小的皮皮才四岁，就知道暴力的快感，完全不是一般儿童的思维方式。一个意外是，山峰妻子对山岗尸体的算计反而成就了山岗，山岗死了，却"后继有人"，对山峰妻子来说，这无疑是一个令其无法接受的黑色幽默。

余华一手在编织这个荒诞的家庭血腥故事的时候，同时又通过对一些细节或者场景的精雕细琢极力营造一种真实的印象，加强对荒诞感的助推力。小皮皮有着不一般的思维，却又有着那个年龄段小孩正常的感受力，当他抱着堂弟去阳台上看太阳时，与他年龄相称的力量不足以抱持堂弟太久。因而，因感觉手里越来越重而自然松手就成为一种正常的现象。他没有生命的危险意识，他的一切都来自直觉。皮皮的松手，使得荒诞的故事有了一个"真实"的开端。如果说皮皮的松手只是一个真实的关节的话，那么之后许多场景的精细刻画、浓墨重彩则是对情节走向的反向蓄势。山峰毒打妻子，山岗设计弄死山峰，医生对山岗尸体的解剖堪称范例。我们择取山峰毒打妻子的一段试作分析：

山峰咆哮了："你当时为什么不把他抱到医院去，你就成心让他死去。"

她慌乱地摇起了头，她看着丈夫的拳头挥了起来，瞬间之后脸上挨了重重一拳。她倒在了床上。

山峰俯身抓住她的头发把她提起来，接着又往她脸上揍去一拳。这一拳将她打在地上，但她仍然无声无息。

山峰把她再拉起来，她被拉起来后双手护住了脸。可山峰却是对准她的乳房揍去，这一拳使她感到天昏地暗，她窒息般地呜咽了一声后倒了下去。

当山峰再去拉起她的时候感到特别沉重，她的身体就像掉入水中一样直往下沉。于是山峰就曲起膝盖顶住她的腹部，让她贴在墙上，然后抓住她的头发狠命地往墙上撞了三下。山峰吼道："为什么死的不是你"，吼毕才松开手，她的身体便贴着墙壁滑了下去。

这里截取的是丧子之后山峰毒打妻子的一段描写。山峰毒打妻子可以用"毒"或者"恶"来形容。山峰的咆哮，对准妻子头、胸、腹的一顿猛揍，已经丧失一个人的正常心智，却又是如此的真实，读者仿佛亲临现场，感受山峰的痛楚，体味丧子的哀痛。山峰丧子之痛的心理，乡村普遍存在的大男子主义行为的生活化展示也是人们审美期待视野的题中应有之义。

二　真实与荒诞建构的叙述张力

关于细节与情节的关系，简约地说，也可以称之为局部与整体的关系。所谓细节，是指场面和情节的具体、生动、细腻的描写。人物的性格、行为、心理、事件发生的场景及情节等，都需要靠细节描写来进行充实，使之具体可见。而情节，对它的阐释则呈现出多样化景观，亚里士多德将情节称为对行动的模仿，福斯特认为"情节"强调的是事件之间的因果关系，俄国形式主义者什克洛夫斯基则强调"情节"是作家从审美角度对素材进行的重新安排等。尽管侧重点不一，但在强调情节的整体性这一点上，却没有什么歧义。情节之整体性的结构意义，使得它在处理与细节的关系上相当的灵活与自由，为其关系的阐释提供了多样的可能。张力，是两者这种关系存在的一种表述。所谓张力，物理学上一般是指弹性物体拉伸时产生的应力，引申到文学上，则主要是指作品中相互对立又相互联系的力量之间所产生的阐释空间。优秀文艺作品往往具有巨大的艺术张力，莫言认为，一部好的长篇应该是"众声喧哗"，具有多义性的理解，或者说是"可以被一代代人误读的小说"。德国学者卡西尔对艺术的张力问题也给予充分的肯定："一个时代的伟大艺术都来自于两种对立力量的相互渗透。"① 具体到余华早期的暴力叙事小说，构成故事情节整体的细节描写与故事情节本身，就是两个相互依存又相互制约的力量，它们之间的相互关系形成了小说各个层面的叙事张力。

查特曼认为，故事中事件的"每一种安排都会产生一个不同的情节。而很多不同的情节可能源于同样的故事"②。对事件的这种自由组接或安排恰恰是余华的特长，他根据自己的感觉和对于世界的理解，编织起了一个个既真实又荒诞的世界。余华早期的这些暴力叙事小说中，不少作品如《十八岁出门远行》《古典爱情》等通过细节真实与情节发展事理上的悖逆，来推动故事的逆向发展，形成事实与结果的巨大反差，使读者产生审美心理震荡。《十八岁出门远行》写父亲送给"我"一个充满美好想象的成人礼——自个出门远行去认识世界；从小说题目看，《古典爱情》是一出典型的才子佳人，后花园私订终身、有情人终成眷属的老套故事；《鲜血梅花》写的是武侠小说的常见主题之一，即恩怨仇杀的故事，身体瘦弱、不懂丝毫武功的阮海阔要找黑道人物报杀父之仇，其行为无异于缘木求鱼，结局似乎不言而喻；《河边的错误》中，杀人现场没有留下凶手的任何蛛丝马迹，凶手经验老到，案情扑朔迷离。但是，这些故事的结果都出乎我们的意料，"我"的人生第一课带给"我"的是满身伤痕和冷漠，残酷的世界印象；《古典爱情》也不见往日的金榜题名、洞房花烛，有情人的再次相见却是心爱的人成了菜人，小惠最后也没有获得像杜丽娘那样的机会，实现与柳生的百年之好；《河边的错误》更是大跌眼镜，杀人凶手竟然是一个疯子，更不可思议的是，警官马哲拿他一点办法都没有，将其击毙，自己也面临深陷囹圄的尴尬境地。"我"的香烟与见义勇为、小惠的青丝、阮海阔苍白的面容、精心设计的凶杀现场，这些在现实生活或者文学作品中极为常见的细节极容易引领我们进入既有的审美期待视野，结果，情节却反方向发展，熟悉的故事套路出现逆转，不可能实现的事情变为了现实，不希望见到的结果却不得不让人去直面之。真实和常规的消解，冲击了人们既有的思维定式，新的现实与世界的凸显给予读者新异感

① ［德］恩斯特·卡西尔：《人论》，甘阳译，上海译文出版社1985年版，第207页。
② 申丹、王丽亚：《西方叙事学：经典与后经典》，北京大学出版社2010年版，第43页。

受的同时，也给予作品更为广阔的阐释空间。

通过对场景的蓄意夸大和渲染，形成局部真实与整体荒诞的巨大反差，使读者产生审美震撼。这一类型的叙事处理不是在事理逻辑上刻意逸出常轨，而是恰恰相反。不同之处在于，细节真实为细腻真实的场景刻画所取代，是细节的放大，并最终与情节达成"合谋"。《现实一种》中山峰狠揍妻子的渲染，特别是山岗设计杀害弟弟山峰的精细刻画，从前期面对山峰挑衅的冷淡处理，到之后购买肉骨和小狗，再到引诱山峰上钩及涂抹肉骨汤、山峰如何爆笑而死等，整个过程纤毫毕现。《劫数难逃》中广佛对盯梢小孩，东山对露珠的杀害场景也是寒气逼人，令人毛骨悚然。《一九八六年》则对疯子的自戕行为采取现在进行时的"直播"方式，疯子的每一个动作都直逼人的心理承受底线，场面血腥，惨不忍睹：

> 他将菜刀往地上一放，然后又仔细看了起来，看着看着他将菜刀调了个方向，认真端详了一番后，接着又将菜刀摆成原来的样子。最后他慢慢地伸直盘起的双腿，龇牙咧嘴了一番。他伸出长长的指甲在阳光里消毒似的照了一会后，就伸到腿上十分认真十分小心地剥那沾在上面的血迹。一个多星期下来，腿上的血迹已像玻璃纸那么薄薄地贴在上面了，他很耐心地一点一点将它们剥离下来，剥下一块便小心翼翼地放在一旁，再去剥另一块。全部剥完后，他又仔细地将两腿检查了一番，看看确实没有了，就将玻璃纸一样的血迹片拿到眼前，抬头看起了太阳。
>
> ……
>
> 他将地上的菜刀拿起来，也放在眼前看，可刀背遮住了他的眼睛，他只看到一团漆黑，四周倒有一道道亮光。接下去他把菜刀放下，用手指在刀刃上试试。随后将菜刀高高举起，对准自己的大腿，嘴里大喊一声："凌迟！"菜刀便砍在了腿上。

"疯子悠然自得、慢条斯理的自残行为，将已然逝去的历史场景骤然之间拉回到'现在'。"[①] 其实，疯子是身在现实，心在历史，他的表演是

---

① 叶立文：《颠覆历史理性——余华小说的启蒙叙事》，《小说评论》2002 年第 4 期。

对历史场景的重现，疯子及其自戕行为本身就是历史与现实存在的统一体。故而，疯子的自戕行为不仅指向现实，更具有非凡的历史穿透力。王夫之评论《采薇》"昔我往矣，杨柳依依。今我来思，雨雪霏霏"。这一佳句时有一名言，"以乐景写哀，以哀景写乐，一倍增其哀乐。"余华《一九八六年》和《现实一种》等小说走的正是这条路子，以真实写荒诞，倍增其荒诞。

三　模式的深层思考

我们回顾余华这一阶段的小说，回顾关于余华这一阶段小说的各式评论，评论界普遍的做法是，形式上，将它们划入先锋实验小说的行列；内容上，人性、苦难和启蒙是受到关注和解读最多的几个方面。其实，这些解读未必完全准确。研究余华的人都不会陌生，余华在多个场合，多篇创作谈中谈及自己童年的生活经历，谈及西方文学尤其是川端康成和卡夫卡对自己创作的影响、谈及真实这么一个古老的文学创作话题，反复陈述了那段生活经历及自己关于真实的理解。但很少有人去深究其隐含的意指，而这些，正是解读余华此期小说的重要密码。按照余华自己的说法，1986年之前的"星星"时期是其习作时期，使用的思维是为大众所肯定的思维，表现的是大众所熟知的常识。这些作品给予论者深刻印象，为论者所肯定的，是弥漫于中的温馨、雅致和诗意。问题在于，余华本人一直没有将这些作品收录到自己的集子中去，这就表示他对这些作品的明确否定态度。那么，余华否定的是什么东西，或者说他所寻求的是什么东西呢？"我写下这一部分作品的理由是我对真实性概念的重新认识。文学的真实是什么？当时我认为文学的真实是不能用现实生活的尺度去衡量的，它的真实里还包括了想象、梦境和欲望。……为了表达我心目中的真实，我感到原有的写作方式已经不能支持我，所以我就去寻找更为丰富的，更具有变化的叙述。"[1] 余华寻求的是真实，是自己所认可的精神的真实，而不是现实所呈现于眼前的生活表象，寻求的是一种更为"文学"的叙述方法。

对真实的执着，就是对虚假和荒诞的否定与批判，这是余华早期暴力叙事小说最为重要的内涵。吊诡之处在于，这种否定和批判以冷酷和暴力的方式呈现于读者面前，转移了读者的视觉注意力，模糊了读者对小说主

---

[1]　余华：《没有一条道路是重复的》，作家出版社 2008 年版，第 106 页。

题或内涵的辨析，将作品"虚伪"的形式视为一个消极的负面因素来解读。反而对稍后出现的《在细雨中呼喊》《活着》和《许三观卖血记》等给予高度评价，认为它们是告别"虚伪"，走向高尚的作品。这种解读未免有浅表化之嫌，并没有深入到作品的深层。一部作品高尚与否，不在于它是否写了小人物，是否写了小人物生活的艰难，而是小人物身上是否体现了积极的因素，是否反映了社会生活的本质存在，或者作者在小人物身上凝聚了怎样的情感，这才是关键！如果巴尔扎克的《人间喜剧》没有对巴黎上流社会作出客观真实的描绘，如果没有对他所属的那个行将灭亡的阶级的无限同情又辛辣讽刺的话，巴尔扎克是不会名扬世界文学史的。如果鲁迅的《阿Q正传》没有哀其不幸、怒其不争的复杂情感，如果阿Q身上没有既自欺欺人，又不乏改变自身命运冲动的"理想"的话，《阿Q正传》也不可能奠定其在中国现代文学史上的地位。邓晓芒解读《活着》："作品在描写'人对苦难的承受能力、对世界的乐观态度'之外，还写出了这种'承受能力和乐观态度'是多么的可悲，写出了'为活着本身、而不是为活着之外的任何事物而活着'的这种活法是多么的可怜！"① 这一评语是中肯的，折射了90年代余华小说在返归"真实"后思想的贫弱化和媚俗化走向。

暴力与荒诞，是余华早期暴力叙事小说最为鲜明的两个特征。它们看似互不关联，实则内在地统一在余华的生活经验中，反映在文学创作上。余华的童年和少年在医院中度过，见惯了血腥与死亡，年幼的他不懂死人的可怕，却对黑夜产生恐怖，尤其是月夜中闪闪发亮的树梢。余华对黑夜感到恐怖的心理是否与其日常所见血腥和死亡所引起的联想和想象有关，我们不得而知，可以确知的是，其童年生活经历对其创作影响甚巨。"我的叙述是比较冷漠的，即使以第一人称叙述语调也像一个旁观者，这种叙述的建立肯定与小时候的生活有关。"② 余华的暴力感知在"文化大革命"时期有了更为直观的接触，"每天放学回家的路上，我都要在那些大字报前消磨一个来小时。……在大字报时代，人的想象力被最大限度地发掘了出来，文学的一切手段都得到了发挥，什么虚构、夸张、比喻、讽刺……

---

① 邓晓芒：《人论三题》，重庆大学出版社2008年版，第35页。

② 王金胜 胡健玲编选：《余华研究资料》，山东文艺出版社2006年版，第208页。

应有尽有"①。再明白不过，在少年余华的认知里，虚与实、真实与荒诞、现实的世界与想象的世界有时并非那么界限分明。当余华遇到了川端康成和卡夫卡时，他曾经的感知和沉睡的记忆被迅速激活，找到了再生的路途。余华一再寻求的所谓真实其实正是其少年经历所建构起来的感知世界，即表象之下的深层世界，暴力与荒诞背后的深层动因才真正是余华所要批判的，而不是暴力与荒诞本身。

当荒诞遇到文学，就像剩女遇上了剩男，算是找到了归宿。余华一直在寻找一种能够表达深层心理真实的艺术手法，也即他所称谓的"虚伪"的形式。他是这样解释的，两辆卡车相撞，发出的巨大响声将公路两旁树木上的麻雀纷纷震落在地，一个从高楼上跳下来自杀身亡的人，由于剧烈的冲击使他的牛仔裤都崩裂了。"满地的麻雀和牛仔裤崩裂的描写，可以让文学在现实生活和历史事件里脱颖而出，文学的现实应该由这样的表达来建立，如果没有这样的表达，叙述就会沦落为生活和事件的简单图解。"② 余华所重视的不只是事件，而且还包括表现事件的文学手法，以及这种手法所形成的冲击力。余华的选择是对以前现实主义创作手法的大胆背离，又与80年代中期崛起的先锋文学一起应时而生，成了时代的弄潮者。余华的选择是对的，原有的方法不足以有效表现其对生活的感知，事理的逻辑悖逆与夸张的细节描写也非余华所创，但用在他的那些暴力叙事作品中却是最为相恰的。

余华早期那些暴力叙事小说并非为实验而实验的文学。每一个作家都可以选择最能表达自己精神或理念的表现手法，问题的关键不在于是否实验，而是是否切合。如果要说有什么不足，可能还是那些近乎展览式的暴力描写过于细腻，过于血腥，似乎是在抒写一种暴力的快感，从而减损了作品艺术的批判力量。

第三节　王小波小说双声暴力叙事模式

王小波在20世纪90年代文坛是一个独特存在。其独特不是他的小说满足了人们的窥视欲，而是他出众的小说创作才华、与众不同的观察世界

---

① 余华：《没有一条道路是重复的》，作家出版社2008年版，第61页。

② 同上书，第183页。

的角度和见解。王小波是一个人瑞。人瑞一词本来是他用来形容《红拂夜奔》中的李靖和王二的。所谓人瑞，按照他自己的说法，也可以叫做人才，但代表了不同的价值取向。李、王两人都有出众的数学头脑，取得了突出的成就或成绩，也有特立独行的行事风范。李靖、王二、王小波，性相近也。关于王小波小说，研究者们基本都注意到了它的狂欢化，解构、戏仿等所谓后现代小说特征，也注意到了他天马行空、无拘无束、信手挥洒的不拘灵魂，及其这些特质基础上所建立起来的复杂小说文本。王小波小说中，暴力无远弗届，无论是历史，还是现实和未来题材。不过，在笔者看来，真正体现了典型暴力叙事的还是《青铜时代》中的《红拂夜奔》和《寻找无双》。这两部作品既有历史的暴力血腥，也有历史和现实中的精神压抑，是真正贯通古今，打通肉体与精神暴力的典型叙事作品。叙事上，除了一如既往地以王二作为叙述者之外，还构建了与叙述者王二并行又相互交错的人物声音，形成叙述者与人物相互呼应的双声叙事模式。

一　人物声音：消解神圣

《寻找无双》出自薛调的《无双传》和皇甫枚的《绿翘》，《红拂夜奔》则取材于杜光庭的《虬髯客传》。王小波无意因袭过去的故事，而是采取"借尸还魂"的方法，用鲁迅先生的说法就是"只取一点因由，随意点染"①。文本中的故事和人物与它们所取自的传奇故事和人物差异显著，不能同日而语。王小波的高明之处在于，借鉴之中，他还设置了一个障眼法，让不少读者坠入文本所设置的叙事陷阱，前者是王仙客寻找表妹无双这么一个关于寻找的老套事件，后者是红拂私奔李靖那么一个古老的男女爱情故事，而忽略了真正的文本叙事主体，即鱼玄机的绞刑事件和红拂的殉夫事件。这两件事情不仅贯穿了文本的始终，占据了绝大部分篇幅，而且事件中人物如鱼玄机、红拂、李靖等成为文本主旨彰显的重要所在。

王小波对所借鉴的唐传奇故事改动最大的还是要数人物，他不是以故事塑造人物，而是以人物带动故事，主人公都是一些不与众俗同流的"异类"。换言之，王小波将他们与大众相区隔，甚至将他们置于相互对立的处境中浓墨重彩地进行描绘，与俗众相比，他们就是独特的那一个。

---

① 鲁迅：《鲁迅自编文集：故事新编》"序"，译林出版社 2013 年版。

他们的独特性究竟何在？在具体分析之前，我们还是先来看相关的两段人物话语：

> 有一个文书走上前去，问道：鱼玄机，你有什么遗言吗？后来人们传说道，鱼玄机在死前吟诗道：易求无价宝，难得有情郎。其实不是这样。鱼玄机说的是：很难受呀。就不能一次解决吗？那个文书耸耸肩膀走开了。然后鼓声又响了，又绞了她一次。这一回她咳嗽了很久，哑着嗓子说遗言道：我操你们的妈！（《寻找无双》）

> 这时红拂斜眼看了一下铁钩和横梁，说道：我怎么看怎么像吊猪的。说话之间，台子四周搭起了黑纱帐，院子里的人就看不见他们了。然后的事情相当复杂，等到一切停当，刘公公问道：节烈夫人，您老人家有什么遗言？红拂答道：我操你妈，快点吧！（《红拂夜奔》）

鱼玄机和红拂都被领导上课以绞刑，这两段话即选自她们被行刑之前所言。两人一为模范犯人，一为节烈夫人。皇恩浩荡，临刑之前，有什么未了之事，有什么临终遗言，犯人都可以讲出来。经过反复教育和提醒的模范犯人和节烈夫人的她们竟然不约而同地说出了"我操你（们的）妈！"这么经典的国骂，全不将"皇恩"当一回事，真是大跌眼镜！用刽子手的话说，这叫什么模范犯人！

福柯认为，刑罚是权力的一种表现形式，它通过一定的仪式达到对罪犯和公众产生心理震慑作用，或者对他们进行规训和引导。在现代文明成果——监狱未产生以前，古代刑罚更多是以暴力——肉刑的形式出现。肉刑是最为直观，最具威慑力的刑罚形式。他在《规训与惩罚》的开头为读者展现了两种风格迥异的惩罚方式，其中之一是凌迟。福柯非常细致和生动地描述了行刑的整个过程——犯人是如何被一刀刀凌迟，被油灼烧，被分尸，被焚烧，骨灰被抛弃，以及罪犯和观众的反应。通过这种"活受罪"的艺术，罪犯生命的死亡被分割成上千次，受规制地、量化地生产出痛苦；同时，整个过程还构成一种仪式，不仅给罪犯的肉体上打下印记，而且要使所有的观众看到权力之威严，不可动摇。作为"罪犯"的鱼玄机和红拂在刑罚的整个仪式中配合得很好，但是，却又以她们特立独行的方式有效消解了皇权的威严。

　　身居主流，却口吐丝毫"没有正经"的话语，对主流话语形成绝妙消解，是鱼玄机和红拂共同的话语特色。刑罚之所以能产生震慑作用，在于其施与受刑者痛苦和产生的血腥场景，尤其是对罪犯生命的剥夺这一刑罚极致。一般而言，大刑将至时，被行刑者多半有情绪低落、恐惧，甚至歇斯底里等状况出现。但是，鱼玄机和红拂却一反常规，不仅没有恐惧，反而谈笑风生，视绞刑如无物。鱼玄机被关押在监狱里，不是痛哭流涕，而是兴高采烈，为自己即将被行刑感到庆幸，认为幸亏判了三绞毙命，没判无期徒刑！还说什么活在世上做一个人，实在倒霉得很。她一边翘起屁股配合刽子手灌肠，一边与刽子手闲聊：

　　　　大叔，别人也是你灌吗？
　　　　是呀。
　　　　那你可见过不少屁眼啦。

　　更为令人捧腹的是，刽子手反复教育，文书开导，要她临刑时说些认罪伏法的心里话。她却说出了"很难受呀。就不能一次解决吗？""我操你们的妈！"那样的真心话。

　　鱼玄机的话语存在一个人所共知的逻辑悖论：刽子手和文书要她讲出自己的真心话，而且是发自内心的，她讲出了自己的真心话，却又不是他们所想要的那种真心话。那么究竟什么是真心话？这就关涉到对人的认识问题，卡西尔在《人论》中说："人不再被看成是自在地存在着并且可以被它自身所认识的一种单纯的实体。"① 在领导上，刽子手、文书和看客大众眼里，鱼玄机是一个模范犯人，她的话语具有方向标的作用。但另外，鱼玄机又是一个非常"单纯"、非常自我的一个人。这就形成了鱼玄机自我与大众期望的不经意之间的不协调。她的非常自在、非常真诚的内心话语，乍一听，反而是最为滑稽、最为无聊的闲言碎语，无形中构成世俗成规的隐形解构力量。

　　与鱼玄机相比，红拂更为主动，更为"放肆"。她不是罪犯，而是朝廷命妇，享受皇帝恩赐的绞刑。整个过程，红拂闹出了不少花絮，如在净身完成时，她问小太监说：毛都退完了？现在是蒸还是

① ［德］恩斯特·卡西尔：《人论》，甘阳译，上海译文出版社2004年版，第306页。

烤？上吊时看到捆绑自己的那个漂亮蝴蝶结，打趣小太监："你要不说，我绝想不到是从刽子手那里学来的。我准以为皇上是个虐待狂，这是捆皇后的手法哪。"还有魏老婆子记录下来的节烈夫人那些殉节语录，什么"那天晚上，我和卫公干好事，就是这个姿式"。"过一会就见着李靖了。那天晚上说，歇会再干，他可别忘了。""将来你嫁人，可得找个岁数小的。干事之前一定要给他号号脉。""等会我吊起来，要是勒出屁来，你们可别笑话我。"等等，不一而足。最为知名的还是那句与鱼玄机如出一辙的"我操你妈，快点罢！"一点正经都没有！红拂的话语不仅"不正经"，没有理路，而且还非常"色"。给行将结婚的女孩传授新婚秘术，大讲什么肉擀面杖的事情，还教女孩用舌头去咬。讲述卫公的死因时，也不为死者讳，竟然讲什么干那事时，卫公还挺行的，那杆大枪像铁一样硬，直撅撅像旗杆一样，谁知他会死呢。这简直是对死者的大不敬。正像《一只特立独行的猪》中那只特立独行的猪藐视生活对它的一切设置一样，红拂口无遮拦，随性而言，说笑之间将假道面具和皇权威严撕得粉碎。

王小波在《寻找无双》的"序"中说："本书就是一本关于智慧，更确切地说，关于智慧遭遇的书。"王小波的话既正确又不完全正确。说它正确，因为王仙客寻找表妹无双遭遇了周围人群设置的层层迷障，王安老爹、侯老板、罗老板、孙老板等一干人众的刁难和选择性失忆造成了他行动的困难。反过来看，王仙客就像那大战风车的堂吉诃德一样，何尝不是一位传奇骑士呢？他通过贿赂官府来震慑代表官府的王安老爹等对自己的刁难和怀疑；将兔子置于房顶这一绝妙招数来解决观察的视线障碍问题；在经济拮据时制贩猎兔弓弩，渡过经济难关；后来又通过贩卖蘸了疯狗脑液的"狗头箭"给坊民积聚雄厚财力，使得自己得以重返宣阳坊，成为坊民"敬仰"贵客；最后又通过妓女（使女）彩萍发现了有关无双下落的线索。王仙客与迷障设置者之间有如魔道斗法，魔高一尺，道高一丈，他凭借智慧和种种非常规的手段一步步接近真相，打破了后者的"围追堵截"。如果说王仙客与宣阳坊诸人之间某种程度上还存在一种闯入者和排异者"游戏"关系的话，那么，李靖就真正是一个上下不着的"异类"了。

王小波说，相比杂文，他更喜欢小说。"只有在小说的领域里，他才能生活在一个虚构的、自由自在的世界中，并努力将读者的灵魂引向一个已经远逝或永不到来的妙趣盎然的想象世界。"① 李靖就是这样一个已经远去世界里的一个"妙趣盎然"的角色。红拂私奔李靖是一个老掉牙的爱情故事，写什么已经没有太多悬念的情况下，考验作家智慧的就是怎么写的问题。恰恰在这一点上，王小波可谓驾轻就熟。《红拂夜奔》真正的叙述动力和阅读魅力不是红拂私奔李靖这一故事，而是李靖的出格举动，智慧的"误用"及其所引发的一系列连锁反应。作为知识分子，李靖才华横溢，应该知书达理，却偏偏背离了祖师爷孔老夫子礼义廉耻的规训，干出了不少出格甚至颜面尽失的事情来。如大家都坐 TAXI，他却撑着两丈长的撑竿在人们头顶像一只大鸟健步如飞。这还罢了，可气的是竟然只穿长袍不穿内裤，"春光"尽泄，大煞风景。为了证明自己天下最聪明，他证出费尔马定理后将它写进春宫画，赚取稿费谋生，结果稿费是定期有了，却每天公差缠身，无法脱身，因此而招致数百公差殒命和一场社会动乱，洛阳城的贫民窟一片瓦砾，他成了人民公敌。李靖发明了许多神奇的机器，如开平方的机器、救火的唧筒等，结果都被用来惩戒犯人或成为镇压人民的工具。主观愿望与行为效果的错位，是李靖人生最为突出的症候。

李靖对其人生经验的总结意味深长：做人的门道就是弄虚作假。在其前半生屡屡受挫的教育下，他总结经验，发现了窍门并充分利用自身特长。参加唐军后，他表现十分"神勇"："战场上金鼓齐鸣，刀枪并举，血肉横飞；男人见了这种景象，无不是阳缩如蚕，他却装得勃起如坚铁。"秘密全在他穿的那个铁护裆。凭借这一招，李靖出将入相，一人之下，万人之上。当上卫公之后，他又装病装死，骗过了精明的太宗皇帝。李靖凭借"装神弄鬼"，结果平步青云。是世道荒谬，还是李靖的举止荒谬？

二　叙述者声音：解构威严

王小波小说对话极少，即使间接引语也使用不多，最为普遍的是叙述者的叙述或者转述。几乎所有的王小波小说里面，都有一个叫王二的人。王二何许人也？在《寻找无双》中，他是一所医院的电气工程师，患过阳痿引起的精神病，外号"小神经"。而在《红拂夜奔》中，他是北京某

---

① 王小波：《黄金时代》"编者的话"，花城出版社 1997 年版。

高校研究科技史的教师，方向是中国古代数学史。而且在介绍王二时还特别提到，王二"冥思苦想以求证明费尔马定理的同时，写出了这本有关李靖和红拂的书。这本书和他这个人一样不可信，但是包含了最大的真实性"①。正如巴赫金在其复调叙事理论中所指出的那样："小丑和傻瓜的面具（自然是以不同方式加以改造了的面具）帮了小说家的忙。……在反对所有现存的生活形式虚礼，在反对违拗真正的人性方面，这些面具获得了特殊的意义。它们给了人们权利，可以不理解，可以糊涂，能够耍弄人，能够夸张生活；可以讽刺模拟的生活，可以表里不一。"②身份的特殊性为王二提供了自由言说的广阔空间，其言说的风格、秉持的价值观念和叙述的角度等直接影响到其叙述声音的立场与效果。

在诙谐的叙述中解构威严。两篇小说开头看起来都不十分严肃，前者滑稽，后者怪诞。王仙客要找的表妹无双个子矮矮，脸圆圆，穿着半截袖子的小褂和半截裤管的短裤，经常偷偷在人耳畔大叫一声，拿弹弓打人的脑袋且大叉着腿骑在马上。而李靖和红拂居住的洛阳城竟然是黄土和着小孩屙的屎筑成的，街上到处是泥水，过街需要借助拐这一工具，还有所谓的 TAXI，即黑人搬运工等等。王仙客找的是成熟的大姑娘的表妹无双，而给人描绘的却是小时候的淘气的小姑娘无双，时间的错位，带来逻辑的混乱，使人会心一笑又忍俊不禁。大隋朝的帝都竟然是用小孩屙的屎做原料筑成的，这已经是闻所未闻，而所谓的 TAXI 不过就是一个搬运工，人成为物事岂不自贬身价，笑掉大牙，这置大隋皇朝的威严于何处？这正是两篇小说叙述声音的精髓所在。

自嘲可以自娱，他嘲则可以讽世，而能做到寓严肃之讽世于诙谐幽默中，则是王氏叙述的一大特色。鱼玄机、红拂和李靖的没正经已经让神圣摇摇欲坠，王二的冷幽默则进一步让那高高在上的皇家威严颜面不再。王小波曾经对《寻找无双》和《红拂夜奔》之解读作过自己的理解，前者是智慧遭遇困境的书，后者是有趣的书，这都不难理解。如果仅止于此，那就不是王小波了，那只不过是王小波小说存在的一种表现方式而已。"真正的主题，还是对人的生存状态的反思。其中最主要的一个逻辑是：

---

① 王小波：《红拂夜奔》，译林出版社 2012 年版，第 2 页。

② 巴赫金：《小说理论》，白春仁、晓河译，河北教育出版社 1998 年版。

我们的生活有这么多的障碍，真他妈的有意思。这种逻辑就叫做黑色幽默。"① 通过幽默的生活逻辑，反思人的生存状态，这才是王小波小说的真谛。

屠城的悲剧与忍俊不禁的语言构成含泪的微笑。含泪的微笑原本用来解读果戈理等的批判现实主义作品，具有诙谐、轻松的效果。但在这里，却是冷峻和沉重。王二叙述了不少羽林军攻城的滑稽情景，如需要二十个人摇动才能行走的蠢笨的坦克车中途损坏的情景，空降兵因降落伞不能张开在地上摔得稀烂的可怕又可怜，尤其是大隋皇帝"平叛"首先计算成本，附逆分子是按比例来确定的荒谬举措，捧腹之余，其可恨之处也是过目难忘。《红拂夜奔》则给出了另一种风景。屠城之后，"路边上尽是烧毁了的房子，大街上尽是杀死了的人，整座洛阳城尽是焦糊味、血腥味，还有满街的马粪味，真是可怕极了。举例而言，每棵大树上都有一根梭镖，上面穿了五六个人，好像一根穿好了还没有下油锅的羊肉串一样……遇上了死得不透的人就在他脑袋上敲一下"。"其中还有一些孩子皮肤总是冰凉的，不管天多么热，总是不出汗，就是那些铁甲骑兵的作品。"生活化的调侃中，血腥的记忆不是被模糊、消弭，而是以特殊的方式得以强化。《寻找无双》和《红拂夜奔》都是十分有趣的书，又十分沉重的书。体现这一主题的除了王仙客、鱼玄机、红拂和李靖等人物的声音之外，对平叛事件进行解构，是叙述者声音的又一重要体现。

将严肃的平叛事件降格为扰民的怯弱者的丑恶游戏，在黑色幽默之中寄寓着冷峻和沉重。一般而言，平叛多是因为叛军作乱或者群众起义造反，危及统治或者人民生命财产的重大安全。非常有意思的是，这里的平叛对象既不是叛军，也不是起义造反的群众，而是在家安居乐业的市民。《寻找无双》中，真正的叛军早已逃之夭夭，皇上龙颜大怒，要洗荡七十二坊，男的砍头，女的为奴，家产变卖充实国库，在宣阳坊里试点后再全城推广。宣阳坊市民们不干，从而引发了一场轰轰烈烈、声势浩大的平叛事件。《红拂夜奔》中则是李靖喝醉酒后在房上跑，踩烂民房，引起市民追打，公差来维持秩序（李靖早已不见踪影），引发更多市民的围观、哄闹，甚至骚乱。面对这些普通的市民，上面却启动国家机器，调动庞大的

---

① 王小波：《沉默的大多数》，中国青年出版社 1997 年版，第 331 页。

军队，兴师动众。《寻找无双》中出动了坦克兵、空降兵、工程兵等多个兵种。而《红拂夜奔》中则出动了装甲步兵、轻步兵、铁甲骑兵、工程兵和炮兵诸兵种，并由太尉杨素亲自指挥。以强大的军队来对付并无丝毫反叛迹象的所谓暴民，平叛对象的无辜与平叛声势的强力产生严重错位，让所谓平叛的丑陋自曝于光天化日之下。

另外，重大使命与卑鄙举止之间的强烈反差也有效地拆解了所谓平叛的合法性。平叛的目的是为了社会的稳定和人民的安居乐业。可是，事实上所谓平叛本身就是一场奸淫辱掠。《寻找无双》中，平时威严赫赫的所谓皇上没有本事去追杀真正的叛军，却拿无辜的百姓出气。更匪夷所思的是，把西阳坊男人都杀光，女人都强奸完之后，看到战利品中没有金银器物，只有几样铜器，忍不住大失所望。他的嘴脸和内心给人的印象和观感很难只用一个负面概括了事。而《红拂夜奔》中，所谓平叛，也只不过是军队借机扰民害民的一个幌子而已："我只知道从午夜到天明的四五个小时里，洛阳城里的男人死掉了六分之一。又整整过了十个月，全城的婴儿出生率猛增……"如果说对事件的立场选择最能体现叙述者价值立场的话，叙述视角的选择则是最能捕获读者心理的叙事技巧。

王小波小说基本都有一个叫作王二的人。他或者是小说的主人公，或者是小说异故事的叙述者。有意思的是，在不少小说里，作者总是不厌其烦地对王二进行介绍，如《革命时期的爱情》《红拂夜奔》《寻找无双》等，《似水流年》中则更是连篇累牍像人物年表一样进行罗列，从1950年出生，到1990年四十岁时的那些重要年份都罗列了出来。而所有的王二，不管他是主人公，还是叙述者，其出生年代几乎都安排在20世纪50年代左右，或者说四十到四十五岁之间。这就不是什么巧合，而是有意为之的安排了。其秘密何在呢？这从作者对王二的介绍中可窥知一二。《红拂夜奔》"关于这本书"之末尾有那么一句话："这本书叙事风格受到……更像一本历史书而不太像一本小说。这正是作者的本意。假如本书有怪诞的地方，则非作者有意为之，而是历史的本来面貌。"① 联想到王二的年龄及其人生经历，其用意肯定不仅仅只是主题的需要。

王二的身份五花八门，作家、画家、电气工程师、高校教师、研究员等各种各样。但无论在哪部小说里，他都是一个有才华的青年，也是一个

---

① 王小波：《红拂夜奔》，译林出版社2012年版，第2页。

充满智慧、幽默的青年。《黄金时代》里，陈清扬找他证明自己不是破鞋，他竟然以一套所谓"大家都说你是破鞋，你就是破鞋，没什么道理可讲"的"歪理"征服了毕业于北京医科大的这个陈大夫。这种冷幽默的风格在《寻找无双》和《红拂夜奔》中俯拾皆是，什么如果帅克没有啤酒会干渴而死，而只要河沟里还有水，王二就不会渴死。什么其实政治学习是学习什么？就是学习认罪伏法那几句话。经过了学习的人都懂，应该随时准备认罪伏法。什么毛主席教导我们说，世界上怕就怕认真二字等。这种冷幽默不是王二的发明专利，而是他生活的真实经历。王二经历了上山下乡，插队劳动，目睹了"文化大革命"种种，如贺先生的跳楼自杀、李先生的龟头血肿等。作为一个单身男，他甚至还因为"超生"被罚过奖金。王二将当年那些非常"正常"的诸般话语和事件，置放于90年代的后现代语境中，无形中就产生了极为神奇的阅读效应，读者阅读王二的故事，有如阅读魏晋志怪小说或者唐代传奇故事，会心微笑的同时，极易于产生穿越时空的心灵碰撞。

　　王小波小说写的是现实生活，但没有采用西方那种客观、冷静的现实主义方法，而是采用具有强烈主观性的介入式叙述。王二总是在滔滔不绝的叙述中不时插入自己对人物或者事件的看法，潜移默化地影响读者的阅读心理。它们或者在以第三人称视角叙述完故事之后，直接展开议论，如在有人收集红拂的牢骚话冠以"李卫公未亡人反动言论"之名呈递皇帝，皇帝欲拿红拂法办时，王二就发了一通感言："否则的话，我们就不会知道世界上有过一个李卫公，更不会知道他证出了费尔马定理。中国历史上有好多人都被'办'过，然后就消失了，好像从来就没存在过一样。"通过它们，读者不仅可以隐约窥知中国历史的奥秘，而且极易在正义的天平上选择靠近叙述者王二一方。这种潜移默化的渗透有时又为"我"的亲自出场所取代，"我"的故事成为文本的有机组成部分：

　　　　我年轻时在生产队里干农活，烈日如火，肚子也没吃饱，就难免要两眼发直。那时候不光是我一个人这样，人人都是两眼发直。还有后来上了大学，听政治课时系里要求双肘在桌面上，双眼直视老师。这个时候大家也都是心不在焉，有以下事实为证——下课铃一响，我后心上就挨了狠狠的一拳，打我的小子说：王二，昨天那道题我做出来了！然后他就讲给我听，用的纯是数学用语，不带一点政治课的内

容。事实证明，在我们年轻时，只有心不在焉，三心二意才能够生活。我只是把这种品行保持到了中年罢了。(《红拂夜奔》)

这是第六章中的一段话，用叙述者王二的话说，整个第六章写的都是关于他自己的事情。但是王二的故事是与李靖和红拂的故事联系起来做比较的，在推人及己的故事串联中，不仅实现人物故事和叙述者故事之间的杂糅，也为读者抵近故事，切近人物提供了最佳门径。后经典叙事理论家马克·柯里认为："叙事者远近距离的变换决定了读者观察小说中的事件的立场，并通过使这一立场成为亲密关系和心灵相通的办法，创造了读者与特定人物之间的同情纽带。"① 王小波小说于 90 年代能够在读者中产生巨大的影响，介入性叙述因素无法忽视。

王小波小说是有趣的，也是严肃的。立志写作对他而言是一个不折不扣的减熵过程。他不写畅销小说、爱情诗这些热门东西，他写的东西不热门，却并不妨碍它们的畅销。这不是一个传说，恰恰是 20 世纪 90 年代一个真实而独特的存在。严肃与有趣并不矛盾，不是鱼与熊掌的对立，关键是看作者如何解决两者的关系。在王小波小说中，故事的有趣是表象、是载体，故事的思考和演绎是生命、是意义，而将两者完美结合起来的则是其小说叙述的智慧。

第四节　莫言小说暴力叙事之心理图式

莫言与暴力结下了不解之缘，从早期的成名作《透明的红萝卜》，到新世纪的《蛙》，暴力一直是其小说中最为醒目的存在。中国当代作家中还没有第二个像莫言那样长时间、大规模地，既精雕细琢又汪洋恣肆地书写暴力的。诸多研究者对莫言小说中的暴力叙事现象进行了研究，宋剑华曾经在一篇文章中着重探讨了《红高粱家族》的暴力叙事问题，认为它是"知识分子的民间想象"。笔者认为，这个判断是准确的。大体以《丰乳肥臀》为界标，从 80 年代中期到 90 年代初期，莫言的创作是民间立场下的知识分子写作，彰显的是知识分子的独特创作个性。这一时期，民间

---

① [英] 马克·柯里：《后现代叙事理论》，宁一中译，北京大学出版社 2003 年版，第 32 页。

立场是其创作的立身之本，想象则是创作腾飞的翅膀。从《丰乳肥臀》开始，他才步入了真正意义上的民间写作。此一阶段，民间已经内化为莫言小说创作的血液，暴力和苦难是民间生活的本质存在，悲悯甚至忏悔的人文意识超越了早期人性层面的关注。莫言小说暴力书写的清晰变化，即从最初的作为方法论意义上的想象的历史暴力书写，到后来的本体论意义上的历史暴力的还原，超越了其作为文学书写对象本身，是从自由向必然的转换。

一　自由：民间与想象

莫言的暴力书写源于生活的积累，引燃于外界的触发。《红高粱》是使莫言一夜成名的一部小说，时至今日，谈论莫言，它依然是一个绕不开的存在。然而，它的产生却耐人寻味，用莫言自己的话来说，它"带有一些偶然性"。1984 年冬天的一次文学创作讨论会上，一些老作家提出了战争题材文学创作后继乏人的问题，年轻气盛的莫言提出了自己迥异于老作家们的看法，认为即便没有经历过战争的人，也可以写战争。"因为小说家的创作不是要复制历史……他所要表现的是战争对人的灵魂扭曲或者人性在战争中的变异。"[1] 莫言把自己逼到了悬崖上，他必须拿出创作成绩来。否则，"碟子里扎猛子不知道深浅"的标签他就永远都别想揭掉。因而，这就有了《红高粱》的诞生，也就有了那"地球上最美丽最丑陋、最超脱最世俗、最圣洁最龌龊、最英雄好汉最王八蛋、最能喝酒最能爱"的"故乡"——高密东北乡。《红高粱》最为出色的地方在于，它摧毁了长期占据主流地位的启蒙话语和革命话语之藩篱，以民间叙事话语，展现出中国乡村几千年的另类生活原型。尤其是其中逾越了战争边界的暴力书写和原始野性的性书写，颠覆了读者既有的文学审美经验，拓展了审美期待新视野。从《红高粱》开始，莫言真正地开始了他的颇为冒险，也为他带来极大声誉和成功的"暴力"书写之路。

"一九三九年古历八月初九，我父亲这个土匪种十四岁多一点。"《红高粱》开端这种出人意料的叙述方式成为莫言小说标志式的开端。"高密东北乡的红高粱怎样变成了香气馥郁、饮后有蜂蜜一样的甘饴回味、醉后不伤大脑细胞的高粱酒？"（《高粱酒》）"光荣的人的历史里掺杂了那么

---

[1]　杨扬编：《莫言研究资料》，天津人民出版社 2005 年版，第 43 页。

多狗的传说和狗的记忆，可恶的狗可敬的狗可怕的狗可怜的狗!"（《狗道》）"省人民检察院的特级侦察员丁钩儿搭乘一辆拉煤的解放牌卡车到市郊的罗山煤矿进行一项特别调查。"（《酒国》）。叛逆、诡异、铺排恣肆的行文风格将莫言与其他作家分明地区隔开来，从此奠定了莫言个性张扬的小说叙事风格基调。

　　莫言张扬的创作个性与他的农村生活经历有关。绝大多数研究者都将那一望无际的火红的高粱与高密东北乡联系起来，将莫言小说中的苦难人生与他的乡村生活联系起来。却忽略了苦难的乡村生活为莫言提供了书写之原乡的同时，也养成了其极为强烈叛逆的个性和对那片土地的厌倦。"当我坐上运兵的卡车，当那些与我一起入伍的小伙子们流着眼泪与送行者告别的时候，我连头也没回。我有鸟飞出了笼子的感觉，我觉得那儿已没有什么东西值得我留恋了。"① 对于故乡的情感，正如他自己所说，你可以爱它，也可以恨它，但同时你又无法摆脱它。潜意识里久经压抑的心绪一旦找到了宣泄的突破口，就会奔涌而出，一泻千里。莫言似乎有意将他积郁多年的痛苦和愤懑尽情倾吐，还原那已经远去或者日益模糊的"故乡"生活。因而我们就看到"故乡"：杀人越货的花脖子、杀人如杀鸡般手起剑落斩杀单家父子的土匪"我爷爷"余占鳌、孙五完整地剥下罗汉大爷整张人皮之绝活、《食草者家族》里阮书记令民兵将七老头吊高跌地而死再放到大锅里煮烂当肥料的残忍、《红蝗》里四老爷刺瞎镉锅匠双眼的惨状、《酒国》里烤三岁男童作极品佳肴、《筑路》和《复仇记》里血淋淋的剥狗皮猫皮的全过程、《二姑随后就到》中天和地二兄弟对大奶奶麻奶奶和七老爷爷的酷刑以及《灵药》中对死人的开膛取胆等无数不忍卒读甚至灭绝人性的暴力故事。

　　莫言小说里的暴力叙事并非重温五四新文学的启蒙叙事，也非演绎当代耳熟能详的革命故事，而是纯个人的民间叙事。鲁迅及五四乡土文学作家笔下的刑罚等暴力故事具有浓郁的启蒙意味，它们或者批判农民的不觉悟，如鲁迅笔下的阿Q，或者谴责封建宗法制的残忍及农民的愚昧，如水葬、家法及乡村械斗等。这是五四新一代知识分子们肩负革新文化历史使命的重要成果，或者新民的重要举措。但在莫言笔下，他的那些乡村日常暴力故事渐渐地卸下了历史的"重负"，已经很难嗅到它

---

　　① 莫言：《我的故乡与我的小说》，《当代作家评论》1993年第2期。

们身上的那些"异味",存在的只是暴力和暴力的本能。即使如莫言的《灵药》,粗看与鲁迅的《药》相近,实则两者差别巨大。后者借华老栓买"药"——人血馒头给儿治病批判农民愚昧无知的同时,更是沉痛地解剖了辛亥革命失败的根源所在,指出了思想启蒙的重要性。前者则借助一个小孩的魔幻视角,在"我"无知的话语中戳破了"爹"剖开死人胸膛取胆给奶奶治眼睛的荒谬,反映了存在于民间的所谓人胆治眼的陋习。不过,叙述者并未做出诸如对这些行为者愚昧的评判或谴责。一般视野里,《复仇记》里的天和地是严重违背了中国传统社会伦理道德的,甚至可以说是大逆不道。"我"表兄天和地对外祖父母家进行血腥杀戮,或挖眼、或凌迟、或剁手脚,残忍无匹。"我"的第一人称内视角选择未能拉近与外祖父母一家的感情距离,形成对表兄弟的强大道德压力,只是详尽地"展览"了表兄们的行为而已。莫言不贬低,也不拔高他心目中的高密东北乡"故乡",而是将它的美丽与丑陋、圣洁与龌龊原汁原味地展现出来。至于那充盈于"故乡",弥漫于乡民心间的暴力,莫言也自有他的见解:"我在农村时,的确看到过,有些人狠毒的性格,其实是从他们的家族中遗传下来的。俗言道:'狼窝里出不来善羔子'"①。这就打破了长期以来知识分子的启蒙神话,也戳破了革命叙事不断吹胀起来的庞大气球。

民间选择的另一面是对主流叙事的拒斥。传统主流的革命叙事总是将英雄的成长与战斗/争的过程联系起来,是否成功塑造了英雄人物或者逼真地再现了战斗/争过程往往视为一部作品成功的关键。莫言摒弃了这一陈规,将重心转移到特定条件下人物心理或者情感的变化上来。《红高粱》将神圣的民族抗日战争还原为民间自发的生存斗争,"性爱、生殖、死亡、战争、妒忌、仇杀、神秘主义、甚至异化……这些生存的原型母题,瓦解了以往正统的道德意义上的二元对立的历史价值判断,一个'生命的神话'取代了'进化论的神话'"②。传统革命叙事中的历史主体在这里遭到降解和置换,抗日的真正英雄不是江小脚和冷支队率领的正规部队,而是"我爷爷"这个土匪余占鳌、罗汉大爷和众位乡亲。相比江

---

①　莫言、王尧:《从〈红高粱〉到〈檀香刑〉》,《当代作家评论》2002年第1期。

②　张清华:《莫言与新历史主义文学思潮——以〈红高粱家族〉、〈丰乳肥臀〉、〈檀香刑〉为例》,《海南师范学院学报》(社会科学版)2005年第2期。

小脚和冷支队狡猾阴险，"我爷爷"的胸怀也要磊落得多。这种英雄的"种的退化"现象，在后来的作品中进一步发展为严重"异化"问题。《食草者家族》中是官僚视百姓生命为草芥，《天堂蒜薹之歌》中是国家机器对人民的高压：

> 　　拉开大门，他问："大叔，有什么，……，哎哟娘——"眼前一片翠绿的线条晃动，好像千万根新鲜的蒜薹飞舞。右脚踝子骨上遭了一着打击，非常迟钝，非常沉重，仿佛连心肝都被扯动了。他闭着眼，恍惚中觉得嘴里发出一声惨叫，身体不由自主地往右倾斜，而这时，左腿弯子又挨了一击。他惨叫着，身体一罗锅，莫名其妙地跪在了门前的石头台阶上。他想睁眼，眼皮沉重，蒜薹和蒜头的辣臭气刺激得眼珠疼痛难忍，眼泪乱纷纷涌出来。他知道自己没有哭。正想抬头揉眼，两件冰冷刺骨的东西卡到了手脖子上，双耳深处轻微地脆响了两声，好像有两根钢针扎在了脑袋上。

　　这是《天堂蒜薹之歌》中村主任高金角配合警察诱捕村民高羊的一个场景。完全没有任何心理防备的高羊被瞬间的一击打蒙，眼睛都尚未睁开就被冰冷刺骨的手铐铐上。高羊的惨叫与警察出手的狠毒、无辜者的懵然无知与加害者的深思熟虑、被加害者之弱懦无助与强权者之如狼似虎，两相对照的巨大反差之下，长期以来涂抹的光亮油彩顷刻间黯然失色。加上前序高金角呼叫声音的由生硬转向柔和，公权力的暴力以这样肮脏而又丑恶的形式出场，与"红高粱家族"等作品相比，无疑是一大进步。从江小脚到阮书记到警察，品质与身份形成鲜明对照的逆向发展态势。这种对"历史"的精细体察不能不说是莫言小说的一个重大而又独特的贡献。

　　屁股不能代替脑袋思考，身份自然也不能决定一个人的思想。列维·斯特劳斯说，只有走出历史，历史才能通向一切。莫言深谙此理，他立足民间，却没有为民间所拘囿，而是利用自由的艺术想象，营构一个特定的时空，去寻找特定时空里的那个"久远的梦"，梦里有"精神的寄托"，也有"感伤的情绪"。① 心理学的补偿机制告诉我们，人们所寻找的，一定是他生活里所稀缺的，而寻找的结果，又往往带来更深的痛苦，促使他

---

① 莫言：《我的故乡与我的小说》，《当代作家评论》1993 年第 2 期。

更为执着的寻找。莫言一直在寻找的路上，梦却越来越沉重。

二　必然：存在与苦难

张清华在他的文章中将《丰乳肥臀》看作莫言新历史主义小说的总结性作品，并特别指出了其"纯粹民间的历史立场"，依据是"母亲"上官鲁氏的"民间"身份。笔者更看重由《丰乳肥臀》开始，中经《檀香刑》《生死疲劳》，后由《蛙》所构建起来的20世纪中国民间"生存"景观。尽管如此思考有粗疏之嫌，但作为莫言后期创作的支撑性作品，它们仍然堪当此任。之前的莫言，尚存较为浓郁的"为老百姓写作"的知识分子气质，农民身份未能减损他的知识分子情怀。《丰乳肥臀》的出现是一个标志，叙述者莫言逐渐隐退，还原为人物自身的生活演绎，民间的生命和道德观念渐渐发展为作品中的支配性力量，并影响、渗透到其他作品中。那么，什么是民间？批评学视野之民间"是指一种非权力形态也非知识分子的精英文化形态的新的文化视界和空间，渗透在作家的写作立场、价值取向、审美风格等方面"①。2001年10月，莫言做了一场"作为老百姓写作"的讲座，阐述了自己的民间观，认为民间写作就是一种强调个性化，特别张扬自己鲜明个性的写作，同时他也强调了弃却知识分子立场，运用老百姓思维这一关键因素。两种阐释有较大出入，不过在与庙堂相区隔这一点上，却存在高度的一致性。那么，这里的民间与"红高粱家族"时期的民间差异何在呢？"红高粱家族"时期，民间在莫言笔下更多的是作为创作的一种策略或曰方法，而这里，民间是作为一种生活的本质存在来呈现。

如何呈现生活，这是一个方法论问题，更是一个观念问题、哲学问题。莫言对此的认识是：暴力、苦难。暴力与苦难在中国当代文学中并不鲜见，从伤痕、反思小说到新世纪的底层文学，俯拾皆是，余华、王小波、陈应松等都是个中好手。但像莫言那样持之以恒地将它们作为自己的表现对象，作为对生存的本质洞察，并不多见。不是莫言选择了暴力，而是暴力选择了莫言。"我们曾经生活在一个充满暴力的年代……所以我想我们之所以在作品里面有暴力描写，实际上是生活决定的，或者说是我们

---

① 陈思和：《谈虎谈兔》，广西师范大学出版社2001年版，第116页。

个人生活经验决定的。"①

　　用一个词来概括 20 世纪中国历史，革命/暴力可能是最为热门的候选词语，用兵连祸结形容前半期尤为准确。俗谚云，天上不会掉馅饼。人却会遭遇飞来的横祸——暴力，莫言小说中的人物就是如此。正如不是莫言选择了暴力，而是暴力选择了莫言一样，不是百姓选择了战争，而是战争选择了他们，战争总是以各种各样的暴力形式降临到他们头上。《红高粱》中罗汉大爷的被剥皮自不待言，《丰乳肥臀》中的上官鲁氏、《檀香刑》中的孙丙、《生死疲劳》中的西门闹等无不"享受"过这种遭遇。孙丙打抱不平，失手打死调戏中国妇女的德国兵，招致妻儿惨死，自己锒铛入狱遭受极刑檀香刑的"礼遇"。上官鲁氏大半生在战火中度过，一个妇女身上所能遭受的屈辱她统统遭遇过。西门闹先枉死于民兵队枪下，半个脑袋成了一滩血泥，再受酷刑于阎王殿上油炸的极刑。他们都不过是普普通通的农民，罗汉大爷是酒庄的长工、孙丙是戏子，西门闹是一个靠勤劳致富的地主，上官鲁氏更是一个地位卑微的农家妇女，小说一开篇，她就处在为生的是男孩还是女孩的痛苦和恐惧之中。但是，无情的战火将他们推向了生活的风口浪尖，或吞噬了他们的生命，或酿成了他们生活的苦难。

　　假若说遭遇那无处不在的暴力是生活于底层之人民的宿命，那么其幕后的推手则是暴力的强权性。《檀香刑》《丰乳肥臀》《生死疲劳》及《蛙》演绎了从晚清到世纪末百年来人民的生存图景，真正应验了张养浩《山坡羊·潼关怀古》中世代传诵的那句名言。生活于晚清的孙丙，地位虽然低下，但他活在自己的艺术世界里，有酒有肉有女人，下层人民在末世能有这样的生活可以算得上是一种奢华了。然而，生活并没有垂怜他，偶然的一次打抱不平，将他推上了抗德的领袖位置，晚清政府不仅没有褒奖他，反而将他作为取悦仇敌的礼物，对他施用最"艺术"的檀香刑来博取德国人的欢心。孙丙、他的妻儿及众位乡亲就这样在血泊中走进了历史的尘埃。上官鲁氏没有孙丙那打抱不平的能力，作为女性，也没有惹是生非的资本，照理应该生活平稳。不过，生活同样没有垂青她，还未来得及从夫死公亡的悲痛中缓过来，情人兼朋友的马洛亚牧师就在鸟枪队的鸟

---

① 莫言：《我的文学经验》，http://a.lgqn.cn。

枪摧残下走上了不归路。沙月亮的黑驴鸟枪队强驻她家，队长沙月亮不怀好意地围着她大女儿来弟转，鸟枪队员"凶狠地把'我'和八姐拽出母亲的怀抱"，"把'我'母亲按在了地上"，"鸟枪队员们满足了。他们把母亲和我们姐弟俩扔到大街上"。乱哄哄你方唱罢我登场，黑驴鸟枪队被赶出不久，铁路爆炸大队又半是协商半是用强地驻扎在家。孙丙和上官鲁氏身上演绎的是底层人民的乱世人生，颠沛流离对他们来说都是一种难得的幸福，"乱世人不如太平狗"形容他们的人生可能更为恰当些。

《生死疲劳》和《蛙》是两篇独具特色的作品，它们开辟了20世纪40年代后期至新世纪之历史暴力的独特言说之路。前者书写的是40年代后期的土改运动到世纪末期的西门闹人生之路，后者重点叙述的是兴起于六七十年代后期开始的两拨计划生育运动，贯串始终的是妇产科医生姑姑的人生经历。书写40年代土改运动的作品不少，知名者如丁玲的《太阳照在桑干河上》、周立波的《暴风骤雨》、欧阳山的《高干大》及赵树理的《邪不压正》等，这些作品多写成于四五十年代。80年代以来，出现了一些新型的土改题材作品，如张炜的《古船》、刘震云的《故乡天下黄花》、池莉的《预谋杀人》、苏童的《枫杨树故事》、柳建伟的《苍茫冬日》及尤凤伟的《诺言》和《合欢》等。这两种土改题材作品，前者普遍采用现实主义创作方法，注重历史本质的真实，它们政治化的叙述方法把握了历史的脉动，同时又落下了图解政治的弊病。后者以新历史主义的创作方法消解了前者的历史之重，它们的作者基本没有经历过那个年代，加之世事的风云变幻等诸多因素，除少数作家作品外，作者们对那段历史的游戏和调侃普遍多于严肃的思考和发掘。

《生死疲劳》独辟蹊径，采用传统加魔幻的创作方法，同时融入严肃的历史思考。"这位小说家对官方历史与记录在案的'事实'不感兴趣，而是惯于运用民间信仰、奇异的动物意象及不同的想象性叙事技巧，和历史现实（国家和地方性的，官方和流行的）混为一体，创造出独特的文学。"① 主人公也即地主西门闹在土改运动中被民兵队长黄瞳开枪打死，土改题材小说中被打死的地主很多。西门闹的与众不同之处在于，他始终认为自己是无辜的，并采取了最为坚决的抵抗，其行为直可与蒲松龄

---

① ［美］葛浩文：《莫言作品英译本序言两篇》，吴耀宗译，《当代作家评论》2010年第2期。

《席方平》中的席方平相媲美。面对西门闹的抵抗，阎王也没法子，让他重回人间，又先后经历了驴、牛、猪、狗、猴和人的六道轮回。最富悲剧意味的是，西门闹在这六世轮回中，除了第四世西门狗寿终正寝，第三世西门猪溺水而亡外，第一世西门驴在1959年的大饥馑中为变成了凶残的野兽的人所击杀所分食，第二世西门牛被加入人民公社的西门金龙暴虐而死，第五世为派出所所长蓝开放用枪击毙，第一、二和五世都死于非命。第六世是个大头残废。西门闹总共经历了七世的生命轮回，六死一残，生命有终了，关键是有善终，有恶死，西门闹却是反复的恶死，这就令人费解，让人深思。这种现状就连掌管人间生死的阎王也无能为力："好了，西门闹，知道你是冤枉的。世界上许多人该死，但却不死；许多人不该死，偏偏死了。"① 西门闹生命的轮回遭遇说明，历史的荒诞性、暴力性乃其固有之本质，乃生命存在之本质。

《蛙》是莫言酝酿十余年，笔耕四载的潜心结撰之作，2009年12月由上海文艺出版社出版。小说主要讲述从事妇产科工作50多年的乡村女医生姑姑的人生经历，新中国成立60年的农村生育史是故事发生的基本背景。小说意蕴非常复杂，但作为故事主角及情节发展主线的姑姑人生与心理却是非常清晰的，一是姑姑从乡村妇科医生/接生婆到县政协常委的人生历程，由此牵扯出大量的计生事件；二是姑姑内在心理由强硬到内疚，乃至忏悔的变迁。作为一个优秀的妇产科医生，姑姑成功地迎接了无数小生命的到来。但另外，由乡村医生到公社妇产科主任、县政协常委，姑姑坚决执行国家政策，在公社掀起轰轰烈烈的"男扎"运动，抓捕那些躲避计划生育的孕期妇女，致使不少意外事件发生。一些男性闹事，而一些女性则由此丢了性命，其中包括"我"的妻子王仁美，陈鼻的妻子王胆等，不少家庭因此破碎，人生逆转。晚年的姑姑嫁给民间泥塑艺人郝大手，把她想象中的那些她引流过的婴儿形象描述给丈夫，通过丈夫的手，捏成泥人，祈愿用这种方式来弥补她对那些没能来到人世的婴儿的歉疚。最后，作品以民国时期县衙大堂为背景的电视片拍摄现场，颇具讽刺意味的县长"断案"作为结束。尽管《生死疲劳》和《蛙》两部作品都充满了荒诞色彩，但依然具有强烈的现实讽喻性。不管何种形式，经历怎样的遭遇，西门闹、王仁美、王胆以及那些尚未出生就被扼杀的小生命，

① 莫言：《生死疲劳》，作家出版社2012年版，第4页。

他们生命的终结与其说是死于黄瞳、姑姑之手，不如说是死于历史及支配历史的隐形力量。

　　暴力必然带来伤害，受伤的总是那些弱者，那些生活于底层的人们，由此产生的苦难是他们生活中挥之不去的梦魇。一个苦难的人，"不是那划破长夜的光线，而只是在长夜的寒冷中默默忍受着成形的露水"①。假如在妻死、儿女双亡打击下的孙丙尚存一丝英雄气的话，上官鲁氏、西门闹和陈鼻就是那一颗默默承受，随时可能消散的露珠。乱世中，丈夫、公公、情人、婆婆、女儿一个个离她而去，面对死去的招弟，上官鲁氏连一句完整的话都无法说出，只有泪水溢出了她的眼眶。《蛙》中曾经英俊的陈鼻在妻子王胆因引产而死之后，如今头顶光秃，衣着古怪，变得疯疯癫癫。单个的身体或心理事实或许不能令人信服地得出他/她的苦难的存在性，但当这种身体或心理的事实广泛而历久地出现于社会，成为人们生存常态之时，它就超越了私人性而获得社会性，是一种世界构造。文学书写不等于现实，但"任何一种想象只要它具备某种境况的真实性，它必然要靠现世的经验作为想象力的起源和变形意象的起点"②。从这个意义上来说，《丰乳肥臀》等作为 20 世纪中国民间生存的写真并非虚话。

三　超越：人性与悲悯

　　一个人的生活和成长经历往往决定了他创作的基本路径与价值取向。饥恶、暴力是莫言成长过程中最难以磨灭的印记，他刚有记忆的时候就碰上了大饥荒年代，用他的话来说，见了食物就眼睛发红，其人生中最屈辱、最伤自尊、最后悔的事情都跟食物有关。③ 他刚进入懂事的少年时代，社会又跨入了长达十余年的暴力时期，遍地的肉体暴力、心灵暴力、语言暴力对于一个少年的心灵震撼可想而知。"童年的痛苦体验对艺术家的影响是深刻的、内在的，它造就了艺术家的心理结构和意象结构，艺术家一生的体验都要经过这个结构的过滤和折光，因此即使不是直接表现，

---

①　一行：《对暴力和苦难的沉思》，载《诗生活》"评论家专栏" 2001 年 6 月 19 日。

②　同上。

③　莫言、邱晓雨：《莫言："我最屈辱的事情都和食物有关"》，载《全国新书目》2011年第 12 期。

也常常会作为一种基调渗透在作品中。"① 因为身处其中，感受才如此深刻，也因为身处其中，才感受到生之不易。一个对生活、对生命有深刻体悟的人，才会用悲悯的情怀去烛照芸芸众生，不管他是恶人，还是好人。人性、人的命运遭际始终是他关注的焦点，而不是它们依附的外在物事。由此就不难理解莫言小说及其建立在暴力和苦难书写基础之上的人性和悲悯主题。

一般意义上，所谓人性是在一定社会历史环境中形成的人之本性，是决定和解释人类行为的人类天性，受遗传和社会环境诸因素的影响。相比"兽性"，"人性"是人类社会文明和进步的标志，但在莫言笔下，有时候它并不表现为一种必然的历史进步，反而存在"兽性"的"异化"现象。酷烈的刑罚或暴力场景在莫言小说里司空见惯，仅仅刑罚方面，《红高粱》里有活剥人皮，《檀香刑》里"展览"了阎王闩、凌迟、檀香刑等六种酷刑，《生死疲劳》中有油炸，等等，至于其他暴力如斗殴、虐杀、枪杀等更是比比皆是。《狗道》里有惨烈的人狗大战、《筑路》里有活剥狗皮、《丰乳肥臀》中有鲁立人下令枪杀司马库的女儿——自己的外甥女、胡书记用铁拳打得四姐想娣脑震荡、《二姑随后就到》中有挖眼和剁手等多种残忍杀戮。而《生死疲劳》中驴、牛之死也是触目惊心，让人惊悚。几乎每一幕残忍的场景背后，都有一颗变态或者扭曲的灵魂，如日本兵的嗜血、刽子手赵甲的阴冷、西门金龙的扭曲、天和地兄弟的非人、江小脚和冷支队的阴险狡诈以及姑姑的迷狂等。这是人性的"返祖"现象，与人类文明背道而驰，它戳破了文学中长期以来存在的煽情的眼泪和廉价的悲悯气球，反映了莫言对人性变异的深刻忧虑。

莫言曾经试图重建他心目中的美好的人性。在《透明的红萝卜》中，他塑造了黑孩这一与众不同、清新悦目的形象。黑孩身上有两个对比鲜明的特征，一方面是他糟糕的生活处境：继母虐待、食不果腹、衣不蔽体、瘦骨嶙峋，还有成年同事的羞辱和痛打；另一方面，他又有一颗敏慧而纯净的心，他能感觉和想象各种奇异的事物，同时又懂事、自尊、善良。黑孩身上，传达了作者的人性取舍。《红高粱》中，他更是冀图用"我爷爷"那敢爱敢恨、不受任何羁绊约束的原始生命力——"野性"来匡正

---

① 童庆炳、程正民主编：《文艺心理学教程》，高等教育出版社 2001 年版，第 96 页。

冷麻子和江小脚那已经"变形"了的人性。

这座"人性"的通天塔刚刚开始建造就被搁置，两件事情的发生直接影响到莫言创作的走向，一是《红高粱》发表之第二年发生于故乡的蒜薹事件，二是1994年母亲的离去。它们触动了潜隐于莫言内心深处的那根心弦，蒜薹事件使他倍感农民生活的屈辱，母亲的遽然离去又使他深味母亲的苦难人生。农民的生活和母亲的人生唤醒了莫言"沉睡"的记忆，"历史"的掘进从此转向了"现实"省察，他不再去构建人性的通天之塔，在简单的事件中彰显人性的优劣，而是以一颗悲悯之心去关注其笔下每一个"活着"的人。

莫言对悲悯有自己的理解，认为真正的悲悯不是模式化的，煽情的悲悯；不是回避罪恶和肮脏；也不是在苦难中保持善心和优雅姿态；而是"只有正视人类之恶，只有认识到自我之丑，只有描写了人类不可克服的弱点和病态人格导致的悲惨命运，才是真正的悲剧，才可能具有'拷问灵魂'的深度和力度，才是真正的大悲悯"①。莫言倾注了巨大心力去关注遭受不公命运或种种灾难的悲苦人生，也在批判那些非人性的暴力行为时，予以了人性的烛照。盼弟灵魂的扭曲与临死前的回归、鲁立人在亲情与命令前的纠结、洪泰岳的霸道与脆弱、"我爷爷"野性中的邪恶等无不显示着人性的复杂性。臭名远扬的刽子手赵甲，也依然有其"温柔"的一面。作为职业刽子手、杀人机器，他杀人无数，把杀人技术的精益求精当作一生的荣耀和向权贵邀功取宠的资本，他所住的屋子"让他冰成一个坟墓；阴森森的，连猫都不敢进去抓耗子"。这是一个让人看来完全失却了人性的冷血刽子手。但是，当他行刑六君子之一的刘光第时，还是发生了"意外"。"他感到握刀的手和提着刘头的手都有些酸胀。""他提着刘头的右臂，又酸又麻。"从来心冷如铁的赵甲居然会感到一颗头颅的沉重和手臂的酸麻，当然不是因为刘光第头颅的重量，而是刘光第的威严和磊落给他无形中形成了巨大压力。这也说明，赵甲内心深处还是残存着一丝人性，一旦遇着了合适的机会，它就有可能倏忽闪现，哪怕只是电光石火的一瞬。而《蛙》中的姑姑当了几十年的"女强人"之后，一个酒醉之夜误入蛙阵的"奇遇"，顿时惊醒了她沉睡多年的母性。哪怕再强悍的内心，也有脆弱的时候，反之亦然。莫言不仅将目光凝注于那些饱经沧

---

① 莫言：《捍卫长篇小说的尊严》，《当代作家评论》2006年第1期。

桑、历经苦难的苦命人，也关注那些曾经风光过，如今不再风光，或如今仍在风光的那些"恶人"，甚至为他们的"痛苦"而心生怜悯。这是一种大悲悯，大宽容，"在莫言的小说世界里，品德和残酷交战，对阅读者来说这是一种文学探险"[①]。而对作者来说则是一个良心的旅程。他用魔幻的方法讲述着故乡高密东北乡的故事和历史，展现了这片土地上一再出现的同类相残，以及这些相残带给这片土地的苦难，让我们看到了善良和美好，也领略了丑恶与贪婪。莫言的创作不是牧笛，而是洞箫，箫声悲凉，却洞彻心灵，在这个浮华的世界里，还有比这更令人惊警的音乐么？

第五节　女性"杀夫"小说之故事与话语缠绕模式

20世纪80年代初，作家李昂发表《杀夫》以来，一些女作家也陆续推出了一些"杀夫"叙事小说。如蒋韵的《冥灯》，池莉的《云破处》，林白的《青苔与火车的叙事》《致命的飞翔》，杨争光的《鬼地上的月光》，严歌苓的《谁家有女初长成》，方方的《奔跑的火光》《有爱无爱都刻骨铭心》，迟子建的《第三地晚餐》，舟卉的《好好活着》，叶弥的《猛虎》以及须一瓜的《第三棵树是和平》，等等。这些"杀夫"叙事小说因应着女性主义文学思潮的兴起而崛起，关注当代女性的生存，有鲜明的女性意识，但又与一般女性主义小说文本存在较大差异，是一些复杂的文本。它们书写女性生活故事，却并不像90年代陈然、林白等的女性小说那样具有极为突出的女性私密体验。相反，它们与80年代张洁、张辛欣、张抗抗等女作家的创作似乎有着更为切近的关系。女性世俗婚姻生活，婚姻的不幸乃至女性生活的屈辱是它们书写的重点，也是女性走上"杀夫"之途的主要诱因。但是，这些小说在通过叙事消解女性"杀夫"罪行的时候，同时也让这些女性某种程度承担了导致这些罪行的责任，从而使得这些文本呈现出多重言说指向。

一　故事与意涵

所谓故事，一般是指作品叙述的按实际时间、因果关系排列的事件。

---

① ［瑞典］瓦斯特伯格：《莫言诺贝尔文学奖颁奖词》，http//：www.baidu.com。

简言之，又可称为作品的表达对象，即具体的事件、人物、背景，以及对它们的安排。虽然一段时间小说创作出现故事淡化、情节淡化现象，但作为文本构成的主体，故事编排依然是小说创作的重头戏。小说为什么需要故事？因为，"在故事中我们整理或重新整理现有的经验，我们赋予经验一个形式和一个意义，一个具有匀称的开头、中间、结尾和中心之旨的线性秩序"①。作家通过对故事的重新整理，赋予故事新的形式与意义。一般来说，每一个故事都会经历开端、发展和结尾这么几个发展阶段，它呈现的是故事自然发展的线性顺序。在具体的小说本文中，作家往往会根据自己的创作需要而对故事发展顺序予以精心设计，以突出创作主旨。那些"杀夫"小说，充分利用顺序的编排技巧来结构故事，突出主题，如《谁家有女初长成》（上）《致命的飞翔》等采用的是故事发展的自然顺序，《冥灯》《青苔与火车的叙事》《第三地的晚餐》等采用的是插叙，而《奔跑的火光》《好好活着》及《第三棵树是和平》等则运用的是倒叙的叙述顺序。故事顺序的技术性处理，丰富了故事的内涵，为读者提供了多样的解读可能。

自然时序的推进与故事传统意义的消解。在故事的层层推进中，积蓄势能，使女主人公的愿望不断落空，或者不断地遭受屈辱，最终在无可奈何之下奋起"杀夫"。女性"杀夫"得到某种情理的可宽宥性的同时，又有承担某种责任的潜在所指。按自然时序铺叙故事可能没有倒叙等其他叙述方法那样给人以悬念，但一个好的作家总是能在常规的叙述中潜伏着深层的逻辑结构，给人惊喜。同时，采用自然顺序并不意味着必须事无巨细的娓娓道来，作家依然有广阔的腾挪空间，他可以根据故事的进展情况和主题需要等来建构情节，从而获得主动。"情节的作用是强调或不强调故事中的某些事件，解释一些事件，把其他事件留给读者去推断，表现或告诉，评论或保持沉默，把焦点集中在一个事件或人物的这个或那个方面。"② 林白的《致命的飞翔》与严歌苓的《谁家有女初长成》（上）堪称其中的代表之作。

《致命的飞翔》叙述的是一个古老的女人用身体与男人进行交易的故

---

① 许子东：《为了忘却的集体记忆》，生活·读书·新知三联书店 2000 年版，第 167 页。

② ［法］热拉尔·热奈特等著、阎嘉主编：《文学理论：精粹读本》，中国人民大学出版社 2006 年版，第 13 页。

事。故事集中笔墨于北诺。为了博得上司的欢心，她购买黑色真丝内衣和比较肉感的暖色调真丝内衣；在上司没有兑现承诺后，疏于打扮，不再为这个男人化妆，容颜大损，形似"一个戴着面具的女鬼"；当上司再次以兑现承诺之名与北诺进行交易时，故事彰显的是北诺此时的切肤之痛：

> 北诺痛得高声喊叫，那声音像一个遭受毒打的女人发出的悲惨叫声（想想《红色娘子军》第一场南霸天毒打使女的场景吧），她的全身火辣辣地疼，一根烧红的铁棍子在她的下体烧灼着，她用脚来踢它，用手来掐它，但它像生了根似的不走。每一阵撞击都有一声叫喊，每一声叫喊又加强着刺激，使这撞击更为猛烈。

遭受极端肉体摧残的北诺在神情恍惚之中，用刀片结束那个男人的生命，并将他大卸几块放在冰箱里，北诺由受害者角色完成了施害者角色的转换。

从故事取材和传统的阅读经验来看，这可能又是一个典型的受侮辱、受损害的女性悲剧故事。但是，故事的叙述很难让读者用固有的眼光来看待北诺的"不幸"。北诺和秃头上司，谁是弱者，谁是受害者，无法进行简单的判断。北诺的悲剧结局有现实的原因，秃头上司有以权谋私满足自己私欲之主观愿望和现实行为。但是，北诺在这场悲剧的发展过程中，她何尝又能说完全是无辜的呢？小说通过李莴视角反复刻画北诺身体的绝美，北诺的精心打扮不是为了使得交易成功而给自己增加的筹码吗？当北诺杀死那个男人并大卸几块之后，她的悲剧结局就显得更为复杂，男人对北诺的欺骗与蹂躏固然罪无可恕，但北诺将男人肢解的行为也同样不可饶恕！故事的原始主题就这样在叙述的无形力量中得以化解、重构。

《谁家有女初长成》（上）实际上安排了两条徐徐推进的叙事线索，一条是现实生活中巧巧不断陷入深渊，另一条是巧巧心理防线的不断退缩，最后形成交叉，故事结束。巧巧随着不知谁家的李表舅的远亲曾娘南下深圳，实现城市梦，从此滑向无法摆脱的深渊。先是被曾娘"遗弃"于西安火车站，接着是曾娘安排的所谓"表哥"陈国栋来接应巧巧，巧巧随表哥来到旅馆，失身于"表哥"。接着又稀里糊涂被"表哥"送到甘肃偏远地区的一个不知什么地方的所谓舅舅家，成了黑猩猩般的大宏的妻子。一个雨夜，傻子弟弟二宏爬上了巧巧的床，兄弟俩分享一个妻子巧巧，巧巧终于愤而"杀夫"。另外，巧巧面对种种蹊跷，不断从好的方面臆想：对被曾娘"遗弃"的理解；面对陈国栋性要求的半推半就，一副是别人的人的甜蜜感伤；面对警察盘问本可以脱离险境的遮掩，面对黑猩猩般恶心丈夫的认命，以男人的长相不重要来安慰自己，甚至以自己可能拥有城市户口可以在姐妹们面前骄傲而心里涌起丝丝甜意。但是，傻子二宏对她的占有与大宏对二宏行为的漠然惊醒了巧巧的迷梦，推想事件的前因后果后，她发现原来从一开始她就陷入了一场骗局，她作为主角却懵然不知，她不能接受。

巧巧的悲剧是一场精心设计的骗局，是一个陷阱，她是牺牲品。读来令人无限同情，但文本叙事的逻辑却又明白地告诉我们，骗局的最终成型也有巧巧有意无意的参与，没有巧巧的"配合"，骗局就没有办法实施。米兰·昆德拉在《生命中不能承受之轻》中写道："小说不是作者的忏悔，而是在世界变成的陷阱中对人类生活的探索。"①《谁家有女初长成》（上）何尝又没有这种探索的意味？

在故事自然时序的前后"错置"中颠覆前述负面印象，甚至恶劣印象，最终完成对女性印象的逆转，是"杀夫"小说中运用比较成功的又一叙事方法。

> 尸体是三段五部分：头部、肚脐以上的躯干、以下部分，手臂和两只小腿也都取下了。每一个切口接面，都非常整齐。办案警察在现场洒了半瓶丹凤高粱。技术警官说，如果没有腥臭味，就像一个机器被拆零。显然女凶手有时间和心情，注重分尸质量和外观。

> 法官说，够狠的，一把剃刀！你们女人哪，对自己老公下手能这么狠！

这是须一瓜《第三棵树是和平》开头的两段文字，故事由此展开。故事采用第三人称叙事视角，在开端就呈现这么一个血淋淋的杀人场景，于客观的叙述中有意拉开读者与故事的距离，制造一个血腥、冷酷，乃至狠毒的女性"杀手"形象。这是一对夫妻间仇杀的生活故事。按照故事发展的自然顺序，应该是这么一个发展链条：①孙素宝与杨金虎夫妻间产

---

① 吕同六：《20世纪世界小说理论经典》（第2卷），华夏出版社1995年版，第444页。

生了不可调和的矛盾；②矛盾激化，孙素宝杀夫；③警察了解现场；④戴诺作为代理律师了解案情；⑤故事结束，依照法律，孙素宝被行刑；⑥尾声。但是，在小说文本中，故事却是以这样的顺序铺展：A③→B④→C②→D①→E⑤→F⑥，对故事发展的前面四个阶段的顺序予以错置，将高潮前置，而将故事的发展阶段延后。许多凶杀或者侦探影视故事采取倒叙手法以制造悬疑，但这里凶手确凿，它这样安排又有着怎样的意图呢？

从现场画面和警官的评述看，它丝毫不像是一件妻子对丈夫的凶杀案件，而是一个冷血的职业杀手所为。那种冷静与精准已经超越了一个普通杀手所为，更是远远颠覆了读者日常生活中积累起来的温柔、柔弱、善良的女性印象。它的另一重直接效果就是带给同为女性的实习辩护律师戴诺心理上的不安感，甚至觉得到看守所去会见被告人是一种恐怖程序。这样，女主人公孙素宝的负面形象就在一种先入为主的外在猜测中浮现出来。然而，例行的履行法律程序结果，使得戴诺有了意外的发现：凶手孙素宝本身是一个受害人，长期遭受丈夫杨金虎的毒打和人格侮辱；邻里对孙素宝存在截然不同的评价；孙素宝并非冷酷之人，她爱自己的女儿，也非常孝顺公婆；即使死者的亲亲舅舅也不否认孙素宝的善良和死者的劣行。案件真相的还原不仅颠覆了故事起始女主人公的冷血形象，她的悲剧人生也引起人们无限的惋惜和同情、感慨与思考。

其他小说，如《奔跑的火光》，采用主人公的回顾性叙事、《好好活着》从女儿的视角回顾母亲的苦难人生，而《青苔与火车的叙事》和《第三地晚餐》等则运用了插叙手法，来增强故事厚度，丰富故事内涵。当叙述作为一种方法，它就已经超出了仅仅作为技巧的局限，而为读者提供更为丰富的文本解读可能性。

二　叙述视角与阅读感受

叙述视角就是指叙述时观察故事的角度。经过研究，学者们发现，"视角是传递主题意义的一个十分重要的工具。无论是在文字叙事还是在电影叙事或其他媒介的叙事中，同一个故事，若叙述时观察角度不同，会产生大相径庭的效果"①。杀人，无论有千般理由，都是一种犯罪，难逃

---

① 申丹、王丽亚：《西方叙事学：经典与后经典》，北京大学出版社 2010 年版，第 88 页。

法网。但是那些血腥的杀人事件，经由叙述之后，女性犯罪主人公并未给我们穷凶极恶之印象，有的反而引起读者的万分惋惜甚至同情。这其中，叙述视角的选用起着非常重要的作用，它们通过各种技巧，如对象的聚焦、距离的控制、信息的流通和表达等来引导读者立场的调整，从而最终影响其对于人物的情感倾向。

考察那些典型"杀夫"叙事小说，可以发现，叙述视角的采用是它们获得成功的一个重要因素。同样的"杀夫"题材，在不同的作家笔下，有不同的视角选择和表现形态，呈现出异彩纷呈的局面：《猛虎》《谁家有女初长成》（上）、《第三地晚餐》和《鬼地上的月光》等是全知视角；《奔跑的火光》是全知加第一人称主人公回顾性视角；《好好活着》是第一人称叙述中见证人的旁观视角；《第三棵树是和平》是全知加人物视角；而《致命的飞翔》则是第一人称见证人加人物视角。这些视角不仅担当起了结构故事的重要作用，更为重要的是，它们通过表层文本的叙事序列，建构起了文本的叙事逻辑。

通过距离的调控来影响读者观察小说中事件的立场，从而建立起读者与人物之间的同情纽带。而调控距离最有效的手段就是叙述视角的选择。

> 我妈发了狠一刀子捅下去，那男人流了很多血，后来就死了。没人能想象一个只有一米六零才九十八斤重的女人，真那样捅死了一个高出她二十厘米狂起来就跟个野兽似的男人。隔壁沈阿婆说过一句话，是有菩萨在背后帮了她一把。我不信佛，但我有点信这话。

这是舟卉《好好活着》开头部分中的一段话。话语采用第一人称叙述中见证人的旁观视角，叙述者与叙述人之间的特定关系产生了非凡的叙述效果。因为叙述的是母亲的故事，那么，"我"与母亲就天然地属于同一阵营，而受害者——那个男人（父亲）则成了一个陌生人。这样，读者对故事中人物情感的亲疏就无意识地通过女儿"我"的叙述有了楚河汉界之别；由于母亲"杀夫"的具体细节全被抹去，只是概括地一句话，血腥和令人恐惧的场面因被遮蔽而变得了无痕迹，母亲的杀孽被弱化。另外，母亲形体的弱小与野兽般男人的比照突出了母亲杀人乃"非人"的力量所致，菩萨的"显灵"使得正义的天平向母亲倾斜。最后，通过"我"欲盖弥彰的解释再次将母亲推向了道义的高地。

如果说《好好活着》还只是从第一人称"我"的叙述中确立了先在的立场的话，那么《第三棵树是和平》和《奔跑的火光》等则通过视角的不断变换来灵活地进行调控。

这是个什么样的女人呢？什么样的女人会选择用这种方式杀掉自己丈夫，而且那么精心地把丈夫切成碎块，潘金莲？巫婆？心理变态？戴诺突然觉得，到看守所会见她，也有点像恐怖程序。一个师兄说，曾有一个杀人女犯，对一审判决不满，会见律师的时候，将一支签名钢笔，突然扎进了律师的眼窝中。

戴诺一直冲进了霏霏雨幕中，伞丢在了音乐厅。她拐进了到处地灯微明的中央公园。公园的风雨清凉带着奇怪的微香。戴诺深深吸了一口气，突然尖声长噪了一声。湖心亭上两个受惊的女人，相挽着迅速下了楼梯，匆匆走远了。

这两段话分别选自《第三棵树是和平》中的开头与结尾。第一段话是在对现场画面进行精细的描绘之后，戴诺接手案件时陷入的沉思。它采用的是人物视角，即从文本中主人公之一的戴诺之视角观察问题。由于戴诺与杀人女犯距离的接近，戴诺的疑问和恐怖无疑等于叙述者的疑问和恐怖，接受者接收到叙述者的相关信息之后，就会产生对犯人的疏离感，甚至恶感。而这正是文本起始所要达到的目的。第二段则采用全知视角。戴诺调查回来，无力拯救当事人孙素宝，虽然孙万般无辜。戴诺去听音乐会解闷，但音乐勾起了她内心的某根心弦，她控制不住自己。这段话叙述的是戴诺难以抑制的情感。问题是，这里采用的是全知视角，是拉开了与人物的距离，距离越远，与人物的关系就越远，按理，与人物的关系就越疏远。那么，为什么读者阅读到此处，会觉得孙素宝的最终结局有几分冤屈呢？除了戴诺调查所得的大量实证材料，戴诺此时的情感反应是重要佐证。这不仅仅因为她是代理律师，而是因为此时戴诺强烈的情感反应，而这些反应就体现在大量的信息上：冲、丢、拐、吸、噪，以及游客的惊、下、走等反应。短短的三行字不到，集中了如此丰富的信息，不是有着特别兴奋或者压抑之情的人是难有如此爆发性情感的，而这些不是为自己，竟是为了孙素宝！全知视角拉开了与人物的距离，却为信息的丰富大开方便之门。

后现代叙事理论家马克·柯里说："当我们对他人的内心生活、动机、恐惧等有很多了解时，就更能同情他们。"① 在小说中，关于他人的信息是可以通过叙述者的可靠叙述或者我们直接进入人物的内心世界而获得的。人物视角和第一人称见证人视角提供了可靠的进入人物内心世界和还原人物真实生活场景的途径，全知视角则以其上天入地的本领为读者提供人物丰富、准确的信息。《奔跑的火光》为我们提供了很好的解读范本。

> 英芝想，我应该怎么说呢？
>
> ……
>
> 每一夜每一夜，英芝都觉得自己被火光追逐。那团火光奔跑急促，烈焰冲天。风吹动时，火苗朝一个方向倒下。跃动的火舌便如一个血盆大口，一阵阵古怪的嚎叫从中而出，四周的旷野满是它惨然的叫声。
>
> ……
>
> 英芝说，让我一切从头开始吧。
>
> 英芝一开口便泪流满面。让她说自己的故事令她心如刀绞。但英芝明白，她必须说出一切，她若不说，就算她死了，那团火也永远不会熄灭。
>
> 英芝迎着枪口跪在地上，枪响过后她就倒下了。她在歪头的一瞬，看到了刑场的土地上竟然四处开放着野花。英芝想，它们跟她凤凰垸河边的花竟是一样的美丽呀。然后她恍惚看到一个小孩子在花中奔跑，她轻轻地说出了两个字：贱货。

此处选取了《奔跑的火光》中开头的四小段和结尾的最后一段。英芝并不是一个十恶不赦的女人，这几段话表明，她的噩梦，她叙述悲剧故事时的神态与心理，以及被枪毙的刹那间看到小女孩的反应，都足足说明，英芝的人生就是一出悲剧。尤其是结尾处英芝内心深处对生活的留恋和对女性性别发自骨髓的轻蔑，字字带血又让人不寒而栗。这从一个曾经

---

① ［英］马克·柯里：《后现代叙事理论》，宁一中译，北京大学出版社 2003 年版，第23 页。

对生活充满渴望和美好憧憬的女子口中吐出，没有摧心裂肺的非人遭遇是不可能有此心理仇恨的。那团见证她罪孽的奔跑的火光也就值得读者去深思了。

三　叙述声音与旧有观念颠覆

仅仅从道义上削弱，甚至抹平杀人女犯"杀夫"行为的负面影响，不是那些"杀夫"叙事所已经达到的高度。相较于对"杀夫"女性的同情，质疑和颠覆造成女性悲剧的根源来得更有力量，更具深度。这在《鬼地上的月光》《奔跑的火光》《好好活着》及《猛虎》等不少文本中表现得尤为分明。叶弥在她的《猛虎》后记中说："我为什么写这些血腥，因为我觉得我根本无法回避这些东西。这是不能被笔理想化的一部分，恰恰这部分中人性中最原始和最真实的，它始终以不屈服的姿态存在于我的思考中。"① 老刘的落败，被"谋杀"，不仅是崔家媚健康的女性身体对老刘阳痿的男性身体的胜利，更是对男性中心文化的嘲讽和颠覆。文本中，崔家媚话语不多，却句句力道千钧，老刘难以招架，也颠覆了老刘与女儿建立起来的"联盟"，具有非凡的效果。产生这种效果的正是崔家媚话语中体现出来的独特的声音。

叙述声音运用得比较好的"杀夫"小说还有《鬼地上的月光》《奔跑的火光》等。所谓叙述声音，至今并没有一个准确的定义，詹姆斯·费伦认为声音是文体、语气和价值观的融合。苏珊·兰瑟持相近的观点，认为叙事学中的声音是指叙事中的讲述者。只要有话语，就有声音，它可以是个体的，也可以是社会的。我们对声音的感知"取决于我们就说话者对主题和读者所持的态度（即语气），和就说话者的价值观所作的种种推断"②。那么，这些"杀夫"文本如何通过声音来颠覆传统男性话语霸权？

我们先以杨争光《鬼地上的月光》为例剖析。关于这篇小说，一些论者将它作为书写乡村现实生存暴力文本来看待，理由是窦瓜用石块砸死了丈夫莽莽。而在笔者看来，文本并不这么简单。对于长期浸淫于乡村文化，并经历过世态炎凉的杨争光来说，不会仅止于呈现这一层面。小说的

---

① 洪治纲编选：《中国短篇小说年选》（2003），花城出版社2003年版，第15页。

② ［美］詹姆斯·费伦：《作为修辞的叙事：技巧、读者、伦理、意识形态》，陈永国译，北京大学出版社2002年版，第20页。

故事很简单，就是乡村女孩窦瓜一次小解被路过的莽莽偷看了下身，父亲就将她"贱卖"给了莽莽，窦瓜经不住莽莽的性摧残，就用石块敲死了莽莽。小说基本没有什么情节，窦瓜也只说过一次话，就是用石块敲死莽莽之后来见父亲时说的。"他跟我到鬼地，我用石头敲了他一下，敲到脑门上了，他就倒了，可能是死了。""我走的时候，他还没起来，是我把他敲死的。"这段话的奇异之处在哪里呢？其一，语气出奇的平静；其二，窦瓜敲死莽莽之后并没有理会，而是离开。仅就这段话本身，我们可看出窦瓜的淡定之中，流露出对摆脱莽莽的决绝。而莽莽恰恰是这段话中的关键节点，他身上集夫权、父权、教权等多种权力于一体。作为丈夫，他行使夫权对窦瓜进行无节制的性摧残，而其丈夫权力的获得全凭窦瓜的父亲窦宝的一句话。窦宝贱卖窦瓜又仅仅因为窦瓜的下身被莽莽看见。这看起来很荒谬，但却是窦瓜悲剧人生及"杀夫"行为最深层的根源。在窦宝和邻人眼中，窦瓜的被看有伤风化，她只有嫁给莽莽一条出路。她几次向父亲表达异议，都以吃一顿皮鞭而告退，邻里也给予窦宝相当大的鼓励，更是压力，他只有对窦瓜以皮鞭相向来博得自己的好名声。小说三次写到窦宝皮鞭的嗖嗖声将窦瓜逼到莽莽身边。但这一次，窦瓜不怕了，而且很淡定地告诉窦宝自己敲死了莽莽，也即自己的丈夫！因此，窦瓜的淡定和对莽莽之死的漠然是对压在自己身上之夫权、父权、教权的蔑视、颠覆。

《奔跑的火光》则是以叙述者声音和人物声音碰撞的形式达到对传统的压迫女性之旧观念的消解。小说安排了一组实力对比悬殊的矛盾双方，一方是英芝，另一方是以丈夫贵清为首的，包括公婆、族长、邻里，甚至父母兄弟等在内的众人及传统观念。实力的对比决定了矛盾双方没有任何悬念的最终结局。但小说的重心不在这里，而在这个矛盾斗争的过程，在斗争中人物声音的碰撞和叙述者发出的声音里。英芝先后在怀孕、下地劳动、财权管理等多场冲突中进行过激烈的抗争，有意味的是，对方不是用拳头，而是用权威、用传统震慑住了她：

> "我有什么打紧，你是个女人，女人跟男人不一样。你自己也晓得，女人没结婚就大了肚子，脸面往裤裆里夹呀？"（贵清）
> 公公垮下脸来，说："你说的什么话。贵清是个男人，男人这个年龄该他吃吃喝喝玩玩的年龄。要不一天到晚埋头干活，哪个瞧得起

他？你是贵清的女人，你就要学会心疼他，要他做人有点面子。"

　　婆婆说："等你儿子娶了媳妇，媳妇给你生了孙子，你就可以不用下地干活了。做女人的就得这样。我这辈子就是这样过来的。你是女人，你要像个女人样子。"

　　……

　　最后一致认为，男人不管有没有赚钱，都是一家之主；女人赚回来的钱，应该一分不少地上交给男人。贵清一听完几个老人的话，便冲着英芝叫："你听听，你听听老人讲的！这辈子都没听说过女人把持家里的钱财。男人当家，这就是我们中华民族的优良传统。"

这些话句句绵里藏针，锋利无比，英芝只能步步退却，除了不满，更多的是只能在内心盘算怎么赚钱，过上自己独立于公婆的小家生活。但是，当那些话语通过贵清那无赖的腔调，公婆和族长遗老的口吻传递给读者时，那些话语的陈腐与丑陋也暴露无遗。英芝作为女人，作为弱者的先天劣势并不一定让贵清等在道义的天平上占到什么优势。她作为一个新时代的女性固然有不少让人诟病的地方，但她追求自己独立的新型生活愿望和毅力却是令人记忆犹新，让人肃然起敬的。

　　另外，在冲突中，叙述者借英芝之口，多次表达了对女性命运、女性遭受不公现实的申诉和质问：

　　　　英芝想想就很有些憋气。男女平等，说了这么多年，凭什么到头来不管遇到了什么事，都是女的倒霉。而且连女人自己都认为应该是这样，比方她的母亲。女儿嫁了人就不是你们的骨肉了？婆家本来就不是女儿的家，而娘家又不拿女儿当自己的家人，做女儿的人为什么就这么命苦呢？现在英芝总算明白，天下女儿在出嫁时为什么都要嚎啕大哭了。因为女儿一旦嫁人，就永远失去了自己的家。在空旷旷的天地之间，多少没有家的女儿心都在漂泊，她们真是天底下最可怜的人啊。

　　　　然而她被人打成这样，打得伤痕累累，没人来跟她认错，她的爹却还要让她先低头认错。她觉得自己业已愈合的伤痕又一道道地炸裂了开来，全身仿佛被炸得铮铮作响。她想要嚎叫，想要撞墙，想要撕破自己的胸膛，想要质问苍天，为什么对女人就这么不公平。

前者是贵清因为"小姐"事件将怒气往英芝身上撒，后者是因为英芝跳脱衣舞事件，不管是否与英芝有关，都被贵清往死里打，因为她是女人。挨打之后，英芝逃到娘家诉苦，冀望娘家能给她一份安慰，但是父母的表现令她绝望。这两段话是英芝，也是叙述者直接对亲人，对这个世界发出的泣血质问。英芝的悲剧一步步加深，抗争的强度一层层升级，由最初的委曲求全到之后的勇于斗争，由言语斗争到行为抗争、血的控诉。叙述者借英芝的控诉对命运、传统文化和现实世界给予英芝的种种不幸发出了非常清晰的信息。

所有女性都取得了"胜利"，她们"解决"了伤害自己的男人。但她们同时又是失败者，她们给予男人/丈夫致命一击，毁灭了对方，也毁灭了自己。她们善良、无辜、无助，她们走上"杀夫"之路，有自身性格的缺陷，但更是对无法掌控之自身命运进行反抗的必然结果。她们违反了法律，却占有道义的高地。这就是那些"杀夫"小说的叙事效果。

第六节　新革命历史小说"英雄+美女"之欲望化叙事

在本节，我们将要讨论另一种历史叙事中的暴力叙事问题，即新革命历史小说中的暴力叙事。上一节我们已经将传统革命历史小说排除于暴力叙事之外，两种革命历史小说的不同处理中，显现着两者的差异。那么，新革命历史小说是何种性质的小说呢？与新历史小说一样，关键也在于一"新"字。关于新革命历史小说，有人认为它是商业市场运作与红色情结的合谋，[①] 有人认为它"不是对革命历史小说模式的重复，而是对这种文学资源的一种借用与改写，其所承当的历史文化使命，传达的意识形态，虽说仍有某种延续性，却已具有了深刻的内在差异"[②]。也即，新革命历史小说是在能指、所指及叙事等诸多方面都迥异于其前身——革命历史小

---

① 刘进军：《商业市场运作与红色情结的合谋：论世纪之交革命历史题材小说与电视剧崛起》，《山东文学》2008 年第 4 期。

② 刘复生：《历史幽灵的复现：从革命历史小说到新革命历史小说》，《中国当代文学研究》2006 年第 11 期。

说的一种崭新创作。这种创作的主要作家作品有姜安的《走出硝烟的女神》、项小米的《英雄无语》、徐贵祥的《历史的天空》和《八月桂花遍地开》、都梁的《亮剑》、兰晓龙的《生死线》、石钟山的《父亲进城》和《遍地鬼子》、权延赤的《狼毒花》、裘山山的《我在天堂等你》、邓一光的《我是太阳》以及马晓丽的《楚河汉界》等。这类创作既颠覆了传统革命历史小说的革命叙事和英雄塑造模式，也迥异于90年代以来那些先走红影视，后被改编为长篇小说的《延安颂》《太行山上》《巍巍昆仑》《开国大典》《大决战》《长征》《日出东方》以及《新四军》等史诗性革命历史小说。这批新革命历史小说融合了传统的传奇英雄塑造和消费时代的若干元素，精彩英雄的行为场景往往又显示出几分草莽乃至身体暴力的美学倾向，是一种独特的存在。

一　英雄伦理与行为激情

英雄塑造始终是革命历史小说创作的一个核心和最为亮丽的一道风景。江姐、许云峰、杨子荣、史更新、刘洪和少剑波等十七年时期革命历史小说中的英雄形象尚未在读者的印记中退去，李云龙、梁大牙、关山林和石光荣等一大批新革命历史小说中的英雄形象又占据了我们记忆的一部分空间。我们重温英雄的记忆，但是时隔三分之一个世纪，时事变化巨大，细心的读者会发现，此英雄已经非彼英雄，李云龙等新一辈英雄形象身上有了不少的异质性元素。从江姐一代到李云龙一辈，从高、大、全的完美英雄到个人主义的草莽英雄，中间还横着一批英雄式的土匪余占鳌、黑大头、白朗等，中国大陆文学中的英雄形象似乎经历了一个阵痛的巨变。问题在于，既有的英雄塑造模式已经不适合新的话语规范和消费需要，新的英雄塑造模式又不能逾越雷池而走得过远，新革命历史小说必须寻找新的支点作为自己英雄塑造模式的内在支撑。这个支点就是英雄伦理，英雄伦理取代政治伦理成为其普遍运用而又非常成功的英雄形塑模式。

政治伦理是传统革命历史小说英雄塑造的主要模式。传统革命历史小说中，英雄的最终成熟往往都经历了一个漫长的、不断成长的过程，从起而革命，到遭遇挫折再到成长成熟，每一个环节都成为英雄性格的确证。有研究者在对传统革命历史小说英雄成长历程进行研究后总结了其成长的情节模式设置：为富不仁——投告无门——暴力复仇。① 地主、资本家的为富不仁和受到奴役、剥削后的下层劳苦人民的投告无门往往成为后者走上革命道路的最初动因。这里，地主、资本家/劳苦人民，富/贫两个经济层面的社会关系自然地与道德层面的善和恶联系在一起，英雄寻求个人生活出路的历史渐渐衍化为一部革命斗争的历史，其行为也被赋予了特定的意识形态内涵。换而言之，英雄们的行为，乃至日后其强大的革命动力，某种程度而言，不是来自自身，而是来自敌人的恶，是敌人的恶激发了他们的斗志和革命激情。朱老忠的漂泊关东与走向革命源于父辈对地主抗争的失败，我们所熟知的一些革命英雄，如《保卫延安》《红岩》中的周大勇、江姐等则是在目睹或遭受了敌人的残忍与折磨之后，燃起与坚定了他们朴素的阶级情感：

> 田地里到处是被打坏的车子、农具、家具，还有些衣服、被子、棉花，正在吐火冒烟。路边的蒿草燃烧后，变成一堆堆黑色灰烬。
> 周大勇，这位在生活中经历过一切打熬的人，这位在战火中走过几万里的人，眼里闪着泪花子。他的每一根神经都在绞痛，每一个细胞都在割裂！（《保卫延安》）

这一幕也许是激发周大勇日后成为钢铁般战斗英雄的最为朴素的情感动力之一，他的钢铁意志、他的英雄虎胆、他的视死如归因为蕴含了正义的因素而显得崇高、庄严。新革命历史小说则改变了这种人物塑造模式，此类小说中，英雄们成长的起点并非源于地主或资本家的不仁或者作恶，比如，李云龙虽出身贫苦农民家庭，要过饭，其参加革命并没有交代是由于地主的盘剥，石光荣参加革命是由于父母进山打猎双亡未归，梁大牙则是财主干爹朱二爷的小伙计，常发参加革命时则是土匪，《生死线》中对欧阳、思枫等的出身干脆就不作交代。对英雄们参加革命缘由的有意无意模糊释放了他们的行为空间，他们成为一些"异类"英雄。如果说《红日》等传统革命历史小说中的石东根等英雄们所犯的错误是诸如饮酒、纵马及认识不足导致的一些小失误的话，那么，新革命历史小说中的英雄

---

① 李新：《"革命"旗帜下的"罪"与"罚"——"红色经典"中"复仇情节模式"研究》，《学术探索》2012 年第 1 期。

们所犯的错误就大了，有些是屡错屡犯，有些还是原则性的错误，但这些在小说中不仅没有遮掩和受到批评，反而成为英雄形象的增色剂。如李云龙过草地时的纵军抢粮，拒不执行警戒保卫八路军总部的命令，刀劈已经接受老战友孔捷整编的黑云寨二寨主山猫子等，这些都成为李云龙英雄一生的一个个亮点。而梁大牙和关山林，前者挪用军饷给财主兼伪维持会会长的干爹祝寿，后者在没有完全掌握军情的情形下急躁冒进，损失惨重，兵败青树坪，但梁大牙的情义，关山林的战神形象反而愈加鲜明夺目。然而正是这些"出位"的举动使得英雄们的行为逸出了传统英雄行为的组织正义与庄严，而更多地富有个人英雄主义色彩。

与传统革命历史小说英雄塑造的场景描写相比，新革命历史小说的场景描写属于一种"独立"的审美单元。传统革命历史小说中的英雄行为场景是英雄成长链条中的一个环节，是其成长的一个催化剂，其整个行为的合理延伸与发展有赖于每一个环节相互衔接。如果没有面对敌机扫射所发生的惨景，周大勇日后革命力量的全面的爆发要将失去其精神的源泉支撑，没有国民党特务的严刑摧残，成岗、江姐等的形象升华要打折扣。另外，具体暴力行为描写的粗线条以及比较强烈的主观情感渗透所产生的情感心理倾向，某种程度遮蔽了具体暴力行为所产生的负面形象。新革命历史小说则不然，每一个场景描写都不构成英雄成长的链条环节，更不负责英雄成长的精神追溯：

> 子弹泼豆似的飞来，每一粒都有可能在芸芸众生中平添一座新的坟墓，使更多的人的命运得以改变，或孤儿，或寡母，或未亡人，关山林却看也不看他们一眼。炮弹一颗颗在完全无法预测的地方爆炸，将泥土砖块和人的肢体像七月麦收时节扬尘土一般扬向天空，然后落下，关山林就像一块打麦场，浑身上下落满了泥土和人肉做成的麦粒，这使得他呼吸困难，忍不住大声地咳嗽起来。（《我是太阳》）
>
> 先是听见林子里山崩地裂般地传出一声呼啸，接着飞来一道寒光。日本官儿手中的军刀尚未横起，人头早已落地。这情景，把韩秋云也看得眼花缭乱，恍惚看见一个彪形大汉，头罩一顶猴儿帽，只露出两只黑光掺绿的眼睛，手中一把大刀舞得如银练飞舞，电光闪闪风雨不透。只在瞬间工夫，又有两个鬼子倒在血泊之中。（《历史的天空》）

　　这两段文字出自读者熟悉的邓一光《我是太阳》和徐贵祥《历史的天空》，是小说对其主人公英雄行为的第一次正面描绘。这里，关山林阶级情感，梁大牙民族仇恨的刻画为血肉横飞、刀光闪烁的血腥场景所替代，人物的内心世界为形象、直观的行为描写所呈现，读者所看到的是一个冷血的铁血战士，一个能力超强的愣头中国小伙。这里，除了主人公令人钦佩的胆识和能力，给予读者深刻印象的恐怕还是那血腥场景：扬尘一样的残缺的人的肢体、咔嚓落地的人头以及倒在血泊中的尸体构成了一幅血腥的暴力景观。

　　这种景观已经稀释了旧革命历史小说中浓浓的正义与庄严，读者观之却有丝丝快意，它是英雄行为激情的感染，也是读者深层意识的对象化呈现。取代政治伦理之后，英雄伦理叙事将笔墨集中于英雄本体的刻画。这主要在两个方向上进行，其一，性格上，将特立独行、自我中心作为新型英雄的一个典型性格。与周大勇、王老虎、史更新及朱老忠等"旧"英雄人物显著不同的，不是梁大牙、李云龙、常发等的英勇，而是后者的桀骜不驯，自我中心，前者犯点小错，一教即改，而后者是屡教不改，屡改屡犯。常发软禁地委书记，梁大牙挪用凹凸山游击队拮据的公款给伪维持会会长的干爹拜寿，关山林自我感觉良好造成所部兵败青树坪，折损三千余将士，李云龙大错小错更是家常便饭。这些错误有的是小错，有的则是大错，甚至是原则性的。显然，这有损于人物的英雄称号。如何拯救他呢？这就是涉及第二个方向上的努力，即在人物的具体行为上做文章，重点又在"勇"和"功"两个字上做文章。"新"英雄人物面对强敌，经常上演警卫阻拦，被喝退或被一脚踹开的"壮举"，接下来就是他们的"表演"，李云龙刀劈日本军曹的惊心动魄、常发在后有追兵前无去路千钧一发之际的惊世一跃救部队于险境、关山林血战国军207师等，都是以性命相搏，杀得血脉贲张。当然，这不足以弥补他们的过失，必须有非一般的战功来予以平衡。李云龙冲冠一怒为红颜攻打平安县城，意外扭转晋西北战场抗日态势，功过相抵；梁大牙发展陈埠县抗日大队有功抵消了其挪用公款给为维持会会长拜寿的"错误"；清剿刁翎镇、攻打锦州、血战四平等抹平了关山林青树坪折损三千余将士的巨大过失。质而言之，新革命历史小说用个性、勇毅与战功树立起一代新英雄群像。

二　流氓无产与溢价革命

在新旧革命历史小说艺术手法的流变中存在明显变异，这个变异就是，旧革命历史小说中英雄人物惯有的追求革命信仰和理想，追求人民民主与平等之现代性思想内容某种程度上被弱化乃至抽空，取而代之的是战争本身，是将战争中的暴力过程、过程中英雄们从事杀戮的身体和个体人格魅力作为一个独立的审美对象予以凸显。省略了成长过程，没有了精神的炼狱，新革命历史小说中英雄们革命的力量源泉何来？对于这一点，多数新革命历史小说语焉不详，仅是字数寥寥地介绍了英雄们的"童年"生活。"风云人物"李云龙的历史，除了其自述小时候跟母亲一起外出要饭，还有日军情报部门李云龙档案中"1927 年参加中共组织的'黄麻暴动'，后转入中共工农红军外"，连其籍贯也不详。《父亲进城》中的石光荣以及《父母大人》中的父亲都是为了活命，前者的家庭是猎户，父母打猎双亡，后者的父母是赌徒，"父亲"外出要饭多日粒米未进，而《生死线》中的四道风则是吃百家饭长大的，梁大牙是一个孤儿，是财主干爹朱二爷的长工兼义子。这些英雄的主人公们普遍出身贫苦，也没有强调是受到地主或资本家的巧取豪夺所致，但有一点比较一致，即他们都是无产者，除了梁大牙等极个别英雄人物，基本上都是为了活命而加入队伍。"父亲慌慌张张地舔净了碗里最后一粒米，歪扭着身子，踩着那队人马留下的脚印，向前追去。"① 某种程度上，这句话诠释了新革命历史小说中英雄们的重要力量源泉，原始的生存本能绽放出巨大的生命潜能。

舍命相搏，成就一代战神。新革命历史小说中的英雄们有一个共同的特征，那就是打起仗来不要命，某种程度上甚至可以说是嗜血如命。关山林是"听不得枪响，一听见枪响就疯了"；李云龙只要上面安排了别人而不安排他战斗任务，就骂骂咧咧，"像条饥饿的龇着牙的老狼"；欧阳山川的外号是"不怕死的"；而梁大牙，多次上演孤身对敌，深入虎穴的非常之举。江姐、许云峰、周大勇、王老虎等旧革命历史小说中的英雄们也有着为了信仰而献身的革命英雄主义精神，但献身与舍命还是有着巨大的差异，前者具有神圣感、庄严感，精神的意义往往盖过了其身体意义的存在，而后者则更多地侧重于生命力的搏杀：

---

① 石钟山：《军歌嘹亮》，新世界出版社 2002 年版，第 7 页。

　　　　李云龙双手握刀，刀身下垂到左腿前，刀背对着敌人，而刀锋却向着自己，几乎贴近了左腿。日本军曹怎么也想象不出以这种姿势迎敌有什么奥妙，他不耐烦了，呀的一声倾其全力向李云龙左肋来个突刺，李云龙身形未动，手中的刀迅速上扬"咔嚓"一声，沉重的刀背磕开了日本军曹手中的步枪，一个念头在军曹脑子里倏然闪过：坏了，他一个动作完成了两个目的，在扬刀磕开步枪的同时，刀锋已经到位……他来不及多想，李云龙的刀锋从右向左，从上而下斜着抡出了一个 180° 杀伤半径。军曹的身子飞出两米开外，还怒视着李云龙呢。(都梁《亮剑》)

　　　　上面所摘片段是李云龙设伏时意外遭遇日本关东军之战斗场面中的一个画面，面对虎视眈眈的日本军曹，李云龙不敢怠慢，更毫不留情，出手狠辣，一刀即将日本军曹劈为两段。在这里，搏杀的细腻过程远远盖过了人物内心世界的呈现，敌我间的生死胜负还原为个体能力的证明，同时间杂着丝丝敌人毙命的快感。李云龙的动作可以用快、准、狠来形容，他的这一特点在其连长张大彪、警卫员魏和尚及独立团全体将士身上同样表达得那样淋漓尽致，张大彪刀削日军少佐脑袋，和尚枪挑日军士兵，前者杀得血脉贲张，后者杀得痛快淋漓，早忘了自己的职责。李云龙的威名建立在屡打胜仗的基础上，更建立在能打硬仗、敢打硬仗的基础上，不仅是指他所带的队伍，更包括他本人，尤其是越遭遇强敌，他就越是兴奋。

　　　　王学泰在其一篇关于水浒的文章中，曾经论及水泊梁山众英雄人生的成功在于他们的武力和能力，至于走向成功的手段如何，并不是主要问题，这种观点有社会心理基础。"中国人喜欢这种底层人获得成功的故事，不管通过暴力也好，不管通过什么手段也好，只要是成功了，就感到喜欢。"[①] 李云龙等新革命历史小说中的英雄们，不是梁山英雄，维系他们关系及前进动力的不是忠义与造反，而是民族生存、革命正义。饶有意味的是，民族生存和革命正义作为人物行动的内驱力主要不是在精神的层面予以激发，如《历史的天空》开篇韩秋云险遭日军侮辱之际梁大牙的挺身而出，《亮剑》中日本特种部队血洗赵家峪等激起的民族血仇等，而

---

　　① 王学泰：《探究"水浒式暴力"：游民造反只因没有出路》，http://culture.ifeng.com/insight/special/shuihu/，2014/03/07。

是多在力的层面予以呈现，即在具体的战争行动或对敌搏杀中，凭借自己超强的能力和舍命相搏的敢死精神，击垮击毙对手，这就有点像强者生存的丛林法则了。比水浒英雄们幸运的是，时代以及社会的变局给了新革命历史小说中的英雄们更大的历史舞台，他们的能力与手段获得了合目的性和合规律性的统一。

邪正相生，上演一代传奇。与旧革命历史小说不同，新革命历史小说中的英雄们虽也根正苗红，但并不着重于从其精神与品质的角度来着力进行塑造，而是侧重于其外在的力量与勇气等的对敌较量上，侧重于展现其原始与朴拙的性格与性情。因此，他们普遍的具有亦正亦邪的性格特质，既是一个铁血英雄，正义凛然，又是一个未经"教化"的农民战士，粗鲁狡猾，甚至有点"邪乎"。"打仗是把好手，惹事也是把好手"的八路军独立团团长李云龙是"狡猾"的，没有他的狡猾，八路军恐怕要付出更多的伤亡，山崎这颗钉子也很有可能拔不掉；李云龙是邪乎的，没有这股邪乎劲，他就无法深入虎穴聚仙楼，铲除平田一郎；李云龙又是狠辣的，没有这股狠辣劲，也不会有违反军纪，刀劈黑云寨二当家山猫子的违纪事件。同时，李云龙又是英雄的，没有这股英雄气，他就不会血拼强悍的日本关东军，剿灭山本一木的特种部队，威震晋西北，使驻太原日军中将筱冢义男寝食难安。李云龙式的英雄与狡猾不断在新革命历史小说中的其他英雄身上上演：梁大牙从日本鬼子手里拯救韩秋云时山崩地裂的英雄虎啸与略带邪气的咧嘴怪笑，就连彼此非常熟悉的韩秋云也不禁心里忽地打了一个冷战；初上战场，以一敌四与日军拼杀时的毛躁与好奇；第一次带队出击时，摔打机枪的歪打正着是那样的令人钦佩又让人忍俊不禁。然而，凭着这股"邪劲"与出众的能力，梁大牙从一个顽劣的乡下伢一步步成为顶天立地的英雄。此外，深具"流氓无产者初期症候"的四道风，匪性与血性兼具的常发，蔑视死神的战神关山林以及"不怕死的"欧阳山川等等，都是与众不同的"这一个"。

毛泽东在《在中国社会各阶级分析》一文中分析了中国现代社会各个阶级革命的可能性，对半无产阶级、无产阶级的革命积极性进行了充分肯定，对游民无产者的革命可能性也给予了积极评价，认为他们虽有破坏性，但很勇敢，如引导得法，可以变成一种革命力量。中国现代革命根源，除了外来侵略所产生的民族生存危机，很大程度上由于社会制度的腐朽及其所产生的社会整体性的民不聊生。毛泽东的分析是相当准确的，把握住了当时社会存在的本质问题，为我们打开了认识英雄世界的另一扇窗口。如果我们再细心地打量新革命历史小说中那些英雄们的家庭，更多的发现也将浮出水面，如多数英雄是孑然一身，李云龙的母亲饿死，石光荣的父母亡失，四道风和梁大牙是孤儿，"我"虽有双亲，也是无胜于有，除了赤贫，他们多是一些没有人管束的"野"孩子。在乱世，那些无地、少地的农民及其他们的孩子在生活难以为继时，摆在他们面前的出路无非饿死、为匪、为丐或者从军这么几个选择。等着饿死属于下下策，求生本能也不允许他们这样做，为丐没有出路，为匪需要身体本钱，家庭教育与社会道德舆论也很难让他们认同此路。只有从军，这不仅可以解决他们最为紧迫的生存需要，而且可能成为他们一生命运的转机。

都梁在评价其笔下的李云龙时，认为李是一个铁血战士，也有一种农民式的狡猾："是一种没有受过军事、文化教育的人，对军事对战争有自己的理解，他的不拘一格表现在他有时会耍一些赖，跟以往的正面人物不太一样的。"① 这里，没有受过教育、会耍一些赖，农民身上这些在新文化运动中为启蒙者所批评的缺点没有成为战争的负面因素，反而对革命产生了难以估量的巨大价值，设若是一个中规中矩的李云龙和梁大牙，也就没有了是日军闻之头痛的八路军独立团，也没纵横凹凸山八路军英雄梁大牙。民族革命战争因了农民的参与和伟力，显得格外的富有光彩，充满戏剧意味。

三 欲望化叙事与英雄想象

欲望化叙事是 20 世纪 90 年代新生代作家的一种典型叙事风格，为军旅作家所借鉴。体现于新革命历史小说中，它当然不是叙述欲望，而是欲望化了的叙事。遍览新革命历史小说，无论史诗性的，还是传奇性的，它们塑造的都是个人英雄，或是伟人在时代风云中的运筹帷幄、纵横捭阖，或是底层英雄个人的传奇或发迹史，他们依靠出众的个人能力和天赋从社会底层出人头地，走向成功。在时无英雄的年代里，新革命历史小说中英雄们的事迹与形象"满足了物质主义时代背景下人们心中空虚失落了的

---

① 《访都梁：〈亮剑〉为什么这样火》，2005 年 11 月 2 日，光明网。

精神需要"，① 满足了人们心中潜隐的各种欲望。

成功的欲望英雄想象。新革命历史小说中，每一位英雄，都是一个现代版的丑小鸭的故事。主人公们出身寒微，或农民、或猎户、或长工、或土匪，多数连温饱都无法解决，为了活命而加入队伍，经过多年的浴血奋战，他们中的多数最终修成正果，他们的故事刺激了年轻人的成功想象与人生欲求。当然，他们不可能像那些主人公那样回到战火纷飞的年代，但成功的法门总有其内在的一致性。自古寒门英雄，哪一个不是凭着其出色的能力与奋斗脱颖而出的呢？基于此，在主人公们从丑小鸭蜕变为白天鹅的过程中，作者在以下三个方面对其刻写对象予以了特别处理：突出的能力、超人的胆识、浴血的奋斗。

突出的能力，这是主人公们通往英雄之路的基础与前提。正如一句歌词所写的那样，没有人能随随便便成功，通往成功的路万千条，如果一个人本身没有获取成功的内在基质，机会再多也是枉然。恰恰在这一点上，尽管所擅有别，但所有的主人公都被赋予了超强的能力，如李云龙的冷兵器格杀和射击技艺、梁大牙出色的武术功底与天生的邪乎劲、常发超强的爆发力与格斗能力、欧阳非同一般的感知与判断能力等都成为这些英雄人物的标签。至于战神关山林，他在长期战争中养成的高超射击技艺同样让人记忆犹新：

> 　　关山林打的是点射，少则两三发一个点，多则四五发一个点，不求张扬，要的是个准头。枪指处必有目标，枪响处必定倒人，而且是在奔跑中射击，凭的是手法和感觉。换匣也快，最后一发弹壳还在空中飞舞的时候左手拇指已经按住了退匣钮，空弹匣借势自动脱落，右手早已摸出新弹匣……哒哒，哒哒哒，哒哒哒哒，那是有张有弛，有节有奏，不显山不露水，不拖泥不带浆，老道、阴毒、从容、直接，全是一种技巧，一种性格、一种气质。（《我是太阳》）

将射击技巧上升为技艺，当然不只是关山林独有的绝活，或者说，关山林那般的高超射击技艺在英雄们中间是一种极为普遍的能力储备。但

---

① 傅逸尘：《军旅文学：要攀登思想与精神的"高地"——军旅作家徐贵祥访谈录》，2011 年 11 月 21 日，中华励志网。

是，就是这些英雄们身上最为常见的能力为他们奠定了通往成功的基石。

超人的胆识，这是主人公们由平凡向传奇英雄人生转化的关键。有勇无谋，只能算是一个莽夫，这显然无法与一个响当当的英雄名号相符。新革命历史小说中的英雄们，其文化程度普遍较低，在战争年代里让他们去接受什么文化教育不现实，当然也不能让一个英雄做一个两眼一抹黑的瞎子。怎么办呢？作品主要采取两种补救措施，一是在他们小有成绩或者功成名就之后进入军事院校深造，二是在他们的胆识上下功夫，将他们塑造为智勇兼备的全能型英雄形象。这些英雄人物中，这方面处理得比较好的是李云龙和梁大牙。李云龙并不是一个一味蛮干的莽夫，消灭山崎大队，没有他的"鬼点子"，这场战斗最终鹿死谁手还是一个值得商榷的问题。但消灭山崎大队，旅长上司不得不对他刮目相看。而智取平田一郎，不仅使日本华北地区派遣军司令官多田峻深感震惊，也使得自己威名大震，项上人头价值上涨到十万大洋之多。而对朱子明出走的准确判断、计赚楚云飞等事件，都不是一个莽夫所能为，没有超人的胆识也无法为的。梁大牙类似的行为也很多，尤其是在斜河街逍遥楼锄奸那一役，使他声名大振。同时也使他脱胎换骨，感觉当八路是那么的惬意，从而生出许多奇思妙想、奇异举动，成就了他非凡的一生，如，从此，他经常化装成各种角色进城锄奸，杀人之后也不遮掩，一律留下大名。还有关山林，其刚猛的一面远胜于智谋的一面，但也有比较出彩的地方，东北一役，准确的判断为部队赢得了先机，也创造了自己战神的称号。至于石光荣等其他英雄人物亦各有千秋。英雄们超人的胆识，是增添其形象光辉的彩笔，也是构建传奇情节，塑造传奇英雄的必要手段。设若没有主人公们那些传奇性的英雄行为，不仅他们的形象显得单薄，人生显得暗淡，文本故事也会逊色不少。

在成功欲望与英雄想象的天平上，主人公们的浴血奋斗是另一个不容忽视的叙事元素。看惯了战场的杀戮之后，总觉得有点腻烦，但新革命历史小说的战争场景，融入了新的元素，尤其是主人公个体的主动性和创造性，使得战争由集体的行为转化为英雄"个人"的战争行为。首先，因为主人公们个体的创造性行为的介入使得整个战争进程出现转机，如李云龙消灭山崎大队时创造的漫天弹雨的奇观，"冲冠一怒为红颜"攻打平安县城消灭日军特种部队山本一木的"冲动之举"，前者消除了八路军总部的安全隐患，而后者则改变了晋西北敌我战场态势。反过来，转机自然也成就了主人公的传奇性，平安城一战，李云龙名声大噪，敌我友三方无不为之震动。其次是主人公们的浴血拼杀，成就了一段战争神话。几乎每一个英雄都切切实实地经历了残酷的血与火的历练，李云龙的血拼日本关东军、关山林冒着枪林弹雨剿匪的惨烈、梁大牙与日军的搏杀以寡敌众、欧阳只身返回沦陷的沽宁拯救被围的守备军，每一个场景都惊心动魄，扣人心弦。某种程度而言，主人公们的浴血拼杀成就了他们的英雄业绩，而当他们将勇与谋结合起来时，一个智勇双全的成功军人的鲜活形象就矗立在读者心中了。

美女欲望与英雄想象。新革命历史小说中关于爱情叙事的一个普遍现象是英雄抱得美人归。自古英雄爱美人，美人也爱英雄，项羽与虞姬的情爱故事不知倾倒了多少痴男怨女。李云龙与田雨、赵刚与冯楠、石光荣与褚琴、梁大牙与东方闻音、常发与梅子、沈轩辕与王凌霄等英雄美人的故事，告别了旧革命历史小说的无情文学之后，新革命历史小说几乎无一例外地设置了英雄邂逅美女，功成名就，美女拥怀的古典式结局。这种结局，隐隐承续了科举时代士子"书中自有颜如玉，书中自有黄金屋"的人生信条，以及"金榜题名时，洞房花烛夜"的人生理想。新革命历史小说之英雄与美女的爱情模式设计说明，功名与美女，作为衡量人生成功与否的标尺，已经深深烙印于国人意识深处，内化为深层文化心理结构。当然，相比于才子佳人的士子爱情模式，英雄美女的爱情模式融入了许多新的元素，充盈着浓郁的当下都市消费文化气息。

自古美女爱英雄，但英雄也爱美女。在对英雄形塑的过程中，除了各具特色的鲜明个性，如赵刚的书卷气、常发的匪性、石光荣的蛮性、梁大牙的痞性等，他们还有一个显著共性，即男人对于女人的强势，对于女人的赤裸裸的欲望，这在之前的革命历史小说中是不存在的。如李云龙对田雨的欲望是一种"强盗"逻辑："这个田雨就是我将来的老婆。他斩钉截铁地得出这个结论。至于田雨怎么想，他可不管，那是她的事。"① 石光荣和关山林对于他们妻子的占有，则还原为一个男性对于女性的略带暴力性的行为。结婚那天晚上，石光荣"他用三十六年积攒起来的力气，收拾了琴。琴已经没有力气再哭泣了"。而关山林与乌云的新婚之夜是"乌云始终温顺地躺在那里，直到关山林把战争演到极致，直到关山林尽兴地

① 都梁：《亮剑》，解放军文艺出版社 2005 年版，第 140 页。

结束战斗，翻身酣然入睡，她都一动不动"①。当然，这种欲望、这种行为，经过移情，着上了诗意的色彩。比如李云龙"追求"田雨时"欲擒故纵"的出色"战术"安排在文本中被作了绘声绘色的描述。至于常发，一句"骑马挎枪走天下，马背上有酒有女人"使其对于女人色欲的负面观感冲淡了英雄的豪气与洒脱，非但不让人反感，反而让人生出几分羡慕。不仅如此，小说文本还浓墨重彩地渲染说凡是他上过的女人都死心塌地地跟着他，仿佛他手里有一根看不见的神奇魔线。梁大牙面对韩秋云的怪笑，还有他留在凹凸山游击队的直接原因竟是因为对东方闻音的隐形欲求，听起来有点令人啼笑皆非，好在作者让东方闻音将梁大牙"改造"为一个顶天立地的抗日英雄。将色欲的追求策略上升为战术素养、战争场景以及英雄改造的良方是新革命历史小说的一个创举，也为芸芸众生中的世俗男性青年树立了一个学习的榜样。

男人与女人的关系中，男人追求女人的成功算不得真正的成功，让女人折服才算是真男人。新革命历史小说的爱情模式里，我们看到了男人的强势，也看到了女人为男人所倾倒折服。除了石光荣与琴，田雨与李云龙、冯楠与赵刚、东方闻音与梁大牙、王凌霄与沈轩辕、梅子与常发等其他每一对男女故事的背后都有一个女人对于男人的痴心和折服。田雨为李云龙肯"纡尊降贵"地去田家求婚所感动，冯楠为赵刚的英雄与儒雅所征服，王凌霄为沈轩辕的气度与才华魂牵梦萦，等等。人的价值的实现与确证有多种，事业之外，爱情无疑是最重要的形式之一。在爱情的双边关系中，通过对象被确证的正是主体自身的价值。知识女性被草莽英雄所吸引、征服形成对寒门士子与豪门千金爱情模式的一种颠覆或者僭越。草莽的胜利，也即寒门的胜利，给予了草根阶级以新的希望。

新革命历史小说塑造的是一批本色英雄，正如新时期以来小说中"土匪重现江湖"一样，他们的出现亦得益于时代的变化。"新"英雄们是作为成功者形象登上新时期以来文坛的，褪去精神的炫目光环后，他们还原了英雄的本真，成为一个普通而又大写的人。"人"的回归拉近了其与读者的距离，他们事业与爱情的双重丰收激发了读者的丰富想象甚至欲望，他们既是读者倾慕的对象，也是欲望化了的审美对象。

---

① 邓一光：《我是太阳》，人民文学出版社 1997 年版，第 81 页。

第五章 典型暴力叙事社会心理

胡适曾言，一时代有一时代之文学，此言道出了文学发展的一个客观事实，即与社会现实的密切关联。其实，文学何尝又不是一时代作家心理的真实反应！伤痕文学开启对"文化大革命"的控诉之后，"暴力"叙事随之成为"新时期"以来文学阵地的一道醒目的风景。面对一个个醒目甚至是精致的暴力故事，撇开其背后的政治、社会与历史因素，以及那些形式主义的激情描绘，通过另一个视角：暴力故事叙述背后的深层心理，我们有可能获得新的文学发展的内在线索。伤痕文学控诉背后的悲愤与弃儿心理、先锋小说激情背后的冷漠与愤怒、新历史小说的快感与颠覆、文化小说的焦虑与隐忧，这些暴力故事与背后透露的心理究竟折射了怎样的社会心态，历史将走向何处？这可能是新时期以来暴力叙事最富启迪意义的部分。

第一节 "文化大革命"创伤叙述中的弃儿心态

如何认识"文化大革命"？时间的推移使得我们有可能在已有研究基础上获得新的发现。过去的研究通过小说主题、故事情节两大环节入手，或者借用福柯的权力学说来解读"文化大革命"的悲剧根源。权力学说的介入使得"文化大革命"叙事小说研究获得了思想的深度，同时，也为我们提供了文本解读的新思维。从"文化大革命"的历史悲剧意义来说，怎么解读都不过分，但作为文学的叙述，它给予我们的思考还是有着不一样的维度。留意那些"文化大革命"叙事小说，我们会赫然发现，时间的流逝并未能抹去受害者内心的伤痛，无论控诉、寻找，还是回忆、反思，无论近距离的观照，还是远距离的凝视，都难掩叙述者所发出的异质声音。

关于"文化大革命"的叙事中，知识分子"学成归国/参加革命—被打成牛鬼蛇神/反革命—自杀/疯癫"是一种比较典型的叙述模式，也是经典的"文化大革命"灾难叙述模式之一。① 以往的此类作品解读，重点在于灾难及其背后的宣泄功能，许子东称为"契合大众审美趣味与宣泄需求的'灾难故事'"，言外之意即，此类故事主要是为大众提供了一个宣泄情绪的窗口，纾解社会怨愤情绪的功能意味浓郁。问题在于，究竟是宣泄谁的情绪，或者说谁在宣泄情绪，是否真如许子东在《忘却》一书中所言"坏事变成了好事"？小说中叙述的那些"文革"故事所反映出来的信息可能要更为复杂一些。目前的文学评论界，关注"文化大革命"叙事小说的已经不多了，尤其是"文化大革命"甫一结束时的伤痕、反思小说，渐渐退出了研究者们的视野。比如，当时有着较大反响的宗璞的《我是谁?》就少有人提及，人们关注更多的是她的《东藏记》《丁香结》等。此外，王蒙的《蝴蝶》、冯骥才的《啊!》等也大抵如此。时间的逝去淡却了人们的记忆，不是很成熟的叙述技巧和变化的社会文化环境都可能促成读者对它们疏离的加速。然而，不能忽视的一点是，正因为距离之近，感情的稚拙，它们为我们探知故事所发散出来的丰富信息提供了新的可能。

　　受害者自我迷失背后是他们原有身份的消失。受害者们为什么哭泣，仅仅因为身体的巨大创痛？情况未必! 宗璞的《我是谁?》为我们提供了一个较好的范本。小说叙述的是一对知识分子韦弥和孟文起受爱国情感的感召归国，在"文化大革命"中遭受迫害双双自杀的故事。故事主要以韦弥为中心，叙述了她遭受批斗回来，打开厨房门发现丈夫孟文起自杀后精神错乱、自我迷失、最后自杀的故事。这里，暴力的批斗退居幕后，批斗所造成的精神伤害成为重点表现对象。韦弥遍体鳞伤跌跌撞撞逃出住所之后，昏倒在地，一拨一拨的人来了，她成了"黑帮的红人! 特务!"，"牛鬼蛇神""黑帮的红狗""笑杆反革命""反动权威"，也有小姑娘叫她韦弥姑! 韦弥糊涂了，她仿佛看见了自己的青面獠牙，忽而，她和孟文起又变成了两条虫子。韦弥自杀前看到的天空中人字形的雁阵意味深长，将这一场景解读为韦弥人的渴望，可能有失简单之嫌。特务、红狗、牛鬼蛇神、反动权威，一连串万花筒般的身份置换之后，人究竟是什么也不一

---

① 许子东在其《为了忘却的集体记忆——解读50篇文革小说》中，将"文化大革命"叙事概括为"灾难故事"等四种基本模式。

定理得清楚了，她失去了做人的资格，然而她到底是什么？她已经不是她！这就从根本上剥夺了她生存的精神基础。谢泳在论述赵树理悲剧的一篇文章中分析道，《小二黑结婚》中有一个开斗争会的细节，以开斗争会的方式斗争别人，自己也可能会遭受斗争会的批判，当自己发明的斗争方式被用来斗争自己时，它所带来的痛苦更甚。韦弥的情况有些类似，她抛弃国外优裕的生活，以优秀的知识分子角色成为新中国人民的一员，参与了新中国的建设。对于韦弥来说，这是一次精神的洗礼和蜕变，是对过去的告别、是新生。问题的关键也在这儿，当一个人完全与过去告别，斩断与过去的一切联系之时，她已经将自己完全交托给新的环境了，而当新的环境将她逐出自己的轨道时，对于这个已经斩断过去的"背叛者"来说，已经无路可逃了。因此，当韦弥被打成黑帮红狗或者牛鬼蛇神时，她究竟是人、是狗还是鬼，她已经无力加以分辨了，往昔更无法追寻了，因为路已经堵死了，她只能是一个身份不明的人，是这个社会的弃儿。韦弥的遭遇在《蝴蝶》中的张思远、《啊!》中的吴仲义等人身上发生着，前者在人生起起伏伏、部长/反革命的反复折腾中，有了庄生梦蝶之感，后者则在精神的高度紧张中不知所措，无法确证自己究竟是什么？《大墙下的红玉兰》中的葛翎眨眼之间完成了劳改处处长向现行反革命的身份转换，尽管他没有张思远似的身份朦胧感，也没有韦弥因为固有身份的迷失而精神分裂，但是依然给他带来了巨大的伤害，产生了心灵的震撼。

在那个高度一体化的年代里，身份的丢失可不是一件小事，而是关系到一个人的生存根本的大问题。20世纪50年代，罗稷南曾向毛泽东提出过"要是今天鲁迅还活着，他可能会怎样？"的问题，毛泽东回答说："以我的估计，（鲁迅）要么是关在牢里还要写，要么他识大体不做声。"[1]毛的回答极为严峻，它标示着言论空间的紧缩与逼仄。经过延安整风，知识分子思想改造运动、批判胡适自由主义思想运动、反胡风运动、反右运动以及"文化大革命"等一系列的思想"清污"运动，新的意识形态空间已经建立，诞生和成长于新意识形态环境中的一代新人不存在老一辈知识分子的思想转变问题，他们本身就是新的意识形态的产物，是命运的共同体，即使像王蒙那样早于1949年出生的年轻革命者，也莫

---

[1]　张绪山：《毛泽东棋局中的鲁迅：从"假如鲁迅还活着"说起》，《炎黄春秋》2009年第6期。

不如是，他们自觉地树立起自己新社会主人公角色，将自己的青春、理想、信念和一切毫无保留地交给新政权、新社会。如此一来，将会产生一些难以预料的问题，比如，一旦被驱逐离开"圈子"，他们会怎么想，又会怎么办？有如鲁迅之问，它同样是一个非常严峻的问题。

　　《圣经》云："从外面进去的，不能污秽人；惟有从里面出来的，乃能污秽人。"思想的重击比肉体的折磨对人的伤害更大。重读"文化大革命"叙事中的那些伤痕小说、反思小说，我们豁然发现，小说中那种被抛弃的悬置感、弃儿心理和无所归依的恐惧心理是如此的强烈，它是主人公们无法摆脱的梦魇。如此震撼的场景叙述与心理描写是由谁完成的？这里涉及一个叙述者的问题，谁最有资格叙述"文化大革命"？一个普遍认可的看法是亲历者最有资格，尤其是亲历者中的知识分子。看看伤痕小说、反思小说的一个个作者和他们塑造的主人公：刘心武，1961 年北京师专中文系毕业；宗璞，著名学者冯友兰之女；王蒙，十三岁入党，十五岁入保定中学学习；冯骥才，1960 年高中毕业后从事绘画艺术工作；韦弥，归国知识分子；吴仲义，历史研究所研究员；张思远，高级干部。由此，这种推断大致是可信的。"文革"叙事由知识分子率先推出，不仅由于他们有文化、会写作的先天优势，更由于他们心灵上受到的伤害最深、积郁最深。"以肯定人的价值为出发点的暴力，其实正是否定了作为主体的人，而最终却仍将唤起新的、更强烈的主体意识。"① 一个人的身份被自己所归依的团体人为地有意地颠倒错乱，不是简单的生活问题，而是从存在价值的层面上对他的生存基础的剥夺。因此，不能浅表地看待"文革"叙事中的呻吟、悲哭、怒号与诅咒，其中有对人的尊严、价值的重新发现和呼吁，也是相当部分受害知识分子被逐出"伊甸园"后弃儿心理的折射，是被打成反革命的革命者的恐惧心理。

　　具有悲剧结局的事件或者人生不一定能够算是悲剧，不少"文革"叙事小说就是讲述这样一些并非悲剧的悲剧故事，受害者一个个身心俱疲、伤痕累累，却根本找不到造成他们悲剧的对象。此类小说，早期的有冯川的《迷误》、郑义的《枫》、汪凯利的《谁杀了她?》等。这些作品既有早期"'文革'小说"的控诉性特征，又有些反思的色彩。控诉与反思本来就是一体的两面，着眼点不同，解读也不一样。非常有意思的是，

---

① 唐小兵：《英雄与凡人的时代：解读 20 世纪》，上海文艺出版社 2001 年版，第 115 页。

控诉谁，解读什么？它们都需要一个对象，恰恰在这一点上，它们极为相似，或在好人遭灾的痛苦叙述中进行悲愤的控诉，或在对悲剧事件貌似客观的叙述中进行反思，但是它们或控诉有余，或冷静过头，作品缺乏应有的深度和令人警醒的悲剧力量。

好人遭殃是"'文革'小说"一种常见的悲剧叙事模式，是控诉罪恶、宣泄情感的一种普遍书写方式。故事中引发悲愤情绪的往往存在这么一些情况，一是主人公遭遇不公正待遇，命运急转直下，身受苦难、境遇堪忧。二是，苦难未解，又往往找不到造成自己苦难命运的对象或原因，给苦难笼罩上一层浓浓的压抑氛围，多数小说则并非是那么清晰可辨，是多重因素的糅合。《迷误》《枫》《谁杀了她?》等正是一些作品，它们通过悲剧主人公的不幸遭遇发出悲愤控诉。《迷误》讲述我因为政治原因被打入监狱，入监后因不愿回答一个中年人的无聊问话遭其殴打，幸遇一青年援手，意外的是这青年竟是多年不见的好友罗澜。罗澜是著名心脏病专家罗丹南之子，罗澜本人是市数学竞赛冠军、校团委副书记、足球队中锋，可谓前程似锦。市委第一书记郭子仪的不明之死彻底改变了罗澜他们一家的命运，罗澜的父亲"畏罪"自杀，罗澜本人在"文化大革命"中成为街头"斗士"，最后沦为阶下囚，女友被知青办主任侮辱而无可奈何。《迷误》有早期"'文革'小说"共有的悲情特征，也存在显见的"盲视"现象。受害主人公被抛出生活的常轨，却不知道究竟为什么，也不知道究竟是谁制造了他们的悲剧人生?《迷误》如此，《谁杀了她?》也是如此，下一莎的死，是肖诚的问题，还是其他原因，究竟是谁杀了下一莎？小说所指意味深长又含蓄朦胧、雾里看花。《枫》是另一篇颇有影响的"文革"叙事小说，丹枫和李红钢两个年轻生命的陨落，是井冈山和近卫军两个革命集团争斗的结果，是"文化大革命"时期社会的常态化图景的一面。更为悲催的是，李红钢战斗"英勇"，后来却以"武斗元凶"的罪名被处死，然而，究竟谁应该对他们的死负责？"枫树又红了，象一丛丛烧得旺旺的火。那火红的树冠，红得简直象刚刚从伤口喷射出来的血，浓艳欲滴。"[1] 那火红的树冠，是无辜青年的鲜血染红的，喷射鲜血的伤口却始终不见人将其抚平，他们留给人们的，也许只有鲜血流尽之后的悲愤吧！

---

① 郑义：《枫》，载《文汇报》1979年2月11日。

如果说早期小说《迷误》等在血泪的控诉中难掩悲愤的话，铁凝的《玫瑰门》、苏童的《刺青时代》、余华的《兄弟》以及贾平凹的《古炉》等则在看似平淡的叙述中郁愤难平。《玫瑰门》叙述了姑爸遭受"文化大革命"小将非人折磨的屈辱人生。余华的《兄弟》在不少论者眼里有着浓厚的市场因素的影响，不过在本人看来，其关于"文化大革命"暴力部分的处理依然秉承了他80年代中期先锋叙事的一贯风格：冷酷和辛辣。小说里面写到红卫兵小将折磨孙伟的父亲时创新了许多方法，其中有猫钻裤裆、铁刷刷脚心、鸭子凫水等，无论哪一种都令人发指。

　　　　这些红袖章把他的双手和双脚绑起来，到外面去捉来了一只野猫，把野猫放进了他的裤子，裤子的上下都扎紧了，野猫在他的裤子里又咬又抓了整整一夜，让他痛不欲生地惨叫了整整一夜，让仓库里其他被押的人哆嗦了整整一夜，有几个胆小的吓得都尿湿了裤子。

　　　　　　　　　　　　　　　　　　　　　　　　　——余华《兄弟》

　　这种不动声色的叙述是一种风格，更是一种态度。这种态度，郜元宝有着比较准确的表述："对于人间的苦难，余华不是不动感情，而是动了更具本原性的感情。或者说，余华的目的，不是要把自然生发的情感张扬出来，付与消耗性的无谓呼叫，而是要把人的情感内敛和聚摄到'在之中'的本原性存在，使之化为不事张扬的无声的呐喊。"① 血泪可以引起人们的愤怒，无声的呐喊更见出沉默的力量。相比《兄弟》，贾平凹《古炉》是另一种类型，"我不愿意写所谓的历史长河呀、政治环境呀等历史史诗式的东西。我觉得那种说法特别荒唐"②。贾平凹将叙述的焦点下移，由知识分子转向普通农民，也不再运用过去好人遭灾、"政治——人性"的叙事老套，将血腥争斗归因于利益——瓷窑的争夺。《古炉》写"文化大革命"，没有突出的主人公，它从反思的角度将古炉村两大造反组织的血腥争斗书写得淋漓尽致，但全景式的叙述、多主角或无主角的人物设置，芸芸众生进入历史的视野，成为历史的责任主体，他们的行为不仅关

---

　　① 郜元宝：《余华创作中的苦难意识》，《文学评论》1994年第3期。

　　② 姜广平：《经过与穿越：与当代著名作家对话》，广西师范大学出版社2004年，第112页。

涉村庄，亦关涉到整个民族的民运，历史的责任在大众的分担之下消弭于无形。由政治到庸常、由史诗到生活、由个人到集体，这是"文化大革命"书写视域的转向与扩大，锋芒有所减弱，内心的积郁也许更深重了。有作家言："我不喜欢那种展示'文革'全过程的小说，我要写的就是我所体验到的'文革'，这种体验是一种非常莫名其妙的体验，一种黑暗的体验。"① 黑暗的体验不会因为时间而消失，相反，它会化为记忆储存并长期影响着主人的思考。

用悲怆来形容早期"文革"叙事小说大致来说还是比较贴切的，那种信而见疑、忠而被弃的悲愤，被打入地狱见不到日光的绝望是触目惊心的。被弃并不是最可怕的，最可怕的是自己的忠不被人理解，看不到未来的恐惧和绝望，这恰恰是那时一种最为普遍又易被读者所忽略的一种情绪。恐惧不一定要颤抖，绝望不一定就是走投无路，它是一种预示，是一种前景。"文化大革命"结束为被压抑许久的心情放了个假，持续的阴雨天似乎露出了丝丝亮光，事实未必尽然，即使在那些看似结尾比较乐观的小说里。《伤痕》结尾，王晓华母亲安然地半睁着。安葬好母亲后，王拉着男友小苏的胳膊，"朝着灯火通明的南京路大步走去……"类似结尾的还有《重逢》《我该怎么办?》等，前者写叶辉在接受审判时，审判自己的主管领导竟然就是自己当年舍身相救的朱春信，了解实际情况的朱春信会对叶辉（当年的红卫兵小将叶卫革）网开一面吗? 后者写久经磨难的薛子君在生活渐趋稳定时，"死去"多年的丈夫李丽文突然回来，先夫回来的喜剧在两个丈夫抉择的难题面前，薛子君该如何决定呢，她内心又如何呢? 实际情况是，至母亲去世，王晓华始终未得聆听母亲一言，留下终身遗憾，压在她心底的阴影未能经由母亲的亲手拂拭而去除，南京路的通明灯火照得亮她的眼，却无法照彻她的心! 貌似机缘巧合的叶辉，命运其实早已注定，无论救与没救自己，朱春信都需要法办叶辉为那段混乱无序的历史做出合理的解释和交代，等待叶的将是历史的严惩。而薛子君，"死去"丈夫的从天而降，带来的绝不是惊喜，是渐趋平复之伤痛的再度撕裂与新的摧残! 悲中见喜，喜中含忧，是这些作品共同的风格，看似喜剧的结局中，文字深层是隐约可见的疑虑与对未来的失望。

刘克的《飞天》因题材的敏感和尖锐，是新时期一篇饱受争议和批

---

① 张钧:《小说的立场：新生代作家访谈录》，广西师范大学出版社 2001 年，第 536 页。

判的伤痕文学作品，它在几个方面打破了当时文学创作的禁区，提供了读者思考的方向：其一，飞天之悲剧结局所引发的悲剧起因与发展方向的思考；其二，飞天之悲剧结局所引发的伦理与道德思考。《飞天》之受批判，概因谢政委使然。飞天平静的生活因谢政委的出现而彻底改变，由一个挂单黄来寺的落魄姑娘摇身一变为高级领导的贴身护士，进而为情人，进而为弃妇，失去了纯真，失去了恋人，进而失去了生活之精神基础。飞天的悲剧是一个偶然，实则必然，顶替飞天的另一个姑娘的出现实实在在暗示着读者，天地虽大，飞天无处可逃！黄来寺的被毁以及海离子、唐和尚的被迫害致死，飞天的精神失常彻底摧毁了人们曾经寄予厚望的精神寄托——宗教。现实无路可逃，未来的路又被堵死，《飞天》打破了好人好报，善有善报的惯常思维，结局灰暗、令人绝望。

　　"文化大革命"岁月已经烟消云散日久，渐渐淡出人们的记忆，"文革"叙事小说以它自己的方式一直在默默地回忆，省思和反抗着这段历史。克里玛说："写作的意义对于作者来说是为了对抗遗忘，对抗死亡，对抗权力主体对历史的修饰，对抗真实的历史遭到篡改和扭曲。"① 作为一场影响深远的民族浩劫，作者如何回忆、怎样对抗却并不是一件容易的事情，它不仅关涉到作者主体的人格力量之强大与否，亦关涉到外部力量对他影响的程度，还有他自身意愿是否强烈等诸多因素。对于 20 世纪，尤其是 1949 年以后的不少中国大陆知识分子而言，政治是他们人生一个难以摆脱而又一言难尽的沉重话题，因为他们中的绝大部分，都在"文化大革命"十年甚至更早的反右、知识分子思想改造运动中被波及，涉及面之广，伤害之深，非苍白的文字或语言所能准确描述的。金钟《最新版"文革"死亡人数》记载北京一位研究党史的"体制内"学者提供的叶剑英元帅关于"文化大革命"数据的一个讲话版本中，其受害人数是："城市死于'文革'人数六十八万三千人；农村死于'文革'二百五十万，其中地主富农分子一百二十万（为土改地富死亡人数二十二万的五倍）；'文革'中受到各种打击迫害人数一亿一千三百万；失踪人口五十五万七千人。"② 知识分子又是其中的重灾区，鲜有幸免的，以致多年以后，其影响都难以平复，他们已经不再保有往日抗争的锐气与思考的灵

---

① ［捷克］克里玛：《布拉格精神》，作家出版社 1998 年版，第 41 页。

② 金钟：《最新版文革死亡人数》，《开放》2012 年第 10 期。

性。"我们现在的物质生活在飞速向前，但精神生活是萎缩的。……但有一点就是我们缺乏反省自我灵魂的能力和勇气，我们不自知这种能力的可贵和必要性。"① 我们缺乏索尔任尼琴《古拉格群岛》这样真实描绘与尖锐批判专制政治吃人的皇皇巨著，也没有齐格蒙·鲍曼《现代性大屠杀》那样深刻反省大屠杀悲剧根源的警世之作。反省的缺失和思维钝化的一个严重后果就是，知识分子们面对他们过去所遭受的一切，无力反思，或者干脆就不愿面对。最终，历史形成一种苍茫而又荒芜的旷世"奇观"。

回顾三十余年来的"文革"叙事，尽管不乏悲愤的呐喊之声，甚至愤怒的控诉，但呐喊与愤怒彰显的恰恰是他们信而见疑、忠而被逐的弃儿心态与绝望心理，这是人格主体缺失与思想贫乏的表现。辐射于具体的小说叙事上，即历史叙述的生活化、情绪流露的浅表化。历史叙述的生活化是一些"'文革'小说"叙事的一个主要毛病。不少小说讲述着叙述者亲历或亲见的"文化大革命"故事，遗憾的是这些故事往往艺术提炼不足，要么遵循"平静生活—突然遭灾—走投无路"的模式化叙述老套，要么在外在的暴力事件上浓墨重彩，而对暴力实施的社会心理基础，尤其是人物的内在精神世界与性格发展缺乏现实的合理的表现，故事仅仅成为一个倾诉的载体而没有进行有效的沉淀、真正转化为思想与艺术俱佳的艺术作品。"生活本身充其量只能提供故事而无法提供情节，因为情节总是对故事的一种重新安排，其目的是为了表达讲这个的人对他所讲的那个故事的看法与态度。"② 与历史叙述的生活化相关联的另一面，是情绪的浅表化。其一，小说以第一人称叙事，或者第三人称全知叙事，或人物内视角叙事居多，从叙事学角度看，此三种叙事人称，从叙述距离和叙事信息两个方向拉近了与悲剧主人公距离，形成一种自我倾诉的内在机制；其二，距离的过于接近使得遭受迫害所产生的疼痛倾诉力量大大强于冷静思考所需要的力量制衡，造成对悲剧故事省思和批判的严重不足，故事应有的社会警示意义、启迪意义付诸阙如，主人公的悲剧人生变得意义稀薄，牺牲几乎成了无意义的个人行为。面对"文化大革命"这样一场民族浩劫，"文革"叙事小说这样一份答卷显然难以令人满意。

冯川在《迷误》的开头如是说："生活有时候会出现一种暂时的迷

---

① 房伟 胡健玲编选：《铁凝研究资料》，山东文艺出版社 2009 年版，第 78 页。

② 徐岱著：《小说叙事学》，中国社会科学出版社 1992 年版，第 220 页。

误，它使人们陷入无能为力的处境，让怀疑和彷徨动摇着人们的决心；它主宰着人们的痛苦和欢乐，给人们的命运打上它自己的烙印。人们在经过长期苦难的折磨后，付出了沉重的代价，然后，才有可能对生活进行新的认识。"① 这段开场白式的话语未尝不是相当部分作者的认识体现，无数个体付出鲜血和生命代价的十年浩劫仅仅算得上一种暂时的迷误，胸怀足够宽广，可谁又能怀疑这不是一种内心冷漠、灵魂荒芜、思想贫瘠的表现呢？

第二节   先锋叙事之放纵中的疏离

曾有学者将先锋小说视为"当代文学最放肆的一次小说写作"②。所言非虚。不过，它主要针对先锋小说之创作手法而言。不管它如何放肆，所使用之手法如何新奇怪异，它都是安放作者灵魂之所，是寄托感情的地方。③ 放肆的写作必定有放肆的心理基础，方法之外，先锋作家们放肆表象之下的心理世界同样值得人们去探索、去深究。

一   激情叙述中的反叛

所谓激情，乃是情感的一种表现形式，百度词条解释为它"往往发生在强烈刺激或突如其来的变化之后"，"具有迅猛、激烈、难以抑制等特点"。换言之，激情是一种接受外来刺激反应后的外驱性情感之一种。既然激情为外力所驱，那么，先锋小说作家们之激情来源于何处呢？先锋小说大致崛起于 20 世纪 80 年代中期，以 50 年代及 60 年代出生作家为主，按照通常的说法，先锋小说主要表现在题材和手法，尤其是创作手法的大胆创新上，就像马原所说的，他们厌弃了东家长西家短的哭哭啼啼的哀哀控诉。当然，这只是激情表现，而不是激情根源。他们厌弃了东家长西家短的哭哭啼啼，首先当然是他们要有条件去厌倦、其次是有能力去厌倦。时间推进到马原讲此话的十年之前，这恐怕是不可想象的。其中关节

---

①   冯川：《迷误》，《四川文学》1979 年第 10 期。

②   洪治纲：《中国当代先锋文学发展主潮（下）》，《小说评论》2005 年第 6 期。

③   莫言在一次访谈中谈及自己的历史小说创作，将它当做自己寄托感情的地方。见路晓冰编选《莫言研究资料》，山东文艺出版社 2006 年，第 21 页。

就是时间的节点问题，也是理解先锋小说激情叙事的基础。这十年的时间里，促使先锋作家们能够如此"放肆"的，还是离不开"文化大革命"这个"始作俑者"，"文化大革命"结束，所罗门的瓶子终于打开。再者，西方文艺思潮、哲学社会思潮的大量涌入为先锋作家们提供了技术上的支持。确切地说，先锋叙事是一场具有浓郁意识形态意味的方法革命。

叙事技巧的革新总是与叙事题材、叙事主题的革新相辅相成，而且，后者往往更能反映作品背后所蕴含的巨量信息。确切地说，先锋小说放纵的基础是题材，大放异彩的是它的主题与方法。抛却了"文化大革命"等所谓重大社会题材之后，进入先锋小说法眼的是什么呢？一是日常生活，二是历史，三是"文化大革命"。"十七年"也写日常生活、写历史，伤痕、反思小说也写"文化大革命"，然而，它们是两种截然不同的选择。前者写生活、写历史，叙述的是农村社会主义改造的故事、民族革命战争或解放战争的故事，塑造的是农村社会主义改造的农民英雄或战争英雄，遵循的是当局关于历史发展的本质化论述。后者对于生活、历史及"文革"的叙述，不是家长里短，不是英雄故事，也不是受害者的斑斑血泪，而是个人化的生活，是没有英雄的历史、是经过个人视野洞穿的"文化大革命"记忆。

"苦难的经历只是历史事实，重要的是如何赋予它一种意义，以及赋予他一种什么意义。"[①] 日常生活与历史事件，它们本身只是文学创作的题材，被作家赋予一种什么样的意义，标识着作家什么样的态度才是关键所在。看惯了过多的俯首帖耳、太多的命题作文，听惯了太多的阿谀之词、歌功颂德之后，这些从政治宣传功能惯性创作思维中退出来的个人化表述，不仅突出地表现了先锋作家们出色的艺术天赋，同样表现了他们的玩世、愤世及冷嘲热讽。也许他们无法给这个多灾多难的民族之新生提供足够强健的精神资源，然而，他们依然以自己的方式在努力。日常生活中贵族家庭生活的黑帮化，英雄叙述里逃兵与土匪的浮出地表，"文化大革命"在甫一结束就被人们无情忘却的残酷现实，无一不在扎扎实实地煽动着人们背叛自己的固有记忆，提醒着人们历史还有它的另一个面向，在破坏的狂欢里鼓动着人们大胆的背叛，与过去勇敢地告别。

① 摩罗：《论当代中国作家的精神资源》，载《世纪论语》，吉林文史出版社 2000 年，第11 页。

相当长一个时期里，文学作为政治的一部分，革命事业这架机器上的一颗螺丝钉，它始终兢兢业业地扮演着自己从属者的角色，服从和服务于现实的政治斗争需要。在农村社会主义改造艰难进行的时候，梁生宝的凌空出现完美地诠释了社会主义道路的优越性，周大勇、朱老忠、江姐、卢嘉川等一大批英雄形象则用鲜血甚至生命印证了革命政权的合法与伟大。然而，时过境迁，这些都已经成为过去时，深刻地影响着先锋作家们创作的，是来自他们自身生活的经验与直接感受。作为五六十年代生作家，他们多数没有直接卷入那场长达十年的灾难，更没有在反右中被打成右派的惨痛记忆，但亲见了灾难年月的血与火，见多了人间的恨与泪，怨与愤，并深深地烙印于他们的记忆里，影响着他们对生活现实的判断、文学创作的审美表现。"我们曾经生活在一个充满暴力的年代……所以我想我们之所以在作品里面有暴力描写，实际上是生活决定的，或者说是我们个人生活经验决定的。""暴力因为其形式充满激情，它的力量源自于人内心的渴望，所以它使我心醉神迷。"[1] 暴力不再单纯成为英雄塑造的正义之举，而成为作家们释放激情的一种"游戏"形式，英雄的含义在新的叙事语境中变得支离破碎，甚至大相径庭。周大勇等红色经典中英雄一般都有一个几乎完美的出身，要么孤儿，要么贫苦农民家庭的儿子，衣食无着，走投无路被逼走上革命之路，他们天然葆有革命英雄的成长基因。革命之后，因为天然的阶级情感和勇敢的牺牲精神，逐渐成长为高大的革命英雄。但新的英雄形象完全打破了原有的英雄想象，彪悍、嗜血、打家劫舍的土匪成了抗击日本侵略者的中流砥柱，而作为正规军的国共两党军队则龟缩在后，胜利在望时才伺机清扫战场。这种新的英雄的出现完全刺破了长期以来关于英雄叙事规范的坚硬外壳，是对权威文学创作规范的反抗与挑战。

告别过去，挑战权威是与"历史"进行决断，更是对自我主体的重新唤醒。与前辈作家不一样，先锋小说作家们没有直接卷入"文化大革命"，自然也不处于文坛权力的中心，他们"常常生活在政治论争和社会焦点之外"[2]，处于一种游离中心的"自由"生存状态，即使"文化大革

---

　　① 余华：《虚伪的作品》，《上海文论》1989 年第 5 期。

　　② 李延青主编：《文学立场：当代作家海外、港台演讲录》，河北教育出版社 2003 年，第91 页。

命"结束之后。因为没有了额外的负累，也就少了不少拘束，可以放肆的创作。"我记得我当时非常热血，同时非常冷血，几乎就像一次文学的极限体验。我怀着一种破坏欲和颠覆欲，以一场鲁莽和冷酷的推进方式将一个家庭的故事描绘成一个近乎地狱的故事，我要破坏和颠覆的东西太多了，被认定的人性、道德、伦理框架，能打碎的统统打碎。"[1] 这是一个极端个人化的表述，与子君"我是我自己的，谁也没有干涉我的权力"的呐喊如出一辙。时冷时热的神经质精神状态，对人性、道德、伦理等大众行为准则的破坏，其大胆与狂傲，对"恶"的推崇，似乎又回到了狂飙突进的五四时代。五四将个体从等级森严的封建伦理体系中解救出来，个体获得了自由选择与支配自己的权力。历史的前行似乎并没有给予后来者更多的恩赐，他们也没有获得比先行者们更多的精神资源，子君大胆追求自主的爱情，她的后来者们却在为自己从一体化的组织观念中突围出来而劳力伤神，这一步虽曰艰难却也意义非凡。

二 快感追逐中的颠覆

确立主体的现实存在之后，如何展现自己独特的精神存在和价值追求，这是先锋派新锐作家们非常重视的问题。在不少评论者眼中，那些先锋作品"不再像过去的文学创作那样拥有明确的主题意象，像伤痕文学、改革文学、寻根文学、新写实文学那种明晰而统一的主题意识"[2]。也不像90年代的那些晚生代作家那样在物化时代的迷离恍惚中，沉溺于身体的感官化刺激难以自拔。脱离了非常时代的非常氛围，摆脱了"人民"、远离了"英雄"，又还没有进入消费时代的金钱社会为物所役，处于这么一个时代发展的空隙，先锋作家们不想回到过去，也不十分明了未来，他们注定是一批玩世、愤世又不甘沉沦的"逆子"。

"文化大革命"之后，一切都变得没有意义。先锋小说之暴力故事叙述的是个体经验意识中的故事，而不是蕴含着本质意义的历史事件中的故事。先锋小说家们普遍不重视什么大历史，也不相信自己亲见的就是所谓真实，他们只相信自己，相信自己的感觉。他们的真实是一种心理真实，

---

① 苏童、陈晨编选：《苏童研究资料》，山东文艺出版社2006年，第61页。

② 葛红兵：《非激情时代的暧昧意象——晚生代小说的主题》、《论当代中国作家的精神资源》，载《世纪论语》，吉林文史出版社2000年版，第212页。

他们的现实是心理的现实，也不满意文学对现实的臣服。这就从根底上排斥了过去英雄叙事对革命历史的经典化处理，纯粹成为一种个人化、感官化的言说，游戏取代神圣，死亡取代光明，嗜血取代苦大仇深成为暴力的源头。探索先锋的马原就将写作当作一种叙事游戏，他的《冈底斯的诱惑》《涂满古怪图案的墙壁》《西海的无帆船》《虚构》都是具有游戏性质的叙事作品，它们多以马原在西藏的生活经验为主要素材，原本就有着几分神秘的西藏，在马原略带神性的叙述中，读者如入布达拉迷宫，虽则不知所云，却耳目一新。此即吴亮概括的"马原的叙事圈套"。尽管马原的作品没有将暴力和死亡作为自己表现的对象，但是，其完全个人化的言说无疑具有方向性意义。余华的《鲜血梅花》叙述的是一个为父复仇的故事。这本是一个极严肃的故事，作者却将复仇主人公阮海阔设置为一个身无一点武功且没有任何江湖经验的少年，让这么一个身负血海深仇又没有一丝武功的人去追杀谋杀曾为一代宗师的父亲的凶手，真有点与虎谋皮的感觉，要么他疯了，要么她母亲疯了。阮海阔像一只无头苍蝇一路奔波朦朦胧胧，始终不知母亲要自己去找的青云道长和白雨潇是谁，结果要找的人没有确知，杀父之仇却已报了。故事的荒诞与神秘完全超越了读者过往武侠小说的阅读经验，严肃的主题也没有往昔此类作品的凝重和缜密，仅仅是作者叙述的一个故事、一个游戏而已，并不意味着什么。《往事与刑罚》是另一个迷宫，陌生人对往事的追溯与刑罚专家四桩刑罚神秘地关联在一起，没有这四桩刑罚，一切回忆都变得困难。本身存在几分神秘的故事因为毫无来由的四桩刑罚的介入变得更加扑朔迷离。这种脱离了大道，带着几分游戏的自我言说成为先锋作家们的钟爱。余华说："暴力因为其形式充满激情，它的力量源自于人内心的渴望，所以它使我心醉神迷。"① 言外之意，那些充满激情的叙事游戏很大一部分原因来自作家们暴力宣泄的需要。苏童的《妻妾成群》及《我的帝王生涯》，莫言的《红高粱家族》系列等，都是善讲故事，游戏历史的名篇，并且形成一种语言的暴力奇观。在"文化大革命"那种特殊的历史境遇下，带有强烈暴力性的"文革"话语作为社会存在的基本形式，深深影响着人们，对于彼时少不更事或初涉人世的先锋作家们来说自然也有着非常的吸引力，成为他们日后文学创作的隐形话语资源。"中国先锋文学对创伤性的敏锐的

---

① 余华：《虚伪的作品》，《上海文论》1989 年第 5 期。

把握或触动，不能不说是从对'文革'话语的记忆痕迹那里来的，这种记忆痕迹在无意识深处存留了恐怖的元话语的袭击。"① 以彼之道还施彼身，这个来自武侠世界的武术招数被运用于先锋作家们的小说创作上，用于对自己曾经奉为经典的原则的解构，轻车熟路，又严丝合缝。

"有了快感你就喊"，这句响彻 90 年代文学界的响亮口号，张扬的是消费时代欲望的满足，但在 80 年代先锋作家游戏化叙事中，快感不是其肉身欲望的物质化满足，而是在嗜血与死亡游戏中产生的颠覆的快感，是精神上的愉悦。中国文化中从来不缺暴力，在朝代更替的天道轮回中，只要合乎大道，顺应天命，一切暴力都是合法的。"膺更大命，革殷，受天明命"②，"贼仁者谓之贼，贼义者谓之残，残贼之人谓之一夫。闻诛一夫纣矣，未闻弑君也"③。因为顺应天命，武王伐纣获得了合法性，并不担当弑君的罪名。只要合乎正义、王道，一切暴力手段都是正当的、合法的，道德是衡量暴力正义与否的主要标准，辐射于政治，即内圣外王的"圣王精神"。因为意识形态的需要和引导，五六十年代革命历史小说关于暴力和死亡的经典化处理，是英雄塑造的重要环节与砝码。在先锋作家们的笔下，暴力演变成了争权夺利的血腥屠杀，或者家庭内部的恐怖暴力行为、或者原始力量的超强显现，完全逸出了"道"的规范要求，嗜血、死亡是其最为显著的标志。

前面章节关于历史小说的暴力叙事章节中，曾经简要比较了红色经典与新历史小说对于暴力场景的处理问题。红色经典重在对暴力结果的突出，目的在于激起群众的强烈情绪和英雄的爱憎感情，从而为英雄的成长提供合理的性格发展逻辑。新历史小说则侧重于暴力过程的展示，对于暴力行为进行有声有色的细致描绘，激起的不再是美感，而是恶的情绪。作为新历史小说的"前辈"，注重形式的先锋小说，暴力是作为一件华丽的"外衣"来予以展示的，只不过，引起的是"爬满虱子"的恶心，与形式的快感形成奇妙的二元对立状态，紧张中蕴含着巨大的张力。

有学者称余华血管里流的是冰碴子，意指其小说弥散出来的冷酷气息，然则，这些冷酷正是建基于浓墨重彩的血腥场景的描画基础上的，是

---

① 杨小滨：《中国先锋文学与历史创伤》，《中国研究》1998 年第 9 期。

② 《史记·周本纪》，中华书局 1959 年，第 126 页。

③ 《孟子·梁惠王下》。

后者的意兴阑珊刺激了前者的感官的冰冷。余华早期作品，除却形式，暴力是最重要的元素。《十八岁出门远行》《一九八六年》《古典爱情》《现实一种》等，都因为激情的暴力知名文坛。这些作品，给读者印象最深刻的，就是它们暴力的血腥。《古典爱情》化用了古典文学才子佳人的小说创作模式，结果，大饥荒下的血腥却破坏了温情脉脉的爱情幻象。柳生赶考回来，寻觅与自己私订终身的惠小姐，哪知，早已物是人非，触目所见，原先的繁华变成一片饿殍，更令他恐怖的是，他在街市上见到了菜人的屠宰现场：

　　　　幼女被拖入棚内后，伙计捉住她的身子，将其手臂放在树桩上。幼女两眼瞟出棚外，看那妇人，所以没见店主已举起利斧。妇人并不看幼女。

　　　　柳生看着店主的利斧猛劈下去，听得"咔嚓"一声，骨头被砍断了，一股血四溅开来，溅得店主一脸都是。

　　　　……

　　　　店主此刻拿住一块破布擦脸，伙计将手臂递与棚外一提篮的人。那人将手臂放入篮内，给了钱就离去。

　　　　这当儿妇人奔入棚内，拿起一把放在地上的利刃，朝幼女胸口猛刺。幼女窒息了一声，哭喊便戛然终止。待店主发现为时已晚。店主一拳将妇人打到棚角，又将幼女从地上拾起，与伙计二人令人眼花缭乱地肢解了幼女，一件一件递与棚外的人。　　——余华《古典爱情》

　　小说将肢解菜人幼女的恐怖过程予以了全程呈现，更让人不安的是，小说是以柳生的视角进行叙述的，这等近距离的凝视，能够做到不动声色，没有非常的心理，难以做到。《一九八六年》以已经发疯的历史教师自戕的形式，重演了刖、宫、劓等五种古代刑罚，在血肉模糊之中，历史教师走向了毁灭。《现实一种》则在兄弟相残中完成故事的叙述。这里浓墨重彩地着重于余华小说，一是余华小说典型地体现了先锋小说暴力叙事的激情，二是余华小说"嗜血"的程度丝毫不亚于先锋小说的其他作家，如苏童、莫言等。苏童的《我的帝王生涯》叙述的是封建时代王宫内外争斗，内部是兄弟之间、嫔妃之间的相互陷害与残杀，如活活被钉死在棺材里的杨夫人、割掉舌头的宫女们等，外部是对起义军的残酷镇压和彭国对燮国的血腥并吞，尤其是对失败义军首领李义芝的血腥审问，刑罚之残酷，花样之繁多，非常人所能想象。而战火过后的燮国，已成人间地狱：

> 被驱赶的人群猛然发现前方的天空是红色的。彭国人放火焚烧了大燮宫。当京城的百姓被带到宫门前，光燮门的木质巨梁上已经升起冲天火舌。彭兵勒令人群站成雁阵观望燮宫的大火。一个年长的军吏用嘹亮而激越的声音宣告他们在燮彭之战中获得胜利：燮国的百姓，你们看着这场漫天大火吧，看着你们肮脏淫佚的王宫是怎样化为废墟的，看着你们这个衰弱可怜的小国是怎样归于至高无上的彭国吧！我隐隐听见了大燮宫内凄惶绝望的人声，但随着火势的疯狂蔓延，整个宫殿变成一片辉煌的火海，楼殿燃烧和颓塌的巨响掩盖了宫人们的呼号和哭声。
> ——苏童《我的帝王生涯》

对于先锋作家们来说，鲜血与死亡曾经是他们记忆的一部分，通过作品重现他们的记忆，是不少作家通行的做法。我们需要思考的是，这些血腥与死亡意味着什么，究竟何为？余华在小说集《现实一种》的出版后记里说："《现实一种》里的三篇作品记录了我曾经有过的疯狂、暴力和血腥在字里行间如波涛般涌动着，这是从噩梦出发抵达梦魇的叙述。"①这句话的前半部分应该是对自己曾经的生活的一种描述，后半句则是对这种描述的一种解释。由噩梦抵达梦魇，是无意义的重复，还是对无意义的否定？从词源学的意义上说，这是一个从客观到主观的发展趋向，侧重于对过去经历的否定性印象。它清晰地告诉读者，那些疯狂与血腥，不具任何积极的进步意义，它们带给人们的只是梦魇。它们被先锋小说家们更加生动细致，甚至略带夸张地还原出来时，其所固有的恶也就暴露无遗了，它们越是疯狂，它们离开人之为人的底线就越遥远，对自身的否定性就越强。事实上，人们懵懂初醒时的那个世界的形象往往决定了他们成年后的世界形象的模样，先锋作家们在目睹了那场劫难之后，神像基本已经被轰毁了，一切的一切，只不过它的注脚而已。

---

① 余华：《现实一种》封底，作家出版社 2008 年版。

三　故事痴迷中的疏离

先锋小说家们对故事似乎情有独钟。讲故事是一种技术活，具有很强的私密性，叙述者对故事情节的处理往往预示着故事发展的基本走向与情感倾向。"情节的作用是强调或不强调故事中的某些事件，解释一些事件，把其他事件留给读者去推断，表现或告诉，评论或保持沉默，把焦点集中在一个事件或人物的这个或那个方面。"① 对于先锋作家们来说，讲故事当然不只是一己的娱乐，而是他们保存记忆的方式。记忆是思想的源泉，是理性思考的源泉，通过记忆可以明辨是非，以史为鉴。奥威尔说，谁掌握了过去，谁就掌握了现在和未来。其最重要的意义，就是反抗权威对历史的遗忘，改写乃至重写，是对权威的疏离。

余华的《十八岁出门远行》是一篇具有象征意义的小说，它通过"我"一天的远足经历，暗示了一代人的生活感受。小说叙述了满十八岁那天，父亲给"我"一个成人礼物：独自远足。从未出过远门的"我"行走在路上，一整天没见过一个村庄，路上仅有几辆汽车路过，其中一辆还抛锚，也就是"我"将要寄宿的"旅馆"。在此当中发生了一些事情，汽车修好后再度抛锚，村民抢苹果，"我"被打伤等事件。故事就在这一连串的事件之中。黄昏时分，前不着村，后不着店。"我"找抛锚的汽车司机行个方便，献上一支烟，遭拒。强行上车后，司机对"我"礼貌有加，故事发展不合常情。更不可思议的是，连连怪事还在后面，汽车抛锚，村民抢苹果，他漠不关心，反而抢走为维护苹果安全被村民打伤的"我"的书包，坐着村民装满抢来的苹果的拖拉机走了。"远行"的意义不只是余华的成名作，更是奠定了余华 80 年代先锋小说叙事的基调，后来的《鲜血梅花》《古典爱情》《一九八六年》及《河边的错误》等都可以从"远行"中找到蛛丝马迹：现实的荒诞感、不安全感。"我"远足途中所遭遇的一切都有悖常理，"我"的累累伤痕不仅指肉体，还有精神上的荒诞感与不安全感。"我"的这份成人礼非常之昂贵，非常之记忆深刻，廉价的乐观从此让位给沉重的梦魇。"告诉你吧，世界，我不相信！"一代人的记忆从此有了响亮的音符。

---

① ［法］西摩·查特曼、热拉尔·热奈特等著，阎嘉主编：《文学理论：精粹读本》，中国人民大学出版社 2006 年，第 13 页。

　　不同的生活有着不同的记忆，相同的生活也会存在不同的记忆。余华以他极具张力的叙述方式复活了自己的生活记忆。格非、孙甘露是在迷宫中探胜，残雪在梦呓般的情境中复活着关于挤压与死亡的游戏，苏童和莫言，则在故事的夸张与变形中击溃了历史的高贵防线，裸露出其令人战栗的一面。苏童善于写历史故事，他的大历史叙述是从小家庭的纷争与变故入手的。战争与重大的历史事件是解释历史真相的重要载体，但是，重大的事件又总是由一件件小事，一个个人物的细小活动构成的，它们串连一起就构成了流动的历史长河。《妻妾成群》写一个财主与四房姨太太的故事，因为受不了寂寞，三姨太梅珊有了外遇，知情后，财主陈佐千将梅珊沉入了枯井，长期遭受压抑的四姨太颂莲目睹此景，也疯了。新的五姨太又从偏门被抬了进来，生活在有条不紊地进行着。《我的帝王生涯》讲述的则是一个帝王家明争暗斗的故事。阴差阳错，年龄又小，又没有野心的端白一不小心居然成了燮国的国君，这遭致了兄长端文的嫉恨，后者暗暗筹谋并一举夺得王位。哪知，邻国彭国早就觊觎这燮国的广袤土地，趁着燮国的内乱一举消灭了燮国，端文死于战火，被赶下王位的端白却侥幸留得性命。两篇小说讲述两个故事，看似天差地远，却有着几乎一致的内涵，在看似风平浪静、温文尔雅的谆谆外表下，隐藏的却是暗算与杀戮。这就是苏童记忆里的生活，是苏童关于生活存在的一种表述。

　　先锋作家们对生活有着天然的领悟力，他们寄望通过故事的叙述穿透历史的迷误抵达彼岸。莫言在《红高粱家族》中描画了一幅别样的抗战图景，在《丰乳肥臀》中，则将赞美送给了一个并不"洁净"的上官鲁氏。然而正是这个看起来并不"洁净"的上官鲁氏，却有着地母般的胸怀，是她，在战争来临时支撑起濒危的家，养育了九个儿女，她用母亲的胸怀接纳了来自土匪、国民党、共产党等不同身份、不同力量的女婿；在她的国民党女儿、女婿死去之后，接纳他们的儿女的还是她；"文化大革命"时期，当社会一边倒的侮辱她曾经为了生计而被迫卖身的四女儿时，还是她上官鲁氏，以一个母亲的慈爱抚慰那颗饱受伤害的心灵。上官鲁氏，用她多难的生命旅程诠释什么是历史，什么是母亲。具有魔幻性的《生死疲劳》讲述的则是一个关于土改的故事。关于土改，有一定年纪的读者并不陌生，丁玲的《太阳照在桑干河上》和周立波的《暴风骤雨》已经有了关于土改的经典化叙述，地主李子俊的狡猾、韩老六的残忍给人印象深刻。莫言笔下的地主西门闹却是一个靠勤劳发家致富的忠厚有产者。土改来了，他被不分青红皂白地拿去枪毙了，从此开始了不屈的抗争路，先后经历了驴、牛、猪、狗、猴和人的六道轮回。西门闹生死轮回奇幻故事掩盖下的，是他生命的悲剧性、历史的残酷性与血腥性。西门闹的转世与轮回打通了人间与地府，沟通了土地改革与经济改革，人间与地府的一致性，土地改革与经济改革的乱世情景，西门闹的悲剧人生注定无法逃脱，他的挣扎是毫无意义的徒劳。

先锋作家笔下的暴力有两个明显的特征，一是嗜血恐怖，二是荒诞不合常理。前者以加剧读者对暴力印象的恶感为旨归，后者从逻辑的反常性上抽离了暴力的合法性支柱。在专制时代，暴力往往成为专政的工具，对于民众具有慑服的巨大功能，不过这个功能的最终实现往往还需要通过一定的仪式来达成，在庄重威严的形式包裹下，暴力的邪恶性获得合法性外衣。非常有趣的是，先锋作家们一方面大胆夸张与变形，将暴力之恶推向极致，另一方面，将暴力行为置于菜市场、展销会广场这样乱哄哄的公共场合，或者家庭内部生活空间之类的私密空间，暴力成为无意义、或是不能"见光"的丑恶行为。布尔迪厄说，个人性即社会性，最具个人性的也就是最非个人性的。指望先锋作家们创作出史诗性的英雄画卷来是不合时宜的，他们不可能，也不会。当然指望他们大张旗鼓地对主流意识形态话语进行反叛，也不太现实。更确切地说，他们以自己独特的创作体现自己的存在价值，以自己的选择凸显与主流规范的界限，这是一种策略，也是他们生存的一种方式。从身到心，远离中心，脱离体制，他们以创作走出了自己最为关键的一步。

第三节　文化小说暴力叙事中的焦虑与隐忧

在 1993 年的大陆文坛，发生了一件颇有影响的事件，即王晓明与华东师大的一批在读研究生展开的关于人文精神危机的讨论。之后《上海文学》又开辟了"人文精神危机讨论专栏"，引起了学界的持续关注。讨论的参与者们主要针对当时王朔的所谓"痞子文学"及张艺谋电影的商业化倾向等，认为当下公众文化素养下降，人文精神素质持续恶化，当代中国人文精神已经陷入危机。讨论主要在高校的一些学者中进行，但在创作界，并非全是王朔式的"痞子文学"及张艺谋式的商业艺术，仍然有不少作家以自己的创作诠释了自己关于建设民族文化的思考。这批作品从寻根文学发端，到张承志《心灵史》和高建群《最后一个匈奴》、姜戎《狼图腾》等，取得了显著成绩，它们对于重塑民族文化提出了不少非常有益的见解，当然，也存在一些值得思考的地方，是社会一个时代思考的缩影。

一　焦虑中的选择

还在 80 年代中期，寻根文学就提出了向传统文化寻找文学创作的优秀资源问题，尽管并非出于改良文化的目的，但它向传统文化的转向却具有启示性意义，尤其在西方文化潮水般涌入及消费文化侵入日常生活每一个角落的历史时刻。时代需要健康的文化来拯救人们日益沉沦的精神世界，既然全盘西化不可取，一些人即转向了传统文化，一时，"新儒学"在大陆成了炙手可热的"显学"，直至形成所谓的国学热。回归儒学并不是所有人的选择，对于传统文化，一些作家有着自己的认识。"儒家学说的副作用在于，它的封闭性思维和奴化教育扼杀了中华民族初民时期那种生机勃勃的创作精神，使人们成为精神上的侏儒。以致在现代时代，我们显得多么被动。"① "勤劳勇敢的中华民族……主要欠缺的却是勇敢进取，没有勇敢进取的性格和精神，勤劳往往是劳而无功，或为他人作嫁。"② "中国人民就是这样一种存在——当别人流血牺牲大声疾呼时，他们是不参加不理睬的。他们有惊人的冷淡、奴性、自私；烈士精神对他们的感召力是微乎其微的。这也许是中国人劣于世界任何一个民族的地方。"③ 他们对中国人的批评，是对当下中国人精神现状的不满，也是对培育出这种精神的传统文化的批评。显然，他们并不十分赞成完全向传统文化回归，而是相反。姜戎反复表达了这种想法。"一个人一个民族要是没有宁死不屈，敢与敌人同归于尽的精神，只能被人家统治和奴役。"④ "性格不仅决定个人的命运，性格也决定民族的命运。农耕民族家畜性过多，这种窝囊性格，决定了农耕民族的命运。"⑤ 姜戎对勇敢、血性性格的着意强调恰

① 高建群：《最后一个匈奴》，长江文艺出版社 2012 年版，第 255 页。
② 姜戎：《狼图腾》，长江文艺出版社 2004 年版，第 396 页。
③ 张承志；《心灵史》，花城出版社 1991 年版，第 142 页。
④ 姜戎：《狼图腾》，长江文艺出版社 2004 年版，第 60 页。
⑤ 同上书，第 109 页。

恰是对汉民文化传统中温良、恭顺、谦让的明显唾弃。张承志与姜戎有着类似的观点，甚至更为出格："当代中国知识人的萎缩、无义、趋势和媚俗，都已堪称世界之最。"① 这里不仅对儒家学说评价不高，而且语气近乎厌恶、诅咒。它们出自一个知识人之口，非痛心疾首之人不会有如此言语，真是爱之深，责之切！既然表达出对传统文化的如此不屑，那么，他们借用什么资源呢，他们理想中的健康资源又是什么呢？答案是转向边地，回归原始：

①我们有陕北高原，历史网开一面，为我们留下了这块不安生的土地，女人们端着簸箕，站在蛤畔上唱着热烈的情歌，男人们剽悍、豪迈，雄心勃勃目空天下，并且随时准备用自身去创造传说。我曾经细心地研究了这种人类类型，我觉得陕北男人的性格，是堂吉诃德与斯巴达克性格的奇妙结合。②

②那位伟大的文盲军事家成吉思汗，以及犬戎、匈奴、鲜卑、突厥、蒙古一直到女真族，那么一大批文盲半文盲军事统帅和将领，竟把出过世界兵圣孙子，世界兵典《孙子兵法》的华夏泱泱大国，打得山河破碎，乾坤颠倒，改朝换代。原来他们拥有这么一大群伟大卓越的军事教官；拥有这么优良清晰直观的实战军事观摩课堂；还拥有与这么精锐的狼军队长期作战的实践。③

③这种行为并不是军事行为。甚至可以感到整个暴动都不像是军事行为。这是一些人在寻死——从起义刚刚开始，他们就向世界和后世传递了他们的心意：为主道牺牲。④

很显然，他们将视野转向了长时期里入不了主流社会法眼，进不了社会正统的荒凉之地、蛮夷之帮，是剽悍、是厮杀、是牺牲，是以力取胜的草莽英雄。他们瞧不上温文尔雅的谦谦君子，看不起遭成吉思汗横扫的汉民族及其文化，哪怕它出过什么兵圣、兵典，拳头就是硬道理，胜利就是

---

① 张承志：《荒芜英雄路——张承志随笔》，知识出版社 1994 年版，第 217 页。

② 高建群：《最后一个匈奴》，长江文艺出版社 2012 年版，第 255 页。

③ 姜戎：《狼图腾》，长江文艺出版社 2004 年版，第 19 页。

④ 张承志：《心灵史》，花城出版社 1991 年版，第 85 页。

最好的事实证明！这种思维，这种认识，一点都不谦虚，一点都不顾及别人的感受，更谈不上什么科学理性，估计在不少人看来，这简直是离经叛道，不可理喻。荒蛮之地，血性之帮就一定优于长期经受王化教育的汉民族文化吗，它们的强势介入会否产生新的问题呢？在姜戎、张承志们看来，这些一点都不重要，只要能够医治那颗懦弱多病的心就好。

二　选择的新问题

这确实是一个需要认真思考的问题，从被选择对象本身出发也许更能来揭示问题的症结所在。

姜戎《狼图腾》将改造汉民族文化的重任倾注于蒙古的草原狼身上。我们的记忆里，狼并不是一个什么正面形象，狼子野心、狼狈为奸、引狼入室、狼心狗肺等都是历史地形成的对狼呈负面评价的成语，《狼和羊的故事》更是曾经作为小学课本为许多小朋友所熟悉、所记忆。汉民族文化里，做人的一个基本要求是做一个君子，而且是一个有道的君子，君子讲究胸襟坦荡，"士不可以不弘毅"、"君子爱财，取之有道"讲的就是这个做人的道理。而狼为了吃掉小羊，竟然污蔑身处下游的小羊搅浑了它在上游所喝的水，遭到小羊的驳斥后，就要赖说不是它就是它的妈妈，反正一个样，不由分说将小羊吃掉了。这些成语和故事告诉人们，狼是极为危险的一种动物，它小人、阴险、恶毒、没有正义和是非，尤其是为了一己私利可以混淆是非、颠倒黑白。那么，姜戎笔下的狼是怎么样一个形象呢？且看两段有关描写：

①撑得跑不动的黄羊，惊吓得东倒西歪。速度是黄羊抗击狼群的主要武器，一旦丧失了速度，黄羊群几乎就是一群绵羊或一堆羊肉。陈阵心想，此时黄羊见到狼群，一定比他第一次见到狼群的恐惧程度更剧更甚。大部分的黄羊一定早已灵魂出窍，魂飞腾格里了。许多黄羊竟然站在原地发抖，有的羊居然双膝一跪栽倒在地上，急慌慌地伸吐舌头，抖晃短尾。

——《狼图腾》P19

②在狼王的指挥下，狼群发狼了，发疯了，整个狼群孤注一掷，用蒙古草原狼最残忍的、最血腥、最不可思议的自杀性攻击手段，向马群发起最后的集团总攻。一头头大狼，特别是那些丧子的母狼，疯

狂地纵身跃起，一口咬透马身侧肋后面最薄的肚皮，然后以全身的重量作拽力，以不惜牺牲自己下半个身体作代价，重重地悬挂在马的侧腹上。

　　　　　　　　　　　　　　　　　　　　——《狼图腾》P49

　　摘选的两段文字，第一段写的是狼群围剿黄羊群的一个片段，将狼的耐心与机智通过陈阵之口呈现于读者的视野。第二段文字，写的是狼群对军马群的报复的故事。狼群的度荒口粮被人洗劫，一窝窝狼崽遭人们端掉之后，狼群发起了对人的报复，对象就是部队选作军用的战马。这段文字写出了群狼报复行为的凶残、血腥、疯狂、玩命，读之令人战栗。这个狼的形象不仅突破了人们已经定位的狼的阴险狡诈形象，甚至已经突破了人们所能接受的心理极限，无怪乎有学者发出了"狼为图腾，人何以堪"的惊呼。[①]这里的狼就是阴谋家、是疯子，而且是失心疯，没有一点人性。将这样的一种生灵作为人们学习的榜样，将这样一种生物的基因注入汉民族文化的血液里，作为改造汉民族文化懦弱、自私性格的有效资源，后果会怎样呢，又怎么来说服人们接受呢？这是一个无法忽视的问题，然而，事情并没有完。

　　狼未远去，一帮未受王化教育，不喜拘束、略带匪性的汉子朝我们走来了，他们就是生活在与山西中北部、内蒙古、宁夏、甘肃乃至西域地区有着密切关系的陕北汉子。陕北以塬、墚、峁、沟壑等为主体地形，海拔1000—1600米，降水量为350—600毫米，水土流失严重，土地较为贫瘠，气候偏冷。因为地处偏僻、交通落后、环境恶劣，历史上又是汉族与少数民族频繁往来的交汇之地、争战之地，汉胡杂居，人口流动性很大，一直动荡不稳，统治者的王化教育一直没有能够像中原地区那样得到完整的贯彻实施。因此，此地的民性自有别处不具的独特性，他们桀骜不驯、心比天高，他们永不安生、渴望着不平凡的际遇和不平凡的人生：

　　　　一个陕北籍的乞丐，当他一个人行走在这前不着村、后不着店的迢遥山路上的时候，他在想什么呢？他也许在此刻，将自己想象成一个帝王，而身边拥拥挤挤、滚滚而来的蜡黄色的山头、山峁、山梁，

---

　　①　丁帆：《狼为图腾 人何以堪——〈狼图腾〉的价值观退化》，《当代作家评论》2011年第3期。

是他麾下的十万方阵，而那沟里，一棵挺拔的白桦，或者山峁上，一棵兀立的杜梨树，那是他招之而来呼之而去的妻妾。他这种想法是有根据的，因为在五百年前，一个叫李自成的和他一样走在山路上的人，曾经骑着他的铁青马横行天下。

——《最后一个匈奴》P20

　　这就是陕北人，不安分的陕北人、习惯于想入非非的陕北人。他们又往往分为两类人，一类沦落为乞丐，另一类沦落为"黑皮"。"黑皮"与泼皮相近，即无赖。陕北的无赖不同于中原汉民族王化下的无赖，后者习惯于耍流氓，讹人钱财，性情恶劣，其实一无所能，如《水浒传》中讹诈杨志的牛二之流。陕北的"黑皮"，在无赖之外，还有一份悍勇，有一点霸道，他们也讲道理，虽然多是歪理，但他们也不是纯粹的恶棍，天性中还有善的成分。恶棍还有善的?! 在这里，高建群将"黑皮"与陕北民风糅合在一起，更多的是强调"民风强悍"的一面，尤是高多次将他们与历史上的李自成、高迎祥等农民起义英雄放在一起加以称颂，这未免会让一些人的心里产生不安。毕竟，在统治者的眼里，李自成、高迎祥是作为叛军、逆匪纳入历史的大叙述的。称颂他们，赞扬无赖，那与既往的伦理规范如何衔接。称颂逆匪，歌颂反抗，那自己的合法性、安全性何存?人们能够心安理得地接受吗，占统治地位的社会阶层能够接受吗?

　　姜戎选择了狼，高建群选择"黑皮"，作为自己改造文化基因的良方。张承志呢? 他将目光投向了甘肃陇东，投向了西海固，投向了哲合忍耶。哲合忍耶何谓也? 哲合忍耶是伊斯兰教的一支，它发源于中国的大西北，道祖是第一代导师马明心。因为地处荒寒，生活艰苦，哲合忍耶成为大西北底层民众摆脱尘世苦难，进入天堂的一个精神寄托，追随导师修行则是教众们通往天界的必经之路。由于现实的残酷压迫，哲合忍耶几代导师付出了鲜血与生命的代价，由此形成了对导师的终极追随和对拱北的绝对崇拜，其中舍身殉教又是教众通往天堂的捷径。某个角度而言，哲合忍耶既是一种宗教信仰，又是一种掺杂了牺牲殉教以及社会底层人群顺逆观认知价值的，具有较强社会组织性质及反抗精神的民间群体。在西北，它一直以"血脖子教"之名流传于民间：

　　①哲合忍耶从撤围走向华林山的那一刻开始，整个教派便永

远地被一种强大无形的悲观主义所笼罩。也许这便是哲合忍耶的魂。因为这种神秘的东西，饥饿穷苦浑身褴褛的西海固农民有了一种高贵气质。哲合忍耶因为它而孤立，因为它而对世界疏远——对"顿亚"（人间社会）感到陌生和难以参加。正因为身藏的手段只有一个殉命，预示哲合忍耶甚至对一切合法斗争都显得冷漠和笨拙。

——《心灵史》P47

②人类追求的和人类做孽的一切一切，最终都要达到那一道门槛——而哲合忍耶有了身上殉教者的血证，就可以直入天堂。每个刚成年的男人都觉悟了这一点，虽然他们默不作声。人生如此短暂有限，生存如此艰难，活着就是受罪。然而道祖维尕叶·屯拉从真主那里为你祈来了舍西德的口唤，不管你怎样弱小有限，只要你为教舍命，你的血将不会被人洗掉，你的血衣将就是你进入天堂的证明。

——《心灵史》P66

这两段选文颇能解释说明哲合忍耶这支宗教派别的精神精髓。第一段写的是道祖马明心为清政府所害后撤走教众对兰州城的围困。但他们没有就此放弃，道祖的殉教反而激发了他们追寻导师，誓死护教的决心。第二段文字是对哲合忍耶"血脖子教"的诠释，教众以手提血衣、舍身殉教作为自己人生的终极追求。除了信仰，张承志在此着意发掘的是哲合忍耶教派的悲情及其殉教的誓死精神。

狼是野兽，生性凶残，文本中对狼的这一特性予以了精雕细刻。"黑皮"是无赖，名声不好，文本却对其血统中造反的不羁天性予以突出与赞颂。至于哲合忍耶，它是宗教，是信仰，讲究修行。张承志却将它的悲情与对清政府的反抗作为描写的重心，"我的愿望是让我的书成为哲合忍耶神圣信仰的吼声"，他发出的是悲愤，看重的是殉教的血性。蒙古狼、陕北黑皮、哲合忍耶三个看似没有任何关系的事物因为某种神秘介质，它们奇妙地有了某种关联。这个神秘介质就是他们共同拥有的与汉民族文化的异质性，是他们剽悍的性格特质、是他们血性的反抗精魂。他们被作者征用来表达自己在关于文化、关于文明、关于现实的思考，针对的是社会普遍存在的人们精神的危机。"许多人从关系到民族命运的场域中纷纷撤退。发展到极端，人文学者不谈社会，作家艺术家不指涉现实。"① 所谓撤退、不谈、不指涉，即是猥琐、冷漠、自私，它们与狼的智慧和血性、黑皮的剽悍和高傲心性、哲合忍耶的信仰和誓殉教死两相比较，确实愧煞不少现代的中国人。然而，用他们来作为改造中国传统文化的药方，是全盘接收，还是有效提取，提取什么，如何提取，谁说了算？先不说改造的具体方法与途径，单就他们是否适合这一点恐怕就很难获得多数人的认可。不要说习惯了顺民的汉民族文化根深蒂固的集体无意识，而且对习惯了顺民的统治者来说，这也恐怕不是什么福音，是否推行得下去，还是一个问题。

三　文化改造的逻辑

任何选择都是基于对现实认识的思考与需要出发的。尽管援引的资源不同，改造的方法有异，张承志与姜戎们出于对当代中国大陆文化原动力不足的担忧却是一致的。姜戎在一次接受采访的时候说，"中国改革面临着民族性格动力不足的内在阻障，如果国民性格继续疲软，中国的改革就有半途夭折的可能"②。可以这样说，他的《狼图腾》正是针对当代中国大陆文化的失血症而创作的。他说："我所大力倡导的自由独立强悍进取的狼精神，主要针对的目标恰恰就是软弱平庸的中国国民性格。"③ 高建群好像在谈革命，谈陕北的民风，谈北方人民的反抗精神。然而，在《最后一个匈奴》的创作谈中他关于陕北这块特殊地域的地理位置，文化交汇，尤其是儒家学说在此网开一面所形成的剽悍民风与不羁天性的由衷赞美时，对儒家发出的尖锐批评却告诉我们，陕北，这块未能被儒家同化的土地，这块土地上未能被儒家王化的人民，才是健康的，才是代表着未来。他说："两千年的奴化教育，束缚了中华民族那种生机勃勃创造精神，让人们实际上成为精神上的侏儒，这就是百年积弱的缘由所在，是面对今天的世界，我们总是茫然无措的缘由所在，也就是五四运动何以要以'打倒孔家店'作为标帜的缘由所在。"④ 动力不足，就要寻找动力，羸弱

---

① 张景超：《文化批判的背反与人格：中国当代知识分子问题研究》，黑龙江人民出版社2001年版，第323页。

② 姜戎答《中华读书报》记者舒晋瑜书面采访。

③ 姜戎答《新西兰镜报》记者姜鸣问。

④ 高建群：《最后一个匈奴》，长江文艺出版社2012年版，第251页。

就要是体格强健，这是最为简捷的思维。

问题可能并没有这么简单，药方的开出必须建立在对病源的确切把握之上，即如何认识当前大陆出现的文化危机。或者说，它究竟是一场文化危机，还是社会中人们普遍存在的精神危机？不理清楚这一点，就无法科学地提出解决的方案。对所谓文化危机的思考，大致起于20世纪90年代初期，有两个主要因素的促动，一是上面提及的1993年之人文精神大讨论，另一是市场经济的确立，消费逻辑在社会的普遍崛起与最终主宰。关于前者，确切点说，它最初是起因于对文学变沿化的一种担忧，讨论的发起者王晓明说，"今天，文学的危机已经非常明显，文学杂志纷纷转向，新作品的质量普遍下降，有鉴赏力的读者日益减少，作家和批评家当中发现自己选错了行当，于是踊跃'下海'的人，倒越来越多……文学的危机实际上暴露了当代中国人人文精神的危机，整个社会对文学的冷淡，正从一个侧面证实了，我们已经对发展自己的精神生活丧失了兴趣"①。王晓明等的讨论避开了实际的社会语境和政治问题，重点指向文学，强调文学给予人们生存境遇的把握与通往精神自由通途的重要性。不过真正重要的是，它引发了其他媒体如《读书》《光明日报》和《文汇报》等重要媒体参与其中，引发了更多学者超越文学现象，而进入到更为广泛和深入层次的思考。由于媒体的广泛参与更多学者的介入，讨论由文学扩展至经济并且发展到对当下一些社会现象的思考，如一些文人开始不再关注现实、回避严肃的问题，失去应有的道德立场，拜金主义、追求享受等。还有相当一部分人，产生一种虚无感、避世玩世的现象都出现了，用当时流行的一些词语来说，就是"躲避崇高""快乐主义""享受生活"。由此不难发现，所谓文化危机，不过是一场精神信仰的危机，它针对的是当时社会价值的失范，或者是社会已经不再像原来那样有一个明确的精神灯塔，而新的规范尚付诸阙如。因而，从某个角度来说，它甚至连人文危机都谈不上。因为人文，在西方视野里，"人是万物的尺度"。百度解释为"人类文化中的先进的、科学的、优秀的、健康的部分"。当代文化学者林贤治解释为"对人的关怀，对生命的敬畏，对人性、人的本质以及人生意义的理解，对个人的独立价值、人格和个人权利的尊重"。② 故而，

---

① 王晓明等：《旷野上的废墟——文学和人文精神的危机》，《上海文学》1993年第6期。

② 林贤治：《关于"人文精神大讨论"》，http：//blog.sina.com.cn/linxianzhi。

以人为核心的人文与人的精神危机并非一个概念，而是两个不同的事物，不能并而论之。

　　既然病源已清楚，回过头来，我们再看看那些作家们开出的药方，自然就有一个基本的认识与判断了。三个药方是：姜戎的"引狼入室"、高建群的"黑皮"、张承志的"哲合忍耶"。三个药方的一些特点上述已有所论及，这里需要着重指出的是它们的另一个共同特点，即对人的不够尊重，或者它们自身某种程度的人性扭曲（《狼图腾》中，某种程度上狼是作为比人高超的一种生灵看待的）。《狼图腾》这部小说写了狼的许多优点，如机智、团结、勇敢、自我，但最令人印象深刻的还是狼的嗜血，用姜戎的话来说这是"勇猛进取"。高建群笔下的"黑皮"是不讲道理的，即使讲道理也是他们自己认为的道理。至于张承志，他已经沉浸于哲合忍耶的狂热中，"我是决心以教徒的方式描写宗教的作家，我的愿望是让我的书成为哲合忍耶神圣信仰的吼声。我要以我体内日夜耗尽的心血追随我崇拜的舍西德们。我不能让陈旧的治史方法毁灭了我的举念"①。献身宗教无可非议，有信仰总比没有信仰好。《心灵史》里的哲合忍耶有着悲情的历史，非常令人同情，但是它发展起来的非理性的殉教行为，尤其是以"手提血衣撒手进天堂"作为自己通往天堂的捷径，已经背离了宗教修行的基本意义，背离了宗教本身对人的终极关怀本义。简单点说，他们所开出的药方，与文化发展的终极目的——人的全面发展，是相悖的。

　　早在20世纪初的五四新文化运动中，人就是作为运动的核心来予以关注的，即如国民性解剖，也是基于国民健康人性、健康人格的建构需要而进行的。就拿陈独秀、鲁迅等五四先驱曾经谈到过引进兽性来改造国民顺驯懦弱的性格需要来说，那也主要是一种策略的需要，而非真正的"野兽"化。鲁迅是这样说的："人不过是人，不再夹杂着别的东西，当然再好没有了。倘不得已，我以为还不如带些兽性。"② 鲁迅说的带些兽性，是有"倘不得已"这个前提的。五四新文化运动由于种种原因未能达成预期目的，但它所确立的人的观念却是有着比较一致的共识的。时间过去将近百年，我们所处的内外环境变了，我们所面临的任务变了，有了先贤的拓荒，我们有理由，也应该走得更远。回到前面的问题，应该已经

---

　　① 张承志：《心灵史》，花城出版社1991年版，第151页。
　　② 鲁迅：《鲁迅全集》（第3卷），人民文学出版社1981年版，第414页。

比较清楚，我们当下所面临的不是深层次的文化及其生存问题，而是文化表象的精神危机问题，是价值观的混乱问题，是欲望碾压下人格的萎缩问题。概而言之，也即人的发展问题。人之为人，当然有其进取、刚健性格的内在要求，但仅有这还远远不够，还应该有其他的要求，诸如理性、人性、平等、个体、自由、尊严、美感等诸多方面。无怪乎《狼图腾》一出，引来一片叫好声的同时，也引发相当尖锐的批评，有"狼为图腾，情何以堪"的焦虑，也有"生命重新认同野蛮的力量：文明以文明的名义野蛮，野蛮将更加野蛮"①的疾言厉色。这就从某个侧面说明，姜戎们开的药方确有值得商榷之处，至少有不完美的地方。人的塑造问题，是老问题新提出，应该有新的视野、新的高度。当然，姜戎们的药方不是没有积极意义，在当下人文精神危机、价值观危机时期，它们至少为我们进行文化改造、文化建设提出了一些需要认真思考的问题。

所援引资源与原有文化的适配性问题。五四时期之传统文化的现代转型就遭遇过这样的问题，只不过它所援引的是西方文化资源。今天，取西方文化而代之的是带有原始野性和边地相对落后地区不受拘束的反抗文化。在人们的认识习惯内，这种文化并不比汉民族文化先进，相反，它们长期被汉民族文化视为没有开化的蛮夷。以边缘性的蛮夷文化来改造长期被视为正统的汉民族文化不仅有一个心理的适应问题，事实上也有一个适用与取舍的问题。我们今天的社会所存在的问题是人们精神信仰的危机，是责任的逃避和生活意义的虚无化，并不是什么人的性格问题，即使有，也不是主要方面。就算我们的性格中有懦弱、自私和冷漠的一面，那也是人性中原本就存在的东西，它们表现的隐和显，往往与社会大环境有着密切的关系，并不会因为社会的发展而消亡。因而，用狼性、血性和不羁的天性来改造当前文化存在某种程度的偏误，某种程度上讲，也是认知的一种偏误。再者，传统文化中的仁、义、礼、智、信等在当今的时代氛围中并没有过时，它们也不是懦弱、冷漠、自私的代名词。恰恰相反，它们对于缓解人们之间的紧张关系、化解人们心中的戾气、和谐社会具有相当重要的调节作用。在目前的情形下，狼性与血性可能达不到这样的功效。

文化改造的原则性问题。文化改造应该有一个基本的原则，即人的终

① 何同彬：《文明与野性的畸态和解——关于〈狼图腾〉的文化症候》，《文艺争鸣》2006年第5期。

极发展，离开了这个原则，一切都是不合理的。人是社会的主体，社会的一切规则、一切行为都应该以是否有利于人的健康、全面发展为目的，而不是朝着相反的方向。从《狼图腾》和《心灵史》等作品所倡导的方向，总体来看，与人的全面发展的要求尚有一定距离。它们尚力，尚力本身不是坏事，但是它们所崇尚的力是建立在其他生命的代价付出基础上的，这就有悖于尚力的初衷。尚力是因为懦弱，不够强健，走上强健的路径也有多种，付出生命代价的尚力并不是唯一或必然的选项。就人发展的诸要素而言，尊重生命、敬畏生命乃最为核心的要素，舍此，一切都没有意义。

位卑未敢忘忧国。身处逆境、心系家国是中国知识人的优良传统。在价值观发生混乱、人们普遍存在精神危机感的当下，探讨改造中国文化的良方无疑是一份沉甸甸的担当，而姜戎们无疑是有担当的一群。姜戎说："就我写作此书的本意来说，弘扬自由独立、不屈不挠的游牧精神和狼精神，是为了冲击积弱已久的国人羊性格，以提升汉民族的国民性格。"[1] 也有学者对当下存在的一些价值观乱象表示痛心疾首："他们对真理、正义的走向并不很关心，他们最关心的是自己在现实中的地位、命运和利益。他们衡量一切的价值不在于其本身的意义是什么，而在于它对我有什么好处。他们选择拥护和反对不在于事情本身对与不对，而看伤不伤害自己的利益。伤害了个人利益，对的事情，他们照样反对；对个人有好处，明明错误的决策，他们也要表示热情拥护。"[2] 不管药方如何，也不管最终的结局如何，它表明，至少还有一部分人对当下人文精神的危机表达了自己的担心，表达自己的忧虑。

这，就足够了！

第四节　来自底层叙事之愤怒与冷漠

在主流文学史的描述中，新时期以来的文学史是一部"新启蒙＋后现代"的"进化"的文学史。伤痕、反思文学将历史的闸门撬开一道缝隙之后，恢复五四时期对人的关注成为新时期文学与社会思潮的重要议题。

---

[1]　姜鸣：《透视〈狼图腾〉的心灵话语》。

[2]　张景超：《文化批判的背反与人格：中国当代知识分子问题研究》，黑龙江人民出版社2001年版，第289页。

历史的复杂之处在于，新时期对人的关注与审视是伴随着对于"文化大革命"的批判而生的，它先天就注定被赋予了无法绕开的政治正确性，注定了其步履的沉重与叙事的无可避免的宏大特质。对大写的人，对塑造这个大写的人的优秀文化及历史的追索成了之后先锋小说、寻根文学等的题中应有之义。以致有学者发出了这样的惊呼："如果全面搜索一下一九八五到一九八八年间的寻根、先锋小说，我们会惊讶地发现上述材料提到的在中国社会大震荡中的城市贫民、失地农民等历史小人物基本在文学作品中缺席，这些小说也没有正面描写当时中国社会已经非常复杂和艰难的社会改革。所谓的'当代文学'，实际没有关于'当代'社会历史痛苦和社会矛盾的任何记录，它根本不关心普通人的生死病痛。"① 关注人却将创造历史与现实生活的"主人"拒之门外，这可能是新时期文学新启蒙的鼓吹者们始料未及的，新写实文学没有能力改变这种局面，女性主义文学与新历史主义文学对此同样无能为力。

王晓明在论及 90 年代社会公共空间时说："在 90 年代，人们想象个人独立和自由的现实可能性的大部分空间，就这样被圈定了：在公共领域里，你是争不到多少自由的，只有从广场和大街上退回家中，关紧门窗，你才能拥有自己的秘密。"② 这段话反映了一个残酷的现实，即使在"文化大革命"结束十几年之后，社会给予普通百姓的个人空间也是极其有限的。它体现在女性身上，尤其贴切。90 年代大陆文坛曾掀起一股女性主义文学思潮，似乎女性已经能够主宰自己，成为一个与男性等而视之的社会人。但与此同时，另一股汹汹而来的文学创作破坏了一些人的迷梦，这些创作用几乎原生态的写实告诉人们，女性的自由自主尚需时日，女人的苦难远未结束，它们与 21 世纪初的底层叙事一道，揭开了社会的暗陬。

在女性悲剧命运的系列作品中，严歌苓的《谁家有女初长成》（上）是比较有典型意义的一篇。作品描写了 20 世纪 80 年代轰轰烈烈的经济改革大潮中一个来自四川边远山区名叫巧巧的女孩的悲剧命运。经济改革的春风吹醒了地处偏远地带的黄桷坪，辍学在家的巧巧燃起了外出深圳打工闯世界的愿望，在一个镇上"表舅"的远方亲戚曾娘的带领下，巧巧踏

---

① 程光炜：《新时期文学的起源性问题》，《当代作家评论》2010 年第 3 期。
② 王晓明：《在新的意识形态的笼罩下——90 年代的文化和文学分析》，江苏人民出版社2000 年版，第 240 页。

上了赴"深圳"之路，其实也是其悲剧命运之路。在西安车站，曾娘巧妙丢下巧巧，巧巧被一个姓陈的所谓表哥带领赴"深圳"，中途被"表哥"强奸，巧巧忍了。之后，巧巧被带到甘肃一个荒僻的边远养路站，成了"大猩猩"大宏的"妻子"，一个暴风雨的夜晚，傻子二宏爬上了巧巧的床。巧巧向大宏哭诉，大宏没有表示意见。巧巧找到一个机会将大宏、二宏杀了。这个故事具有较强的叙事技巧，但是其目标指向也非常清晰。显然，人物塑造不是目的，人物悲剧命运的营构才是终极所指。这种叙事倾向同样出现于底层叙事作品中。陈应松《马嘶岭血案》是其中比较醒目的作品之一。故事叙述了神农架脚下一个名叫九财叔的农民，因为二十元钱的事情将勘探队六名队员及厨师全部杀害的残忍故事。故事将叙述的笔墨重点置于九财叔贫困的描绘及二十元工钱被扣所引发的心理失衡上，两者的相互激荡促成了九财叔谋财害命的不归路。其他作品如林白《致命的飞翔》、方方《奔跑的火光》、须一瓜的《第三棵树是和平》、孙慧芬的《狗皮袖筒》等，大抵有着相似的叙述路数。在当代文学的发展途程中，这种叙述是一个异数。

这个异数首先打破了新时期廉价的启蒙主义理想。新时期的启蒙主义脱胎于伤痕、反思小说。伤痕、反思小说多取材于"文化大革命"及"文化大革命"之前的反右等政治运动，刻写的主要是"文化大革命"或者反右等历次政治运动中被迫害的知识分子、老干部和老革命，他们的悲惨遭遇、扭曲的人际关系或者亲情是重点表现对象。它们的问题在于，主人公们的悲惨遭遇、扭曲的人际关系与人性并不是小说文本的终极所指，而是被纳入对"文化大革命"或者反右的历史起源、责任归咎等的宏大叙事当中，无意之中配合了当局关于"文化大革命"的表述与批判。更有意思的是，这些文本为文中主人公设置的自我救赎或者最终的苦难解脱提供的途径主要有两条：一是来自对马克思主义或者党的忠诚和信仰，这以张贤亮的"唯物主义启示录"系列小说和王蒙的《布礼》为典型；二是来自现实中的人和事或者最后党对错误的纠正，如张贤亮的《绿化树》《男人的一半是女人》、陈国凯的《我该怎么办?》、从维熙的《大墙下的红玉兰》及古华的《芙蓉镇》等突出地体现了这一点。所谓启蒙，就是祛蔽，摆脱蒙昧，形塑健康的人格、人情与人性。伤痕与反思文学将造成主人公悲剧命运，扭曲他们人性的根源归咎于错误路线，将救赎的使命落实于党的纠正错误或者底层未受多少错误思想干扰的女子，不仅是一种廉价的乐观主义，更是对五四思想启蒙的一种逆向而动。至少，五四时期的启蒙者是接受过人道主义思想洗礼的一代人，而不是仅仅具有朴素的人间情怀的"无知"者。再者，受伤的主人公们，不是通过对自身内在思想的清理达成对自身思想缺陷和错误运动的深刻反省，而是通过外在遭遇的改善来达成自身的所谓救赎，这不仅是典型的物质主义倾向，更严重遮蔽了启蒙的真谛，它不是任何意义上的启蒙，所谓重返五四其实并没有多少实质性的内容。

其次这个异数将关注的重心重新转移到社会底层中来，关注底层小人物的遭遇和命运。不同于伤痕、反思文学主要关注知识分子和老干部，也有别于新写实小说一地鸡毛式的小人物书写，这些来自对社会底层之女性和下岗工人的凝视，从一开始就将其刻写的主人公置于社会的大变动中，在大变动的时局中呈现他们难以摆脱的悲剧性命运，从而对社会做出深刻的揭示。陈晓明认为："任何有力量的写作，最重要的动力在于从本民族的历史或现实中找到那些令人震惊的事实，这些事实经常构成写作的经验表象，而且内在地起到无意识的支配作用。"[1] 什么是令人震惊的事实？它可能是那些看得见的引发社会深刻变化的历史重大事件，也可能是一些细微的甚至可以忽略不计却影响到社会长远发展的生活琐事。处于社会底层的女性，农民或者农民工，是弱势群体，他们可能并不具备推动历史前行的力量，但无疑，他们的生活、思想和行为背后却折射了文化价值观念、社会心理与行为方式等方方面面的变化。

"文学艺术或审美文化作为时代的'晴雨表'，与它产生其中的社会文化环境（尤其是与审美文化关系特别紧密的社会心理），存在密切的联系。"[2] 五四时代，作为启蒙对象的农民被置于经济压榨与思想愚昧的双重境地来加以解剖，具有浓郁的文化反思意味。而90年代以来那些来自底层的书写则摒除了文化的反思，单纯从经济的角度切入，通过人物社会境遇的乖戾来谴责社会的不义及悲悯人物不可避免的悲剧。《致命的飞翔》中的北诺为了能够换一间稍微好一点的房子，被迫与上司做肉体交易。《奔跑的火光》中的英芝为了能够有一幢自己的房子拼死拼活而不

---

① 陈晓明：《无边的挑战：中国先锋文学的后现代性》，广西师范大学出版社2004年版，第40页。

② 陶东风：《社会转型期审美文化研究》，北京出版社2002年版，第1页。

能。而王祥夫《一丝不挂》中的阿拉伯兄弟俩累死累活干了一年，眼看年关将近，他们希望结了薪资回家过年，老板却逃之夭夭，最后落得个两手空空。这些作品中的主人公有一个共同命运，即因为经济的原因而最终走上违法甚至杀人的不归路。他们贫困不是因为懒惰，而是因为没有占据生活中有利的位置，遭遇到难以摆脱的困境，他们违法与杀人不是因为自己邪恶，而是自己一忍再忍，最终忍无可忍。

在叙述的层面上，悲剧结局源于主人公的暴力行为，而暴力行为的产生又主要源于主人公的绝望与愤怒，绝望与愤怒则产生于经济的受害或者受制于人。尽管具体情况因人而异，大致而言，这些故事大抵这样的叙述模式来达成：经济困境——意外"援助"——代价惨重——"援助"落空——愤而杀人。在这个故事模式链条中，前后两端值得我们深刻关注。经济困境一端，显性层面，是生活拮据，陷入困境。更为重要的隐性层面，却为不少论者所忽视，即究竟是什么样的人生活拮据，他们为什么陷入困境？仔细观察发现，他们是这样一些人：失业女性、家庭妇女、懵懂无知的少女、普通的职业女性或者是靠出卖体力讨生活的农民工，他们没有收入，或者收入微薄甚至获取自己劳动所得还要看别人的施舍，处于社会生存链条的最低端，这就注定了他们很难保证自己基本的生活需求，更不可能获得应有的尊重。作为弱势一群，因为相关知识和管道缺失，他们无法正常维护自己的切身利益，只能以"变通"的方式，这不仅使事件变得复杂，更加剧了自身境遇的不确定性甚至恶化。北诺如此，荔红如此、英芝如此、阿拉伯兄弟如此、"我"妈也是如此。愤而杀人一端，除了阿拉伯兄弟，几乎所有故事主人公都以杀人而告终。杀人是以结束别人生命为主要目的的一种暴力行为，没有深仇大恨、非到极致不会产生杀人动机。"在人类社会中，暴力永远不可避免。文学应该承担而且能够做到的，是对暴力现象给予真实而适度的表现，批判一切反人道的暴力，肯定合理的暴力，也呈现其负面性，并进而分析暴力的根源，给人们提出警示，尽量避免一切可能避免的暴力，使人类社会越来越走向和平、和谐、幸福。"[1]

文学描写暴力，最终是为了消除暴力。如果我们省却故事叙述模式链

---

[1]　张中良：《中国文学的暴力表现》，载 首都师范大学文学院编《身份、叙事与当代中国经验》，社会科学文献出版社 2010 年版，第 269 页。

条的中间环节，故事就简化为"经济困境＋愤而杀人"。经济困境彰显着主人公的经济、社会地位，愤而杀人则表露出他们焦虑不安的内心世界。作品中人物解决问题的方式非常简单，即经济/物质手段。受害主人公通常以自己的物质基础（女人多以身体）与施害者做出交换，施害者以经济利益作为诱饵（婚姻形式中表现为相对稳固的婚姻基础），一旦受害者的物质利用基础不复存在，施害者的经济诱饵可能即刻就被撤销。这种简单、赤裸的利益关系昭示，社会的角角落落已经为经济关系所充分支配，人们已经普遍接受了经济在社会生活中的支配性地位，这是社会转型期发生的最为广泛而深刻的社会心理的变革。但是，这个变革是伴随着并不十分规范的经济改革驱动发生的，它先天就存在种种缺陷。旧有的、僵化的社会分配体制被打破之后，新的体现社会公平正义的分配体制并未能有效建立，一部分人先富起来了，更多的人则"沉沦"了。据学者调查，"2006 年农民纯收入全国平均为 3587 元，西部各省份基本上都低于 3000 元，有数千万农民的纯收入水平不足 1000 元。2006 年城市居民收入与农村居民收入之比为 3.28。更重要的是，这种差距呈现出不断扩大的趋势。"① 随着社会分化的加剧、城乡经济和区域经济发展的不平衡、贫富差距的拉大，社会地位发生相对的变动，使社会个体或群体将自己的利益得失与他人或群体进行比较时产生的社会心理反映就是公众的相对剥夺感增强。由此导致一些较为偏执的个体心理无所遵循而失去平衡。

伴随着经济被剥夺的，是底层主人公们社会决策参与与文化建设的被剥夺，他们不仅经济上受制于人，在工作、生活上亦受制于人。在所有受害者中，文化程度普遍不高，北诺和曾善美是其中的特例。北诺是一单位年轻、时髦的女职员，曾善美是武汉钢铁研究设计院职工，其余如英芝、巧巧、窦瓜、孙素宝、吉久和阿拉伯兄弟等，顶多不过初中文化。北诺是单位正式职工，女性、普通职员决定她无法分得可心的住房，要调换到相对较好的房子，只能仰仗单位头头，这需要有相应的资本作交换。外表光鲜地位较高的曾善美能够获得美满的婚姻靠的是其"处女"之身。两个有"文化"的女人都以最原始的资本作为自己生存的砝码，遑论文化程度不高的荔红、巧巧和英芝她们。非常令人感觉不可思议的是，五四新文化运动洗礼过去四分之三

---

① 柯炳生：《我国的三农问题》，《广西农学报》2008 年第 3 期。

个世纪之后，人们不仅没有变得更为文明，反而退化为简单的身体思维。如此普遍性、常态化的身体"交易"行为非简单的欲望叙事所能诠释，也绝非单纯的堕落二字就能涵括，它一定程度上反映了市场经济氛围中社会道德的整体性下滑、精神世界荒芜的弊病。

在这些女性悲剧命运叙事和底层叙事作品中，暴力描写具有很强的还原性，或者说现实真实性。这里的真实性不是"十七年"时期现实主义美学原则观照下的所谓本质的真实，而是实实在在的毛茸茸的生活的真实。"十七年"现实主义注重将叙事时间与故事发生时间的重叠，从而产生真实的效果。而女性悲剧命运叙事与底层叙事擅长运用叙述时间的延宕，以场景的逼真性来取代故事叙述的重叠性来达成叙述目的：

北诺痛得高声喊叫，那声音像一个遭受毒打的女人发出的悲惨叫声（想想《红色娘子军》第一场南霸天毒打使女的场景吧），她的全身火辣辣地疼，一根烧红的铁棍子在她的下体烧灼着，她用脚来踢它，用手来掐它，但它像生了根似的不走。每一阵撞击都有一声叫喊，每一声叫喊又加强着刺激，使这撞击更为猛烈。

北诺的声音越来越小，她已经没有力气了，她说我快不行了，你快放开我。男人说我还没完，我还要。他继续撞击她。北诺觉得她快要死了，每一次撞击都像一场灭顶之灾，这种撞击无穷无尽，是她的深渊。

刀刃雪光闪闪，像雪山上的月亮那样高洁，这是世上最美好的事物之一，它在这个恍惚的夜晚照耀了这个女人。女人恍惚着走向它，像吴清华捧着红旗那样捧着它，她的脸贴在它上面，冰凉的感觉使她舒服。她拿着这把菜刀到卧室里去了。P104

女人拿着刀仔细看他，她在他身上找到了一个合适的地方，那就是他脖子上一侧微微跳动着的那道东西，她就从那个地方割了下去。

鲜血立即以一种力量喷射出来，它们呼啸着冲向天花板，它们像红色的雨点打在天花板上，又像烟火般落下来，落得满屋都是，那个场面真是壮观无比。

北诺站到床跟前看血的流淌。血流尽之后她想把男人切成几大块放进冰箱里，但每刀下去总是碰到骨头，人体解剖知识的缺乏使她不能如愿，她只是在肚子及肚皮下方这样一些比较柔软的地方划了几刀。①

这几段文字有这么几个显著特征：细致，在有限的时间里，展开了繁复的动作和心理感受描写；感官化，触觉感官与视觉感官并重，强化了两者的相互渗透效果；联想与想象丰富，每一个关节处都尽可能展开想象和联想，做到了虚与实的相得益彰，强化了现实与心理之双重真实感的冲击力。从详细描绘北诺遭受上司肉体摧残，到细致刻画其心理异化、杀死上司的全过程，在故事叙述的层面上，它突出了北诺人生悲剧的渊源所在，在深层的心理揭示上，强化了北诺受害者的心理观感，北诺的残忍与冷酷，因为其受害者的角色定位，其罪孽某种程度消解了。处于弱势、遭受迫害是否构成受害者残忍行为的正当理由我们不得而知，但从小说文本所发散出来的对迫害者发自内心深处的仇恨却令人不寒而栗。

凡事皆有因，仇恨的种子往往来自无辜受害，或者有冤难伸、冤气难平，冤气背后的无助、绝望则是悲剧产生的幕后推手，北诺是这样，英芝是这样、巧巧是这样、九财叔是这样、阿拉伯兄弟等也是这样。在这一系列的悲剧故事中，英芝的遭遇最令人唏嘘。她的悲剧人生有三个关键节点：第一个是稀里糊涂与贵清发生性关系，下嫁贵清；第二个节点是与三伙班同伴文堂发生性关系，输掉了道德优势；第三个节点是火烧贵清，触犯法律。如果说少女时代与贵清发生关系难以启齿，那么，婚后与文堂暧昧，则很大程度缘于英芝在贵清家的孤立无援、濒于绝望所致。夫家视英芝为贱人、仇敌，娘家视英芝为覆水，谁都对英芝的遭遇没有丝毫的同情和怜悯，更不用说对其改善生活付出巨大努力的赞美，天下之大没有英芝的安身之所！如果贵清家不那么绝情，娘家不那么冷漠，要强的英芝就不可能走上穷途末路。有学者批评它们艺术性、文学性不足，过分的渲染和堆积苦难，人物塑造过于简单化，故事结构也过于模式化等。但是，那些鲜血淋漓、冰冷细致的叙述中发散出来的砭人肌骨的寒凉是否为他们所意识到呢？

近年来，一些研究中国社会现实的社会学者对当今社会现状深感忧

①　林白：《致命的飞翔》，长江文艺出版社 2001 年版，第 104—105 页。

虑，提出了中国社会正加速走向溃败的警世明言。社会溃败的主要症状，除了权力失控，还包括：潜规则盛行于社会；社会底线失守，道德沦丧；社会公平正义受到严重侵蚀；职业操守和职业道德丧失等诸多方面。① 回首那些弱者的不幸与血泪，作为善于思考，敏于观察的一群，作家们相比一般知识分子总是率先感受到社会的细微变化，体会到人生的不易。从"文化大革命"到先锋，从文化到底层，变化的是书写对象，不变的是他们那颗关注社会思考人生的心。"思考使我痛苦，更使我意识到一个中国知识分子应有的责任，于是我写起了小说。"② 痛定思痛的戴厚英道出了一个有良知的作家的心声。陈应松则将责任化作自己沉甸甸的选择："因为'生存'是最大的、最鲜活的，充满了动感、实感，有血、有泪、有感情参与的一个词，'生存'对于许多人特别是底层人来说就是生与死的问题，你这样的现场所获得的一定是十分厚重的、沉重的，充满了分量的东西。作家所写的东西一定是双向选择，双向感动。你选择了沉甸甸的东西，你写出来的东西就不会是轻飘的轻佻的。"③ 那沉甸甸里，除了选择与感动，还有那让人感觉日趋沉重的社会。

---

① 孙立平：《中国社会正加速走向溃败》，人民网 2011 年 2 月 16 日。

② 戴厚英：《致马丁先生》，载杜渐坤编《戴厚英随笔全编》，暨南大学出版社 1998 年版，第 418 页。

③ 陈应松：《文学的突围》，《上海文学》2008 年第 1 期。

第六章　暴力叙事之美学风格

　　尽管小说暴力叙事主题繁复，形式多样，表现手法异彩纷呈，但它不是文学思潮，而是各种文学思潮的一种动态反应。对于小说暴力叙事而言，它的美学特征和文学史意义只有置于时代的文学进程中，经过与其他文学知识的比照区分，才有可能表述自身。换言之，若要了解或者描述它的特征和意义，不仅需要对其本身的特征和意义做出概括，也需要在与其他知识的横向对比中，小说暴力叙事的独有风貌，才会自然呈现于新时期以来的文学语境中。

　　与"十七年"和"文化大革命"时期革命历史题材小说中的"暴力"书写相比，新时期以来小说暴力叙事最为突出的特性就是它的对象性，即暴力事件或者暴力行为本身作为文学表现对象。暴力事件或者暴力行为的对象化，摆脱了其长期以来在文学表现中的从属地位而成为独立的审美对象，从而也带来其文学角色的变化及其文学表现上的开放性。革命历史题材小说中的"暴力"往往作为民族独立、人民革命和解放的手段，或者作为被侮辱者/被损害者的自卫措施，属于正义或进步的力量，服从或者服务于现实主义文学关于历史的本质化建构需要。即使作为反面一方施加于革命者/正义者一方的暴力行为，也多是作为后者力量和精神意志的一种确证。同时，对于各种具体的暴力行为，暴力场面和过程，革命历史题材小说多作虚化、淡化处理，换句话说，它突出的不是暴力，而是暴力背后的阶级立场和精神意志，从选材到主题到表现风格等，无不体现出宏大叙事的时代特性。新时期以来的小说暴力叙事恰恰是在这一点上率先取得突破，早期反映"文化大革命"的伤痕小说和反思小说中，"暴力"的角色就已经有了很大不同，批判意味远远大于歌颂传统，在之后的先锋小说中，它更是作为独立的表现对象得到淋漓尽致的描绘。先锋小说从审美观念到表现方法，从主题内涵到叙述方式等等的标新立异，领一代风骚，并持续影响到新世纪的小说创作，内化为作家自觉的创作追求。位于此文学坐标轴中的小说暴力叙事在美学风格、文学发展的意义上自有其独有的特征和不可忽视的意义。

第一节　暴力叙事的美学风格

与典型、形象、性格等一样，风格曾经是大陆当代文学批评术语中使用频率非常高的一个词语，其下属的崇高、庄严、优美等更是一些耳熟能详的语汇。新时期以来，在西方文学批评方法的冲击等诸多因素影响下，批评者们慢慢将那些曾经热门的批评语汇疏远、遗忘，后者也的确慢慢地在人们的记忆中淡化、模糊和陌生起来。不过，淡化和陌生不等于不存在，也不意味着它不适用于新时期以来的文学批评。究其根源，这是一个复杂的学术问题，也非本书的题中之意。当我们跳出当前批评视域的局限，重新审视新时期以来之小说暴力叙事时，依然可以清晰地发现其历史的传承与变异。就美学风格而言，变异大于传承。如上所述，由于审美观念、主题表现，叙述方式等方面的巨大变化，也相应带来了作品风格的巨变。所谓风格，它是来自中国传统文论中的一个批评术语，有风度、品格、风韵及格调特色等诸多含义，如刘义庆《世说新语》"德行"篇中形容李元礼"风格秀整"，此处风格指的是人的风度。而刘勰《文心雕龙·议对》论及陆机文章，认为："及陆机断议，亦有锋颖，而腴辞弗翦，颇累文骨，亦各有美，风格存焉。"其中的风格则指作品的艺术格调。当代文评则主要指称一个时代、一个民族、一个流派或一个作家的文艺作品在思想内容和艺术形式等方面所显现出来的艺术特色。美学家黑格尔将风格定义为"个别艺术家在表现方式和笔调曲折等方面完全见出他的人格的一些特点"[①]。两者虽有所差异，但核心的观念是一致的，即作品体现出来的作家人格或作品特色。

那么，新时期以来的小说暴力叙事美学风格究竟有何特色，它与"十七年"和"文化大革命"时期革命历史题材小说中的革命暴力叙事，乃至上世纪初新文化运动时期的启蒙暴力叙事风格有何差异？两者的对象性差异，带来美学风格的根本变化。启蒙暴力叙事和革命暴力叙事负有神圣使命，前者是为了更新民族文化，焕发民族文化新的活力，从而实现挽

---

① ［德］黑格尔：《美学》（第 1 卷），商务印书馆 1982 年版，第 372 页。

救民族危亡这一历史重任。后者是民族生死存亡，人民解放斗争历史的文学叙述，在历史的逻辑及道德的天平上，其合法性和正义性是毋庸置疑的。创作的使命感和斗争的艰巨性、复杂性赋予作品崇高，庄严、壮美等诸多审美质素。新时期以来的小说暴力叙事恰恰相反，它拒绝使命，躲避崇高，历史的碎片化处理，艺术表现上的反讽、平面化、粗俗化产生一股潜在又强力的反向力量，呈现出与以往之暴力叙事迥异的美学风格。从艺术主体方面看，可以归结为怨怒，从艺术客体方面看，用粗鄙概括较为恰当。

一　怨怒

一般而言，风格论范畴内的艺术主体指的是作家或艺术家的审美个性。这种审美个性渗透在作品题材的选择与提炼，故事的叙述、叙述人称的采用及语言的表达等诸多面向。这里之所以将新时期以来小说暴力叙事美学风格之一归结为怨怒，正是建基于对作品这些面向考察的一个结果。尽管从先锋小说开始，小说创作就摒弃了原有的主观性叙述而代之以客观、冷静的零度情感叙述，第一人称视角也多为人物视角所取代，好像作者从作品的叙述中消失。这只不过是一种假象，距离的拉开无法掩盖距离本身所透露的信息，故事的选择与叙述亦难掩作家的审美取向和价值立场。

阅读从伤痕小说到新世纪小说中的暴力故事，一个明显的感受是，它们血腥味更浓了，恶心、惊悚的心理反应多于心情的愉悦。这些故事总是与杀戮、死亡、毁灭、人性的丑恶及社会的残忍等纠结在一起，对读者形成精神的挤压。死亡和毁灭却不产生悲剧英雄，引起杀戮和死亡的也是一些并非光明，而是阴暗，甚至罪孽的欲望、琐碎的小事或者干脆无来由。反映"文化大革命"特定历史时期的疯狂所引起的暴力及伤害的伤痕和反思小说等自不待言。那些叙述历史的新历史小说，反映现实的新写实小说、底层叙事和女性小说也是如此。吕新《抚摸》的主人公终其一生都在战乱中度过，他先后经历了与国民党军队的战争，地方武装冲突，晚年又在乱世中苟延残喘，一个个死亡事件构成了其漫长的记忆链条。乔良《灵旗》中青果老爹的红军记忆是血染湘江的惨烈情景，全然没有气吞山河的豪迈。洪峰《极地之侧》中找人的过程就是死亡叠加的过程，林白《致命的飞翔》中北诺杀人的荒唐与恐怖，还有如苏童小说的残忍与凄美，陈应松小说的愚昧与血腥，等等。以余华小说为代表的先锋文本更是触目惊心，其《死亡叙述》中村民们杀害司机，《世事如烟》中老者为延寿而杀害亲子，《现实一种》中四岁皮皮的意外失手引起的灭门惨剧，犹如一朵朵盛开的恶之花。尽管暴力和死亡事件五花八门，主题纷繁复杂，它们作为叙述的主要对象和被着意突出的内容却是确定无疑。其引人注意的地方也在于此，事件的突出并未相应带来人物性格的丰满及命运遭遇的心灵震撼，而是消隐在一个个杀戮行为及死亡图景之中，死亡的血腥、恐怖感受超越了对人物命运或生命处境的思索，心灵的震颤不是人物悲剧产生的庄严和净化，而是痛苦与失望。

　　从先锋小说始，一种"新"的叙述态度——零度情感在文坛蔓延，不仅广为作家采用，亦为批评家所称许。余华说："我喜欢这样一种叙述态度，通俗的说法便是将别人的事告诉人。而努力躲避另一种叙述态度，即将自己的事告诉别人。即便是我个人的事，一旦进入叙述我也将其转化为别人的事。我寻找的是无我的叙述方式……"[①] 朱伟则称赞余华小说冷酷轻松的叙述方式为"很难得有这样入骨三分的对人自身本质的思考"[②]。作家在叙述故事的过程中，最大限度地抑制自己的情感，隐藏自己的价值取向，避免做出哪怕是些许的理性判断，使叙述者始终保持零介入状态。零度情感叙述由先锋文学推而广之，成为一种普遍的叙述方式，我们不仅可以在余华等先锋作家笔下看到类似医生解剖尸体似的冷静杀人，也可以在女性杀夫小说中看到如医生解剖似的精致的杀人，还可以在莫言笔下看到职业化的精确杀人，可谓"冷风扑面"。其实，客观写实在中外文学中并不鲜见，但在20世纪80年代中期以来大陆作家中如此大规模地、刻意地运用就不能仅仅简单地用叙述态度来概括之，将它视为作家的叙述策略似乎更为恰切。如果说零度情感介入是先锋作家对以前文学主观性叙述的反拨，那么其后的新写实小说、底层叙事甚至那些极富商业意味的暴力叙事就是作家在80年代末期以来知识分子集体失语语境中的一种策略性表达，在平面化、削平深度的背后，是对现实的横眉冷对。

　　叙述距离的拉开，零度情感策略的实施，与叙述视角的选用密不可

---

① 余华：《虚伪的作品》，《上海文论》1989年第5期。

② 朱伟：《余华史铁生格非林斤澜几篇新作印象》，《中外文学》1988年第3期。

分，而这，又具体落实在叙述人称采用上。除了伤痕、反思小说，先锋小说始，作家们已经不太采用第一人称叙述方法了，第三人称叙述和人物内视角成为作家们青睐的叙述方法。从叙事学的角度看，叙述视角对于调节读者与故事人物的距离和情感具有非常重要的影响。英国学者马克·柯里认为："小说可以为了某种道德目的给我们定位，驾驭我们的同情，拨动我们的心弦。最为重要的是，对视角的分析使批评家们意识到，对人物的同情不是一个鲜明的道德判断问题，而是由在小说视角中新出现的这些可描述的技巧所制造并控制的。"① 这些技巧包括读者与小说人物之间距离的控制，进入读者视野的人物信息量、人物内视点所持叙述立场及信息来源等。原本，人物内视点拉近与小说人物距离的一种叙述视角，其叙述往往容易引导读者进入人物内心世界，进而对人物产生同情。然而，遍察这些小说，我们却惊奇地发现，它们与第三人称叙述视角一样，带给读者与小说人物的距离依然是那么遥远，情感是那么冷漠。如：

> 女人拿着刀仔细看他，她在他身上找到了一个合适的地方，那就是他脖子上一侧微微跳动着的那道东西，她就从那个地方割了下去。
> ……
> 北诺站到床跟前看血的流淌。血流尽之后她想把男人切成几大块放进冰箱里，但每刀下去总是碰到骨头，人体解剖知识的缺乏使她不能如愿，她只是在肚子及肚皮下方这样一些比较柔软的地方划了几刀。（林白《致命的飞翔》）

叙述者"我"是北诺的好朋友，我们阅读这段文字有如是"我"在观赏北诺的表演，北诺的杀人成为一种"行为艺术"，杀人行为激情式的冷酷观感完全湮没了人们对杀人者受害者角色应有的同情。类似的阅读感受在其他作家的文本中同样存在，如陈应松笔下九财叔的贫困和最终伏法并不能引起读者多少的同情，严歌苓《谁家有女初长成》中的巧巧命运悲剧的成分同样稀薄，英芝则几乎就是一个天使加荡妇的混合体。这是一个有趣又十分严肃的创作现象，它与零度情感介入叙事策略一样，折射的

---

① ［英］马克·柯里：《后现代叙事理论》，宁一中译，北京大学出版社 2003 年版，第22 页。

是作家们对现实的失望和日渐冰冷、硬化的心。

二　粗鄙

传统文化历来讲究怨而不怒，哀而不伤，即使家庭衰败如曹雪芹者，其皇皇巨著《红楼梦》的美学风格也仍然是怨而不怒。但是时移世易，当代许多作家所经历的远比曹雪芹的复杂和深重，他们在现实中所形成的世界观、人生观自然影响到他们作品风格的变异。正如由崇高到怨怒的变异一样，新时期以来小说暴力叙事美学风格的另一重要特征是由此相伴而生的粗鄙。

论及粗鄙，不少人可能会很快想起王朔所开创的"痞子文学"，其"我是流氓我怕谁"的"名言"为文学爱好者和研究者们所熟知。粗鄙就是粗俗、庸俗或鄙陋的意思，一般指人的言语、行为等方面所体现出来的精神内涵，如修养、气质等。但是，本文这里指的是另一种粗鄙，它不仅指王朔小说中流氓或者痞子似的粗俗话语，更是指通过丑恶的场景、模糊和空洞的人物形象、琐细的事件等建构起来的更为深层、更为本质的精神层面的意指。相对于作品题材的选择和提炼，故事的叙述及叙述人称的采用等体现艺术主体风格特征的动态性要素，它们属于静态的、艺术客体的风格体现要素，与前者互为表里。

作为文学创作的一个母题，暴力是小说常客，但它在20世纪中国文学，尤其是在大陆"文化大革命"结束之后的小说创作中，是最为醒目的一个文学存在。翻开小说，"遍布小说世界的致人死命的暴力和贪欲、给人以强大精神压力的恐怖、令人羞愤的人格的卑下、形象的丑陋，还有令人作呕的污秽景象"[①] 扑面而来。人的善行、良知稀薄，暴力、贪欲等人性的阴暗面却无处不在，罪恶与野蛮制造了暴力，暴力又将罪恶和野蛮暴露于光天化日之下。这就可以解释为什么暴力叙事小说血腥扑鼻，污秽遍地，一些人物形象和生活情景粗鄙和令人难以忍受。

污秽的场景和丑恶的人物行为是形成小说粗鄙风格的一个重要因素。生活和文学中从来不缺暴力，但暴力的表现却可以见出生活和文学品味、风格的差异。"十七年"时期的革命历史题材小说曾经为一些论者所诟病，它们也写战争，写暴力，写酷刑和血腥，但从另一方面看，至少它们

---

① 胡西宛：《先锋作家的死亡叙事》，湖南人民出版社2010年版，第181页。

是"干净"的，给人的审美印象是正面的、积极的。因为死亡事件，死亡场面向来不是它们叙述的重点，再则，即使有时有比较精细的死亡情景或酷刑场景刻画，也主要不是用来渲染场面的残酷，而是突出人物的精神和意志，如《红岩》中江姐经受竹签酷刑考验的描写，文本运用了斑斑血迹、血水飞溅、令人心悸、撕裂等词语来强化敌人刑罚的酷烈，但主要是通过人物视觉和心理感受来凸显，这就将重心从敌人刑罚的物理上的"实"转移到了人物心理的精神上的"虚"，给读者留有丰富的想象空间。反观新时期以来小说的暴力描写，描绘更为精细，负面或者阴性词汇出现更为频繁，留给读者想象的空间不仅大为缩小，而且直逼他们的心理承受底线。如莫言，其小说的暴力描写是一场视觉的盛宴，每每有刺人眼球的暴力大餐，其暴力书写可以用毒、丑、野三个字来概括。如《灵药》中对死人开膛取胆的一些语句："黑血绵绵地渗出来"，"白脂油翻出来"，"白里透着鸭蛋青的肠子滋溜地蹿出来。像一群蛇……""散发着热烘烘的腥气"等，极其恶心恐怖。余华也曾经对暴力有特别的嗜好，堪与莫言比肩，如其中篇小说《现实一种》中书写山岗从预谋到具体实施杀害弟弟山峰的行为篇幅就长达二十余页，尤其是山岗捆缚山峰，熬肉骨头、在山峰身上涂肉骨头行为的有条不紊，丝丝入扣，骨肉亲情荡然无存，读之令人惊悚。而且细细辨来，那些杀人者多是些可恨可憎之人：赵甲的奴性与冷酷、广佛的残忍、曾善美如花美貌下的淫荡和蛇蝎心肠、天和地兄弟俩的背祖忘宗泯灭人性、刘浪的心理扭曲、崔家媚生理欲望无法满足下对丈夫的怨恨而杀、《抚摸》中僧人的见财起意等，不胜枚举。显而易见，由暴力而显现出的丑与恶的集体爆发，折射了作家们由审美到审丑之美学观念的巨大转变。

人物形象的空洞或模糊拉低了新时期以来暴力叙事小说美学的高度。典型人物形象曾经支撑起了从中国古典文学到现代文学美学长廊的半壁江山，涌现了许多栩栩如生的人物形象，从古代的崔莺莺、杜十娘、李逵、贾宝玉等，到现代的阿Q、觉新、二诸葛、小腿疼、梁生宝等，如恒河沙数，它们中的一些甚至冲出国门，走向了世界。这个传统在"文化大革命"结束之后的新时期以来小说创作中未能很好地发扬光大，反而出现了情节淡化、人物弱化的创作新景观。反映在伤痕、反思小说的"文革"暴力叙事中，情节的力量大于形象的力量，受害者的痛苦心理描写取代了他们悲剧命运的深层反思。如张思远庄周梦蝶式的精神梦游，钟亦成的亦步亦趋，吴仲义的诚惶诚恐，葛翎的忍辱负重等都难掩他们形象的苍白。先锋文本更是将人物和内容降到非常次要的地位，在先锋作家那里，形式才是第一位的。先锋文本不仅简化了人物性格内涵，甚至取消了人物的内心冲突，这就削平了人物的深度，削减了人物的厚度，人物性格的丰富性、复杂性为平面性和单一性所取代。因此，我们不仅可以看到先锋暴力叙事文本背景模糊中的人物，如山岗和山峰兄弟、天和地兄弟、陈佐千、五龙等，甚至也可以看到诸如用数字、瞎子、司机、老人等极其抽象的指称代词命名的人物。底层叙事、女性杀夫叙事等则深受新写实及女性主义思潮影响，人物的粗鄙化、圈子化阈限使得他们少了份精致与高贵，多了些鄙陋与世俗。

人物形象的模糊、空洞、世俗和粗鄙化不一定必然带来作品美学风格的粗鄙化，之所以做出它们拉低了作品美学高度的结论，还因为它们身上所产生的审美效应、所凝聚的作家的审美理想的双重不足。那些暴力叙事作品中，虽然出现了一些颇富新意的人物形象，如《红高粱》中的"我"爷爷余占鳌、《檀香刑》中的赵甲、《蛙》中的"我"姑姑等，但更多的是年长的方仲永似的人物，初看有些新意，再看似曾相识，三看泯然众人也。具有撼人心魄的艺术力量，能够为读者提供持久解读，反复咀嚼的艺术形象凤毛麟角。再次，从一些作家塑造艺术形象的初衷来看，人物性格并不是他们创作的重心，"我实在看不出那些所谓性格鲜明的人物身上有多少艺术价值"。而是要"向朋友和读者展示一个不曾被重复的世界"①。如果一个世界失去了人，失去了心理活动的丰富性和复杂性的人，这个世界究竟有多少意义，这是值得怀疑的。

要塑造人物形象，又不重视人物内心的刻画，那么人物形象是怎样炼成的？自然是人物外部的行为和言语，许多人物形象的人性之"恶"就是通过其行与言表现出来的。关于行，前面已有简要论述。那么，这些人物的言有何特点呢？两个字：鄙陋。鄙就是卑贱，阴暗，陋就是粗俗，浅薄。臭名昭著的刽子手赵甲，其言语颇具代表性。作为职业刽子手，其言语富有职业自豪感，颇具敬业精神，但作为没落王朝的宫廷刽子手，其奴才的嘴脸又暴露无遗。且看他的两段话：

---

① 余华：《虚伪的作品》，《上海文论》1989 年第 5 期。

我说了半天，你们应该明白了，你爹我为什么敢对着那些差役犯狂。一个小小的县令，芝麻粒大的个官儿，派来两个小狗腿子，就想把俺传唤了去，他也忒自高自大了。你爹我二十岁未满时，就当着咸丰爷和当今的慈禧太后的面干过惊天动地的大活儿，事后，宫里传出话来，说，皇上开金口，吐玉言：

……

王尚书加封了太子少保，升官晋爵，心中欢喜，特赏给我跟余姥姥两匹红绸子。你去问问那个姓钱的，他见过咸丰爷的龙颜吗？没见过；他连当今光绪爷的龙颜也没见过。他见过当今皇太后的凤面吗？没见过；他连当今皇太后的背影也没见过。所以你爹我敢在他的面前拿拿大。

这两段话是赵甲对自己的傻儿子赵小甲说的，但分明又是有所指的，那就是县令钱丁。因此我们透过他话语的下和上两个向度，可以分明觉察出态度和语气的天壤之别，即对下的骄横，对上的奴颜，及"暴发户"的粗俗，分明民间传说的"乞丐与财主的故事"的"赵甲版"。此外，天和地兄弟言语的无知与狂妄、曾善美对丈夫金祥盘问的步步为营、崔家媚话语的暗有所指、九财叔言语的愚昧与狠毒等，也都颇具特色。从作品叙述者的语言来看，也鲜见往日精英文学语言的雅致。随平民化、世俗化叙事而来的是民间俗白语言的广为流行，它们与人物语言一道构成对小说美学风格的重要影响。

三　小结

尽管时间跨度不小，又涉及现实主义、现代主义和后现代主义等多种文学思潮，暴力叙事却非常神奇地在新时期以来多元的语境下将它们贯通了起来，使得自己获得了一些还算一致的美学风格。现代主义文学表现人的异化、世界的荒诞与无意义，后现代主义文学则侧重于人的叛逆与解构、非理性，怀疑主义、平面化甚至游戏化是它们的共同特征。在那些暴力叙事作品中，传统审美原则中的崇高，庄严、优美、和谐、愉悦等也基本与自己无缘，取而代之的是怨怒与粗鄙。这与现代、后现代的基本精神有着较近的亲缘性。与现代主义、后现代主义文学一样，它无法给人优美的精神食粮，却提醒人们正视这个并不完美的世界，让人们在痛苦中思索，也许正是它的价值所在。毕竟，不完满才是生活的常态。

第二节　暴力叙事的价值和意义

暴力叙事究竟有着怎样的文学价值？如果仅仅从其本身的孤立的角度来看问题，可能很难给出满意的回答。它不是一个独立的文学思潮，无法用研究文学思潮的方法来对其进行独立的研究。它是散见于各种文学思潮的流变之中，其时空的扩散度远比单个文学思潮要大，也更为复杂多变。从纵向的时间流变角度来说，从新时期初期的伤痕小说，到新世纪的底层文学和"文革"叙事小说等，暴力叙事一直分明存在着；从横向的各种题材的书写角度而言，如表现"文化大革命"的，反映女性的，书写底层的，回忆历史的，各种题材的小说创作无不活跃着暴力叙事的身影。一切看起来都似乎毫无头绪。然而，从其在新时期以来小说创作中出现的频率及其所给予的小说创作影响来看，并非一团云雾，我们仍然可以从中梳理出一些比较突出的线索来。如暴力作为审美对象所产生的重要影响，暴力叙事所带来的叙事范型的变化以及暴力叙事小说中文道关系的变化等，我们都无法视而不见。

一　主题开掘与欲望表达

暴力作为审美对象在主题开掘、欲望表达等方面取得了突出成绩。打开作为发端的伤痕小说，触目所见的是对十年"文化大革命"暴行的控诉。作为新时期文学的第一声春雷，伤痕小说沿袭了传统文学关注社会政治，自觉"载道"之文学传统。但是它又有自己的独特之处，一是中国文学史上还从未在如此短的时间内出现过如此大规模、集中地将某种社会暴力现象作为自己的创作对象的；二是此时的"暴力"已经不是彼时的"暴力"了，它已经由原来正义、革命合法语境下的文学暴力叙事转变为政治默许下的对人民内部错误暴力进行选择性清理的文学叙事。这种转变具有非凡的文学意义，其一，它实现了由非常态的暴力，即作为革命、战争手段的特殊暴力向通常的社会意义上的暴力叙事的转变；其二，这种转变带来了暴力在小说创作题材中角色的微妙变化，即逐渐摆脱其作为载道工具的附属角色而成为独立的审美对象，承载更为丰富之内涵；其三就是角色变化引起的暴力叙事美学风格的变化。在之后的反思小说，尤其是先锋小说之中，实现了暴力叙事在中国当代文学的成功转型。先锋小说大量关于暴力和死亡的文本成为新时期文学一道最为令人瞩目的风景，这些文本通过暴力和死亡进行的关于人之生命本体、人的存在及人性的思考是前所未有的，并在之后的小说暴力叙事中得以延续和深化，成为一个时代作家内心欲望的表达。

暴力题材与死亡主题。暴力与死亡是一对孪生兄弟，死亡往往与暴力结伴而行。传统文学中，因为暴力多伴生于朝代更迭、农民起义、民族解放、宗族械斗等集体事件之中，在多声部合奏的宏大叙事下，个体的社会价值掩盖了其作为生命的个体的意义，更遑论对于个体生命存在的玄思。即使在一些个体性较强的恩怨仇杀之暴力叙事文本中，也往往是社会的道德需要超越了个体生命的尊严。因而我们可以领略到《水浒传》"李逵江州劫法场"中李逵抡起板斧，如砍瓜切菜一般的激情杀人表演，李逵板斧下那些枉死的冤魂只不过其闪光的农民起义英雄形象的一个必要的衬垫而已。我们也可以看到鲁彦《柚子》中处决犯人砍头如切柚子一般的快捷，骨碌碌旋转的头颅固然恐怖，但市民倾城而动，争相观赏的"盛况"才是小说表现的重心。尽管传统文学对暴力和死亡的叙述难以胜数，由于中国社会历史进程的特点及实用理性哲学的影响，它们基本上是作为个体生命历程的终结或者从社会意义的角度来加以叙述，真正从生命本体意义进行思考的并不多。"白骨露于野，千里无鸡鸣"的对生灵涂炭的悲悯，"生当作人杰，死亦为鬼雄"的铁骨铮铮的人生誓言，弥漫的是对社会和国家的忧患意识，激发的是社会道德和民族正义。

暴力题材不是中国传统文学的薄弱环节，与暴力相关的主题开掘才是其症结所在。对存在意义追问的欠缺，死亡和人性表现力度的不足，制约了中国文学美学品格的提升。毕竟，道德的高尚、情感的温馨无法取代精神的恐惧和战栗，不能触发灵魂深处令人震颤的尖锐力量，尽管它给人以刺痛。新时期以来小说暴力叙事超出传统暴力题材作品的地方正在于此。伤痕、反思小说批判"文化大革命"的主题尽人皆知，当一个个主人公在疯狂的暴力中走向毁灭时，其精神的贫乏、灵魂的苍白，乃至人格的缺陷所传达出来的人生意义的清零已经为生命存在的思考发出了清晰的信号。中国文学从来就有国家不幸诗家幸的说法，"文化大革命"给国家和人民造成深重灾难，却为文学提供意外的收获，失之桑榆，收之东隅。

文学终于有条件、有机会来观照人的生命，思考存在的问题了。前度刘郎今又来，西方现代主义文学在大陆的再度登陆，刺激了先锋作家尚未沉睡的关于死亡、关于人性的生活记忆，他们接续了现代主义所开掘的关于生命、关于存在、关于人性的文学主题，并糅合进自己切身的人生体验，实现对暴力题材和死亡主题文学价值的提升。首先，先锋文本将暴力和死亡与具体的社会政治联系剥离开来，使其成为纯粹的生命本身的认识和体验。吕新《抚摸》、洪峰《极地之侧》等小说中暴力和死亡的密集出现，已经超越了作为小说故事构建的功能，而成为作者构筑的生命世界、揭示的生存本相。余华先锋小说里的主人公多是一些身份模糊或无主名的杀人团，《古典爱情》中的"菜人"市场、《现实一种》中山岗的杀人"游戏"、《死亡叙述》里的集体碎尸行为、《一九八六年》中疯子的自残等，形式各异、花样百出血腥场景俨然一副人性沉沦后的世界末日图景。此外，还有残雪笔下那无处不在的暴力和死亡，折射出的是人的生存困境与无可救药。其次，是先锋文本对死亡的本体观照。中国现当代文学中不乏对死亡观照的作家作品，鲁迅就是一个突出的例子，鲁迅不仅写了大量关于死亡的作品，还在逝世前夕写了题为《死》的散文，但是鲁迅对死亡的认识是建基于他对世界的认识基础上的，即使他最为出色的散文集《野草》关于死亡的种种设想，也是如此，富有丰富的社会意义。革命历史题材关于死亡的叙述就更不用讳言。先锋作家不仅对死亡的暴力场景有着非常精细的刻写，而且深入到暴力死亡的过程中，从死亡内部进行体验，从而真切地观照死亡本体。因而，我们可以发现先锋文本中大量关于死亡的感觉描写，这些纯属作家臆想和虚构的死亡世界成为一个个无比灿烂、非常奇特的世界，有的甚至充满着愉悦，而完全与死亡的恐怖暴力成因形成鲜明比照。这种奇异的关于暴力与死亡的看似悖谬的关系拓展了前辈作家关于死亡的思考，开启了长期封闭的关于生命，关于个体价值认识新途径、新空间。

　　暴力题材与人性和社会主题。除了死亡，人性和社会主题开掘是新时期以来小说暴力叙事最为成功的另外两个亮点。尽管没有达到预期的审美高度，无法产生古希腊悲剧那样令人震颤的精神力量，却给人以深深的刺痛与震撼。新时期以来的小说暴力叙事有一个鲜明的共性，那就是它基本放弃了对暴力实施者的灵魂拷问与精神追索，采取"行为还原"的方式对暴力行为和暴力场景进行"放大"。这种题材处理方式产生出迥异的美学效果，而且至少在以下两个方面超出了以往暴力叙事的主题开掘。其一，暴力方式的多样、暴力手段的原始与残忍营构出极度血腥和恐怖之场景，折射出人性的阴暗和丑恶。除开伤痕、反思小说中精神暴力和热兵器暴力，仅就冷兵器暴力而言，就形形色色，应有尽有，如石块、绳子、狗、钢锯、手术刀、屠刀、棍棒、剃头刀、板斧等不一而足。我们可以看到《古典爱情》中菜人市场里屠刀下鲜血淋漓的活人的大腿，也可以看见《马嘶岭血案》里九财叔抢起板斧一斧一个的利索杀人、《第三棵树是和平》中孙素宝用剃头刀对丈夫尸体的精密分解、《致命的飞翔》里北诺用剃刀将上司肢解得伤痕累累的尸体，还可以看见被剥皮的罗汉大爷蠕动的青色的肠子……面对这种种惨景我们很难将它们与具有灵性的人连在一起。其二，暴力的无处不在折射出人性恶的同时，也反映了社会的丑恶。新时期以来小说暴力叙事将焦点聚集于日常生活，通过琐碎的日常生活暴力来反映人性、反映社会。除了暴力的血腥，我们还惊奇地发现，暴力实施者广泛分布于各个角落、各个阶层、各种人群、各种关系、各个年龄层次的人群之中，形成"无处不暴力"的人间"奇观"，这是以往文学中不曾出现的。这显然打破了文学界长期以来塑造人物、营构世界的惯例，是对以往文学功能成规的彻底反叛。为什么会出现这种情况，它折射出了什么？这与欲望的艺术表达方式有关。

　　暴力叙事是欲望的显性表达。欲望书写主要用来批评市场经济条件下消费文学书写。严格来说，当代文学中，这种规模化的欲望书写始于伤痕小说，对"文化大革命"暴行的控诉即典型表现。欲望始终是艺术表现的主要对象，"艺术在根本上是以人的身体和感觉为中心的欲望的活动"①。身体和感觉恰恰是暴力叙事最为成功的突破口，并在作者与人物的内在关系上达到高度的叠合。触目所见伤痕、反思小说中受害主人公身体的累累伤痕、精神的灼烧与痛苦呼号，几乎成为一个时代的文学特征。而先锋文本中的浓墨重彩与底层文学中的不事雕琢，都将人性深处的暴力欲望纤毫毕现地呈现了出来。暴力叙事给予当代文学的深远影响不仅在于它表现了欲望，而是更在于它欲望的表现方式。欲望的艺术表现主要有两种方式：一种是遮蔽式的，主要采用比喻、象征等形式，是欲望的变形，转移和升华；另一种是显明的，它撕去各种面具，赤裸裸地表现自身，毫无顾忌地诉说着自己。新时期以来小说暴力叙事采取的是后一种表现方

---

① 彭富春：《美学原理》，人民出版社 2011 年版，第 217 页。

式，它正是以对暴力不加修饰的直视达成对丑陋欲望的批判，对现实的批判与控诉，实现了审美艺术向审丑艺术的转向。

二　新型叙事范型的确立

对暴力题材的选择与开掘，表面看来是对既往同类题材的开拓和深化，实质上是新的叙事范型的崛起，伴随题材开掘的，必然是视点、内涵、美学风格等各方面的必然变化。就这次新型叙事范型的崛起来看，由于表现出与以往宏大叙事的鲜明对立，本书这里将其命名为庸常叙事范型。要了解庸常叙事范型的内涵和特征，有必要先梳理一下宏大叙事的基本内涵和主要特征。迄今为止，国内并没有一个公用的宏大叙事概念，只是一个大致规定性上的个人表述而已。邵燕君将其定义为"以其宏大的建制表现宏大的历史、现实内容，由此给定历史与现实存在的形式和内在意义，是一种追求完整性和目的性的现代性叙述方式"①。也有学者将宏大叙事定义为"启蒙运动以来西方知识思想界所构建的一种关于世界和人类社会发展的理性主义神话，如总体性、同一性、共识、普遍性等一切被人们反复言说而并不对其自身合法性加以论证的'大叙述'"②。还有学者将它简括为文学精神的承担。尽管具体表述不一，但它们的共性还是有目共睹，即其产生的现代主义语境，及其在此基础上的题材上的关注重大社会问题，艺术表现上的艺术真实和历史真实的统一、叙事结构上的全景式和完整性、精神的承担性和文化价值观上的普遍性等。结合中国现当代文学的创作实际与具体语境，笔者认为，邵燕君关于宏大叙事的定义更切合中国当代文学的创作实际。作为中国现代文学的延伸，它虽然摒弃了现代文学的启蒙传统，却成功地将启蒙转化为了救亡的宏大叙事，并在20世纪50年代—70年代成为主流话语建构的主要组成部分。

庸常叙事是对宏大叙事的反动。庸常叙事与宏大叙事最根本的区别就在于其精神的承担上，中国文学尤其如此。中国新文学诞生于20世纪初期，渊源于文化启蒙的需要，后来深受俄苏文学的影响，成为社会革命的

---

① 邵燕君：《"宏大叙事"解体后如何进行"宏大的叙事"？——近年长篇创作的"史诗化"追求及其困境》，《南方文坛》2006年第6期。

② 荆亚平：《改革开放30年文学"宏大叙事"的问题与反思》，《理论与创作》2008年第5期。

重要组成部分。关注社会现实，服从和服务于现实的社会政治需要一直是20世纪50年代至70年代大陆文学一个最为鲜明的特征。这种文学传统在"文化大革命"结束之后的新时期，得到了反拨。正如北岛"在没有英雄的年代里，我只想做一个人"之宣言，拒绝宏大，拒绝担当的庸常叙事，为不少作家所接受、所择取、所发扬。体现于具体的创作上，在聚焦对象、叙述焦点、叙述话语和主体精神等诸多领域，庸常叙事都表现出对宏大叙事的疏离甚至逆向发展。

庸常叙事率先在聚焦对象方面取得重大突破。宏大叙事关注现实，传达时代精神的传统在那些产生"轰动效应"的伤痕、反思小说中恰恰形成对自身的解构，可能有些令人始料不及。"文化大革命"甫一结束，无论执政当局，还是广大人民，需要解决的头一件大事就是清理十年动乱所造成的民族灾难。文学又一次自觉地走在了时代前列。表面看来，因应时代而生的伤痕、反思小说承袭了过去的文学传统，选取的是当时具有普遍社会意义的重大社会题材，但作品所聚焦的对象已经有了显著差别。一方面，小人物和弱者取代英雄人物悄然登场；另一方面，一些日常生活琐事借助"文化大革命"这一重大社会题材获得了合法化出场；再者，叙述焦点上，不再将人物置于生死关头予以考验，而是将焦点散布于庸常的生活事件中或者场景里，让人物的生命消融在一些琐碎甚至无聊的生活细节里，造就英雄的曾经的那些"关键时刻"只是作为记忆而存在。这些看似不经意的细微变化，在塑造典型形象、题材决定论等旧有创作规范仍然占据支配地位的新时期初期之文学语境中，无疑具有里程碑式的意义。它在悄悄地推动着一场叙事的变革，形成日后先锋文本、新写实、底层叙事等小说暴力叙事中天下无英雄、世间无"大事"的庸常世界。

叙述话语是暴力叙事作为新型叙事范型最为突出的体现。暴力叙事就是叙述暴力故事，讲究的是叙述的方式和技巧。宏大叙事作品里，不乏暴力事件，也不缺暴力场景，但它们往往是用以刻画人物形象的一个手段或者只是构建故事情节的一个插曲而已，不是叙述的主体。暴力叙事刚好相反，它并不注重暴力故事情节的营构，也不太注意暴力实施主体形象的塑造，而是非常在意暴力场面或情景的刻画，作为暴力实施主体的人反而遮蔽于其自身的行为之中，面目、性格模糊。那些暴力叙事小说中，像余占鳌、英芝那样气质、性格鲜明的人物是少数，更多的是九财叔、疯子、北诺、广佛等那样的人，有的甚至只是一个代号。在叙述者话语方面，暴力叙事话语少用修辞、描写，多用写实、还原；少从神态角度虚写，多从形态角度实写，也不像电影暴力美学那样特别注重暴力的形式，用形式取代内容成为审美的主角。暴力叙事话语要做的不是对暴力进行遮蔽，而是进行还原，直接呈现出来，让读者在对暴力的直面中思索，而不是叙述者将自己的思索告诉他。人物语言方面，来自日常生活的俗白语言取代精致的书面语言成为主角。由于暴力叙事小说不太注重人物内心世界的挖掘，语言作为精神世界最佳表现工具的精微奥妙难以体现，比起神韵来，其生活的质感更为突出。因此，阅读那些暴力叙事小说，视觉的刺激总是不断地冲击着读者的心理承受底线，精神的愉悦多半为恶心所冲淡。

宏大叙事的内核在其精神的承担，在这一点上，庸常叙事恰恰相反。庸常叙事的真谛不在于其日常生活的叙述，而是在于其对神圣、对崇高的拒绝，换言之，即精神的矮化。文评界曾使用日常生活叙事、欲望化叙事等术语来批评消费文学。笔者认为，使用庸常叙事这一术语来阐释"文化大革命"结束之后的一些文学创作现象如暴力叙事，可能更为恰切，而且，真正开风气之先的是肇始于伤痕小说的暴力叙事。暴力叙事不仅在聚焦对象、叙述话语等方面与宏大叙事存在重大差异，而且伴随差异而来的是其内在精神的逆向变化。小人物与日常生活琐事并不必然造成作品精神的矮化，19世纪欧美批判现实主义小说中的小人物比比皆是，但它们形成了欧美文学的高峰。我国新文学中的阿Q、祥林嫂、潘先生等也在小人物之列，它们也未影响《阿Q正传》等成为杰作。作品精神的高低不在于它写了什么，而在于它背后凝聚了什么！暴力叙事小说精神的矮化，不在于它们写的是不是英雄，或者是不是轰轰烈烈的重大生活题材，而是它们表现出来的人物健全人格的缺失，或者对现实世界的批判、对终极命运思考的欠缺。因而我们看到即如葛翎、余占鳌式的所谓英雄也是要么屈服于时势，要么人格存在缺陷，而完全不见了许云峰、江姐抑或周大勇等那样"简单"英雄的精神，既无法给人以人格的激励，也无法使人深谙生活的"滋味"。

另外，从先锋叙事开始，创作主体从文本中退隐或者弱化，对叙述对象的审美观照不足在暴力叙事文本中是一个普遍现象。像王小波那样以叙述代言人发声的作家难觅一二，更多的是叙述者客观冷静，或者冷冰冰的叙说，见不出作者丝毫的倾向。美是人的本质力量的对象化，在对象世界中，只有通过具体的感性形式，显示出人类所特有的真与善的本质力量的事物和现象，才是美的，否则就是不美或者丑的。作为一种创作策略，创作主体在文本中退隐或弱化无可厚非，一旦放弃对对象进行本质化观照或力度欠缺，那作品的内涵的深度或精神的高度就会打折扣，其美也就有限度，换而言之，庸常叙事创造的是一种有缺憾的美。

在聚焦对象、叙述焦点、叙述话语等叙事技巧层面实现对宏大叙事的反动，或者说文本内容和形式角色的逆转，是暴力叙事所开创的庸常叙事的一个成功突破。这一叙事范型的核心是拒绝精神的承担，中国新时期文学由此进入"躲避崇高"的时代。暴力叙事没有为新时期文学提供新的精神价值，但是提供了主题价值、叙事价值，丰富了中国当代文学的叙事学宝库。

三　从文以载道到道以文显

中国古代文学向来有文以载道的传统。20 世纪的新文学运动虽然打破了这一传统，但不可能从根本上切断文与道两者的天然联系，只不过所载之道的不同而已，并非文不载道。本书这里借用文以载道这一术语不是用来辨明文与道的关系，而是通过文道关系的变化解读暴力叙事对于中国当代文学发展的意义：从文以载道到道以文显。

何谓道？在中国，道家谓一阴一阳谓之道，佛家说平常心是道。在西方，所谓的道就是上帝之道。关于道的认识体现了人类对宇宙人生的理解，是一种特别的知识，它通过语言表达自身，但又不是语言。道要显现自身，必须借助媒介——文。文之本义为纹理、痕迹等义，后又扩及文字、文章等多重意义，文学即其中之一。中国古代有关于诗歌的"言志"和"缘情"两说，既可以用来表现现实，也可以用来抒发情感。曹丕更是以文章乃"经国之大业，不朽之盛事"而给予文章高度评价。后来，载道成为中国文学的重要传统，"文以明道""重道充文""文道合一"等表达了对文道关系的不同理解。理学家则将"载道"片面化为只载圣贤之道，否定文艺自身的艺术价值，文学成为道统的附庸。

文学所载之道与理学家所理解之道其实是两个不同的事物，有自身的特殊性。理学家所谓的道是儒家所谓的圣贤之道，是抽象的、明晰的、理性的。文学所表达的道则是形象的、朦胧的、感性的。更重要的是，它不先于文本而存在，而是在文本的形成过程中显现出来的，道成文如同道成肉身，它具有了身体性。"对于艺术而言，在它自己表达这个道之前，这个道不是预先存在的，只是当艺术表达这个道的时候，这个道才开始了自身的生成。于是，艺术作为道之文的意义就是让道作为肉身存在。"① 道在文学创作中要完成自身"身体"的最终形塑，不仅要借助语言及语言的具体形态，而且要进入生活的世界，是作家综合运用语言、智慧、技巧等进行的艺术创造过程。

新文学运动打破文以载道的传统，主要是破除文学承载圣贤之道的传统，并非不载道，而是代之以新的时代内容，如民主、科学、革命等现代思想或现实生活等。而且，文学作为艺术门类之一，其独立的艺术价值得到比较充分的认识，形成了现代中国文学艺术，有了自己新的表现形式。新时期以来的文学发展对文道关系进行了全新的处理，实现了文道关系的真正艺术化发展。暴力叙事作为此一进程的参与者，又是如何实现的这个转型的呢？

新时期以来，暴力叙事大致经历了与现实社会思潮密切联系的阶段，远离现实的阶段、平稳而多样性发展的阶段。这样的划分社会政治学因素非常浓郁，却是研究中国文学无法绕开的一个存在。"我以为只要论及上一世纪八十年代文学，首先就得描述社会政治文化背景与文学思潮的关联，这两者是一对很难分离的连体婴儿，舍此背景就难以把握文学发展的脉络。"② 置身于这样的环境里，作家的创作不可能不受到影响。这个粗疏的划分不仅折射了社会进程的大致面貌，也反映了道在暴力叙事作品中的基本变化情况。初期之伤痕、反思小说中的暴力叙事仍然具有宏大叙事的鲜明印记，作家关于社会、政治、人生、理想乃至人性的认识普遍存在。不过，也与以往文学中的类似思考有着种种"分道扬镳"的迹象，存在不一致之处，甚至逸出主流的边界，如，关于"文化大革命"的认识，关于人性的思考等。先锋文本之暴力叙事，关于生存世界的认识取代关于社会、政治、人生等的认识而成为主体。它的意义堪与 20 世纪的新文学运动相媲美，是文与道关系发展历程中的又一巨大转折。如果说新文学将文学从儒家道统的桎梏下解脱了出来，那么先锋文学就某种程度上将文学从政治的禁锢下解放了出来。新写实、新历史、底层文学等之暴力叙

---

① 彭富春：《美学原理》，人民出版社 2011 年版，第 225 页。

② 丁帆：《八十年代：文学思潮中启蒙与反启蒙的再思考》，《当代作家评论》2010 年第 1 期。

事既是先锋叙事的发展，也是它的回归，道在其中是一个不易言说或曰难以言说的丰富存在。

从新时期之初的伤痕文学到先锋文学再到底层文学等，一直贯穿着一条非常清晰的线索，即鲜明的批判立场和强烈的否定态度。这个判断看似有点不太准确，因为先锋文学所写多是一些似是而非，与现实相距甚远，而又仪态朦胧的文本，无法与血泪控诉般的伤痕文学和分享艰难的底层文学等相提并论，其实，这是一种认识两种表达。其中的关节就在表达二字上。先锋文本以对死亡的描写、人性恶的批判，对遮掩其中的暴力、贪欲的大力挞伐而引人注目。但是，其中也不乏战争、政治运动、历史和现实所作的批判，甚至更为激烈。比如乔良《灵旗》中关于湘江战役惨烈场景的描写，莫言《红高粱家族》中对作为抗战主体的国共两党部队与土匪余占鳌队伍的对比书写，其情感和价值的取向不言而明。形成此种阅读效果的主要原因在于：其一，它通过一些技巧拉开了作者与叙述者和文本之间的距离，形成一种隔空观物的远观效应；其二，将一些敏感内容采取历史化观照的同时，避开对这些内容的正面开掘，改为从侧面掘进的方法，如《灵旗》中的杀戮，我们感受到的更多的是特定时代里人性的沉沦；其三，先锋文本形式的实验所产生的冲击效应掩盖了其主题的变化和意义。换言之，先锋文本的内涵和意义交融于其有意味的形式里面，需要读者细心去体味、去鉴赏。之后的新历史、底层叙事、女性杀夫小说等中的暴力叙事已经进入一个非常平稳的创作时期，无论是艺术表现的多样性、复杂性，还是主题和内涵丰富性、深刻性都完成了对过去的超越。文学已经失却轰动效应，读者也不太可能再从作品中直接读出作者的什么。

暴力叙事的出现是一种历史的必然，有着多方面的意义。它对暴力题材主题的开掘，打破了长期以来被视为禁区的生命、存在及人性等形而上问题的思考。对欲望的表达及新的叙事范型的确立，则是对旧有的美学认识、美学观念的冲击，在主题价值、叙事价值等诸多方面丰富了中国当代文学的叙事学宝库，引领了90年代以来欲望化叙事的新潮流。暴力叙事改变了主题显现的传统模式，实现了文以载道的文学性转化，更新了读者文学阅读的新经验，丰富了当代文学的美学品格。

结　语

　　从新时期初期伤痕、反思小说对"文化大革命"暴力的泣血控诉，到 90 年代之后新写实和底层叙事等对现实暴力书写的回归与凝视，有一条线索一以贯之，那就是社会政治文化语境对小说暴力叙事的支配性影响。这种影响其来有自，海外学者王德威在论及中国现代小说之发展时说："由涕泪飘零到嬉笑怒骂，小说的流变与'中国之命运'看似无甚攸关，却每有若合符节之处。"[1] 王德威之言是一种委婉的表述，中国现代文学不仅参与了社会的现代化进程，更是中国社会现代化进程的结晶。当然，社会与文学的关系并不是简单的支配与被支配之间的机械社会决定论关系，它必须是一种艺术的"反映"。那么，新时期以来小说暴力叙事究竟在哪些方面做了"艺术"的回应？本书的研究，正是对于这个问题的思考。

　　催生新时期初期小说暴力叙事的主要因素是外在的社会政治文化语境，而非内在的艺术要求。这些因素既包括"文化大革命"和"反右"等给人们所造成的严重身心创伤，也包括当局通过文学来纾解、转移创伤及民众注意力的策略性的安排。换言之，外在的社会政治要求既是新时期小说暴力叙事的逻辑起点，也是它出现的合法性前提。但是，在起点与前提之间，依然存在非常大的裂隙，民众社会控诉与当局注意力转移虽然有着大体一致的对象和目标，但其根本的重心或者说注意点并非那么一致。前者的控诉，尤其是在知识分子中间，还挟带着彻底清算和反思的要求，后者则希望仅仅局限于某个特定的对象及层面上，并不希望做更深入的追究。两者着重点不一致之间所产生的不只是一种阐发的张力，对当局来说也是一种潜在的危险，它显然不愿意这种危险再次发生。因而紧接着就出现了一系列的思想规训运动。另外，为了将规训运动的负面影响降到最

---

① 王德威：《想象中国的方法》，生活·读书·新知三联书店 1998 年版，第 1 页。

低，它在大规模为知识分子平反的同时，也大量吸纳后者进入体制，给予他们久违的政治上的甜头。民众方面，则通过经济改革来满足和转移他们的欲望需求。当局的这种安抚与转移策略，在当时对于社会的平稳过渡起了至关重要的作用，不过，它并未能根除固有的矛盾。经济改革及开放政策的推行，稀释了它对知识分子的政治安抚效能，新的矛盾也随着改革开放进程的向前推进在不断滋生，各种利益集团形成错综复杂的社会关系。"时至今日，'文革'结束初期的政治意识形态和知识分子所共同想象的'乌托邦'并没有来临，已经获得欲望满足的新启蒙知识分子群体由于无法获得公众认同而陷于犬儒和精神堕落，社会阶层之间因为利益分配不均而逐渐失去了公共认同。"[1] 体现于文学创作上，则是作家叙述方式、角色选择及精神心理的诸多变化。

　　叙述方式上，新时期以来小说暴力叙事大体经历了从记忆到想象再到写实的这么一个变化过程。这里的记忆，主要指"文化大革命"记忆，这是新时期以来文学创作中，也是小说暴力叙事中作家们关注最为持久、创作量最大的一类，三十余年的时间跨越未能减弱作家们叙述"文化大革命"的兴趣。最初的"文化大革命"记忆具有很强的写实性质，一个方面，它是被作为"政治"事件来叙述的，具有重要的"政治"意义；另一方面，则是由于时间距离的过于接近，几乎不用什么艺术加工，记忆中的任何一个事件就是一篇很好的文学作品。再就是，现实主义文学的惯有思维支配下，作家们一时也很难有其他选择。因此，新时期初期的伤痕、反思小说之政治取向和价值判断相比其艺术审美而言更为读者所关注。刘心武谈他的《班主任》创作时说："《班主任》思想虽锐利，使用的符码系统却是旧的共用的政治性很强的符码系统，不像八十年代的一些青年作家，一出手便通文学的本性，并立即使用着个性的符码系统。"[2]

　　"文革"记忆为其自身的政治符码性所消耗。政治符码性为早期的"文革"记忆戴上了炫目的光环，却也注定了其先天的不足和必然被冷落的命运。规训与安抚并不能解决社会深层次矛盾，尤其是知识分子深层的思想问题，更不可能达到使他们心悦诚服的认同，何况在合法性"文革"记忆中原本就蕴含着异质的因子。当作家们在现实的语境中采用既有方法

---

① 俞佩淋：《作为症候的"文革"记忆书写》，博士学位论文，浙江大学，2011 年。

② 刘心武：《穿越八十年代》，《文艺争鸣》1994 年第 1 期。

无法再向"文革"掘进时，转换就成为必然选择。想象和变形取代了记忆的重现，泣血的控诉为冷漠的呈现所替换，政治和道德的评价则在生命的凝视和生存的审视中退隐，心理的现实战胜生活的现实获得广阔的表现空间。这个转换，有很强的西方哲学社会思潮的影子，但不能完全归结于它的功劳，而是它与大陆现实社会思潮合力的结晶。从某个角度来说，此时暴力叙事小说的想象与变形，是初期现实性"文革"记忆向心理性"文革"记忆的转化，即使那些看似与"文化大革命"不着边际的暴力书写，其心理的印痕却无法掩盖。与此同时，对"文化大革命"历史开掘的退却也倒逼了文学的"转向"，先锋性的想象与变形在尖锐的现实矛盾面前显得有点隔靴搔痒，写实重新受到作家们的青睐，成为解剖现实的利器。

社会政治环境的变化也促成了暴力叙事小说叙述视角的相应变化，它经历了从最初的见证人视角到先锋叙述中叙述者的横空出世，再到写实性暴力叙事中的旁观者视角。见证人——叙述者——旁观者之叙述视角变换，置换为叙述者与故事之间的距离就是介入——退隐——旁观的波浪形呈现，折射的是作家创作心理的深层次变化。见证人和叙述者视角可以说都与"文化大革命"的记忆有关，前者是直接的，后者是间接的，一是因应着外部社会的需求，以"真实性"为依托，二是回避着外部社会的压力，以扭曲和变形为手段来达成各自不同的创作目的。旁观者叙述视角既不同于见证人的介入性叙事，也不同于叙述者的完全退隐，而是往往以故事人物的内视角叙述方式将讲述故事，作者隐匿于叙述者背后，既有利于增强故事的真实性，也有利于规避倾向性的出现。作家们失却政治热情，却也无法摆脱因其规训留下的心理阴影，无视日益严峻的生活现实。这也无形中形构了新时期以来作家们非常复杂的心理状态。

当我们再次回顾那些暴力叙事小说那纷繁复杂的主题和丰富多样的叙事模式时，作家们的心理是何等清晰地呈现于我们眼前。那些小说，凝视于文化心理的几乎与将目光投注于"文化大革命"和现实的一样多，采取现代和后现代叙事手法的要远超于现实主义叙事。其成就更是有目共睹，余华、莫言、苏童、阎连科、毕飞宇、刘震云、王小波等都是富有成熟的叙事风格的作家。表面看来，这纯属于艺术的"内部事务"，只是叙事风格的差异而已，实则是作家对现实认知与态度的反映。这与"锵锵三人行"窦文涛所分析的"三分制"大陆影视剧现状极为相似。窦文涛认为，目前大陆的影视剧现状是：古装剧三分之一，抗战剧三分之一，还有就是如《媳妇的美好时代》之类的现实剧三分之一。剧作的拍摄是为了便于审查通过，而作家对小说题材和艺术手法的选择运用则拥有较大的自主空间，是一种自觉的追求。他们的创作谈也给我们透露了不少端倪。余华是不再相信有关现实生活的常识，莫言说："历史的民间状态是与'红色经典'中所描写的历史差别非常大的。"① 毕飞宇则说得更为直接："我的创作母题是什么呢？简单地说，伤害。我的所有的创作几乎都围绕在'伤害'的周围。……总而言之，我对我们的基础心态有一个基本的判断，那就是：恨大于爱，冷漠大于关注，诅咒大于赞赏，我在一篇小说里写过这样一句话：在恨面前，我们都是天才，而到了爱的跟前，我们都是如此的平庸。"② 余华、毕飞宇们的创作谈告诉我们，他们已经挥手告别了轻信和廉价的热情时代，更多的是"我不相信"，甚至以疏远和冷漠来应对这个无法把捉的时代。当然，他们的产品——小说也不再承担诸如启蒙、救亡、宣传和教育什么之类的重大使命。"我觉得小说不要承担那么多的思想，小说也不能有这样的义务，也不是说有这么多的思想排列就是高级小说，就是好小说。"③ 即便向来沉稳，如今更是高居大陆文坛新掌门的铁凝也对文学的本体性有着清醒的认识。

矛盾之处在于，作家们一方面在相当个人化的精神世界里构建非现实或者超现实的叙事场景，另一方面又情不自禁地显示出自己对于现实的理解与看法。这种主观意图与客观效果的相悖，常常在作家刻意的形式试验或者策略运用中妨害了小说意义的传达。不管是"文革"记忆还是底层的写实性叙事，都毫无疑问受到外在社会环境的影响，同时也参与了社会历史的进程。即使具有强烈实验性质的先锋叙事，"在'中国问题'困扰下的当代文学，始终无法放弃参与历史进程的社会功能"④ 之历史语境中，其意义指向依然清晰可辨。

新时期以来之暴力叙事小说从主题开掘到技巧创新都取得了非常可观

---

① 莫言：《从〈红高粱〉到〈檀香刑〉》，路晓冰编选《莫言研究资料》，山东文艺出版社 2006 年版，第 50 页。

② 毕飞宇、汪正：《语言的宿命——毕飞宇访谈》，《南方文坛》2002 年第 4 期。

③ 铁凝、房伟、胡健玲编选：《铁凝研究资料》，山东文艺出版社 2009 年版，第 51 页。

④ 叶立文：《启蒙视野中的先锋小说》，湖北人民出版社 2007 年版，第 225 页。

的成绩。尽管中间出现了先锋文本的形式主义探索，但总体而言，它依然秉承了中国文学积极入世的优秀传统，很难想象没有暴力叙事的新时期文学究竟是一个什么样子。要是没有了"暴力"，"文革"记忆就是一具失去灵魂的空壳；要是没有了血腥，先锋文本的形式实验也就失去应有的深度；要是没有了杀戮，女性文学和底层叙事就隔断了与现实的地气。不过，它还是面临着一些必须解决的问题。首先是对暴力事件的处理上。暴力事件本身凝聚着深厚的社会生活内容，如果仅仅作为技巧试验的载体，或者以冰冷的态度静观之，则无法统驭和穿透事件本身所具有的丰富内涵。客观地说，不少先锋文本中的暴力叙事及底层暴力叙事中的一些作品，未免失之轻灵或者单薄，缺乏应有的厚度和震撼人心的力量。审视和悲悯之中更应该有灵魂的挣扎，悲剧的不可避免中也应该见出人格和精神的力量。毕竟，有意味的形式，才是富有艺术魅力的形式。其次是消费语境下暴力事件的娱乐化、商品化倾向。暴力、性、隐私的窥探等向来是消费文学的卖点，这也已经侵蚀到暴力叙事小说之中。饱受争议的余华《兄弟》就被不少论者认定为消费文化的产物，有消费之嫌的又岂止《兄弟》一部，贾平凹《废都》不算，陈忠实之《白鹿原》、苏童之《妻妾成群》、莫言之《丰乳肥臀》和《檀香刑》等几乎都或多或少地消费了"暴力"。《白鹿原》与《妻妾成群》是暴力、美女和性的结合，《丰乳肥臀》和《檀香刑》则是暴力、性与身体的结合。在悦目和娱神的喜剧氛围冲击下，暴力的悲剧就有可能变为正剧，正剧则很有可能成为轻喜剧。这是暴力叙事需要正视的另一个重要问题。

　　暴力本身就是一个问题，也许这也是暴力叙事的永恒魅力之一。

参考文献

1. 相关著作

[1] [英] 安德鲁·本尼特、尼古拉·罗伊尔著，汪正龙等译：《关键词：文学、批评与理论导论》，广西师范大学出版社 2007 年版。

[2] 白烨选编：《2000 文坛纪事》，漓江出版社 2001 年版。

[3] [法] 贝尔纳·瓦莱特著，陈艳译：《小说——文学分析的现代方法与技巧》，天津人民出版社 2003 年版。

[4] 蔡翔：《革命/叙述中国社会主义文学——文化想象（1949—1966）》，北京大学出版社 2010 年版。

[5] 陈晨编选：《苏童研究资料》，山东文艺出版社 2006 年版。

[6] 陈国恩：《浪漫主义与 20 世纪中国文学》，安徽教育出版社 2000 年版。

[7] 陈国恩：《文学批评与思想争鸣》，中国社会科学出版社 2011 年版。

[8] 陈国恩：《中国现代文学的观念与方法》，秀威出版社 2012 年版。

[9] 陈国恩：《中国现代文学的历史与文化透视》，武汉大学出版社 2005 版。

[10] [美] 陈嘉放、邓鹏：《文明与暴力》，四川人民出版社 2003 年版。

[11] 陈力君：《代言与立言：新时期文学启蒙话语的嬗变》，浙江大学出版社 2007 年版。

[12] 陈平原：《二十世纪中国小说史》（第一卷），北京大学出版社 1989 年版。

[13] 陈思和：《陈思和自选集》，广西师范大学出版社 1997 年版。

[14] 陈思和：《中国当代文学关键词十讲》，复旦大学出版社 2002

年版。

[15] 陈思和主编:《中国当代文学教程》,复旦大学出版社 1999
年版。

[16] 陈晓明:《无边的挑战:中国先锋文学的后现代性》,广西师范
大学出版社 2004 年版。

[17] 程波:《先锋及其语境:中国当代先锋文学思潮研究》,广西师
范大学出版社 2006 年版。

[18] 程光炜:《新时期文学的"起源性"问题》,《当代作家评论》
2010 年第 3 期。

[19] [法] 茨维坦·托多罗夫:《散文诗学——叙事研究论文选》,
侯应花译,百花文艺出版社 2011 年版。

[20] [美] 戴卫·赫尔曼主编:《新叙事学》,马海良译,北京大学
出版社 2002 年版。

[21] [美] 戴维·斯沃茨:《文化与权力:布尔迪厄的社会学》,陶
东风译,上海译文出版社 2006 年版。

[22] 邓晓芒:《灵魂之旅——90 年代以来中国文学的生存意境》,
上海文艺出版社 2009 年版。

[23] 邓晓芒:《人论三题》,重庆大学出版社 2008 年版。

[24] [英] E. M. 福斯特:《小说面面观》,冯涛译,人民文学出版
社 2009 年版。

[25] 樊星:《当代文学与地域文化》,华中师范大学出版社 1997
年版。

[26] 樊星:《世纪末文化思潮史》,湖北教育出版社 1999 年版。

[27] 房伟、胡健玲编选:《铁凝研究资料》,山东文艺出版社 2009
年版。

[28] [日] 福泽谕吉:《文明论概略》,商务印书馆 1982 年版。

[29] 高华:《革命年代》,广东人民出版社 2010 年版。

[30] 郭剑敏:《中国当代红色叙事的生成机制研究》,中国社会科
学出版社 2010 年版。

[31] [美] 海登·怀特:《形式的内容:叙事话语与历史再现》,董
立河译,文津出版社 2005 年版。

[32] 韩晗:《新文学档案:1978—2008》,电子工业出版社 2011

年版。

［33］［美］汉娜·阿伦特：《论革命》，陈周旺译，译林出版社 2011
年版。

［34］韩毓海：《锁链上的花环——启蒙主义文学在中国》，时代文艺
出版社 1993 年版。

［35］韩益睿：《经典叙事学与后经典叙事学的关系》，《甘肃广播电
视大学学报》2009 年第 4 期。

［36］韩袁红编：《王小波研究资料》（上、下），天津人民出版社
2009 年版。

［37］郝春涛：《新时期小说人性发掘历程》，山东人民出版社 2011
年版。

［38］何西来：《新时期文学思潮论》，江苏文艺出版社 1985 年版。

［39］贺仲明：《真实的尺度》，山东文艺出版社 2005 年版。

［40］洪治纲：《多元文学的律动》，广东教育出版社 2009 年版。

［41］洪治纲：《中国六十年代出生作家群研究》，江苏文艺出版社
2006 年版。

［42］洪子诚：《问题与方法：中国当代文学史研究讲稿》，生活·读
书·新知三联书店 2002 年版。

［43］洪子诚：《中国当代文学史料选：1945—1999》，长江文艺出版
社 2002 年版。

［44］洪子诚：《作家姿态与自我意识》，北京大学出版社 2010 年版。

［45］黄健：《穿越传统的历史想象》，暨南大学出版社 2010 年版。

［46］胡健玲、王志华编选：《王安忆研究资料》，山东文艺出版社
2006 年版。

［47］胡西宛：《先锋作家的死亡叙事》，湖南人民出版社 2010 年版。

［48］黄轶编选：《张炜研究资料》，山东文艺出版社 2006 年版。

［49］黄子平：《灰阑中的叙述》，上海文艺出版社 2001 年版。

［50］［美］James Phelan Peter J. Rabinowitz 主编：《当代叙事理论指
南》，申丹、马海良、宁一中、乔国强、陈永国、周靖波译，
北京大学出版社 2007 年版。

［51］［德］恩斯特·卡西尔：《启蒙哲学》，顾伟铭等译，山东人民
出版社 1988 年版。

［52］［奥］康罗·洛伦兹:《攻击与人性》,作家出版社1987年版。

［53］［法］克洛德·列维—斯特劳斯:《结构人类学》,张组建译,中国人民大学出版社2006年版。

［54］孔范今:《二十世纪中国文学史·导言》,山东文艺出版社1997年版。

［55］雷达:《当下作家队伍的分化与重组》,《小说评论》2010年第2期。

［56］［英］雷蒙·威廉斯:《关键词——文化与社会的词汇》,刘建基译,生活·读书·新知三联书店2005年版。

［57］李冰:《听·说:中国当代文坛先锋对话实录》,文化艺术出版社2010年版。

［58］［以色列］里蒙·凯南:《叙事虚构作品》,姚锦清等译,生活·读书·新知三联书店1989年版。

［59］李莉、胡健玲编选:《韩少功研究资料》,山东文艺出版社2006年版。

［60］李欧梵:《中国现代文学与现代性十讲》,复旦大学出版社2002年版。

［61］李鹏程:《毛泽东与中国文化》,人民出版社1993年版。

［62］李清霞编选:《陈忠实研究资料》,山东文艺出版社2006年版。

［63］李掖平:《二十世纪中国女性文学专题研究十六讲》,山东文艺出版社2009年版。

［64］梁颖编选:《贾平凹研究资料》,山东文艺出版社2006年版。

［65］刘忠:《知识分子影像与文学话语场》,上海文化出版社2010年版。

［66］龙行健:《狼图腾批判》,学林出版社2007年版。

［67］卢风:《启蒙之后——近代以来西方人价值追求的得与失》,湖南大学出版社2003年版。

［68］路晓冰编选:《莫言研究资料》,山东文艺出版社2006年版。

［69］陆扬:《大众文化理论》,复旦大学出版社2008年版。

［70］罗维:《百年文学匪类叙事研究》,知识产权出版社2011年版。

［71］罗兴萍:《民间英雄叙事与"十七年"英雄叙事小说》,广西师范大学出版社2012年版。

［72］［美］罗伊·F. 鲍迈斯特尔：《恶——在人类暴力与残酷之中》，崔洪建等译，东方出版社 1996 年版。

［73］［美］林毓生：《中国意识的危机——五四时期激烈的反传统主义》，穆善培译，贵州人民出版社 1988 年版。

［74］李泽厚：《中国现代思想史论》，天津社会科学院出版社 2003 年版。

［75］马春花：《被缚与反抗——中国当代女性文学思潮论》，齐鲁书社 2008 年版。

［76］［英］马克·柯里：《后现代叙事理论》，宁一中译，北京大学出版社 2003 年版。

［77］马用浩：《社会阶层层面上的利益问题》，《中共福建省委党校学报》2010 年第 9 期。

［78］毛泽东：《毛泽东选集》第 1、2 卷，人民出版社 1991 年版。

［79］［荷］米克·巴尔：《叙述学：叙事理论导论》，谭君强译，中国社会科学出版社 2003 年版。

［80］南帆主编：《二十世纪中国文学批评 99 个词》，浙江文艺出版社 2003 年版。

［81］倪乐雄：《战争与文化传统——对历史的另一种观察》，上海书店出版社 2000 年版。

［82］潘旭澜、王锦园主编：《十年文学潮流》（1976——1986），复旦大学出版社 1988 年版。

［83］彭富春：《美学原理》，人民出版社 2011 年版。

［84］彭华生等：《新时期作家谈创作》，人民文学出版社 1983 年版。

［85］［法］皮埃尔·布尔迪厄：《艺术的法则：文学场的生成和结构》，刘晖译，中央编译出版社 2001 年版。

［86］［英］齐格蒙·鲍曼：《现代性与大屠杀》，译林出版社 2002 年版。

［87］乔焕江：《日常的力量：后新时期文学与文化反思》，广西师范大学出版社 2011 年版。

［88］［法］乔治·索雷尔：《论暴力》，乐启良译，上海人民出版社 2005 年版。

［89］［法］热拉尔·热奈特等著，阎嘉主编：《文学理论：精粹读

本》，中国人民大学出版社 2006 年版。

［90］任一鸣编著：《中国当代女性文学简史》，广西师范大学出版社
2009 年版。

［91］沙莲香等著：《社会学家的沉思——中国社会文化心理》，中国
社会出版社 1998 年版。

［92］申丹：《叙事、文体与潜文本——重读英美经典短篇小说》，北
京大学出版社 2009 年版。

［93］申丹：《叙述学与小说文体学研究》，北京大学出版社 2004
年版。

［94］申丹、韩加明、王丽亚：《英美小说叙事理论研究》，北京大学
出版社 2005 年版。

［95］申丹、王丽亚：《西方叙事学：经典与后经典》，北京大学出版
社 2010 年版。

［96］沈星棣、冯品英：《中国心——华夏民族性格的历史形成》，江
西高校出版社 1995 年版。

［97］宋剑华：《百年文学与主流意识形态》，湖南教育出版社 2002
年版。

［98］首都师范大学文学院编：《身份、叙事与当代中国经验》，社会
科学文献出版社 2010 年版。

［99］［美］苏珊·S. 兰瑟：《虚构的权威——女性作家与叙述声
音》，黄必康译，北京大学出版社 2002 年版。

［100］陶东风：《社会转型期审美文化研究》，北京出版社 2002
年版。

［101］陶东风主编：《当代中国文艺思潮与文化热点》，北京大学出
版社 2008 年版。

［102］涂光群：《中国三代作家纪实》，中国文联出版公司 1995
年版。

［103］［美］W. C. 布斯：《小说修辞学》，华明、胡苏晓、周宪译，
北京大学出版社 1987 年版。

［104］王德领：《重读八十年代——兼及新世纪文学》，学苑出版社
2009 年版。

［105］王德领：《混血的生长：二十世纪八十年代（1976—1985）对

西方现代派文学的接受》，中国社会科学出版社 2011 年版。

[106] 王凤贤主编：《毛泽东与中国传统文化》，安徽人民出版社 1993 年版。

[107] 王沪宁主编：《政治的逻辑》，上海人民出版社 2004 年版。

[108] 王金胜、胡健玲编选：《余华研究资料》，山东文艺出版社 2006 年版。

[109] 王侃：《历史·语言·欲望——1990 年代中国女性小说主题与叙事》，广西师范大学出版社 2008 年版。

[110] 王蒙、张洁等：《演技：中国著名作家访谈录》，百花洲文艺出版社 2004 年版。

[111] 王先霈、王又平主编：《文学批评术语词典》，上海文艺出版社 1999 年版。

[112] 王又平：《新时期文学转型中的小说创作潮流》，华中师范大学出版社 2001 年版。

[113] 巫晓燕：《作家文化心态与审美精神的嬗变》，中国社会科学出版社 2011 年版。

[114] 武新军：《意识形态结构与中国当代文学》，中国社会科学出版社 2010 年版。

[115] 吴秀明等：《新世纪文学现象与文化生态环境研究》，浙江工商大学出版社 2010 年版。

[116] 吴秀明主编：《当代历史文学生产体制和历史观问题研究》，中国社会科学出版社 2011 年版。

[117] 吴义勤：《中国新时期文学的文化反思》，江苏文艺出版社 2009 年版。

[118] ［奥］西格蒙德·弗洛伊德：《论文明》，国际文化出版公司 2000 年版。

[119] ［美］希利斯·米勒：《文学死了吗》，秦立彦译，广西师范大学出版社 2007 年版。

[120] 解志熙：《生的执著——存在主义与中国现代文学》，人民文学出版社 1999 年版。

[121] 徐岱：《小说叙事学》，商务印书馆 2010 年版。

[122] 许志英、丁帆主编：《中国新时期小说主潮》，人民文学出版

社 2002 年版。

[123] 杨扬编：《莫言研究资料》，天津人民出版社 2005 年版。

[124] 叶立文：《启蒙视野中的先锋小说》，湖北人民出版社 2007 年版。

[125] 余华：《没有一条道路是重复的》，作家出版社 2008 年版。

[126] 余华：《温暖和百感交集的旅程》，作家出版社 2008 年版。

[127] 余华等：《文学：想象、记忆与经验》，复旦大学出版社 2011 年版。

[128] 於可训、吴济时、陈美兰主编：《文学风雨四十年——中国当代文学作品争鸣述评》，武汉大学出版社 1989 年版。

[129] 查建英：《八十年代访谈录》，生活·读书·新知三联书店 2006 年版。

[130] ［美］詹姆斯·费伦：《作为修辞的叙事：技巧、读者、伦理、意识形态》，陈永国译，北京大学出版社 2002 年版。

[131] ［美］詹姆斯·施密特编：《启蒙运动与现代性》，徐向东等译，上海人民出版社 2005 年版。

[132] 张光芒：《中国当代启蒙文学思潮论》，生活·读书·新知三联书店 2006 年版。

[133] 张光芒：《中国近现代启蒙文学思潮论》，山东文艺出版社 2002 年版。

[134] 张国清：《中心与边缘》，中国社会科学出版社 1998 年版。

[135] 张宏：《新时期小说中的苦难叙事》，中国传媒大学出版社 2009 年版。

[136] 张柠：《再造文学巴别塔》，广东教育出版社 2009 年版。

[137] 张进：《新历史主义与历史诗学》，中国社会科学出版社 2004 年版。

[138] 赵园：《地之子》，北京大学出版社 2007 年版。

[139] 中共中央文献研究室编：《三中全会以来重要文献选编》（上、下），人民出版社 1982 年版。

[140] 郑谦：《中国：从"文革"走向改革》，人民出版社 2008 年版。

[141] ［美］周策纵：《五四运动：现代中国的思想革命》，周子平

等译，江苏人民出版社 1999 年版。

[142] 周克芹、谌容、刘心武等：《新时期获奖小说创作经验谈》，
　　　　湖南人民出版社 1985 年版。

[143] 朱大可：《流氓的盛宴：当代中国的流氓叙事》，新星出版社
　　　　2006 年版。

[144] 朱晓进等：《非文学的世纪》，南京师范大学出版社 2004
　　　　年版。

[145] 朱寨：《中国当代文学思潮史》，人民文学出版社 1987 年版。

2. 相关论文

[1] 安黎：《当代小说一个成功的范例——从孙见喜的小说〈山匪〉
　　　解读暴力文化》，《商洛学院学报》2006 年第 3 期。

[2] 蔡丽：《"文革"叙述中的暴力、情爱与历史认知》，《玉溪师范
　　　学院学报》2007 年第 6 期。

[3] 陈润华：《二十世纪中国文学想象的现代性——"虚无、暴力与
　　　乌托邦"的世界性因素》，博士学位论文，复旦大学，2004 年。

[4] 陈娴：《苏童作品中的"暴力"元素美学价值分析》，《名作欣
　　　赏》2011 年第 21 期。

[5] 丁帆：《新世纪文学中价值立场的退却与乱象的形成》，《文艺争
　　　鸣》2010 年第 10 期。

[6] 董颖：《解读暴力世界——揭开〈一九八六年〉的面纱》，《新
　　　乡教育学院学报》2005 年第 1 期。

[7] 封云如：《暴力美学小说在八十年代的衍变——解读余华的〈十
　　　八岁出门远行〉》，《安徽文学》2009 年第 7 期。

[8] 高志 、赵静：《莫言〈红高粱家族〉叙事艺术研究》，《电影评
　　　介》2010 年第 9 期。

[9] 海力洪：《暴力叙事的合法性》，《南方文坛》2005 年第 3 期。

[10] 郝艳利：《论新时期暴力叙事对"十七年"小说的审美颠覆》，
　　　　硕士学位论文，河北大学，2011 年。

[11] 洪东牛：《王小波小说中叙事的后现代因素变异分析》，《语文
　　　　学刊》2009 年第 6 期。

[12] 侯玲宽：《试析余华长篇小说中的人性之恶与人性之善》，《社

会科学论坛》2010 年第 5 期。

[13] 侯素琴:《论小说叙事学中的叙述视点、视角与聚焦》,《求索》2012 年第 6 期。

[14] 胡鹏林:《理念·原欲·存在——女性叙事的循环论》,《四川师范大学学报》(社会科学版)2004 年第 1 期。

[15] 胡怿:《新历史主义与孙甘露小说的后现代叙事》,《重庆科技学院学报》(社会科学版)2008 年第 6 期。

[16] 胡媛:《苦难与暴力的双重叙事》,《青年作家》2011 年第 2 期。

[17] 黄曼珊:《王小波小说的时间叙事策略及其艺术意味》,《老区建设》2011 年第 16 期。

[18] 黄晓华:《身体的解放与规训——中国现代文学身体意识论》,博士学位论文,武汉大学 2005 年。

[19] 江南:《形式意味的强化——漫议新潮作家对语言形式的探索》,《当代文坛》2001 年第 1 期。

[20] 江南、刘宗艳:《孙甘露小说超常修辞策略》,《徐州师范大学学报》(哲学社会科学版)2011 年第 5 期。

[21] 姜欣:《重复叙事的演绎者——论余华小说中的重复叙事》,《名作欣赏》2011 年第 12 期。

[22] 金五魁:《论阎连科小说的死亡暴力叙事》,《宜宾学院学报》2009 年第 10 期。

[23] 景银辉:《失范·暴力·仪式——苏童小说〈刺青时代〉的三个关键词》,《长城》2009 年第 2 期。

[24] 李倍雷、徐立伟:《结构主义批判文本》,《湖南广播电视大学学报》2009 年第 1 期。

[25] 李莉:《"酷刑"与审美——论莫言〈檀香刑〉的美学风格》,《山东社会科学》2004 年第 4 期。

[26] 李曙豪:《论中国新时期小说的黑色幽默叙事》,《苏州科技学院学报》(社会科学版)2011 年第 3 期。

[27] 李伟华:《革命历史语境中的个人境遇——王小波"文革"小说研究》,《名作欣赏》2012 年第 6 期。

[28] 李晓亮:《莫言〈檀香刑〉的审美形态分析》,《河南工程学院

学报》（社会科学版）2010 年第 4 期。

［29］李妍:《论语言暴力》，黑龙江大学，硕士学位论文，2009 年。

［30］李志孝:《新世纪底层文学的三种叙事向度》，《文艺理论与批评》2011 年第 2 期。

［31］李志元:《从暴力到语法，到肉身的赎回》，《淮北煤炭师范学院学报》（哲学社会科学版）2004 年第 3 期。

［32］李自芬:《小说身体——中国现代性体验的特殊视角》，博士学位论文，四川大学，2005 年。

［33］刘德岗:《多重建构，创造坚奥——论余华〈死亡叙述〉之叙事张力》，《写作》2011 年第 23 期。

［34］刘东玲:《论王小波的"文革"小说》，《山花》2011 年第 6 期。

［35］刘俐莉:《暴力何以发生——董立勃小说中的施暴叙事》，《当代文坛》2005 年第 4 期。

［36］刘婷婷:《浅论〈檀香刑〉的叙事手法》，《大众文艺》（理论版）2009 年第 1 期。

［37］刘小龙:《论余华小说中血与暴的成因》，《北方文学》2011 年第 1 期。

［38］刘再复:《论文学的主体性》，《文学评论》1985 年第 6 期。

［39］卢金、傅学敏:《论莫言〈檀香刑〉的先锋叙事》，《文学教育》（中）2010 年第 3 期。

［40］陆克寒:《飞扬在文字里的拳脚和刀具——当代中国文学的暴力叙事》，《翠苑》2006 年第 2 期。

［41］罗维:《论杨争光匪类小说的多重文化意蕴》，《武陵学刊》2011 年第 4 期。

［42］毛时安:《现实主义和现代主义——关于创作方法"百花齐放"的探讨》，《美术》1982 年第 1 期。

［43］彭青:《论新世纪底层文学的暴力叙事》，《当代文坛》2011 年第 5 期。

［44］秦延良:《鬼子身体暴力书写的深度意蕴》，《名作欣赏》2010 年第 21 期。

［45］任亚荣:《20 世纪 90 年代女性小说身体话语》，博士学位论

文，上海大学，2007 年。

[46] 桑麻：《一九九二年的暴力》，《百花洲》2009 年第 2 期。

[47] 单涛：《余华小说暴力叙述的嬗变》，硕士学位论文，山东师范大学，2008 年。

[48] 沈红芳：《"杀父"叙事中的罪与罚——论〈杀夫〉等五部小说》，《中州学刊》2010 年第 6 期。

[49] 沈杏培：《小说中的"文革"：当代小说对"文革"的叙事流变史（1977—2009）》，博士学位论文，南京师范大学，2011 年。

[50] 石慧：《论余华小说的叙事特点》，《六盘水师范高等专科学校学报》2008 年第 1 期。

[51] 苏鹏：《突围与僭妄——论先锋小说中的"文革"叙述》，硕士学位论文，山东师范大学，2008 年。

[52] 孙玉荣、王兰天：《论〈檀香刑〉的血腥暴力写作》，《聊城大学学报》（社会科学版）2008 年第 2 期。

[53] 谭华：《王小波小说语言艺术探究》，《文学教育》（上）2009 年第 15 期。

[54] 唐静：《余华小说叙事伦理研究综述》，《黑龙江生态工程职业学院学报》2010 年第 6 期。

[55] 王爱松、蒋丽娟：《刑罚的意味——〈檀香刑〉〈红拂夜奔〉〈一八八六年〉及其他》，《中国海洋大学学报》（社会科学版）2005 年第 4 期。

[56] 王北平：《莫言对中国传统小说叙事模式的突破——谈莫言小说的复调》，《贵州工业大学学报》（社会科学版）2007 年第 4 期。

[57] 王德威：《暴力叙事与抒情风格——贾平凹的〈古炉〉及其他》，《南方文坛》2011 年第 4 期。

[58] 汪民安：《话语的冲动抑制与权力之争》，《文艺评论》1995 年第 1 期。

[59] 王全民：《一个复杂的叙事文本——〈红拂夜奔〉分析》，《语文教育通讯》2011 年第 5 期。

[60] 王文侠：《死亡、暴力与血腥——余华小说世界解读》，《现代

语文》2009 年第 2 期。

［61］王一川：《间离语言与奇幻性真实——中国当代先锋小说的语言形象》，《南方文坛》1996 年第 6 期。

［62］王英洁、曾日红：《人生的质问——论余华的暴力叙述》，《北华大学学报》（社会科学版）2009 年第 5 期。

［63］王永春：《革命暴力的合法化叙述——试论"十七年"小说中暴力叙事的意义及其策略》，《乐山师范学院学报》2010 年第 2 期。

［64］王忠强、闫乃之：《浅谈〈兄弟〉与余华早期作品暴力美的异同》，《青年文学家》2009 年第 8 期。

［65］王忠信：《"文革"记忆与余华先锋小说的暴力倾向》，《牡丹江教育学院学报》2009 年第 1 期。

［66］魏玲玲：《当前女性文学创作的几个误区》，《河北学刊》2010 年第 7 期。

［67］吴义勤：《在沉思中言说并命名——孙甘露〈呼吸〉解读》，《当代作家评论》1994 年第 1 期。

［68］吴义勤：《罪与罚——长篇小说〈施洗的河〉解读》，《当代文坛》1994 年第 4 期。

［69］吴义勤：《罪与罚——评苏童的长篇新作〈河岸〉》，《扬子评论》2009 年第 3 期。

［70］徐芳：《历史语境和个体话语——论孙甘露的小说创作》，《温州师范学院学报》（哲学社会科学版）1996 年第 5 期。

［71］徐琼：《论王小波〈2015〉的叙事策略》，《宁波大学学报》（人文科学版）2010 年第 5 期。

［72］许松盛：《论余华小说中的暴力与人性》，《青年作家》（中外文艺版）2011 年第 4 期。

［73］徐文明：《死亡的风景——余华、莫言暴力叙述现象研究》，硕士学位论文，河南大学，2008 年。

［74］杨丹丹：《新时期初期"'文革'小说"中的暴力叙事》，《哈尔滨师范大学社会科学学报》2011 年第 1 期。

［75］杨杰琼：《荒野中的女性主体焦虑——以 1980 年代以来女性小说中"杀夫"现象为例》，硕士学位论文，浙江大学，

2009 年。

[76] 杨金玉:《〈青铜时代〉:历史时空下生存困境的探讨》,《韶关学院学报》(社会科学版) 2009 年第 1 期。

[77] 杨开浪:《浅论王小波早期小说的语言特征》,《德宏师范高等专科学校学报》2010 年第 4 期。

[78] 杨寅庆:《莫言小说中声音词语的审美意蕴——以〈红高粱〉〈檀香刑〉为个案》,《电影文学》2009 年第 8 期。

[79] 易光:《女性书写与叙事文学》,《涪陵师专学报》(社会科学版) 1997 年第 1 期。

[80] 易麟:《浅析余华小说中的暴力叙事艺术》,《企业家天地》2009 年第 8 期。

[81] 余岱宗:《革命的想象:战争与爱情的叙事修辞》,《福建师范大学学报》(哲学社会科学版) 2005 年第 3 期。

[82] 余杰:《在语言暴力的乌托邦中迷失——从莫言〈檀香刑〉看中国当代文学的缺失》,《社会科学论坛》2004 年第 3 期。

[83] 曾小娟、邓曦:《伤痕、反思文学中的暴力叙事》,《怀化学院学报》2011 年第 12 期。

[84] 张坤、李云莉:《当代文学作品中的暴力现象探析——在当代审美文化的理论视域中探索"暴力"》,《阴山学刊》2008 年第 1 期。

[85] 张鹏飞:《欢舞性灵:女性文学"身体文本"叙事模式的生命旨趣》,《楚雄师范学院学报》2010 年第 4 期。

[86] 张鹏飞:《中国现当代女性文学"躯体化"文本叙事范式审美流变》,《广州广播电视大学学报》2010 年第 2 期。

[87] 张锐:《双重暴力围城中的农村女性处境——〈湖光山色〉主题意蕴分析》,《大家》2011 年第 15 期。

[88] 张瑞英:《论余华小说的暴力审美与死亡叙述》,《文史哲》2006 年第 3 期。

[89] 章榕榕:《徜徉在历史血脉中的暴力——解读〈白鹿原〉中的暴力美学》,《理论与创作》2006 年第 6 期。

[90] 张馨月:《青春的暴力与暴力的青春:20 世纪 90 年代文学对"文革"记忆的两种表述——以〈动物凶猛〉、〈血色浪漫〉为

中心》，硕士学位论文，吉林大学，2008 年。

[91] 张懿红：《简评当代小说中的暴力书写》，《甘肃教育学院学报》（社科版）2002 年第 1 期。

[92] 张治军：《浅谈余华小说的暴力》，《贵州教育学院学报》（社科版）2009 年第 4 期。

[93] 赵润州：《论苏童小说中的暴力书写》，硕士学位论文，扬州大学，2008 年。

[94] 赵顺宏：《痛感的净化——莫言小说的一个侧面》，《暨南学报》（哲学社会科学版）2007 年第 3 期。

[95] 赵志华：《暴力·苦难·救赎——论余华 20 世纪 90 年代的创作转型》，硕士学位论文，河北师范大学，2009 年。

[96] 周萌：《王小波小说的"暴力叙事"》，硕士学位论文，陕西师范大学，2008 年。

[97] 周艳秋：《余华：暴力书写及其回归》，《美与时代》2008 年第 1 期。

[98] 朱大可：《后寻根：乡村叙事中的暴力美学》，《南方文坛》2002 年第 6 期。

[99] 朱国昌：《〈檀香刑〉：人性的丑恶展览》，《文艺争鸣》2002 年第 5 期。

[100] 朱寿桐：《深切痛创的虚假愈合——"伤痕文学"重评》，《时代文学》1996 年第 6 期。